A Conan Doyle

셜록 홈즈 전집 4

셜록 홈즈의 회상록

셜록 홈즈 전집 4

셜록 홈즈의 회상록

초판	1쇄 발행 2012년 12월 10일
개정판	1쇄 발행 2020년 6월 1일
	8쇄 발행 2023년 12월 30일

지은이	아서 코난 도일
옮긴이	박상은
펴낸이	한승수
펴낸곳	문예춘추사
편 집	구본영
마케팅	박건원
디자인	박소윤

등록번호	제300-1994-16
등록일자	1994년 1월 24일
주소	서울시 마포구 동교로27길 53 지남빌딩 309호
전화	02-338-0084
팩스	02-338-0087
블로그	moonchusa.blog.me
E-mail	moonchusa@naver.com

ISBN	978-89-7604-151-7 04840
	978-89-7604-147-0 (세트)

셜록 홈즈 전집 4

Sherlock Holmes

셜록 홈즈의 회상록

아서 코난 도일 지음 | 박상은 옮김

문예춘추사

일러두기

1. 외래어 표기법에 따르면 홈즈Holmes는 '홈스'로 써야 하나 이 책에서는 독자들에게 익숙한 '홈즈'로 표기하였습니다.

2. 원서에 쓰인 인치, 마일, 야드, 피트, 파운드 등의 단위는 우리에게 익숙한 센티미터, 미터, 킬로미터, 킬로그램, 그램 등으로 환산하여 표기하였습니다.

3. 최대한 원문에 가깝게 번역했으나 우리 정서에 맞지 않는 부분은 문장을 다듬었습니다. 또한 낯선 단어나 해석이 필요한 구절에 역주를 달아 독자들의 이해를 도왔습니다.

4. 다양한 작가의 그림을 실어 보는 재미를 살렸습니다.

1. 경주마 은점박이

"왓슨, 난 좀 가 봐야겠네."

어느 날 아침, 함께 식사를 하고 있는데 홈즈가 말했다.

"가다니, 어디로?"

"다트무어의 킹스 파일랜드로."

나는 놀라지 않았다. 오히려 영국 전체가 들끓고 있는 그 이상한 사건에 대해 아직도 홈즈가 조사를 시작하지 않았다는 점이 더 놀라웠으니까. 생각해 보니 홈즈는 어제 하루 종일 고개를 숙이고 얼굴을 찡그린 채 방 안을 돌아다녔다. 아주 독한 검은 담배를 몇 번이고 파이프에 채워 넣었으며 내가 무엇을 물어도, 무슨 말을 해도 전혀 들리지 않는 모양이었다. 신문 판매점에서는 모든 신문의 따끈따끈한 판이 나올 때마다 홈즈에게 가져다주었지만, 그는 건성으로 훑어보기만 하고 한쪽 구석으로 던져 버렸다. 친구는 아무 말도 하지 않았으나 나는 그가 무엇을 생각하고 있는지 잘 알고 있었다. 지금 화제가 되고 있는 사건 중에서 홈즈가 이렇게까지 분석하고 생각해야 할 사건은 오직 하나, 웨식스 컵에 나갈 최고 경주마의 기묘한 실종과 그 조교사가 무참히 살해된 사건밖에 없었다. 그랬기에 홈즈가 비극이 일어난 현장을 찾아가겠다고 불쑥 말한 것은 내가 예상하고 있던 일이었고 바라던 바이기도 했다.

"방해가 되지 않는다면 나도 같이 가고 싶은데."

"왓슨, 같이 가 준다면 커다란 도움이 될 걸세. 자네에게도 헛수고가 되지는 않을 거야. 이번 사건은 몇 가지 점에서 매우 특이한 것들이 존재하거든. 지금 출발하면 패딩턴 역에서 출발하는 기차 시간에 맞출 수 있을 거야. 기차를 타고 가는 동안 사건에 대해서 좀 더 자세히 이야기해 보자고. 자네의 그 멋진 쌍안경을 가져가 주게나."

이렇게 해서 한 시간쯤 뒤에 우리는 엑서터를 향해 달리는 일등실에 앉아 있었다. 귀마개가 달린 여행용 모자를 쓰고 날카롭고 진지한 표정을 한 홈즈는 패딩턴 역에서 산 신문 다발을 차례차례 열심히 훑어보았다. 레딩을 훨씬 지났을 무렵, 홈즈는 마침내 마지막 신문 읽기를 마치고 그것을 좌석 밑으로 밀어 넣더니 담배 상자를 내게 내밀었다. 그는 창밖을 바라보다가 시계를 힐끗 쳐다보고 말했다.

"열차 속도가 꽤나 빠른 것 같네, 왓슨. 지금 시속 90킬로미터 정도로 달리고 있어."

"400미터 지점을 나타내는 표식은 보지 못했는데."

"나도 못 보았네. 하지만 이 철도의 전봇대는 55미터마다 세워져 있으니 계산은 간단하지. 그건 그렇고 자네는 존 스트레이커 살인과 은점박이 실종 사건에 대한 기사를 다 읽어 봤겠지?"

"〈텔레그래프〉와 〈크로니클〉의 기사는 다 읽었다네."

"이번 사건을 추리하려면 논리적 방법을 이용해서 새로운 증거를 찾는 것보다 이미 알려진 사소한 점들을 자세히 살펴보는 게 좋을 걸세. 이 사건은 비슷한 예를 찾아보기 어렵고 수법도 완벽해. 거기에 여러 사람들의 이해관계가 얽혀 있기 때문에 여러 가지 추측과 가설들이 난무해서 어려움을 겪고 있어. 게다가, 신문 기자며 이번 사건에 자기만의 의견을 가지고 있는 사람들이 있는 말 없는 말을 꾸며 내는 바람에 더욱 까다로워졌네. 거기에 휘둘리지 말고 사실, 절대 부정할 수 없는 사실의 뼈대만 이끌어 내야 해. 탄탄한 기초를 세운 다음, 그 확실한 기초를 딛고 서서 어떤 추론이 가능한지, 어디에 이 사건의 전부를 풀 수 있는 열쇠가 있는지를 발견하는 것이 우리 일일세. 화요일 밤에 그 말의 소유주인 로스 대령과 이번 사건을 맡고 있는 그레고리 경위에게서 협력을 요청하는 전보를 받았다네."

홈즈의 말을 듣고 내가 외쳤다.

"화요일 밤이라고! 오늘은 목요일 아침이 아닌가? 어째서 어제 달려가지 않은 거지?"

"내가 큰 실수를 했어, 왓슨. 자네의 기록을 읽고 나를 아는 사람들이 생각하는 것과는 달리 실제의 나는 종종 실수를 저지르는 편이라네. 사실 그 실수라는 건 영국에서도 가장 유명한 말을 그렇게 오랫동안 숨길 수는 없으리라고 생각한 점이야. 더구나 다트무어 북부는 인구가 적은 곳이기에 더욱 어려울 것이라고 생각했어. 그래서 어제는 이런 소식이 들려오기를 시시각각 기다렸네. 그 말을 찾았고 그 말을 유괴한 범인이 존 스트레이커의 살해범이기도 하다는 소식 말일세. 그런데 오늘 아침에 피츠로이 심슨이라는 젊은이가 잡혔을 뿐이고 수사에 아무 진전도 없다는 사실을 알았다네. 그러니 이제 내가 행동해야 할 때가 왔다고 생각한 거야. 물론 어떤 의미에서는 어제를 헛되이 보냈다고는 할 수 없겠

지만."

"그렇다면 어느 정도 감은 잡았겠지?"

"적어도 이번 사건의 핵심은 파악했어. 지금부터 그 이야기를 하겠네. 사실을 분명히 정리하는 데는 누군가에게 이야기하는 것만큼 좋은 게 없으니까. 그리고 어디부터 손을 댈 건지 이야기해 두지 않으면 자네도 도와주지 어렵지 않겠나."

나는 좌석에 등을 기대고 앉아 담배를 피웠고 홈즈는 길고 가느다란 검지로 왼쪽 손바닥을 두드리며 우리를 여행으로 인도한 사건의 요점을 하나하나 이야기해 주었다.

"은점박이는 그 유명한 경주마 소모미의 혈통을 물려받았고, 자신의 조상에게도 뒤지지 않을 만큼 훌륭한 기록을 남겨 왔다네. 지금 다섯 살이 되었는데 착실하게 상금을 벌어들이고 있으니 로스 대령은 꽤나 운이 좋은 사람이야. 게다가 은점박이는 이번 사건이 일어나기 전까지 웨식스 컵 경주의 가장 유력한 우승 후보로 베팅 비율도 3대 1이었다네. 경마 세계에서 가장 인기가 좋은 말이고 단 한 번도 기대를 저버린 적이 없었어. 그래서 배당은 얼마 되지 않지만 엄청난 돈이 걸려 있지. 그러니 다음 주 화요일 경주에 은점박이가 나오지 못하게 해야겠다고 생각한 무리들은 아주 많았을 거야.

물론 대령의 마구간이 있는 킹스 파일랜드에서도 그 사실은 잘 알고 있었지. 이 인기마를 지키기 위해서 온갖 방법을 다 동원했으니까. 조교사인 존 스트레이커는 원래 기수였던 사람인데 체중이 지나치게 늘어나기 전까지는 대령의 말을 몰았어. 5년 동안 대령의 기수 노릇을 했고 조교사로도 7년 동안이나 일했다네. 그는 언제나 정직하게 열심히 일했지. 그 밑에 세 젊은이가 일하고 있었고. 마구간은 크지 않아서 말은 겨우 네 마리뿐이야. 세 젊은이 중에서 한 명이 매일 밤 불침번을 섰고 나머지 둘은 2층에서 잠을 잤어. 셋 다 나무랄 데 없는 젊은이들이라네. 결혼한 존 스트레이커는 마구간에서 약 3킬로미터 떨어진 조그만 집에서 살고 있었는데 자녀는 없고, 하녀 한 명만 데리고 무엇 하나 부족함 없이 살았지. 그 지역은 한적한 마을인데 북쪽으로 800미터 떨어진 곳에 숫자는 많지 않아도 별장이 몇 채 있다네. 타비스톡의 지역 여행 사업가가 병든 사람이나 다트무어의 맑은 공기를 마시고 싶어 하는 사람들을 겨냥해서 세운 거야. 타비스톡의 도심은 서쪽으로 3킬로미터가량 떨어진 곳에 있고, 거기서 다시 황야를 3킬로미터나 지나가면 메이플턴의 커다란 마구간이 있어. 그건 백워터 경 소유인데 사일러스 브라운이라는 사람이 맡아 관리하고 있네. 그것 말고는 어디를 둘러봐도 인적이 없는 황야가 펼쳐져 있고 유랑하는 집시가 가끔 보일 뿐이지. 사건이 일어난 지난주 월요일의 상황은 대충 다음과 같아.

사건이 벌어진 그날 저녁, 젊은이들은 평소와 다름없이 말을 훈련시키고 몸을 씻긴 뒤 밤 9시에 마구간 문을 잠갔어. 그들 중 두 명은 조교사의 집까지 걸어가 부엌에서 식사를 했네. 그 사이에 또 다른 젊은이인 네드 헌터는 마구간을 지키기 위해 남아 있었지. 2, 3분쯤 지났을 무렵, 하녀인 이디스 백스터가 남아 있는 젊은이를 위해서 마구간으로 저녁을 가지고 갔어. 그날 저녁은 양고기 카레였고 마실 것은 가져가지 않았네. 마구간에는 수도가 들어오는데 불침번은 밖에서 반입되는 음료는 마시면 안 된다는 규정이 있거든. 아주 어두운 밤이었고 길은 널따란 황야를 지나야 했기에 하녀는 램프를 들고 있었다네.

이디스 백스터가 마구간에서 30미터 떨어진 곳에 왔을 때 남자 하나가 어둠 속에서 나타나 그녀에게 말을 걸었어. 노랗고 둥근 불빛 안으로 그 남자가 걸어 들어왔는데, 하녀는 그의 말과 행동이 신사 같았고 회색

트위드로 만든 옷을 입었으며 털로 된 모자를 쓰고 있다는 사실을 알 수 있었지. 또 남자는 각반을 차고 손잡이가 달린 묵직한 지팡이를 손에 쥐고 있었고. 하지만 하녀는 그 남자의 얼굴이 매우 창백했다는 사실과 태도가 차분하지 못했다는 사실을 가장 잘 기억하고 있다네. 하녀는 그의 나이가 서른 살은 넘었을 것이라고 짐작했네.

'여기는 어디요? 황야에서 노숙할

줄 알았는데 불빛이 보이더군.'

'킹스 파일랜드의 마구간 근처인데요.'

남자가 묻자 하녀가 대답했다네. 그러자 남자가 커다란 목소리로 말했지.

'정말이오? 다행이군. 매일 밤 마구간을 지키는 젊은이 하나가 거기서 잠을 자지 않소? 당신은 저녁을 가져다주는 거고. 새 드레스를 살 수 있을 만큼 돈을 벌게 해 주겠소. 거절할 만큼 고지식하지는 않겠지?'

남자는 조끼 주머니에서 접혀 있는 하얀 종이 하나를 꺼냈다네.

'오늘 밤 마구간을 지키는 사람에게 이걸 좀 건네주시오. 그러면 당신은 아주 좋은 드레스 한 벌을 손에 넣을 수 있을 테니.'

남자의 태도가 너무나도 열성적이었기에 하녀는 와락 겁이 나서 남자의 옆을 지나쳐 언제나 식사를 건네주는 창으로 달려갔다네. 창은 벌써 열려 있었고 헌터는 조그만 탁자에 앉아 있었어. 하녀는 조금 전의 일을 이야기하기 시작했는데 그 낯선 남자가 그곳으로 다가왔다네. 그는 창 안을 들여다보며 말했네.

'안녕하시오? 당신과 잠깐 이야기하고 싶소만.'

그자는 여전히 조그만 종이쪽지를 손에 쥐고 있었는데, 하녀가 증언하기로는 그 종이 끝이 손 밖으로 튀어나와 있었다고 해. 아무튼 그때 헌터가 남자에게 물었네.

'무슨 일이시죠?'

'당신의 주머니에 돈이 굴러 들어가는 이야기지. 여기에는 웨식스 컵 경주에 출주할 말 두 마리가 있지 않나. 은점박이하고 베이어드 말일세. 확실한 정보를 가르쳐 줄 생각 없나? 그러면 손해 볼 일은 없을 거야. 부담 중량[1]을 적용한 경주에서 베이어드는 은점박이보다 5펄롱[2]에 100미터는 앞설 수 있다지? 그래서 여기서는 베이어드에게 돈을 건다고들 하

던데, 정말인가?'

'당신, 야비한 염탐꾼이군! 킹스 파일랜드에서는 너 같은 놈들을 어떻게 다루는지 맛을 좀 보여 주지!'

젊은이는 이렇게 소리치고는 자리에서 일어나 개를 풀어놓으려고 마구간 안으로 달려갔다네. 하녀는 집으로 달려서 도망가다가 뒤를 돌아보았어. 그랬더니 그 남자가 창문으로 몸을 반쯤 집어넣은 것이 보였다고 하더군. 그러나 1분 뒤에 헌터가 개를 데리고 나와 보니 남자의 모습은 이미 사라졌다고 하네. 젊은이가 개를 데리고 건물 주위를 샅샅이 뒤져보았지만 남자는 보이지 않았어."

그때 내가 물었다.

"잠깐. 젊은이가 개를 데리고 나오면서 마구간 문을 열어 뒀을 수도 있지 않겠나?"

"대단하군, 왓슨! 정말 훌륭해."

홈즈가 조그만 목소리로 말했다.

"나도 그 점이 매우 중요하다고 생각했네. 그래서 그 점을 확인해 달라고 어제 다트무어에 전보를 보냈다네. 젊은이는 마구간에서 나올 때 문을 잠갔다고 하더군. 게다가 창문은 사람이 지나다닐 수 있을 만큼 크지 않다는 사실도 말해 두겠네.

헌터는 동료들이 돌아오기를 기다렸다가 조교사인 스트레이커에게 사람을 보내 모든 사실을 알렸다네. 설명을 들은 스트레이커는 몹시 흥분했어. 그 일의 의미를 전부 이해한 것 같지는 않았지만 막연한 불안을

---

1) 경마에서 각 말이 짊어지고 달려야 하는 무게. 연령, 성별, 유전적 특징 등에 따른 각 경주마의 능력 차이를 인위적으로 조정하기 위해, 강한 말에게는 부담 중량을 무겁게 하고 약한 말에게는 부담 중량을 가볍게 한다. 이러한 방법은 출전하는 말 모두에게 '동등한 우승 기회'를 주어 경주의 박진감이 높아지는 효과가 있다.
2) furlong. 경마에서 쓰는 거리 단위로, 1펄롱은 약 200미터에 해당한다.

느낀 듯했어. 오전 1시에 스트레이커의 아내가 일어나 보니 남편은 옷을 입고 있었어. 아내가 왜 그러느냐고 물었더니 말이 걱정돼서 잠을 잘 수가 없다며 별일 없는지 확인하러 마구간에 가야겠다고 대답했다네. 비가 창을 때리는 소리가 들렸기에 아내는 집에 있으라고 말했지만 스트레이커는 아내의 청을 뿌리치고 큰 비옷을 입은 채 밖으로 나갔어.

스트레이커 부인은 아침 7시에 눈을 떴는데 그때까지도 남편은 돌아오지 않았다네. 부인은 서둘러 옷을 갈아입고 하녀를 불러 함께 마구간으로 갔지. 문은 열려 있었어. 안으로 들어가 보니 헌터가 제대로 의식을 차리지 못한 채 의자에 웅크리고 앉아 있었고 은점박이가 있던 마구간은 텅 비어 있었다네. 그리고 조교사인 스트레이커도 보이지 않았어. 곧바로 부인은 마구를 놓아두고 여물을 자르는 2층 방에서 자던 두 젊은이를 깨웠다네. 한데 둘 다 잠귀가 어두운 편이라 그날 밤에 아무런 소리도 듣지 못했지. 헌터는 어떤 독한 약을 먹은 게 분명했어. 무슨 질문을 해도 확실하지 않은 대답만 하며 인사불성이었기에 그대로 자게 내버려두고 두 젊은이와 두 여자는 모습을 감춘 스트레이커와 은점박이를 찾아 나섰어. 그때만 해도 아직 희망이 있었다네. 모두들 조교사가 어떤 이유에서 인기마를 아침에 훈련시키고 있는 게 아닐까 생각한 거지. 하지만 부근의 황야를 전부 내려다볼 수 있는 집 근처의 야트막한 언덕에 올라가 보아도 우승이 확실해 보이는 말의 모습은 전혀 보이지 않았고, 사람들도 이제는 뭔가 나쁜 일이 일어났다는 의심을 품기 시작했네.

그 사람들은 마구간에서 약 400미터쯤 떨어져 있는 가시금작화 수풀에서 스트레이커의 비옷이 걸려 나풀거리고 있는 것을 발견했어. 그 바로 맞은편에 둥글게 팬 땅이 황야 가운데 있었는데 거기 바닥에서 가엾은 조교사가 싸늘한 주검이 되어 누워 있었다네. 어떤 묵직한 둔기에 얻

어맞은 듯 머리가 산산조각 나 있었고 허벅지에도 상처가 있었지. 아주 날카로운 흉기에 베인 것처럼 길고 선명한 상처였네. 스트레이커가 가해자에게 격렬히 저항한 것은 틀림없는 사실이야. 오른손에 조그만 칼을 쥐고 있었는데 그 자루에까지 피가 묻은 채 굳어 있었으니까. 그리고 왼손에는 빨간색과 검은색이 섞인 비단 넥타이를 쥐고 있었다네. 그것을 보고 하녀는 전날 밤에 마구간을 찾아왔던 낯선 남자의 넥타이라고 증언했지. 약 기운이 가서 잠에서 깨어난 헌터도 하녀와 마찬가지로 전날 밤에 왔던 남자의 넥타이라고 말했다네. 그리고 헌터는 그 남자가 창가에 서 있을 때 양고기 카레에 약을 넣어 불침번을 서던 자신을 잠재운 것이 분명하다고 말했어.

한편, 행방불명된 말은 스트레이커와 범인이 싸우는 동안, 그 비극의 현장이 된 웅덩이에 있었네. 발자국이 많이 남아 있었으니 그 사실은 분명해. 하지만 그날 아침부터 말은 사라져 버렸네. 어마어마한 상금을 걸었고 다트무어의 집시들을 모두 동원해 찾고 있지만 아무런 소식도 들려오지 않는다네. 불침번을 선 젊은이가 먹다 남긴 카레를 분석해 보니 상당한 양의 아편 분말이 들어 있었다고 했네. 그런데 같은 날 저녁, 같은 음식을 먹은 사람들에게는 아무 문제도 없었어.

아무런 추리 없이, 되도록 있는 그대로 이번 사건을 이야기하자면 대충 이렇게 된 셈일세. 이번에는 경찰에서 어떻게 움직였는지 정리해 보기로 하지.

이번 사건을 조사하고 있는 그레고리 경위는 매우 뛰어난 사람이야. 단, 상상력만 있다면 그 세계에서 크게 출세할 수 있을 텐데 아쉽지. 경위는 현장에 도착하자마자 당연히 의심을 받는 그 남자를 찾아내서 체포했어. 그 방면에서는 워낙 유명한 사람이라 찾는 것은 아주 간단했네. 그 남자는 피츠로이 심슨이라는 사람인데, 집안도 좋고 교육도 받았지만 경마로 많은 재산을 날려 버렸다네. 지금은 런던 스포츠클럽에서 아담하면서 단출한 마권 판매소를 운영하면서 생계를 꾸리고 있어. 그런데 심슨의 베팅 장부를 보니 5,000파운드에 이르는 돈이 은점박이가 아닌 대항마에 걸려 있었어. 심슨은 체포되자마자 킹스 파일랜드에 있는 경주마 두 마리와, 메이플턴 마구간의 사일러스 브라운이 맡고 있는 대항마 데스버러의 정보를 얻을 생각에 다트무어에 갔다는 사실을 술술 털어놓았다네. 그리고 전날 밤, 헌터와 하녀가 앞서 증언한 일들을 부정하지는 않았지만 어떤 악의를 가지고 한 것이 아니라 단지 확실한 정보를 얻고 싶었기 때문이라고 말했어. 그런데 그 넥타이를 들이밀자 얼굴이 창백해졌고 어째서 살해당한 남자가 그것을 손에 쥐고 있었는지 전혀 설명하지 못했네. 심슨의 옷이 젖어 있는 것으로 봐서 이 남자가 전날 밤 빗속에 있었다는 점은 분명했지. 그리고 납을 흘려 넣어서 묵직하게 만든 둥근 손잡이의 야자나무 지팡이는 몇 번 휘두르면 조교사의 몸에 남은 끔찍한 상처를 낼 흉기가 될 만했네. 하지만 심슨의 몸에는 상처가 없었어. 스트레이커가 쥐고 있던 칼 상태로 봐서 적어도 가해자 중 한 사람은 상처를 입었음에 틀림없는데 말이야. 간단하지만 이것이 사건의 대략적인 줄거리일세. 왓슨, 자네도 뭔가 생각나는 걸 말해 준다면 정말 고맙겠네."

홈즈는 사건 줄거리를 매우 명쾌하게 얘기했다. 이 명쾌함은 홈즈의 특색이라고도 할 수 있었는데, 나는 큰 흥미를 가지고 귀를 기울였다. 그가 말한 대부분을 알고는 있었으나 아직 그중 어느 것이 중요한지, 모든 사실이 어떻게 연결되어 있는지는 제대로 인식하지 못하는 상태였다.

"스트레이커 다리에 있는 칼에 베인 상처 말인데, 머리를 맞은 뒤 숨이 끊어지기 직전에 몸부림을 치다가 자기 칼에 스스로 상처를 입었다고 생각할 수도 있지 않을까?"

"얼마든지 있을 수 있는 일이야. 아마 그럴지도 모르지. 그렇다면 심슨에게 유리한 점이 하나 사라지네."

"그건 그렇고 나는 아직도 경찰의 견해를 모르겠어."

내 말에 친구는 이렇게 대답했다.

"우리가 어떤 가설을 세우더라도 경찰의 가설과는 아주 다를 거야. 경찰은 아마도 이렇게 생각하고 있을 걸세. 피츠로이 심슨은 그 젊은이에게 약을 먹이고 어떤 방법으로 열쇠를 손에 넣어 마구간의 문을 열고 말을 훔칠 생각으로 끌고 나왔다는 거야. 고삐가 없어진 것도 심슨이 말에게 채운 것이 틀림없다고 생각하겠지. 그런 다음, 문을 열어 둔 채 말을

황야로 끌고 나갔는데 도중에 조교사를 만났거나 그에게 추격을 당하고
말았다고. 그래서 당연히 다툼이 벌어졌고 심슨이 들고 있던 무거운 지
팡이로 조교사의 머리를 때렸고 스트레이커가 몸을 지키기 위해 꺼내
든 작은 칼에 상처를 입었다고 추측하는 거지. 그리고 말을 비밀 장소에
숨겨 두었을 수도 있고 아니면 두 사람이 싸우는 동안 달아난 말은 지금
도 황야를 배회하고 있다, 경찰은 이런 식으로 생각하고 있는 모양이야.
그것이 사건의 전부를 보여 주는 것은 아니지만 그렇다고 해서 좀 더 그
럴 듯한 다른 설명이 있는 것도 아닐세. 어쨌든 현장에 도착하거든 바로
조사해 보세. 그 전까지는 지금 알고 있는 사실에 만족하고 모르는 것은
그냥 내버려 둘 수밖에 없어."

　우리는 저녁에야 타비스톡이라는 조그만 마을에 도착했다. 타비스톡
은 커다란 원형을 그리고 있는 다트무어의 한가운데에 방패의 볼록한
장식처럼 오뚝 솟아 있는 마을이었다. 역에서 두 신사가 우리를 기다리
고 있었다. 한 명은 키가 크고, 하얀 사자 같은 머리카락과 턱수염을 기
른 남자였는데 묘하게 사람을 쏘아보는 듯한 옅은 푸른 눈을 가지고 있
었다. 또 한 사람은 몸집이 작고 날렵해 보이는 남자로, 프록코트를 입고
각반을 두른 야무진 복장을 하고 있었다. 그는 구레나룻을 잘 손질한 상
태였고 외눈 안경을 끼고 있었다. 뒤에 소개한 남자는 경마를 좋아하기
로 유명한 로스 대령이었으며 앞에 나온 남자가 바로 최근 영국 경찰계
에서 명성을 얻기 시작한 그레고리 경위였다. 먼저 로스 대령이 말했다.

　"일부러 여기까지 와 주셔서 감사합니다, 홈즈 선생님. 경위님이 생각
할 수 있는 모든 방법을 전부 취해 봤지만 가엾은 스트레이커의 원수를
갚고 그 말을 되찾기 위해서 저는 할 수 있는 한 모든 방법을 동원하고
싶습니다."

"수사에 뭔가 진전은 있었습니까?"

홈즈가 묻자 경위가 대답했다.

"안타깝게도 진전은 거의 없습니다. 밖에 마차를 대기시켜 놓았습니다. 어두워지기 전에 현장을 봐 주셨으면 하니 이야기는 마차 안에서 하겠습니다."

잠시 뒤 우리는 승차감 좋은 사륜마차 의자에 앉아 고풍스럽고 운치 있는 데번셔의 거리를 달렸다. 그레고리 경위는 이번 사건에 대한 자신의 생각을 이야기하기에 여념이 없었고 차례대로 자기 의견을 밝혀 나갔다. 홈즈는 때때로 질문을 하기도 하고 '흠!'이라거나 '아!' 하고 맞장구를 치기도 했다. 로스 대령은 무관심한 듯한 태도로 팔짱을 끼고 모자를 깊이 눌러쓴 채 몸을 뒤로 젖히고 있었으며, 나는 그레고리 경위와 홈즈의 이야기를 흥미진진하게 듣고 있었다. 그레고리 경위가 세운 가설은 그것은 홈즈가 기차에서 말한 것과 거의 같았다.

"포위망이 좁혀지고 있으니 심슨은 매우 불리한 입장에 있습니다. 저는 그가 범인이라고 생각하고 있습니다. 그러나 상황 증거밖에 없고, 그것도 사건이 어떻게 전개되느냐에 따라서 뒤집힐 수 있다는 점을 인정합니다."

"스트레이커가 쥐고 있던 칼에 대해서는 어떻게 생각합니까?"

"그가 쓰러질 때 스스로 찔렀다는 결론을 내렸습니다."

"여기로 오는 동안 왓슨도 그렇게 된 것 같다고 하더군요. 그렇다면 심슨에게는 불리한 증거가 되지 않습니까?"

"그렇습니다. 심슨은 칼을 들고 있지 않았고 상처도 전혀 입지 않았습니다. 그에게 불리한 증거들임에는 매우 분명합니다. 그는 우승 예상마가 사라진다면 막대한 이익을 챙기게 되는 사람이었고, 마구간을 지키던 젊은이에게 약을 먹였다는 혐의도 있습니다. 비가 내릴 때 야외에 있었다는 사실도 확실하며 묵직한 지팡이도 가지고 있었죠. 거기다가 죽은 남자는 그의 넥타이를 손에 쥐고 있었습니다. 우리는 배심원들을 납득시킬 수 있을 만한 증거를 쥐고 있다고 생각합니다."

홈즈가 머리를 흔들었다.

"머리 좀 쓸 줄 안다는 변호사에게 걸리면 그런 증거는 간단히 깨지고 맙니다. 어째서 범인은 말을 마구간에서 끌어냈을까요? 말에게 상처를 입힐 생각이었다면 왜 마구간 안에서 하지 않았을까요? 심슨의 소지품에서 열쇠는 발견되었습니까? 아편은 어디에서 샀을까요? 특히 그곳의 지리에 어두운 심슨은 대체 그 유명한 말을 어디에 숨겨 두었을까요? 마구간의 불침번에게 건네 달라며 하녀에게 부탁했던 종이쪽지는 뭐라고 설명하고 있습니까?"

"심슨이 말하길 그건 10파운드짜리 지폐였다고 합니다. 지갑에서 지폐

한 장이 발견되기는 했죠. 선생님이 지금 말씀하신 것은 그렇게 까다로운 문제들이 아닙니다. 심슨은 이곳 지리에 어둡지도 않습니다. 여름에 두 번 타비스톡에서 묵은 적이 있었거든요. 아편은 틀림없이 런던에서 가져왔을 테고 열쇠는 사용한 뒤 버렸겠지요. 말은 야트막한 지대나 폐광에 묻었을지도 모릅니다."

"넥타이에 대해서는 뭐라고 합니까?"

"자신의 것이라고 인정했지만 잃어버린 것이었다고 항변합니다. 그리고 새로운 사실을 한 가지 더 알게 되었는데, 그것으로 그가 마구간에서 말을 끌어냈다고 설명할 수 있습니다."

홈즈가 귀를 기울였다.

"살인 현장에서 1.5킬로미터도 떨어지지 않은 곳에서 월요일 밤에 집시들이 밤을 보냈던 흔적이 발견되었습니다. 그 집시들은 화요일에 다른 곳으로 떠났지요. 심슨과 집시들이 손을 잡았다면, 심슨은 스트레이커에게 쫓길 때 말을 집시들이 있는 곳으로 데려 가고 있었고 따라서 말은 집시들과 함께 있다고 생각할 수도 있지 않겠습니까?"

"충분히 있을 수 있는 일입니다."

"황야 전체를 뒤져 그 집시들의 행방을 쫓는 중입니다. 저는 타비스톡과 거기서 15킬로미터 이내에 있는 마구간이며 창고까지 가리지 않고 전부 살펴봤습니다."

"킹스 파일랜드 근처에 마구간이 하나 더 있었죠?"

"네, 그것도 놓쳐서는 안 될 사실입니다. 그곳, 그러니까 메이플턴의 마구간에 있는 데스버러는 두 번째로 인기 있는 우승 예상마입니다. 그러니 그곳 사람들도 가장 인기 좋은 말이 실종되는 것을 크게 반기고 있는 셈입니다. 조교사인 사일러스 브라운이 웨식스 컵 경주에 커다란 돈을 걸었다는 사실이 밝혀졌고 죽은 스트레이커와는 사이가 좋지 않았다고 합니다. 그 마구간도 조사해 보았으나 조교사는 이번 사건과 관계가 없는 듯합니다."

"물론 심슨은 메이플턴 마구간과는 아무 관계도 없겠죠?"

"전혀 없습니다."

홈즈는 의자에 몸을 묻었고 그렇게 대화는 끊어졌다. 몇 분 후, 마차는 길가에 지어진 차양이 튀어나온 아담한 붉은 벽돌집 앞에 멈춰 섰다. 마구간의 맞은편, 조금 떨어진 곳에 긴 회색 지붕을 씌운 다른 건물이 있었다. 그것만 빼면 어디를 둘러보아도 시들어 가는 양치류들이 황야를 탁한 갈색으로 뒤덮고 완만한 기복은 지평선까지 펼쳐져 있을 뿐이었다. 변화라고 한다면 타비스톡 교회의 첨탑과 서쪽으로 메이플턴의 마구간 같은 집이 몇 채 모여 있는 것이 고작이었다. 홈즈를 제외한 모든 사람들이 마차에서 뛰어내렸지만 홈즈는 전방의 하늘에 시선을 고정한 채 의자에 등을 기대고 생각에 잠겨 있었다. 내가 팔을 툭 하고 건드리자 그제야 화들짝 놀라며 마차에서 내렸다.

"실례했습니다."

로스 대령을 바라보며 홈즈가 말했다. 대령은 약간 놀란 듯 홈즈를 바라보았다.

"생각을 좀 하느라고요."

홈즈의 눈은 빛나고 있었다. 흥분을 억누르고 있는 듯한 모습이었다. 나는 그런 모습에 익숙해져 있었기에 홈즈가 단서를 찾은 게 틀림없다고 생각했다. 어디서 찾았는지는 알 수 없었지만 말이다. 그레고리 경위가 내 친구에게 말했다.

"홈즈 선생님, 바로 현장으로 가실 거지요?"

"아닙니다. 여기서 잠시 사소한 두어 가지를 살펴보고 싶습니다. 스트레이커의 시신은 여기로 옮겨 왔겠죠?"

"그렇습니다. 2층에 안치되어 있습니다. 내일 검시할 예정이고요."

"대령님은 스트레이커를 오랫동안 데리고 있으셨지요?"

"그렇소. 그 사람은 정말 일을 잘해 주었습니다."

"그레고리 경위, 죽은 스트레이커의 주머니도 꼼꼼하게 잘 살펴보았습니까?"

"거실에 두었으니 원하면 보실 수 있습니다."

"고맙습니다."

우리는 거실로 들어가 한가운데 있는 탁자 주위에 앉았다. 경위는 네모난 함석 상자의 열쇠를 열어 우리 눈앞에 물건을 쌓아 놓았다. 밀랍 성냥 한 상자, 5센티미터쯤 되는 양초 한 토막, 'A. D. P.', 즉 알프레드 던힐 파이프라는 표시가 있는 브라이어 파이프, 길쭉하게 썬 씹는담배가 15그램가량 들어 있는 물개 가죽 담배 상자, 금 사슬이 달린 은시계, 금화 5소버린, 알루미늄으로 만들어진 필통, 서류 몇 장, 상아 손잡이가 달린 칼 하나였다. 칼날에는 '바이스 & Co. 런던'이라고 새겨 있었다.

"특이한 칼이로군요."

칼을 집어든 홈즈가 자세히 살펴보며 말했다.

"핏자국이 묻어 있는 것으로 봐서 살해당한 남자가 손에 쥐고 있던 칼인가 보군요. 왓슨, 이 칼은 자네의 전문 분야 아닌가?"

"이건 백내장 칼이라고 부르는 메스일세."

"그럴 줄 알았어. 이 작은 칼날은 아주 세밀한 작업을 하기 위해 만들어진 거야. 거친 일을 하러 간 사람이 이런 것을 가지고 나서다니 좀 이상해. 접어서 주머니에 넣을 수도 없는데 말이지."

"칼날 끝에 끼우는 둥근 코르크판이 시신 곁에서 발견되었습니다."

경위가 말했다.

"스트레이커 부인의 증언에 따르면 이 칼은 한동안 화장대 위에 놓여 있었는데 남편이 방을 나설 때 가지고 갔다고 합니다. 무기로 썩 좋은 것은 아니나 그때 가져갈 수 있었던 것 중에서는 그나마 가장 쓸 만한 것이었겠죠."

"그렇군요. 그런데 이 서류는?"

"이 중 세 장은 건초 상인의 영수증입니다. 한 장은 로스 대령이 지시 사항을 전달한 편지이고 다른 한 장은 본드 거리에 있는 마담 르줄리에 여성 의류점에서 보낸 37파운드 15실링짜리 청구서입니다. 이것들은 전부 윌리엄 더비셔라는 사람에게 보낸 겁니다. 스트레이커 부인이 말하기로는 더비셔는 남편의 친구인데, 그에게 가야 할 편지가 가끔 여기로 온다고 합니다."

"더비셔 부인은 꽤나 비싼 것을 좋아하는 모양이로군."

청구서를 훑어보며 홈즈가 말했다.

"옷 한 벌에 22기니라면 상당한 금액이니까. 여기서는 더 살펴볼 것이 없을 듯하니 범행 현장으로 가 보겠습니다."

우리가 거실에서 나서자 복도에서 기다리고 있던 여자가 다가와 경위의 소매를 잡았다. 매우 야윈 얼굴로 걱정스러운 표정을 짓고 있었으며, 얼마 전에 맛본 공포심이 눈에 띄게 드러났다. 여자가 숨을 몰아쉬며 말했다.

"범인은 아직 못 잡으셨나요? 찾아내지 못하셨나요?"

"아직 잡지 못했습니다. 하지만 여기에 계신 홈즈 선생님이 런던에서 도움을 주러 오셨습니다. 할 수 있는 일은 전부 하겠습니다."

"스트레이커 부인, 일전에 데번셔의 항구도시에서 뵌 적이 있었죠? 플리 머스에서 열린 가든파티에서 말입 니다."

홈즈가 부인에게 말을 건넸다.

"아니요. 뭔가 착각을 하셨 나 봅니다."

"그런가요? 아니, 틀림없 이 뵌 것 같은데. 타조 깃털 장식이 달리고 약간 붉은 기운이 감도는 회색 비단 옷을 입고 계셨는데요."

"저에게는 그런 옷이 없습니다."

"아, 내가 잘못 알고 있는 모양입니다."

홈즈는 사과의 말을 남긴 뒤 경위를 따라 밖으로 나갔다. 황야를 조금 지나자 시신이 발견되었다는 움푹 파인 땅이 나타났다. 그 분지 가장자 리에 비옷이 걸려 있었다던 가시금작화 수풀이 있었다.

"그날 밤에 바람은 불지 않았었죠?"

"비는 세차게 내렸지만 바람은 없었습니다."

"그렇다면 비옷이 바람에 날려서 가시금작화에 걸린 게 아니라 누군 가가 거기에 놓은 것이로군요."

"그렇습니다. 누가 관목 위에 놓았습니다."

"그것 참 재미있군요. 바닥에 발자국이 아주 많습니다. 월요일 밤 이후 많은 사람들이 여기에 왔었나 봅니다."

"옆에 매트를 깔아 놓았고 모두 그 위에 서 있도록 명령했습니다."

"잘했습니다."

"이 자루에 스트레이커가 신고 있던 신발과 피츠로이 심슨의 구두 한 쪽, 그리고 은점박이의 발굽 모형이 있습니다."

"정말 놀랍습니다. 거기까지 생각했을 줄이야."

홈즈는 자루를 받아들더니 낮은 땅으로 내려가서 매트를 가운데로 밀었다. 그리고 엎드려서 몸을 펴고 턱을 양손으로 괸 뒤, 앞쪽의 짓밟힌 땅을 주의 깊게 살펴보았다.

"앗, 이건 뭐지?"

갑자기 그가 말했다. 그것은 반쯤 타다 남은 밀랍 성냥이었다. 진흙투성이가 돼서 처음에는 작은 나뭇가지처럼 보였다.

"어째서 못 봤는지 저도 모르겠군요."

경위가 당황스러워하는 표정으로 말했다.

"진흙 속에 묻혀 있었으니 당연히 보이지 않았을 겁니다. 내가 이것을 찾고 있었기에 발견할 수 있었을 뿐입니다."

"뭐라고요! 그게 떨어져 있을 것이라고 생각했단 말입니까?"

"그럴 수도 있다고 생각했습니다."

홈즈는 자루에서 구두를 꺼내 땅바닥의 발자국과 각각의 구두를 비교해 보았다. 그런 다음 움푹 파인 땅의 끝으로 기어 올라가 한동안 양치류와 수풀 속을 기어 다녔다. 그러자 경위가 말했다.

"다른 곳에는 누군가가 지난 흔적이 없을 겁니다. 제가 사방 100미터의 지면을 면밀히 살펴보았으니까요."

홈즈가 몸을 일으키며 말했다.

"그렇게까지 말한다면, 더 찾아 돌아다니는 것도 무례한 짓이 되겠군요. 그럼 어두워지기 전에 황야를 조금 더 살펴보고 싶습니다. 내일 다시 나왔을 때 이 부근의 지리를 알 수 있도록 말이죠. 행운을 빌면서 이 발굽은 제가 주머니에 넣고 다니겠습니다."

내 친구 홈즈의 차분하고 조직적인 조사 방법을 보고 대령은 초조해졌는지 시계를 힐끗 쳐다보며 말했다.

"경위님, 저와 함께 돌아가 주십시오. 몇 가지 상의할 것이 있어서요. 특히 웨식스 컵 경주에 우리 말이 출마할 수 없다고 공표해야 할지, 그것에 대한 의견을 듣고 싶습니다."

"물론, 취소하지 않으셔도 됩니다. 나는 그대로 명단에 올려놓는 편이 좋다고 생각합니다."

홈즈가 분명하게 말하자 대령은 고개를 숙였다.

"그 말씀을 들으니 정말 마음이 놓입니다. 산책이 끝나시면 죽은 스트레이커의 집으로 와 주시기 바랍니다. 타비스톡까지 마차로 모셔다 드리겠습니다."

대령은 경위와 함께 돌아갔고 홈즈와 나는 천천히 황야를 돌아다녔다. 해가 메이플턴의 마구간 뒤로 떨어지려 하고 있었다. 눈앞에 펼쳐진 평원은 완만하게 경사를 이루고 있었으며 금빛으로 물들어 있었다. 그리고 마른 양치류와 가시나무는 저녁 햇빛을 받아 붉은빛을 띤 살구색으로 변해 있었다. 그러나 깊은 생각에 잠겨 있는 홈즈는 이 멋진 광경에 눈길 한 번 주지 않았다.

"이제 이렇게 하세, 왓슨."

홈즈가 드디어 입을 열었다.

"스트레이커를 누가 죽였는지는 잠시 내버려 두기로 하고 말의 행방부터 생각해 보기로 하자고. 슬픈 사건이 일어나는 와중에, 아니면 그 뒤에 말이 도망쳤다면 과연 어디로 갔을까? 말이라는 동물은 무리를 지어 생활하는 법이야. 그 말이 혼자가 되었다면 본능적으로 킹스 파일랜드로 돌아가거나 메이플턴으로 갔겠지. 말이 정처 없이 황야를 배회하는 일이 과연 있을 수 있을까? 그랬다면 지금쯤은 누군가가 발견했을 거야. 집시가 뭣 때문에 말을 가져가겠나? 있을 수 없어. 뭔가 귀찮은 일이 벌어졌다는 소리를 들으면 경찰들이 따라다니는 것을 싫어하는 집시들은 언제나 그곳에서 떠나 버리지. 게다가 그렇게 유명한 말이라면 집시는 팔고 싶어도 팔 수가 없어. 그렇다면 커다란 위험을 감수하고 말을 훔치더라도 결국에는 아무런 이익도 얻지 못한다네. 이건 분명한 사실이야."

"그럼 말은 어디에 있는 거지?"

"지금 말하지 않았나. 킹스 파일랜드나 메이플턴으로 간 게 분명하다고 말이야. 하지만 킹스 파일랜드에는 없으니 메이플턴에 있겠지. 이 가설을 바탕으로 해서 일이 어떻게 됐는지 생각해 보세. 경위가 말한 대로 이 부근의 황야는 매우 건조해서 땅이 단단하고, 지대는 메이플턴 쪽으로 완만하게 기울어 있네. 저쪽에 움푹 파인 넓은 땅이 보이지? 월요일 밤에 비가 와서 저기는 아주 질척거렸을 거야. 내 예상이 맞는다면 말은 그곳을 가로질렀을 테니 저기서 말 발자국을 찾아볼 필요가 있다네."

우리는 이런 대화를 나누며 힘차게 걸어갔고 몇 분 뒤, 홈즈가 말한 곳에 도착했다. 친구가 시키는 대로 나는 파인 땅의 가장자리를 오른쪽으로 걸었고 홈즈는 왼쪽으로 걸었다. 50걸음도 채 가지 않아서 홈즈가 소리를 지르며 내게 손을 흔드는 것이 보였다. 말의 발자국이 홈즈 앞의 부드러운 땅 위에 선명하게 찍혀 있었다. 홈즈가 주머니에서 꺼낸 발굽은 그 자국에 꼭 들어맞았다.

"이제 상상력의 가치를 알겠는가? 바로 이게 그레고리 경위한테 없는 것이야. 우리는 일이 어떻게 된 건지 상상을 해 보았어. 그리고 그 가정에 따라 행동했고, 마침내 가정이 옳다는 사실을 알아냈다네. 앞으로 계속 나가 보세."

우리는 파인 땅의 축축한 바닥을 가로질러서 건조하고 딱딱한 황야를 400미터쯤 계속 걸어갔다. 그러자 다시 경사면이 나왔고 거기에도 말의 발자국이 있었다. 거기서부터 다시 800미터 정도까지는 발자국이 없었지만 메이플턴 바로 앞에서 다시 발견되었다. 처음에 이것을 발견한 것은 홈즈였다. 그는 자랑스러워하는 표정으로 발자국을 가리키며 서 있었다. 그런데 말 발자국 옆에 사람의 발자국이 있었다. 내가 커다란 목소리로 말했다.

"여기까지는 말 혼자뿐이었는데."

"맞아. 여기까지는 그랬네. 아니? 이건 어떻게 된 일이지?"

사람과 말의 발자국은 갑자기 방향을 바꿔서 킹스 파일랜드 쪽으로 향하고 있었다. 홈즈는 휘파람을 불었고 우리는 그 발자국을 따라서 갔다. 홈즈는 발자국만 보고 있었으나 나는 종종 옆을 보았다. 놀랍게도 같은 발자국이 반대 방향에서 이쪽으로 되돌아오고 있었다. 내가 그것을 가리키자 홈즈가 말했다.

"훌륭해, 왓슨. 덕분에 헛수고를 면했군. 어차피 이 발자국을 따라갔다가 되돌아오게 되었을 테니까. 자, 그럼 이 돌아오는 쪽의 발자국을 따라서 가 보세."

그러나 발자국을 오래 따라갈 수는 없었다. 발자국이 아스팔트 도로로 나가는 바람에 더는 알아볼 수 없었기 때문이다. 그러나 그 길은 메이플턴의 마구간으로 향하고 있었다. 우리가 다가가자 마구간에서 마부가 달려 나왔다.

"이보쇼, 이 근처를 함부로 돌아다니면
안 돼요."

"그냥 잠깐 물어보고 싶은 게
있을 뿐이오."

홈즈가 조끼 주머니에 검지
와 엄지를 넣고 말했다.

"사실은 내일 새벽 5시에 당
신의 주인인 사일러스 브라운
을 만나고 싶은데, 시간이 너무
이릅니까?"

"아뇨. 그런 시간에 깨어 있는
사람은 주인뿐이오. 우리 중에서는 그

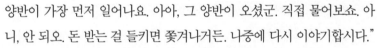

양반이 가장 먼저 일어나요. 아아, 그 양반이 오셨군. 직접 물어보쇼. 아
니, 안 되오. 돈 받는 걸 들키면 쫓겨나거든. 나중에 다시 이야기합시다."

셜록 홈즈가 주머니에서 꺼낸 반 크라운짜리 은화를 도로 집어넣자
무서운 얼굴을 한 중년 남자가 사냥용 채찍을 휘두르며 문에서 성큼성
큼 걸어 나오면서 외쳤다.

"무슨 일인가, 도슨? 쓸데없는 잡담은 그만두고 일을 하라고! 당신들
은 대체 무슨 일로 온 거지?"

"10분 정도 이야기를 하고 싶은데요."

홈즈가 아주 부드러운 목소리로 말했다.

"하릴없이 노닥거리는 치들이랑 한가롭게 떠들고 있을 시간 없다. 함
부로 이 부근을 돌아다니지 마라. 당장 사라지지 않으면 개를 풀어놓을
테니까."

홈즈가 몸을 앞으로 구부려 조교사의 귀에 무슨 말인가를 속삭였다. 조교사는 흠칫 놀라더니 관자놀이까지 시뻘게졌다.

"거짓말!"

조교사가 커다란 소리로 외쳤다.

"거짓말. 말도 안 되는 소리야!"

"알겠소. 그럼 여기서 그 사실을 이야기할까, 아니면 당신의 거실에라도 들어가서 이야기할까?"

"그래, 원한다면 안으로 들어오시오."

홈즈가 미소 지으며 말했다.

"왓슨, 몇 분만 기다려 주게. 그럼, 브라운 씨, 실례하겠소."

20분이 지나서야 홈즈와 조교사는 다시 모습을 드러냈다. 그때에는 저녁 햇빛을 받아서 붉게 반짝이던 평원도 땅거미가 지면서 회색으로 바뀌어 있었다. 그 짧은 사이에 이 사일러스 브라운처럼 태도가 바뀐 사람을 나는 본 적이 없었다. 얼굴은 창백했으며 이마에는 구슬 같은 땀방울이 맺혀 있었고 바람에 흔들리는 나뭇가지처럼 손에 들고 있던 사냥용 채찍이 흔들릴 만큼 두 손을 떨고 있었다. 오만하고 거친 태도도 사라져서 주인을 따르는 개처럼 홈즈에게 굽실거렸다.

"말씀하신 대로 하겠습니다. 꼭 그렇게 하겠습니다."

"꼭 그렇게 해야 하오."

홈즈가 조교사를 보며 말했다. 그러자 브라운은 홈즈의 눈빛이 두려운지 몸을 움츠렸다.

"네, 물론이죠. 반드시 내보내겠습니다. 그건 원래대로 해 놓을까요?"

홈즈는 잠시 생각하다가 갑자기 웃기 시작했다.

"아니, 그냥 내버려 두시오. 나머지는 나중에 편지를 보내도록 하지.

더 이상 잔꾀 부릴 생각 말고……."

"제발 저를 믿어 주십시오, 꼭 믿어 주십시오."

"그날은 당신 것처럼 해야 하오."

"저를 믿으셔도 됩니다."

"좋아, 믿도록 하지. 그럼, 내일 다시 연락하겠소."

홈즈는 브라운이 악수하려고 내민 떨리는 손도 무시한 채 그대로 몸을 돌려 나와 함께 킹스 파일랜드를 향해 걷기 시작했다. 무거운 발걸음으로 걸어가던 도중에 홈즈가 이렇게 말했다.

"사일러스 브라운처럼 오만하고 겁이 많으면서 비열한 인간은 본 적이 없네."

"그래, 말은 있었는가?"

"처음에는 녀석이 나를 협박하며 혐의에서 벗어나려 했어. 하지만 내가 그날 아침에 녀석이 한 행동을 정확히 들려주었더니 내가 죄다 지켜보았다고 착각하더군. 자네도 발끝이 이상하게 넓고 각이 진 발자국을 봤겠지? 그건 브라운의 발자국이야. 녀석에게 고용된 사람이 이런 일을 할 리가 없겠지. 나는 브라운에게 전후사정을 말했네. '당신은 평소대로 가장 먼저 일어나 2층에서 내려왔지. 그런데 낯선 말이 황야를 돌아다니고 있었어. 가까이 다가가 보니 녀석이 '은점박이'라는 이름에 걸맞게 이마가 하얀, 자기가 돈을 건 말보다 더 강한 유일한 놈임을 알았지. 당신은 그 말을 손에 넣을 기회를 얻었다는 사실에 깜짝 놀랐어. 하지만 원래 당신은 말을 킹스 파일랜드로 데려가려고 했어. 그런데 경주가 끝날 때까지 숨겨 둘 수 있겠다는 생각이 들기 시작했고 결국에는 다시 데리고 돌아와서 메이플턴에 숨겨 놓은 거야.' 이런 사실들을 자세히 이야기하자 그자는 겁을 먹고 오로지 죄에서 벗어날 생각만 하더군."

"하지만 그의 마구간은 이미 조사하지 않았나?"

"브라운처럼 오랫동안 말을 다룬 사람은 여러 가지로 속임수를 쓸 수도 있는 법이지."

"말을 녀석에게 맡겨 둬도 괜찮겠나? 그 말에 상처라도 입히면 여러 가지 점에서 녀석에게 유리하지 않은가?"

"괜찮아, 보물처럼 소중히 다룰 걸세. 그자도 은점박이를 안전하게 지키는 것만이 죄를 가볍게 할 수 있는 유일한 길이라는 사실을 잘 알고 있으니까."

"내 느낌에 따르면 로스 대령은 무슨 일에나 그리 관대하지는 않을 것 같은데."

"그건 로스 대령이 할 일이 아닐세. 나는 내 방법대로 할 테니까. 대령에게 어디까지 말할지는 내가 결정할 거야. 이게 바로 사립 탐정의 좋은 점이지. 왓슨, 자네도 눈치챘는지 모르겠지만 대령은 나를 약간 무시하는 투로 대했네. 그래서 나는 살짝 골탕 먹이고 싶은 거야. 비용은 대령이 내게 하고 말이지. 대령에게 말 이야기는 비밀로 해 두게."

"자네가 허락하지 않으면 절대로 말하지 않겠네."

"하지만 그런 건 스트레이커 살해범이 누구인가 하는 점에 비하면 아주 사소한 일이야."

"다음에는 그것을 조사할 생각인가?"

"아니. 야간열차로 런던에 돌아갈 걸세."

나는 홈즈의 말에 깜짝 놀라지 않을 수 없었다. 데번셔에는 겨우 몇 시간 머물렀을 뿐만 아니라, 이처럼 순조롭게 수수께끼가 풀리기 시작한 조사를 포기하다니 이해할 수 없었다. 조교사의 집으로 돌아갈 때까지 그는 한마디도 하지 않았다. 대령과 경위는 응접실에서 우리를 기다리고 있었다. 홈즈가 말했다.

"우리는 야간 급행열차를 타고 런던에 돌아가겠습니다. 짧은 시간이었지만 다트무어의 좋은 공기를 즐길 수 있었습니다."

경위는 눈을 둥그렇게 떴고 대령은 입술을 일그러뜨리며 비웃었다.

"그럼, 당신은 스트레이커 살해범의 체포를 포기하겠다는 말이오?"

홈즈는 어깨를 들썩였다.

"틀림없이 어려운 문제가 있기는 합니다. 하지만 대령의 말은 화요일 경주에 나갈 테니 기수를 한 명 준비해 두십시오. 그건 그렇고, 존 스트레이커의 사진을 한 장 빌릴 수 있을까요?"

경위가 주머니 속 봉투에서 사진 한 장을 꺼내 홈즈에게 건네주었다.

"그레고리 경위는 나에게 필요한 것을 늘 가지고 있군요. 여기서 잠시만 기다리세요. 하녀에게 물어보고 싶은 것이 한 가지 있으니."

홈즈가 자리를 뜨자 로스 대령이 무례한 말을 했다.

"런던에서 오신 분에게 약간 실망했습니다. 저 선생이 왔을 때와 마찬가지로 해결의 기미는 조금도 보이지 않으니까요."

내가 대꾸했다.

"대령님의 말은 화요일 경주에 나갈 수 있다고 제 친구가 보증하지 않았습니까?"

"그렇기는 하지만……."

대령은 어깨를 으쓱했다.

"이야기로가 아니라 말을 실제로 돌려받기 전까지는……."

내가 친구를 위해 변호하려는 순간, 홈즈가 방으로 돌아왔다.

"자, 여러분. 이제 타비스톡으로 갑시다."

우리가 마차에 오를 때 마구간의 젊은이가 문을 열어 잡아 주었다. 홈

즈는 무슨 생각이 떠올랐는지 몸을 앞으로 숙여 그의 소매를 잡아끌면서 물었다.

"마구간에서 양도 키우고 있었소? 누가 돌보고 있지?"

"접니다."

"요즘에 양에게 무슨 일이 있지는 않았소?"

"네, 있었습니다. 대단한 일은 아니지만 세 마리가 다리를 접니다."

홈즈가 키득 웃고는 두 손을 비벼 댔다. 나는 그 모습을 보고 친구가 매우 기뻐하고 있음을 알았다.

"왓슨, 확률은 낮아……. 맞아 떨어질 확률은 낮지만……."

이렇게 말하며 홈즈는 내 팔을 잡았다.

"그레고리 경위, 양들 사이에 이상한 병이 돌았다는 사실을 잘 기억해 두시오. 자, 출발하세."

로스 대령은 여전히 홈즈의 역량을 무시하는 표정을 짓고 지었으나 경위는 긴장한 기색이었다. 그가 물었다.

"양들의 병이 중요하다고 생각하시는 겁니까?"

"매우 중요합니다."

"그 점에 관한 의견을 듣고 싶습니다."

"그날 밤, 개의 이상한 행동에 주의를 기울이시면 좋을 겁니다."

"그날 밤에 개는 아무것도 하지 않았는데요."

"바로 그 점이 이상하지 않습니까?"

홈즈가 말했다.

나흘 뒤, 홈즈와 나는 웨식스 컵 경주를 보기 위해 다시 윈체스터로 가는 열차에 몸을 실었다. 약속한 대로 로스 대령은 역 밖에서 기다리고 있었고 우리는 대령의 마차를 타고 마을 외곽에 있는 경마장으로 향했다. 대령의 표정은 어두웠고 그 태도는 매우 차가웠다.

"내 말은 어디에도 보이지 않는군요."

대령의 말을 듣고 홈즈가 물었다.

"녀석을 보면 자기 말이라고 알아볼 수 있겠지요?"

대령은 크게 화를 냈다.

"나는 20년 동안이나 경마에 관여한 사람이오. 그런 질문을 받은 적은 없었소. 은점박이는 이마가 하얗고 앞발에 얼룩이 있어서 어린애라도 알아볼 수 있소!"

"배당률은 어떻습니까?"

"그게 아무래도 이상하오. 어제는 15대 1이나 되었는데 점점 줄어들더니 지금은 3대 1을 간신히 넘었소.[3]"

---

3) 낮은 배당률은 그만큼 많은 사람들이 그 말을 우승마로 꼽고 있다는 증거이다. 반면 높은 배당률은 그만큼 그 말의 우승 확률이 낮음을 의미한다.

"그렇군요. 누군가가 냄새를 맡았나 봅니다."

홈즈가 말했다.

마차가 장내로 들어가서 특별석 가까이에 멈춰 섰을 때 우리는 출장하는 말의 명단으로 시선을 돌렸다. 그것은 다음과 같았다.

〈웨식스 컵 경주〉

참가 신청금은 한 마리당 50파운드, 취소할 경우 반액 몰수.
1등 1,000파운드. 2등 300파운드, 3등 200파운드.
4, 5세 마 출전.
새로운 코스(1.6킬로미터 5펄롱).

1번 말. 마주 히스 니튼 씨, 니그로(빨간 모자, 갈색 옷)
2번 말. 마주 워드로 대령, 퓨질리스트(분홍 모자, 청색 옷)
3번 말. 마주 백워터 경, 데스버러(노란 모자, 노란 소매)
4번 말. 마주 로스 대령, 은점박이(검은 모자, 빨간 옷)
5번 말. 마주 발모럴 공작, 아이리스(노랑과 검정 줄무늬)
6번 말. 마주 싱글퍼드 경, 레스퍼(보라색 모자, 검은 소매)

"다른 말은 출전시키지 않기로 했소. 당신의 말을 믿었기 때문이오."

대령은 말을 한 번 끊었다가 깜짝 놀라 소리쳤다.

"뭐라고! 은점박이가 우승 후보라고?"

예상가들이 있는 부근에서 커다란 목소리가 들려왔다.

"은점박이에 5대 4! 은점박이에게 5대 4! 데스버러에게 15대 5! 우승 후보, 대항마 이외의 모든 출주마에는 5대 4!"

"출장마의 번호가 게시되었습니다. 여섯 마리 전부 모여 있습니다."

내가 이렇게 말했다.

"여섯 마리가 다 있다고? 그럼 내 말도 있을 텐데. 하지만 보이지가 않소. 검은 모자에 빨간 옷을 입은 기수는 아직 안 지나갔단 말이오."

대령이 크게 흥분해서 이렇게 말했다.

"아직 다섯 마리만 지나갔습니다. 다음에 나오는 녀석이 대령님의 말이에요."

이렇게 이야기하고 있을 때, 다부진 밤색 말이 계량소에서 나와서 대령의 색으로 알려진 검은 모자에 붉은 옷을 입은 기수를 태우고 우리 앞을 천천히 지나갔다.

"저건 내 말이 아니야! 저 말은 몸에 하얀 부분이 하나도 없어. 홈즈 선생, 무슨 짓을 한 거요?"

대령이 커다란 목소리로 말하자 홈즈가 차분하게 대답했다.

"자, 자, 얼마나 잘 뛰는지 경주를 보자고요."

홈즈는 내 쌍안경을 집어 들고 한동안 바라보고 있다가 갑자기 외쳤다.

"훌륭해. 훌륭한 출발이야. 앗, 왔다, 왔어. 코너를 돌아오고 있어!"

우리는 마차에서 말이 직선 코스를 달려오는 멋진 광경을 보았다. 말여섯 마리가 치열하게 경쟁해서 카펫 한 장으로도 여섯 마리 전부를 가릴 수 있을 정도였다. 중간까지는 메이플턴 마구간의 노란색이 선두를 달렸으나 우리 앞을 지나기 전에 데스버러의 힘이 빠지기 시작했다. 로스 대령의 말이 돌진하여 6마신[4] 이상의 차이를 벌리며 결승선에 들어갔다. 그리고 발모럴 공작의 아이리스는 힘을 쓰지 못하고 3등으로 들어갔다.

---

4) 경마에서 말과 말 사이의 거리를 나타내는 단위로, 2.4미터 정도 된다.

"어쨌든 이겼어."

대령이 눈을 비비고 숨을 몰아쉬며 말했다.

"뭐가 뭔지 모르겠소. 홈즈 선생, 이제는 말을 해도 되지 않겠소?"

"알겠습니다. 가르쳐 드리고말고요. 저리 가서 함께 말을 봅시다. 아아, 왔다, 왔어."

마주와 그 친구들만 들어갈 수 있는 계량소로 걸어가며 홈즈가 말을 이었다.

"알코올로 저 말의 머리와 다리를 닦아 보세요. 예전과 다름없는 은점 박이가 나타날 겁니다."

"어떻게 이럴 수가 있지?"

"이 말은 어떤 사기꾼의 손에 넘어갔죠. 실례인 줄 알면서도 알코올로 닦지 않고 그대로 경주에 출전시킨 겁니다."

"놀랍습니다. 나 같은 사람은 도저히 생각할 수도 없는 일이오. 은점박 이는 컨디션이 아주 좋은 모양입니다. 그렇게 멋진 경주를 한 적은 없었 으니까. 선생님의 능력을 의심해서 정말 죄송할 따름입니다. 말을 찾아 주셨으니 이제는 존 스트레이커를 살해한 범인까지 잡아 주신다면 더욱 고맙겠습니다."

"벌써 잡았습니다."

홈즈가 차분하게 말했다. 대령과 나는 놀라서 홈즈를 바라보았다.

"벌써 잡았다고요! 그럼 그 범인은 어디에 있습니까?"

"여기에 있습니다."

"여기라고요? 어디에?"

"지금 나와 함께 있습니다."

대령이 분노로 얼굴을 붉혔다.

"선생에게 신세를 진 것은 분명
하지만 지금 그 말씀은 질 나쁜
농담이거나 모욕이라고 할 수
밖에 없습니다."

홈즈는 웃음을 터뜨렸다.

"대령님을 범인 취급할 생
각은 없습니다. 진범은 대령님
의 바로 뒤에 서 있습니다."

홈즈가 가볍게 걸어가서 서러
브레드[5]의 윤기 있는 목에 손을
댔다.

"말이!"

대령과 나는 소리를 높였다.

"그렇습니다. 말입니다. 정당방위였습니다. 거기에 존 스트레이커가
대령님의 신뢰를 저버렸다고 한다면 이 말의 죄도 가벼워지겠지요. 아,
벨이 울렸네요. 다음 경주에 나도 돈을 조금 걸었으니 자세한 내용은 나
중에 들려드리죠."

그날 밤, 우리는 런던으로 가는 급행열차의 침대칸 한쪽 구석에 앉아
있었다. 우리는 지난 월요일 밤, 다트무어의 마구간에서 일어났던 사건과
그 해결 방법을 이야기하는 홈즈의 목소리에 귀를 기울였다. 나와 마찬
가지로 대령에게도 그 여행은 지루할 틈 없이 매우 짧게 느껴졌으리라.

"먼저, 내가 신문 기사를 읽고 세운 몇 가지 가설은 완전히 빗나갔다

---

5) thoroughbred. 17세기에 영국 토종말에 아랍, 터키, 바바리 말을 교배해서 개량한 경주마 품종.

는 사실을 밝혀 두겠습니다. 기사에 실린 자잘한 사실들의 참된 의미를 알고 있었다면 나름대로 단서는 되었을 테지만요. 증거가 완벽하다고는 여기지 않았지만 나는 피츠로이 심슨이 진범이라고 생각하고 데번셔로 갔습니다. 그러다가 스트레이커의 집에 도착했을 때, 그 마차 안에서 양고기 카레의 중요한 의미를 문득 깨달았지요. 여러분이 모두 마차에서 내린 뒤에도 내가 멍하니 앉아 있었던 걸 기억하지요? 어째서 이렇게 확실한 단서를 놓쳤는지 나 스스로도 놀랐기 때문입니다."

"그렇게 말씀하셔도 그것이 어째서 단서가 되는 건지 저는 잘 모르겠습니다."

대령이 말했다.

"내 추리를 사슬에 비유하자면, 그것은 첫 번째 고리였습니다. 아편 분말에는 특이한 맛이 있습니다. 역겹지는 않지만 먹으면 맛을 알 수는 있지요. 그러니 평범한 요리에 섞으면 틀림없이 사람들은 그 맛을 느끼고 더 이상 먹지 않을 겁니다. 카레는 아편의 맛과 향을 숨기기 위한 방법이었습니다. 피츠로이 심슨이 그날 밤에 조교사의 집에서 저녁으로 카레를 준비하도록 손을 쓰지는 못했을 겁니다. 또 아편의 맛을 감출 수 있는 카레를 만든 날, 그날 밤에 우연히 찾아왔다고 생각하기에는 너무 억지스럽죠. 그것은 말이 안 됩니다. 따라서 심슨은 이번 사건과 관계가 없다는 결론이 나옵니다. 그렇다면 그날 밤의 식사로 양고기 카레를 선택한 사람은 딱 두 사람이 됩니다. 그래서 스트레이커와 그 아내에게 주의를 기울였죠. 아편은 마구간의 젊은이에게 줄 요리에만 들어 있었습니다. 왜냐하면 다른 사람들도 같은 음식을 먹었지만 몸에 이상이 없었으니까요. 그렇다면 두 사람 중에서 누가 하녀의 눈에 띄지 않고 그 요리에 접근할 수 있었을까요?

이 의문을 해결하기에 앞서서 나는 개가 짖지 않았다는 사실에 중요한 의미가 담겨 있음을 깨달았습니다. 올바른 추론은 반드시 또 하나의 올바른 추론으로 인도하는 법이니까요. 심슨의 일을 통해서, 누군가가 마구간에 들어가서 말을 데리고 나가는데도 그 안에 있던 개가 짖지 않았다는 사실을 알았습니다. 짖었다면 위에서 자고 있던 두 젊은이가 잠에서 깨어났을 겁니다. 그러니 한밤중에 찾아온 사람은 개가 잘 알고 있는 인물임에 틀림없습니다.

그 점에서 한밤중에 마구간으로 가서 은점박이를 끌어낸 것은 존 스트레이커라고 확신했습니다. 아니, 거의 확신했다고 말하는 편이 좋을지도 모르겠습니다. 그렇다면 무엇 때문에 그런 짓을 저질렀을까요? 물론 악의적으로 벌인 일이었습니다. 그렇지 않다면 자기 밑에서 일하는 젊은이에게 약을 먹일 이유가 없으니까요. 그래도 그 이유를 알 수 없었습니다. 그런데 조교사가 도박사를 통해서 대항마에 돈을 걸고 일부러 자신의 말을 지게 해서 커다란 돈을 손에 넣은 사건은 예전에도 여러 번 있었습니다. 때로는 기수에게 일부러 고삐를 늦추게 하는 경우도 있었고요. 좀 더 확실하고 교묘한 방법을 사용한 예도 있습니다. 이번에는 어떤 방법이었을까요? 스트레이커의 주머니에 있던 물건을 보고 알아낼 수 있으면 좋겠다고 생각했습니다.

그리고 그 생각대로 주머니 속 물건들이 도움이 되었습니다. 시체가 쥐고 있던 그 기묘한 칼을 기억하고 있겠지요? 제대로 된 사람이라면 그 칼을 무기로 생각하지는 않을 겁니다. 의사인 왓슨의 말에 따르면 그건 아주 세밀한 외과 수술에 쓰는 칼이라고 합니다. 그건 그날 밤, 세밀한 수술에 사용될 예정이었습니다. 대령님은 경마 경험이 풍부하니 외관상 흔적을 전혀 남기지 않고 말의 무릎 뒤쪽 힘줄에 작은 상처를 줄 수 있다는 사실을 알고 있지요? 그렇게 된 말은 약간 다리를 저는데 그건 연습 중에 삐거나 류머티즘의 발작 때문이라고 여겨질 뿐이지 어떤 부정행위가 있었다고는 의심받지 않을 겁니다."

여기까지 듣고 대령이 외쳤다.

"어떻게 그런 짓을! 악당 같은 녀석!"

"스트레이커가 말을 왜 황야로 데려갔는지는 분명합니다. 말은 아주 혈기 넘치는 동물이지요. 그래서 칼을 들이 대면 아무리 깊이 잠든 사람이라도 깨어날 수밖에 없을 만큼 큰 소리를 냅니다. 그렇기 때문에 그 일은 반드시 밖에서 해야만 했습니다."

"전혀 눈치채지 못했습니다. 그래서 초가 필요했고, 성냥을 켰군요!"

대령이 커다란 목소리로 외쳤다.

"그렇습니다. 스트레이커의 소지품을 살펴보는 동안 범죄의 방법뿐만 아니라 다행스럽게도 그 동기까지 알아냈습니다. 대령님은 세상일에 밝으니 잘 알겠지만 다른 사람의 청구서를 자기 주머니에 넣고 다니는 경우는 거의 없습니다. 대부분은 자신의 청구서를 처리하기에도 벅차니까요. 그래서 나는 스트레이커가 이중생활을 하고 있으며 딴살림을 차렸다는 결론을 내렸습니다. 그 청구서를 보고 이번 사건에는 여자, 그것도 돈이 많이 드는 여성이 관계되어 있다는 사실도 알 수 있었습니다. 대령님은 고용인들에게 충분한 급여를 지급했을 테지만 남의 밑에서 일하고 있는 사람이 아내를 위해 20기나 되는 외출복을 살 수는 없을 겁니다. 나는 스트레이커 부인에게 은근슬쩍 외출복에 대해 물어보았고, 그런 옷이 없다는 대답을 확인했습니다. 그래서 나는 그 의상실의 주소를 수첩에 옮겨 적은 다음, 스트레이커의 사진을 가지고 거기에 들르면 이 더비셔라는 수수께끼의 인물도 간단히 알아낼 수 있겠다고 판단했습니다.

그 다음부터는 아주 간단했습니다. 스트레이커는 불을 켜도 보이지 않는 움푹 파인 땅으로 말을 끌고 갔습니다. 심슨은 도망치는 도중에 넥타이를 떨어뜨렸는데, 스트레이커는 뭔가 생각이 있어서, 어쩌면 말 다리를 묶기 위해서 그것을 주웠을 것입니다. 목적지에 도착하자 스트레이커는 말 뒤로 돌아가 성냥을 켜서 불을 붙였습니다. 그런데 갑자기 불빛이 보이자 말은 깜짝 놀랐고, 우리로서는 알 수 없는 동물적 본능으로 뭔가 나쁜 음모가 있음을 알아채고 스트레이커를 발로 찼습니다. 그때 발굽이 스트레이커의 이마에 정확히 맞은 겁니다. 비가 내리기는 했지만 스트레이커는 섬세한 작업을 하기 위해서 이미 비옷을 벗은 상태였습니다. 그 바람에 쓰러질 때 칼이 허벅지에 깊이 박히고 말았죠. 이제 아셨겠지요?"

"굉장합니다. 정말 굉장합니다. 마치 현장에서 직접 본 것 같습니다!"

대령은 이렇게 외쳤다.

"솔직히 말해서 내 마지막 추리는 약간 까다로운 것이었습니다. 스트레이커처럼 치밀한 남자가 힘줄에 상처를 내는 섬세한 일을 연습도 없이 저지르지는 않았을 겁니다. 그렇다면 대체 무엇으로 연습했을까? 그때 내 눈에 문득 양이 들어와 물어보았습니다. 놀랍게도 그 추측은 맞아떨어졌죠."

"홈즈 선생님, 이제 모든 사실을 분명히 알았습니다."

"런던으로 돌아간 나는 의상실을 찾아가 보았습니다. 그곳에서 스트레이커는 더비셔라는 이름을 쓰는 단골손님이었습니다. 그의 아내는 값비싼 옷을 아주 좋아하고 매우 사치스러운 사람이라고 하더군요. 그 여자 때문에 조교사는 빚이 점점 늘어나 이번 일을 꾀했고 결국에는 비참한 결과를 맞게 된 겁니다."

"이제 일이 어찌 된 것인지 이해가 갑니다. 하지만 한 가지 더, 말은 어디에 있었습니까?"

대령이 말했다.

"말은 도망쳤습니다. 그 말을 대령님 근처에 살던 한 사람이 돌봐 준 거고요. 그 사람은 관대하게 봐 줘야 할 겁니다. 여기는 클래펌 교차로역이군요. 10분쯤 뒤면 빅토리아 역에 도착할 겁니다. 자, 대령님. 우리 방으로 가서 담배라도 함께 피우지 않겠습니까? 당신에게 흥미로울 법한 다른 질문이 있다면 기꺼이 설명할 테니까요."

2. 노란 얼굴

　내 친구의 뛰어난 재능 덕분에 나는 많은 사건에 귀를 기울였고, 몇몇 기묘한 연극에서는 배우로 등장하기도 했다. 그러니 내가 그 사건에 바탕을 둔 짧은 이야기를 출간하면서 홈즈가 저지른 실수보다 멋지게 수수께끼를 푼 이야기에 중점을 두는 것은 당연한 일이다. 사실 그의 정력과 풍부한 재능은 어려운 사건일수록 더욱 빛을 발했으므로 나는 굳이 친구의 평판을 생각해서 그렇게 한 것이 아니다. 다만 홈즈가 실패한 사건은 다른 사람이 수사하더라도 실패로 끝나는 경우가 많았으며 해결되지 않은 채 미제로 남는 경우가 많았기 때문에 기록할 수가 없었다. 그가 해결하지는 못했으나 우연히 수수께끼가 풀린 사건도 내가 알기로 대여섯 개 정도 있었다. 그중에서는 〈머스그레이브 가의 의식문〉과 지금부터 이야기할 사건이 가장 흥미롭다.

　셜록 홈즈는 운동 그 자체를 위해 운동하는 일이 거의 없지만 그보다 근력이 센 사람은 많지 않으며, 내가 지금까지 본 바로 홈즈는 그 체급에서 적수가 될 사람이 없을 정도로 뛰어난 권투 선수이다. 그런데 홈즈는 아무 목적 없는 운동은 에너지를 함부로 낭비하는 일이라 생각하고 있었다. 하지만 직업, 그러니까 탐정이라는 직업에 도움이 되지 않으면 운동을 하지 않는 그도 사건이 닥치면 기꺼이 움직였고 피곤하다는 말도 하지 않았다. 평소 운동을 하지 않으면서도 좋은 컨디션을 유지하는 것은 놀라웠다. 홈즈는 대체로 간소하게 식사했으며 일상생활도 고행에 가까울 정도로 소박했다. 가끔 코카인을 하는 것을 빼면 나쁜 습관은 없었다. 그것도 사건이 없거나 신문이 재미없어 무료함을 달래기 위한 방편에 지나지 않았다.

어느 이른 봄날, 홈즈는 아주 편안한 마음으로 나와 함께 하이드 파크를 산책하고 있었다. 느릅나무 가지에 새싹이 돋아나기 시작했고 번질번질한 창처럼 생긴 밤나무 새싹이 다섯 장짜리 잎으로 모습을 바꾸려하고 있었다. 우리는 두 시간 동안 거의 아무 말 없이 함께 걸었는데, 서로를 잘 알고 있는 우리에게는 이런 방식이 어색하지 않았다. 베이커 가에 돌아왔을 때는 오후 5시가 가까워진 시간이었다.

"어서 오세요. 뵙고 싶다며 찾아온 분이 계셨습니다."

문을 열어 준 급사가 말했다. 홈즈가 나를 원망스럽다는 듯이 바라보며 말했다.

"산책을 하는 게 아니었어. 그럼, 그분은 돌아가셨나?"

"네."

"방으로 안내했나?"

"네, 안내를 했는데요……."

"얼마쯤 기다렸지?"

"30분쯤 기다렸습니다. 여기 계시는 동안 안절부절못하면서 계속 방 안을 왔다 갔다 하며 발을 굴렀습니다. 밖에서도 소리가 다 들렸어요. 그러다 갑자기 복도로 나오시더니 이렇게 말씀하셨습니다. '대체 그 사람이 돌아오기는 하는 거요?' 이건 그분이 말씀하신 그대로입니다. 저는 '조금만 더 기다려 보세요.'라고 대답했습니다. 그랬더니 손님이 '그럼 밖에서 기다리기로 하지. 숨이 막힐 것 같아. 잠시 뒤에 다시 오겠네.'라고 말씀하시고는 서둘러 밖으로 나가셨습니다. 애써 만류했지만 헛수고였습니다."

"알았네. 잘했어."

방으로 들어가며 홈즈가 말했다.

"하지만 안타깝군. 나는 사건에 굶주려 있는 상태였는데 말이야. 그 사람이 안절부절못한 걸 보니 중요한 일이겠지. 아, 이런! 탁자 위에 있는 파이프는 자네 것이 아니군그래. 조금 전에 왔던 사람이 놓고 간 거야. 시간의 때가 묻은 멋진 브라이어 파이프야. 담배 상인들이 호박琥珀이라 부르는 길고 훌륭한 물부리가 달려 있군. 런던에 진품 호박 물부리가 몇 개나 되는지 의심스러울 정도지. 날벌레가 들어간 호박이 진짜라고 말하는 사람도 있지만 가짜 호박에 가짜 날벌레를 넣는 것은 참으로 간단하거든. 그렇게 소중히 다루던 파이프를 놓고 가다니 꽤나 정신이 없는 모양이야."

"소중하게 다루었다는 사실은 어떻게 알았나?"

"이 파이프에 가격을 매기자면 아마 7실링 6펜스 정도는 될 거야. 그런데 여기를 좀 보게, 그걸 두 번이나 고쳤어. 한 번은 나무로 된 담뱃대 부분을, 또 한 번은 호박 물부리를 고쳤네. 두 번 모두 은을 감아서 고쳤군. 두 번 수리할 비용이라면 차라리 새로운 것을 살 수도 있는데 이 사람은 파이프를 소중히 생각하고 있기 때문에 수리한 거야."

"그 외에는?"

내가 물었다. 홈즈는 들고 있던 파이프를 이리저리 돌리면서 늘 그렇듯이 생각에 잠긴 표정으로 바라보았다. 그는 대학 교수가 뼈를 설명하는 듯이 파이프를 높이 들어 올려 길고 가느다란 검지로 톡톡 두드리며 말했다.

"파이프란 때로 아주 재미있지. 회중시계와 구두끈을 빼면 이것만큼 그 사람의 개성을 잘 보여 주는 것도 없어. 이 파이프를 통해서도 주인의 개성을 알 수 있지만 그렇게 특징적인 것도, 또 중요한 것도 아니야. 이 파이프의 주인은 힘이 아주 센 왼손잡이고 치열이 고른 사람이야. 또 조심스러운 성격은 아니지만 상당한 부자일세."

홈즈가 휙 물건이라도 던지듯 아무렇지도 않게 말했다. 그리고 자신의 추리를 이해할 수 있겠냐는 듯 시선을 위로 들어 나를 바라보았다.

"7실링짜리 파이프를 쓴다고 해서 부자라고 생각한 건가?"

내가 묻자 홈즈는 손바닥에 담뱃재를 톡톡 털며 대답했다.

"이건 30그램에 8펜스나 하는 그로브너 혼합 담배야. 그 반만 있어도 품질 좋고 맛있는 담배를 피울 수 있으니 이 사람은 절약 같은 것은 필요가 없는 남자라고 할 수 있지."

"또 무엇이 있나?"

"이 사람은 램프나 가스불로 파이프에 불을 붙이는 습관을 가지고 있어. 한쪽만 심하게 그을려 있지? 물론 성냥을 쓰면 이렇게는 되지 않아. 파이프 옆으로 성냥을 가져가는 사람이 있을 리 없으니까. 하지만 램프를 이용하면 담배통을 그을리지 않고는 불을 붙일 수가 없어. 그런데 파이프의 오른쪽이 그을려 있으니 왼손잡이라고 생각한 걸세. 램프로 불을 붙여 보게나. 자네는 오른손잡이니 당연히 파이프 왼쪽을 불로 가져간다는 사실을 알 수 있을 거야. 때로는 반대로 가져다 대는 경우도 있을 테지만 그런 버릇을 가진 사람은 아마 없을 걸세. 그런데 이 파이프를 보면 언제나 오른쪽을 불에 댄 흔적이 있으니 주인은 왼손잡이일세. 그리고 호박 물부리를 심하게 씹은 흔적이 있어. 이렇게 자국이 남을 정도라면 몸이 튼튼하고 정력적인 남자로 치열도 고른 사람이겠지. 아, 그 사람이 계단을 올라오는 모양이군. 파이프를 살펴보기만 하다가 본인을 만나면 더 재미있는 사실을 알 수 있을 거야."

바로 문이 열리더니 키가 크고 젊은 남자가 방으로 들어왔다. 점잖으면서도 고급스러운 진회색 옷을 입고 손에는 챙이 넓은 갈색 중절모를 들고 있었다. 나는 서른 살쯤이라고 생각했으나 나중에 알고 보니 실제 나이는 더 많았다.

"실례합니다."

남자가 미안하다는 듯이 말했다.

"노크를 해야 하는 줄은 알고
있었지만……, 물론 노크를 했
어야죠. 하지만 마음이 너무
급해서 실례했습니다. 용서
해 주십시오."

그는 거의 넋을 잃은 사
람처럼 이마를 비비더니 의
자에 쓰러지듯 앉았다. 홈
즈가 특유의 상냥한 어조로
남자에게 말을 건넸다.

"하루 이틀 정도 잠을 못
주무셨군요. 잠을 못 자면 일
하거나 놀 때보다 신경이 더 심
한 자극을 받습니다. 어쨌든 용건을 들어 볼까요?"

"도움을 주십시오. 어떻게 해야 좋을지 모르겠습니다. 제 생활이 엉망
이 되어 버릴 것 같습니다."

"저를 고문탐정으로 고용하고 싶으신 건가요?"

"그것뿐만이 아닙니다. 선생님은 생각이 깊고 세상물정에 밝은 분이
시니 의견도 듣고 싶습니다. 제가 지금부터 어떻게 해야 하는지 가르쳐
주실 수 있겠지요?"

남자는 날카로운 어투로 감정을 듬뿍 담아 말했다. 말하는 것조차 상
당히 괴로운 듯했으나 억지로 참고 있음을 알 수 있었다.

"제가 털어놓으려는 일이 참으로 미묘합니다. 처음 뵙는 분에게 가정
의 일을 말하는 것은 썩 기분이 좋지 않습니다. 특히 저를 모르는 두 분

에게 제 아내에 대해서 말한다는 것은 참으로 괴로운 일입니다. 두렵습니다. 하지만 이미 한계에 도달했습니다. 조언을 듣고 싶습니다."

"그랜트 먼로 씨."

홈즈가 이렇게 말하자 남자는 의자에서 벌떡 일어났다.

"뭐라고요! 제 이름을 알고 계셨나요?"

홈즈가 미소 지으며 말했다.

"이름을 감추고 싶다면 모자 안감에 이름을 새기지 않는 것이 좋을 겁니다. 아니면 이야기할 때 상대방에게 모자의 앞면만 보이도록 해야지요. 내가 하고 싶은 말은, 나와 내 친구는 이 방에서 그동안 여러 가지 기괴한 비밀을 들었고 다행스럽게도 그 고민들을 해결하여 그들에게 평안을 줄 수 있었다는 점입니다. 우리는 먼로 씨에게도 도움을 줄 수 있을 겁니다. 한시를 다투는 일인 듯하니 더 늦기 전에 고민하고 있는 바를 말씀해 주시죠."

이야기하기가 무척 괴로운지 손님은 다시 이마에 손을 가져갔다. 그 동작이나 표정을 보아하니 이 남자는 내성적이고 말이 없는 사람이었다. 자신의 수치를 드러내기보다는 감추고 싶어 하고 약간 자부심 강한 남자라는 사실도 알 수 있었다. 그는 갑자기 불끈 쥔 주먹을 세차게 휘두르더니 결심했는지 이야기를 시작했다.

"선생님, 제게는 아내가 있습니다. 3년 전에 결혼했지요. 지난 3년 동안 우리는 남들만큼은 서로 사랑했고, 행복한 생활을 누리고 있었습니다. 사고방식, 말, 행동, 무엇을 놓고 봐도 다른 점이 없었습니다. 그런데 지난주 월요일부터 갑자기 둘 사이에 벽이 생겨 버리고 말았습니다. 아내는 이제 길거리에서 스쳐 지나가는 여자와 다를 바 없습니다. 아내의 생활과 생각에 제가 모르는 부분이 있었습니다. 우리 사이에 커다란 간격이 생기고 말았습니다. 저는 그 이유를 알고 싶습니다.

한데, 그 이야기를 하기에 앞서 분명히 해 두고 싶은 것이 한 가지 있습니다. 아내 에피가 저를 사랑한다는 점입니다. 그 점만큼은 오해하지 말아주세요. 그녀는 진심으로 저를 사랑하고 있습니다. 저는 그 사실을 알 수 있으며, 또 느끼고도 있습니다. 그것만은 분명합니다. 여자의 사랑을 받으면 남자는 금방 알 수 있는 법이지 않습니까? 하지만 우리 사이에는 비밀이 생겨 버렸고 그것이 사라지기 전까지는 예전처럼 될 수가 없습니다."

"먼로 씨, 무슨 사정이 있으셨는지 들려주십시오."

홈즈가 약간 조바심을 내며 재촉했다.

"그럼 제가 알고 있는 대로 에피의 과거를 말씀드리겠습니다. 우리가 처음 만났을 때, 그녀는 고작 스물다섯 살 된 젊은 미망인이었습니다. 옛날 성은 헤브론이었습니다. 그녀는 어렸을 때 미국으로 건너가 애틀랜타에서 살았는데 거기서 헤브론이라는 남자와 결혼했습니다. 그 남자는 실력 있는 변호사였다고 합니다. 둘 사이에 아이가 하나 있었는데 애틀랜타에 황열병이 돌아 남편과 아이를 모두 잃고 말았습니다. 저는 제 눈으로 헤브론의 사망 진단서를 보기도 했습니다. 에피는 이런 일을 겪고 나자 미국이라는 나라가 싫어져서 영국으로 돌아와 미혼인 이모와 함께 미들섹스 주의 피너에서 살았습니다. 죽은 남편이 넉넉하게 살아갈 수 있을 만큼의 유산을 남겨 두어서 재산이 4,500파운드나 있었고 그것을 꽤 괜찮은 곳에 투자했는지 연 7퍼센트 정도의 이자를 받고 있었습니다. 아내가 피너에 살기 시작한 지 6개월쯤 되었을 때 저를 만났습니다. 서로를 사랑하게 된 우리는 몇 주일 뒤에 결혼했습니다.

저는 약재나 맥주의 원료로 쓰이는 홉을 거래하는 상인입니다. 수입을 말씀드리자면 1년에 700에서 800파운드를 법니다. 생활도 여유로웠고 큰 부담이 되지 않을 것 같아서 노베리에 있는 근사한 별장 같은 집을 연 80파운드에 빌렸습니다. 런던 도심에서 가까운 편인데도 꽤 한적한 곳입니다. 우리 집 약간 북쪽에 여관 하나와 민가 두 채가 있고, 집 앞에 있는 밭을 사이에 두고 조그만 별장이 한 채 더 있습니다. 그것 말고는 역으로 가는 길 중간쯤까지 집은 한 채도 없습니다. 계절에 따라서 일 때문에 도심으로 자주 나가는 경우도 있지만 여름에는 한가하기 때문에 시골집에서 아내와 더할 나위 없이 행복한 시간을 보냈습니다. 그리고 혹시나 해서 말씀드리는데, 이 혐오스러운 사건이 일어나기 전까지 우리 사이에 어두운 그림자는 전혀 없었습니다.

이야기를 계속하기에 앞서 한 가지 더 말씀드려야 할 것이 있습니다. 우리가 결혼할 때, 아내는 전 재산을 제게 맡겼습니다. 저는 반대했지요. 제 사업이 제대로 풀리지 않게라도 된다면 문제가 될 것이라고 생각했기 때문입니다. 하지만 아내가 꼭 맡겨야겠다고 우기기에 결국은 받고 말았습니다. 그런데 6주일 전이었습니다. 아내가 제게 와서 다음과 같이 말했습니다.

'잭, 우리가 결혼할 때 내 재산을 당신에게 맡겼죠. 그때 당신은 돈이 필요하면 말하라고 했잖아요?'

'맞소. 그건 전부 당신의 돈이니까.'

'그럼 100파운드만 주세요.'

그 말에는 저도 약간 놀랐습니다. 기껏해야 새 드레스를 사려나 보다 하고 생각하고 있었으니까요.

'대체 어디에 쓰려고?'

그러자 아내가 농담처럼 말했습니다.

'당신은 내 은행 역할을 할 뿐이라면서요. 은행은 질문 같은 건 하지 않는 법이에요.'

'정말 필요하다면 물론 주겠소.'

'정말 필요해요.'

'하지만 어디에 쓸 건지는 말하고 싶지 않단 말이오?'

'언젠가는 말할게요. 하지만 지금은 말할 수 없어요.'

이상하기는 했지만 어쩔 수 없었습니다. 이때 처음으로 우리 사이에 비밀이 생긴 겁니다. 저는 아내를 위해서 수표를 끊어 주었고, 더 이상은 그 일을 생각하지 않기로 했습니다. 물론 이것은 그 이후의 사건과 관계가 없을 수도 있겠지만 혹시나 해서 말씀드린 겁니다.

어쨌든 조금 전, 저희 집 앞에 조그만 별장이 있다고 말하지 않았습니까? 그 집과는 밭을 사이에 두고 있어서 그곳에 가려면 밭을 돌아가야만 합니다. 약간 커다란 길을 따라가다가 거기서 그 집으로 이어진 좁은 길로 들어서야 하죠. 그 집 너머에 넓지는 않지만 멋진 소나무 숲이 있는데 저는 그 부근으로 산책 나가는 것을 좋아했습니다. 숲은 언제나 친근함을 느끼게 해 주는 이웃 같은 존재니까요. 그 별장은 지난 8개월 동안 비어 있었습니다. 안타까운 일이었죠. 고풍스러운 현관 지붕에 인동덩굴이 얽혀 있는 이층집입니다. 저는 몇 번이고 멈춰 서서, 여기라면 아담하고 편안한 집이 될 텐데 하고 생각했습니다.

그런데 지난주 월요일 저녁, 그 길을 산책하다 빈 짐마차가 좁은 길을 따라오는 것을 보았습니다. 그리고 그 집 현관 옆의 잔디 위에 여러 장의 카펫과 물건들이 쌓여 있었습니다. 비어 있던 그 집에도 드디어 사람이 세를 든 것입니다. 저는 할 일 없는 사람처럼 그곳을 지나가다가 멈춰 서서 힐끔 쳐다보았습니다. 저희 집 근처로 이사 온 사람은 대체 누구일까 궁금했거든요. 그렇게 있다가 문득 누군가가 2층 창에서 저를 내려다보고 있다는 사실을 깨달았습니다.

그 사람이 어떻게 생겼는지는 분명히 말씀드릴 수 없어도 등골이 오싹해지는 기분이 들었습니다. 약간 거리가 있었기에 얼굴을 제대로 알아보지는 못했지만 어쩐지 부자연스러워서 사람 같지가 않았습니다. 제가 받은 인상은 그랬습니다. 저를 바라보고 있는 사람을 좀 더 가까이서 봐야겠다는 생각이 들어 서둘러 다가갔습니다. 그런데 제가 다가가자 그 얼굴이 홀연 사라지고 말았습니다. 방의 어둠 속으로 끌려 들어간 것이 아닐까 싶을 정도로 말입니다. 그 사실을 생각하며 저는 5분 정도 그 자리에 서 있었습니다. 제가 받은 인상에 대해서 분석하려 했지요. 그 얼굴이 남자였는지 여자였는지조차 알 수

없었지만 얼굴색이 가장 인상 깊었습니다. 핏기가 없는 흙빛으로 어딘가 경직되어 있었고 매우 부자연스럽다고 느꼈습니다. 저는 혼란스러웠습니다. 그래서 그 집에 새로 이사 온 사람을 좀 더 자세히 봐야겠다고 생각했습니다. 저는 가까이 다가가서 문을 두드렸습니다. 그러자 키가 크고 마른 몸에 무뚝뚝한 얼굴의 여자가 바로 문을 열었습니다.

'무슨 일이죠?'

그 여자는 북부 사투리로 말했고

저는 턱으로 집을 가리키며 대답했습니다.

'저는 옆집에 사는 사람입니다. 새로 이사 오신 듯한데, 뭐 도와드릴 만한 일이 없을까 싶어서…….'

'도움이 필요하면 부르겠수.'

그 여자는 이렇게 말하고는 문을 쾅 닫아 버렸습니다. 시골 사람의 무례한 거절에 화가 나기는 했으나 그냥 집으로 돌아왔습니다. 그날 밤, 저는 앞서 있었던 일을 더는 생각하지 않으려 노력했으나 창에서 나타난 그 유령 같은 얼굴과 무례한 여자를 잊을 수가 없었습니다. 아내에게는 아무 말도 하지 않기로 했습니다. 아내는 신경이 예민한 편이어서 아주 쉽게 흥분하거든요. 그래서 제가 받은 불쾌한 인상을 알려 주고 싶지 않았습니다. 하지만 잠을 자기 전에 그 집에 사람이 들어왔다는 사실만은 아내에게 말했습니다. 아내는 아무런 말도 하지 않았지요.

저는 평소에 아주 깊이 잠자는 편입니다. 밤에는 무슨 일이 있어도 절대 깨지 않는다며 집안사람들이 놀리곤 했죠. 그러나 그날 밤은 그 사소한 일 때문에 약간 흥분했는지 평소처럼 깊이 잠들지 못한 모양입니다. 비몽사몽간에 누군가가 방 안을 돌아다니는 것을 희미하게 의식했습니다. 그런데 잠시 뒤, 아내가 외출하려고 망토를 두르고 모자를 썼다는 사실을 깨달았습니다. 그런 늦은 시간에 왜 외출 준비를 하는 것인지 놀라기도 하고 화가 나기도 해서 저는 잠에서 깨어나지 못한 채로 무슨 말을 하려고 했습니다. 한데 그때, 촛불에 비친 아내 얼굴이 갑자기 눈에 들어왔고, 이번에는 깜짝 놀라서 아무 말도 할 수가 없었습니다. 아내는 지금까지 본 적이 없는 표정을 짓고 있었습니다. 아내가 그런 표정을 지을 수 있으리라고는 꿈에도 생각지 못했습니다. 아내는 죽은 사람처럼 창백한 얼굴을 한 채 망토 끈을 묶으며 제가 일어나지나 않을까 침대 쪽을 힐끔힐끔 쳐다봤습니다. 그러다 제가 잠을 자고 있다고 생각했는지 살금살금 방에서 빠져나갔습니다. 바로 뒤에 삐걱거리는 소리가 들려왔습니다. 틀림없이 현관의 경첩이 내는 소리였습니다. 저는 자리에서 일어나 침대에 앉아 이게 꿈이 아닐까 하고 주먹으로 침대의 난간을 두드렸습니다. 그런 다음 베개 밑에서 회중시계를 꺼냈습니다. 오전 3시였습니다. 대관절 그런 시간에 아내는 무엇을 하러 외출한 걸까요?

20분쯤, 아내가 왜 그런 행동을 했는지 생각하며 앉아 있었습니다. 생각하면 생각할수록 이상했고 도저히 영문을 알 수 없었습니다. 마침내 문이 다시 열고 닫히는 소리가 들리더니 아내가 계단을 올라오는 발소리가 들려왔습니다. 그때 저는 아직 이런저런 생각을 하며 괴로워하고 있었습니다.

'에피, 대체 어디에 다녀온 거요?'

아내가 침실로 들어오자 제가 물어보았습니다. 그러자 아내는 기겁을 하며 괴로워하는 듯한 소리를 토해 냈습니다. 그 외침이며 놀라는 모습은 참으로 이해할 수 없는 것이었습니다. 아내의 마음속에 떳떳하지 못한 부분이 있기 때문에 놀라 소리를 질렀다고 생각했습니다. 아내는 언제나 정직하고 숨기는 것이 없는 성격이었습니다. 그런 아내가 자기 방에 몰래 들어와 남편이 말을 걸자 질겁해서 소리를 지르며 당황할 줄이야. 저는 그런 아내의 모습을 보고 등줄기가 오싹해졌습니다.

'잭, 일어났어요?'

신경질적인 웃음소리를 내며 아내가 말했습니다.

'세상이 무너져도 당신은 잠에서 깨지 않을 거라고 생각했는데.'

'어딜 갔던 거요?'

'당연히 놀랄 거예요.'

제가 좀 더 강한 말투로 묻자 아내는 이렇게 대답하며 망토 끈을 풀었는데 손가락이 떨리고 있었습니다.

'지금까지 이런 일은 없었으니까요. 사실은 아까 자다가 숨이 막힐 것 같아서 신선한 공기를 마시고 왔어요. 밖에 나가지 않으면 정신을 잃을 것만 같았거든요. 현관 근처에 2, 3분 정도 서 있었더니 다시 기분이 좋아졌네요.'

이 말을 하면서 아내는 저를 쳐다보지 않았습니다. 목소리도 평소와는 전혀 달랐습니다. 거짓말을 하는 것이 분명했습니다. 저는 아무 말도 하지 않고 벽을 가만히 바라보며 괴로워했습니다. 도저히 좋은 쪽으로는 생각할 수가 없었습니다. 아내는 제게 대체 무엇을 숨기려 했던 걸까요? 그런 시간에 살금살금 나가서 아내는 대체 어디를 갔던 걸까요? 그것을 알기 전까지는 마음이 편하지 않을 것이라 생각했습니다. 하지만 거짓말이라도 대답을 들으니 다시 묻기도 망설여졌습니다. 저는 밤새도록 뒤척이며 온갖 상상을 다 했습니다. 그 생각도 점점 이상한 쪽으로 흘러갈 뿐이었습니다.

저는 그날 런던으로 나올 일이 있었습니다. 그러나 너무나도 혼란스러워서 일 생각을 할 수 있을 것 같지 않았습니다. 아내도 저와 마찬가지로 혼란스러워하는 것 같았습니다. 탐색하는 눈빛으로 저를 힐끔힐끔 쳐다봤기에 자신의 변명을 제가 믿지 않는다는 것을 알고 당황스러워하는 것이 분명했습니다. 아침을 먹는 동안, 서로 말을 하지 않았습니다. 식사를 마치자마자 저는 바로 산책을 나갔습니다. 상쾌한 아침 공기를 마시며 어떻게 된 일인지 생각하고 싶었기 때문입니다.

저는 런던의 수정궁까지 갔다가 잔디밭에서 한 시간쯤 머물렀고 오후 1시에 노베리로 돌아왔습니다. 집 앞의 조그만 별장 곁을 지났을 때, 전날 저를 바라보고 있던 그 기묘한 얼굴을 다시 볼 수 있지 않을까 싶어 멈춰 서서 창을 올려다보았습니다. 그렇게 거기에 서 있다가 저는 화들짝 놀랐습니다. 그 집 문이 갑자기 열리더니 제 아내가 나왔지 뭡니까! 저는 아내를 보고 깜짝 놀라서 아무런 말도 할 수가 없었습니다.

하지만 눈이 마주쳤을 때 아내가 놀라던 표정에 비하면 제 놀라움은 아무것도 아니었습니다. 순간 아내는 그 집 안으로 다시 들어가려고 했지만 곧 숨어도 소용없다고 생각한 듯했습니다. 하얗게 질린 얼굴로 눈동자에 떠오른 놀라운 빛을 감추려 입술에 미소를 띠면서 저에게 다가왔습니다.

'잭, 옆집에 이사 온 사람들에게 도와줄 일은 없는지 물어보고 오는 길이에요. 왜 그런 얼굴로 보는 거죠? 화가 난 건 아니겠죠?'

'어젯밤 당신이 다녀온 곳이 이 집이오?'

저는 이렇게 말했습니다. 그러자 아내가 커다란 목소리로 말했습니다.

'뭐라고요?'

'당신은 여기에 왔던 거야. 틀림없어. 그런 시간에 몰래 만나러 와야 할 사람이란 대체 누구요?'

'여기에 온 건 처음이에요.'

'거짓말인 줄 다 아는데 왜 그런 소리를 하는 거요? 당신의 목소리도 평소와는 다르잖소. 내가 당신한테 무엇인가를 숨긴 적이 있었나? 내가 이 집으로 들어가서 죄다 알아 봐야겠어.'

'안 돼요, 안 돼. 잭, 제발 부탁이에요!'

아내는 감정을 억누르지 못하고 괴로워했습니다. 제가 문으로 다가가자 아내가 소매를 잡더니 있는 힘껏 잡아당겼습니다.

'부탁이에요, 잭. 언젠가는 전부 말할게요. 이 집에 들어가도 그 결과

는 비참할 뿐이에요.'

제가 그녀를 뿌리치고 들어가려 하자 아내는 미친 사람처럼 제게 매달리며 애원했습니다.

'나를 믿어 줘요, 잭! 이번만은 믿어 줘요. 결코 후회하지 않을 거예요. 나를 위해서가 아니에요. 당신을 위해서 숨기는 거예요. 우리의 생활은 여기에 달려 있어요. 나와 함께 이대로 돌아간다면 모든 일이 다 잘 끝날 거예요. 무슨 일이 있어도 이 집을 살펴봐야겠다면 우리는 그것으로 끝장이에요.'

아내의 태도가 너무나 열성적이기도 했고 필사적이기도 했기에 저는 문 앞에 서서 어떻게 해야 좋을지 망설였습니다.

'그럼 믿겠지만 한 가지 조건이 있소. 딱 한 가지 조건이오.'

저는 마침내 이렇게 말했습니다.

'이런 비밀은 이번이 마지막이오. 비밀을 갖는 것은 자유요. 하지만 두 번 다시 밤에 이 집에 오지 않겠다고, 내게 숨기고 무엇인가를 하지 않겠다고 약속해 주시오. 두 번 다시 하지 않겠다고 약속해 준다면 지금까지의 일은 기꺼이 잊도록 하겠소.'

'믿어 줄 거라 생각했어요.'

어깨의 짐을 덜은 것처럼 아내가 말했습니다.

'당신 말대로 하겠어요. 그만 돌아가요. 집으로 돌아가요.'

그러더니 아내는 다시 소매를 잡아당겨 저를 그 별장에서 멀어지게 했습니다. 아내에게 끌려가며 뒤를 돌아보니 그 노란 흙빛 얼굴이 2층 창문에서 바라보고 있었습니다. 그 괴물과 아내는 어떤 관계가 있는 것일까요? 전날 만났던 무례한 여자와 아내는 대체 어떤 관계가 있을까요? 기묘한 수수께끼입니다. 그 수수께끼를 풀 때까지 제 마음에 평화는 찾아오지 않을 겁니다.

그 뒤로 이틀 동안 저는 집에 있었습니다. 아내도 약속을 충실히 지키고 있는 것 같았습니다. 제가 알고 있는 한 아내는 집 밖으로 나가지 않았습니다. 그런데 사흘째 되던 날에 다시 일이 생겼습니다. 마음속으로 그처럼 굳게 맹세했건만 그것도 소용없더군요. 그 비밀은 강력한 힘이 있어서 제 아내를 남편과 아내로서의 의무에서 멀어지게 했습니다. 맹세라는 것이 무력하다는 증거를 신물 날 정도로 맛보았습니다.

그날 저는 런던으로 나갔고, 늘 타던 오후 3시 36분 기차가 아니라 2시 40분 기차를 타고 돌아갔습니다. 집에 들어가니 하녀가 놀라서 현관으로 뛰어나왔습니다.

'마님은 어디 계신가?'

제가 묻자 하녀가 대답했습니다.

'산책 나가셨습니다.'

순간 의심이 마음속에 피어올랐습니다. 저는 아내가 집에 없다는 사실을 확인하기 위해서 2층으로 뛰어 올라갔습니다. 그리고 우연히 2층 창을 통해서 밖을 내다보니 방금 이야기를 나눈 하녀가 밭을 가로질러서 조그만 별장으로 황급히 가고 있었습니다. 하녀가 왜 서두르는지는 물론 알고 있었습니다. 아내는 그 집으로 갔고, 혹시 제가 돌아오면 부르러 오라고 부탁한 겁니다. 분노로 몸을 떨며 저는 아래층으로 내려갔습니다. 그날을 마지막으로 이번 사건을 확실히 매듭지을 생각으로 발걸음을 서둘렀습니다. 아내와 하녀가 좁은 길을 따라 급히 오는 것이 보였습니다. 저는 멈춰 서려고도, 또 말을 걸려고도 하지 않았습니다. 우리 생활에 어두운 그림자를 드리우는 비밀이 그 집에 있습니다. 무슨 일이 있어도 더는 비밀을 참을 수 없다고 생각했습니다. 그 집에 도착하자마자 저는 노크도 하지 않고 문을 열어 복도로 달려 들어갔습니다.

1층은 쥐 죽은 듯 고요했습니다. 부엌에서는 불에 올려놓은 주전자가 소리를 내고 있었습니다. 크고 검은 고양이가 바구니 안에 웅크리고 있었고요. 하지만 전에 보았던 여자는 어디에도 없었습니다. 다른 방에도 들어가 보았으나 거기에도 사람은 없었습니다. 저는 2층으로 뛰어 올라갔지만 그곳의 방 두 개도 모두 텅 비어 있었습니다. 그렇습니다. 집 안은 텅 비어 있었고 아무도 없었습니다! 가구와 그림은 평범한 싸구려였지만 어느 한 방만은 다른 곳과 달리 훌륭하게 꾸며져 있었습니다. 바로 그 기묘한 얼굴이 창문을 통해서 저를 내려다보던 그 방이었죠. 그곳은 안락하고 우아한 방으로 난로 위 선반에는 아내의 전신사진이 놓여 있었습니다. 그것을 보자 의심이 불꽃처럼 격렬하게 피어올랐습니다. 그 사진은 석 달쯤 전에 제가 아내에게 권해서 찍게 한 것이었습니다.

저는 한참을 더 머물며 면밀히 살펴보았고 집이 완전히 비었다는 사실을 확인했습니다. 지금까지 그처럼 어두운 기분이 들었던 적은 없었습니다. 무거운 마음으로 그 집에서 나와서 집으로 돌아가 보니 아내가 현관으로 나와 있었습니다. 그러나 아무 말도 하고 싶지 않았기에 아내를 밀치고 저는 제 서재로 들어갔습니다. 문을 닫기 전에 아내가 제 뒤를 따라서 서재로 들어왔습니다.

'여보, 약속을 어겨서 미안해요. 하지만 사정을 알게 되면 분명히 용서해 주실 거예요.'

'그럼 모든 사실을 털어놓으시오.'

'안 돼요, 잭. 그럴 수 없어요.'

'누가 저 집에 살고 있소? 사진은 누구에게 준 거요? 당신이 이야기해 줄 때까지 당신을 믿을 수 없소.'

그렇게 말하고 아내가 말리는 것도 뿌리친 채 저는 집에서 나왔습니다. 선생님, 그게 어제의 일이었습니다. 그 이후 아내도 만나지 않았고 그 기괴한 사건이 어떻게 되었는지도 모릅니다. 저희 사이에 그림자가 드리운 것은 이번이 처음으로 마음이 매우 혼란스럽습니다. 어떻게 해야 잘 해결할 수 있을지도 모르겠습니다. 오늘 아침, 제가 어떻게 하면 좋을지 가르쳐 줄 유일한 분은 선생님이라는 생각이 들어서 서둘러 왔습니다. 이것으로 다 이야기한 셈입니다. 분명하지 않은 점이 있으면 질문해 주세요. 그리고 어떻게 하면 좋을지 한시라도 빨리 말씀해 주십시오. 저는 이처럼 비참한 상황을 더는 견딜 수 없습니다."

홈즈와 나는 이 기묘한 이야기를 커다란 흥미를 가지고 들었다. 남자는 매우 흥분한 탓인지 약간 더듬으며 말했다. 홈즈는 한동안 턱을 괸 채 생각에 잠겨 있었다가 입을 열었다.

"창가에 나타난 얼굴이 남자의 것이라고 단언할 수 있습니까?"

"언제나 멀리서만 봤기에 확실히 그렇다고는 말할 수 없습니다."

"하지만 불쾌한 인상을 받았군요."

"낯빛이 이상한 색이었습니다. 그리고 표정이 아주 굳어 있었습니다. 제가 다가가자 갑자기 사라지고는 했습니다."

"부인이 100파운드를 달라고 한 지는 얼마나 지났습니까?"

"거의 두 달 지났습니다."

"전남편의 사진을 본 적이 있었나요?"

"아니요. 아내가 미망인이 된 직후 애틀랜타에 커다란 불이 나서 서류나 사진은 모두 불탔다고 합니다."

"그런데 사망 진단서는 있었단 말이죠? 보셨다고 했으니."

"네, 불이 난 뒤 사본을 손에 넣었다고 합니다."

"미국에서 부인과 알고 지내던 사람을 만난 적이 있었나요?"

"아니요."

"영국에 돌아온 뒤 부인이 다시 애틀랜타에 갔다는 말을 들은 적도 없습니까?"

"없었습니다."

"그렇다면 미국에서 오는 편지는?"

"저는 모릅니다."

"고맙습니다. 조금 더 생각해 봐야겠어요. 그 사람들이 별장을 아예 떠난 것이라면 일이 약간 어려워질 수도 있습니다. 하지만 어제 당신이 온다는 말을 듣고 그 집에 사는 사람들이 달아난 것이라면 지금은 돌아와 있을 가능성이 더 큽니다. 그렇다면 해결은 아주 쉬워지죠. 그러니 노베리로 돌아가서 그 집의 창을 다시 한 번 살펴보세요. 거기에 지금 사람이 살고 있다고 믿을 만한 증거가 발견되면 억지로 들어가려 하지 말고 우리에게 전보를 치세요. 전보를 받으면 한 시간 이내로 우리가 가서 곧 진상을 밝히겠습니다."

"만약 아직 아무도 없다면요?"

"그렇다면 우리가 내일 찾아가서 말씀드리죠. 그럼, 이제 안녕히 가십시오. 어쨌든 아직 확실하지 않은 일로 고민하지는 마시고요."

그랜트 먼로 씨를 배웅한 뒤 홈즈가 말했다.

"정말 까다로운 사건이군, 왓슨. 자네는 어떻게 생각하나?"

"불길한 사건 같아."

나는 이렇게 대답했다.

"맞아. 아무래도 공갈 협박이 있는 것 같네."

"그렇다면 누가 협박을 하는 거지?"

"그 별장 안에 잘 꾸며 놓은 방이 하나 있다고 했지? 그 방에 살고 먼로 부인의 사진을 난로 위에 장식해 놓은 작자야. 왓슨, 창을 통해서 내다본 그 흙빛 얼굴에 무엇인가가 감춰져 있어. 이것만은 확실하네."

"뭔가 가설을 세운 건가?"

"있지. 가설에 지나지 않지만……. 하지만 빗나갈 리가 없어. 먼로 부인의 전남편이 그 집에 있는 걸세."

"왜 그렇게 생각하는가?"

"그렇지 않다면 그녀가 왜 남편을 집에 들이지 않으려고 애를 썼겠나? 내 추리대로라면 진상은 이렇다네. 그 부인은 미국에서 결혼했어. 그런데 남편이 견딜 수 없는 성격을 드러내기 시작했네. 그게 아니라면 어떤 끔찍한 병, 그러니까 나병이나 지적장애가 생긴 것일지도 몰라. 아무튼 결국에는 전남편에게서 도망쳐 영국으로 돌아온 거야. 그리고 이름을 바꾸고 새로운 생활을 시작해야겠다고 결심했고, 3년 전에 재혼에 성공해서 이제 안전하다고 믿은 그녀는 지금의 남편을 안심시키기 위해서 다른 사람의 사망 진단서를 보였네. 그런데 전남편이나 혹은 환자에게 기생하는 분별없는 여자에게 먼로 부인이 사는 곳이 어디인지 알려진 거야. 그자들은 먼로 부인에게 편지를 보내고 또 찾아가기도 해서 비밀을 폭로하겠다고 협박했어. 먼로 부인은 100파운드를 마련해서 그들에게 건네주고 더 이상 나타나지 말라고 애원했어. 그래도 녀석들은 기어코 부인을 찾아왔지. 옆집에 이사 온 사람이 있다고 남편이 이야기한 순간, 부인은 협박자가 왔다고 느꼈어. 그래서 남편이 잠들기를 기다렸다가 그 집에 가서 자신의 평화를 깨지 말라고 부탁했겠지. 그때는 이야기가 원만하게 마무리 지어지지 않아서 이튿날 아침 다시 찾아갔는데 먼로 씨가 말한 대로 그 광경을 남편에게 들키고 만 걸세. 남편에게는 두 번 다시 가지 않겠다고 약속했으나 이틀 후, 어떻게 해서든 그 혐오스러운 이웃에게서 벗어나고 싶었고, 또 상대방이 사진을 요구하는 바람에 다시 찾아갔어. 한데 이야기를 나누는 중에 하녀가 남편이 왔다고 말하러 왔지. 남편이 바로 올 것이라는 사실을 알았기에 그 집 사람들을 뒷문을 통해 근처에 있는 소나무 숲으로 달아나게 했어. 그래서 먼로 씨는 그 집에서 아무도 발견할 수 없었던 거야. 하지만 먼로 씨가 오늘 밤에 살펴보면 틀림없이 돌아와 있을 걸세. 내 해석을 어떻게 생각하나?"

"전부 추측뿐이군."

"하지만 적어도 이것으로 모든 사실을 설명할 수는 있어. 내 가설로도 설명할 수 없는 새로운 사실이 발견되면 그때는 생각을 고쳐야겠지. 지금은 노베리에서 소식이 올 때까지 아무것도 할 일이 없다네."

그러나 오래 기다리지는 않았다. 오후의 차를 막 마시고 났을 때 전보가 왔다.

그 집에 아직 사람이 있음. 창문에 얼굴 나타남. 오후 7시 기차로 오시기 바람. 도착할 때까지 손대지 않겠음.

우리가 열차에서 내리자 먼로 씨가 승강장에서 기다리고 있었다. 역 램프의 불빛으로, 그의 얼굴이 창백하고 흥분해서 몸을 떨고 있다는 사실을 알 수 있었다.

"선생님, 아직 녀석들이 그 집에 있습니다."

먼로 씨가 홈즈의 손을 잡으며 말했다.

"오는 도중에 보니 그 집에 불이 켜져 있었습니다. 깨끗이 해결해 버립시다."

어두운 가로수 길을 걸으며 홈즈가 말했다.

"그렇다면 먼로 씨의 계획은 어떻습니까?"

"어떻게 해서든 그 집 안으로 들어가서 누가 사는지 제 눈으로 확인할 생각입니다. 두 분께서도 증인으로 입회해 주시기 바랍니다."

"부인은 수수께끼를 풀지 않는 편이 좋을 거라고 했는데 그래도 실행하실 생각인가요?"

"네. 결심했습니다."

"그래요, 먼로 씨의 결심이 잘못되지는 않았을 겁니다. 어떤 사실이라 할지라도 불확실한 의혹에 시달리는 것보다는 나을 테니까요. 바로 가 봅시다. 물론 법률로 따지자면 변명할 여지가 없는 불법 행동이기는 하지만, 일단 해 볼 만한 가치는 있을 겁니다."

매우 어두운 밤이었다. 양쪽에 깊은 마차 바퀴 자국이 파인 좁은 길에 들어섰을 때는 보슬비가 내리기 시작했다. 그런데도 그랜트 먼로 씨는 성큼성큼 앞으로 걸어 나갔다. 우리는 발을 헛디디며 뒤를 따라가기에 정신이 없었다.

"우리 집의 불빛입니다."

먼로 씨가 늘어선 나무들 사이로 깜빡이는 불빛을 가리키며 중얼거렸다.

"그리고 여기가 지금부터 들어가야 할 집입니다."

먼로 씨는 모퉁이를 막 돌아 좁은 길로 들어서려던 순간에 이렇게 말했다. 바로 옆에 건물이 있었는데 문이 꼭 닫혀 있지 않아서 한 줄기 노란 불빛이 어두운 지면으로 쏟아지고 있었다. 그리고 2층 창 중 하나가 밝게 빛나고 있었다. 올려다보니 차양에 흐릿하고 검은 그림자가 움직이는 것이 보였다.

"저 괴물입니다!"

그랜트 먼로 씨가 커다란 목소리로 말했다.

"저기에 누군가 있는 것이 보였죠? 자, 따라오세요. 모든 진실을 밝히고 말겠어요."

우리는 문으로 다가갔다. 그러자 갑자기 여자 하나가 어둠 속으로 달려 나왔다. 여자는 문틈으로 새어 나오는 램프 불빛 속에 멈춰 섰다. 어두워서 얼굴은 보이지 않았으나 부인은 애원하듯 팔을 벌리고 있었다.

"부탁이에요, 잭! 이러지 말아요. 오늘 밤에 당신이 올 것 같은 예감이 들었어요. 나를 믿어 줘요. 결코 후회하지 않을 거예요."

"너무 많이 믿었소, 에피."

먼로 씨가 화난 목소리로 말했다.

"막아서지 마시오! 밀치고라도 들어갈 거요. 여기에 있는 내 친구들과 함께 깨끗하게 결론을 내고 말겠소."

먼로 씨는 아내를 옆으로 밀쳤고 우리는 바로 그 뒤를 따라갔다. 그가 문을 활짝 열자 중년 여자가 달려와서 앞을 가로막았다. 우리는 그 여자까지 밀쳐 내고 곧 계단을 올랐다. 그랜트 먼로 씨가 불이 켜진 2층 방으로 뛰어들었고 우리도 그 뒤를 따랐다.

그곳은 안락해 보였으며 좋은 가구들이 놓인 방이었다. 탁자 위와 난로 위 선반에도 촛불이 두 개씩 놓여 빛을 발하고 있었다. 그 한쪽 구석에 있는 책상을 향해 어린 소녀 같은 아이가 앉아 있었다. 우리가 방에 들어갔을 때 그 소녀는 얼굴을 다른 쪽으로 돌리고 있었다. 그 아이는 빨간 옷을 입고 있었으며 희고 긴 장갑을 끼고 있었다. 소녀가 우리 쪽으로 휙 얼굴을 돌린 순간, 나는 너무나도 오싹해서 소리를 지르고 말았다. 우리를 바라본 그 얼굴은 참으로 기괴한 흙빛으로 아무런 표정도 없었다. 하지만 수수께끼는 바로 풀렸다. 홈즈가 웃으며 아이의 귀에 손을 가져가자 이윽고 가면이 벗겨지고 얼굴이 드러났다. 놀란 우리를 향해 흑인 소녀가 하얀 이를 드러내며 웃고 있었다. 그 아이가 웃는 것도 당연하다는 듯 나도 껄껄 웃었다. 그러나 그랜트 먼로 씨는 자신의 목을 손으로 잡은 채 소녀를 가만히 바라보고 있다가 잠시 뒤 이렇게 외쳤다.

"어떻게 된 일이지? 이게 대체 무슨 일이야?"

"설명할게요."

먼로 부인은 안정을 되찾은 위엄 있는 표정으로 방에 들어왔다.

"나는 이야기하지 않으려고 했지만 당신이 그토록 원하니 어쩔 수 없군요. 이렇게 된 이상, 우리는 이 사태를 좋은 쪽으로 풀어 갈 수밖에 없어요. 전남편은 애틀랜타에서 죽었지만 아이는 살아 있었어요."

"당신의 아이란 말이오?"

부인이 가슴에서 은으로 된 커다란 로켓을 꺼냈다.

"당신은 이 안을 보지 못했죠?"

"열리는 줄 몰랐소."

부인이 용수철을 만지자 경첩으로 연결된 뚜껑이 열렸다. 그 안에는 어떤 남자의 초상이 들어 있었다. 매우 지적이고 잘생긴 남자로, 틀림없이 아프리카의 피가 흐르고 있는 얼굴이었다.

"이 사람이 애틀랜타의 존 헤브론이에요. 이 세상에서 가장 고결한 남자였어요. 이 사람과 결혼하려고 나는 백인 세계와 인연을 끊었죠. 하지만 그가 살아 있는 동안 한 번도 후회한 적이 없었어요. 단, 아이가 나보다는 자기 아버지의 피를 더 진하게 물려받은 것은 불행하다고 생각했지요. 이런 결혼에서는 흔히 있는 일이지만요. 우리 딸 루시는 제 아버지보다 훨씬 더 피부가 검어요. 하지만 피부가 검든 하얗든 이 아이는 저의 사랑스러운 딸, 어머니인 나에게 더없이 소중한 아이예요."

부인이 이렇게 말했다. 어린 딸은 이 말을 듣자 달려가서 부인의 옷에 몸을 기댔다. 부인이 다시 말을 이었다.

"이 아이는 몸이 약해서 환경이 바뀌면 좋지 않을까 봐 미국에 남겨 두고 왔어요. 그래서 우리 집에서 일하던 스코틀랜드 출신의 충실한 여성에게 맡겼지요. 결코 이 아이를 버리겠다고 생각한 적이 없어요. 그런데 우연히 당신을 알았고 당신을 사랑하게 되자 나는 당신에게 이 아이의 이야기를 꺼낼 용기가 나지 않았어요. 나는 나쁜 여자예요. 당신과 아이 중에서 한 사람을 택해야 할 입장에 놓인 나는 아이를 버렸어요. 3년 동안 아이가 있다는 사실을 숨겼어요. 유모가 보낸 편지를 보면서 아이가 무사하다는 사실은 알고 있었지요. 그런데 어떻게 해서든 아이를 보고 싶어졌어요. 끝까지 참아 보려 했으나 그럴 수가 없었어요. 위험한 줄은 알았지만 단 몇 주 동안만이라도 아이를 곁에 두기로 결심했어요. 유모에게 100파운드를 보내고 내 아이라는 사실이 절대로 알려지지 않도록 몰래 옆집으로 이사 오라고 했어요. 그리고 이 집에 대해서 알려 주었지요. 낮 동안에는 아이를 집 안에만 두고, 창문으로 아이를 본 사람이 근처에 흑인 아이가 산다는 소문을 퍼뜨리지 않도록 아이의 얼굴과 손을 감추라고 유모에게 주의를 주었어요. 이런 일은 하지 않는 편이 좋았을지도 모르겠네요. 난 당신에게 진실을 들키고 말까 봐 얼마나 마음고생을 했는지 몰라요.

그런데 처음 이 집에 누군가가 이사 왔다고 이야기한 것은 당신이었어요. 그때 나는 아침까지 기다려야 했지만 흥분되어서 잠을 잘 수가 없었어요. 당신은 한번 잠들면 쉽게 일어나지 못하니까 나는 과감하게 집을 빠져나갔어요. 그런데 당신은 모든 것을 보고 있었어요. 그때부터 우리의 불행이 싹을 틔운 것이었지요. 이튿날, 당신은 내 비밀을 알게 되었지만 신사답게 그 이상은 추궁하지 않았어요. 그로부터 사흘 뒤, 유모와 이 아이는 당신이 현관으로 뛰어들 것이라는 말을 듣고 뒷문으로 간신히 빠져나갔어요. 그리고 당신은 오늘 밤 모든 사실을 알고 말았어요. 이 아이와 나는 어떻게 되는 거죠? 말해 주세요."

먼로 부인은 두 손을 꼭 쥐고 대답을 기다렸다. 그랜트 먼로 씨가 입을 열기까지는 10분이나 되는 긴 시간이 걸렸다. 지금 생각해 봐도 참으로 흐뭇한 대답이었다. 먼로 씨는 아이를 안아 올려 키스한 뒤 품에 안았다. 그러고는 한 손을 부인에게 내밀며 문 쪽으로 향했다.

"그 문제에 대해서는 집으로 돌아가서 좀 더 편하게 이야기해 봅시다. 에피, 나는 그리 좋은 남자는 아니오. 하지만 당신이 생각하는 것보다는 괜찮은 남자일 거요."

홈즈와 나는 그들의 뒤를 따라서 좁은 길로 나갔다. 밖으로 나오자 홈즈가 슬쩍 내 소매를 잡아끌며 말했다.

"여보게, 우리는 노베리보다 런던에 있는 편이 더 쓸모 있겠어."

홈즈는 이 사건을 두고 아무 말도 하지 않았으나 밤이 깊어 촛불을 들고 침실로 들어가려 할 때 이렇게 말했다.

"왓슨, 내가 자만에 빠지거나 일을 대충 처리한다고 생각되면 내 귓가

에 조용히 '노베리'라고 속삭여 주게. 그렇게 해 준다면 자네에게 정말 고마워할 걸세."

3. 증권거래소의 직원

　나는 결혼한 지 얼마 지나지 않아서 런던의 패딩턴 구에 병원을 개업할 수 있는 권리를 얻었다. 이 권리를 물려준 파커 노인은 한때 솜씨 좋은 의사였으나 이제는 나이를 먹었고, 무도병[6]에 시달리고 있었기에 환자의 숫자가 굉장히 줄어들었다. 어찌 보면 당연한 일일 테지만, 사람들은 의사란 건강해야 한다고 굳게 믿고 있어서 자기 병도 못 고치는 사람은 돌팔이 의사라고 생각해 버린다. 그런 이유로 파커 노인의 병이 무거워질수록 환자도 점점 줄어들었고 연간 1,200파운드에 달하던 진료 수입도 내가 일을 물려받았을 무렵에는 겨우 300파운드에 불과했다. 그러나 나는 젊음과 열정으로 도전할 자신이 있었고, 몇 해만 지나면 병원도 예전처럼 번성하리라 믿었다.

　개업 후 석 달 동안은 아주 바빴기 때문에 친구인 셜록 홈즈와도 거의

6) 몸의 근육이 경직되어 춤을 추듯이 경련이 일어나는 신경성 질환.

만나지 못했다. 나는 베이커 가를 찾아갈 여유가 없었으며, 그는 직업상의 목적이 없으면 거의 외출을 하지 않기 때문이었다. 그랬으므로 6월의 어느 날, 내가 아침 식사를 마치고 〈영국 의학 회보〉를 읽고 있을 때 현관의 벨 소리에 이어서 친구의 높다랗고 다소 쩨지는 목소리가 들려오자 아주 놀라지 않을 수 없었다.

"잘 있었나, 왓슨."

홈즈가 기세 좋게 방으로 들어왔다.

"오랜만일세. 부인은 〈네 개의 서명〉 사건으로 약간의 충격을 받은 듯하던데 이제는 완전히 좋아졌겠지?"

"고마워. 우리는 모두 아주 건강히 잘 지내고 있다네."

나는 진심으로 반가워하며 악수했다. 친구가 흔들의자에 앉으며 말을 꺼냈다.

"의사 일에 정신이 팔려서 예전에 우리 둘이 생각하던 추리 문제에 완전히 흥미를 잃은 것은 아니겠지?"

"흥미를 잃다니! 어젯밤에도 예전의 노트를 읽으며 지금까지 해결했던 사건들을 분류해 보았다네."

"기록을 그만둘 생각은 없겠지?"

"없고말고. 그런 일들을 좀 더 경험할 수 있다면 그보다 더 기쁜 일도 없을 거야."

"가령 그게 오늘이라 할지라도 말인가?"

"그럼. 설령 오늘이라 할지라도."

"버밍엄까지 가야 하는데도?"

"상관없어. 자네가 원한다면."

"환자는 어떻게 할 생각인가?"

"이웃 의사가 외출할 때면 내가 대신 그 집 환자를 봐 줬다네. 그 사람은 언제라도 그 빚을 갚겠다고 했어."

"그래! 그거 마침 잘됐군!"

홈즈가 의자에 등을 기대고 미소를 지으며 나를 가만히 바라보았다.

"자네, 얼마 전에 몸이 좋지 않았던 모양일세. 여름 감기는 정말 귀찮은 존재야."

"지난주에 지독한 오한이 들어서 사흘 정도 집에만 틀어박혀 있었다네. 하지만 감기는 이미 깨끗하게 나았는데."

"맞아. 아주 건강해 보이네."

"그럼 그 사실을 어떻게 안 거지?"

"내 방법은 자네도 잘 알고 있지 않은가?"

"추리했다는 말인가?"

"맞아."

"무엇을 근거로?"

"자네의 슬리퍼."

나는 신고 있던 에나멜 슬리퍼를 슬쩍 바라보았다.

"대체 어떻게……."

나는 말을 꺼냈으나 홈즈는 질문을 끝까지 듣지도 않고 대답했다.

"자네의 슬리퍼는 새로 장만한 거야. 처음 신은 지 몇 주 지나지 않았겠지. 지금 바닥이 나를 향하고 있는데, 가볍게 탄 자국이 보이네. 처음에는 슬리퍼가 젖어서 말리다가 탔다고 생각했어. 하지만 발등 가까운 부분을 보면 구두점에서 표시를 하기 위해 붙이는 작고 둥근 종이 상표가 아직 붙어 있네. 슬리퍼가 젖었다면 그 종이는 떨어졌을 거야. 그러니까 자네는 다리를 길게 뻗은 채 난로에 들러붙어 있었던 거지. 아무리 습한 6월이라 할지라도 몸에 이상이 없는 사람이라면 그렇게 하지 않을 걸세."

언제나 그렇지만 홈즈의 추리는 설명을 듣고 나면 참으로 간단해 보였다. 내 표정을 보고 그런 내 마음을 읽었는지 그는 조금 씁쓸한 웃음을 지어 보였다.

"설명하고 나면 모든 사실이 사람들에게 알려져서 좋지 않다니까. 원인을 말하지 않고 결과만 보여 주는 편이 훨씬 더 인상적이야. 그건 그렇고, 버밍엄에는 같이 가 줄 거지?"

"물론이지. 그런데 어떤 사건인가?"

"기차를 타고 가는 동안 전부 이야기해 주겠네. 밖에 서 있는 사륜마차에서 의뢰인이 기다리고 있다네. 바로 나갈 수 있겠나?"

"눈 깜짝할 사이면 돼."

나는 이웃 의사에게 보내는 짧은 편지를 급히 쓴 뒤, 2층으로 뛰어가 아내에게 사정을 설명하고 문 앞의 계단에서 홈즈와 합류했다. 그런데 그가 놋쇠 간판을 턱으로 가리키며 말했다.

"옆집도 의사인가?"

"맞아. 나처럼 개업 권리를 산 사람일세."

"오래된 의원이었나?"

"내가 산 병원과 거의 비슷해. 양쪽 모두 건물을 지었을 때부터 병원을 운영했으니까."

"음, 그 말대로라면 자네는 두 곳 중에서 더 잘 되는 쪽을 손에 넣은 셈이야."

"나도 그렇게 생각하네. 그런데 어떻게 알았나?"

"계단을 보고 알았지. 자네 집 계단이 저 집 계단보다 7.5센티미터 정도 더 닳아 있네. 그건 그렇고, 마차 안에서 기다리는 사람은 사건을 의뢰한 홀 파이크로프트 씨야. 자네를 소개하기로 하지. 이보게, 마부, 조금 서둘러 주게. 기차 시간까지 얼마 남지 않았으니까."

　마차 안에서 나와 마주 앉은 사람은 체격이 좋고 건강해 보이는 청년이었다. 시원시원하고 정직해 보이는 얼굴이었는데 곱슬곱슬하고 노란 턱수염을 살짝 기르고 있었다. 번쩍번쩍 빛나는 중산모와 깔끔하고 수수한 검은 정장을 보니 어떤 사람인지 알 수 있었다. 런던 토박이로 런던의 상업과 금융의 중심지에서 일하는 똑똑한 청년이었다. 군에 입대한다면 우수한 일원이 될 것도 같았고, 영국 전역을 통틀어도 누구보다 훌륭한 운동선수가 될 것 같기도 한 시민이었다. 그의 혈색 좋고 둥근 얼굴에는 건강함이 넘쳐 흘렀으나 무슨 고민을 품고 있는 듯 입술의 양쪽 끝이 쳐져 있어 조금 우스워 보이기도 했다. 그러나 그가 셜록 홈즈

를 찾아온 이유를 들은 것은 우리가 기차 일등칸에 올라 버밍엄을 향한
여행을 시작한 이후였다. 홈즈가 말했다.

"여기서부터 도착할 때까지 70분이라는 시간을 보내야 한다네. 그럼
홀 파이크로프트 씨, 방금 들었던 당신의 매우 재미있는 체험담을 이 친
구를 위해서 다시 한 번 그대로 들려주세요. 가능하다면 좀 더 자세히.
사건에 대해 다시 한 번 들으면 나한테도 도움이 됩니다. 왓슨, 이 일의
배경에 무엇이 숨어 있을지 없을지는 모르겠지만 어쨌든 이번 일에는
우리 둘이서 몇 번이고 경험한 적이 있는 기묘하고도 기발한 특징이 있
네. 자, 파이크로프트 씨, 나는 지금부터 입을 다물고 있겠습니다."

청년은 반짝반짝 빛나는 눈으로 나를 바라보았다.

"이 이야기에서 가장 마음에 들지 않는 것은, 제가 얼마나 멍청한지를

그대로 드러냈다는 점입니다. 그야 물론 결과적으로는 일이 잘 해결될지도 모르고 달리 손쓸 방법도 없었다고 생각합니다. 하지만 저는 이번 일로 제 밥그릇을 잃고 아무것도 얻지 못했으니 한심할 따름입니다. 왓슨 박사님, 제 말솜씨가 좋은 편은 아니지만 자초지종을 설명하면 이렇습니다.

저는 드레이퍼스 가든스에 있는 콕슨 앤 우드하우스 상회라는 증권거래소에서 일하고 있었습니다. 기억하고 계실 테지만, 지난 초봄에 있었던 베네수엘라 공채 문제로 상회는 매우 큰 손해를 입어 어떻게 손쓸 수 없는 상태에 이르고 말았습니다. 그곳에서는 5년 전부터 일하고 있었기에 콕슨 사장님이 다른 곳에서 일을 할 수 있도록 훌륭한 추천장을 써 주셨습니다. 하지만 회사가 도산하게 되자 저희 직원 27명이 졸지에 갈 곳을 잃어버렸고, 여기저기 알아보기는 했으나 저와 비슷한 사람은 얼마든지 있었기에 좀처럼 일자리를 구하지 못했습니다. 콕스 앤 우드하우스 상회에서는 일주일에 3파운드의 급료를 받았고 그중에서 70파운드 정도를 저금해 두었는데 그것으로 근근이 살아가다 보니 결국은 바닥이 나고 말았습니다. 결국에는 무일푼이 되어 구인 광고를 보고 이력서를 보내려고 해도 봉투에 붙일 우표 살 돈조차 없었죠. 신발이 닳도록 수많은 사무실 계단을 올랐으나 일자리는 전혀 구할 수가 없었습니다.

드디어 롬바드 가에 있는 꽤 커다란 증권거래소, 모슨 앤 윌리엄스 상회에 빈자리가 생겼습니다. 두 분께서는 저희 업계에 대해서 잘 모르실지도 모르지만 그곳은 런던에서도 둘째가라면 서러워할 탄탄한 회사입니다. 구인 광고에 따르면 희망자는 필요한 서류를 우편으로 부치라고 되어 있었습니다. 그래서 추천장과 이력서를 보냈지만 일이 뜻대로 되리라고는 기대하지 못했습니다. 그런데 도착한 답장을 읽어 보니 뜻밖에도 다음 월요일에 사무실로 찾아오면 면접을 보고 곧 일을 시작하게 될 것이라고 적혀 있었습니다. 이런 일들이 어떻게 결정되는지는 아무도 알 수 없습니다. 어떤 사람들은 담당자가 응모 봉투 더미에 손을 찔러 넣은 뒤 닥치는 대로 한 장을 고른다고 말하기도 하더군요. 어쨌든 이번에는 제게 절호의 기회가 온 것이었어요. 전혀 예상하지 못했던 행운이었습니다. 급료는 콕슨에 있을 때보다 일주일에 1파운드 더 오르지만 일의 내용은 전과 거의 다를 바가 없으니까요.

그런데 그 다음부터 일이 이상해졌습니다. 저는 햄스테드 구에서 하숙을 하고 있었습니다. 주소는 포터스 테라스 17번지입니다. 고용이 확정된 날 밤, 앉아서 담배를 피우고 있자니 하숙집 아주머니가 '공인 회계사 아서 피너'라고 인쇄된 명함을 가지고 왔습니다. 그런 이름은 한 번도 들어 본 적이 없었고 저에게 무슨 볼일이 있는지 짐작도 되지 않았으나 어쨌든 만나 보겠다고 말했습니다. 들어온 남자는 체구와 키가 보통이었고 머리카락과 눈은 거무스름했습니다. 새까만 턱수염을 길렀는데 코의 모습이 약간은 유태인처럼 보였습니다. 시간의 가치를 잘 아는 사람인 듯, 행동에 절도가 있었으며 분명한 어조로 말했습니다.

'홀 파이크로프트 씨죠?'

'그렇습니다.'

저는 이렇게 대답한 뒤 의자를 권했습니다.

'얼마 전까지 콕슨 앤 우드하우스 상회에서 일하셨죠?'

'네.'

'그리고 이번에는 모슨 앤 윌리엄스 상회 직원이 되셨고요.'

'그렇습니다.'

'사실은 당신이 재무 방면에 뛰어난 능력이 있다는 이야기를 들었습니다. 콕슨의 지배인이었던 파커 씨를 기억하고 계시겠지요? 파커 씨 말로는 당신 능력을 도저히 표현할 수 없을 정도라고 하던데요.'

물론 저는 기분이 나쁘지 않았습니다. 사무실에서는 꽤나 머리가 잘 돌아가는 모습을 보이곤 했었지만, 런던 금융가에서 그렇게 소문이 났을 줄은 몰랐으니까요.

'기억력이 아주 뛰어나시죠?'

'나쁜 편은 아닙니다.'

저는 겸손하게 대답했습니다.

'일을 쉬는 동안에도 주식에 주의를 기울이셨겠지요?'

'네, 매일 아침 시세표를 살펴보았습니다.'

'역시, 열심히 노력하시는군요! 성공을 하려면 그래야 합니다! 잠깐 테스트해 봐도 괜찮겠습니까? 어디 봅시다. 에어셔 철도 회사의 주식은 어떤가요?'

'106파운드 25펜스에서 105파운드 87펜스입니다.'

'그럼 뉴질랜드 정리공채는?'

'104파운드.'

'오스트레일리아의 광산 회사인 브리티시 브로큰 힐스는?'

'7파운드에서 7파운드 6실링.'

'훌륭합니다!'

그가 양손을 올리며 외쳤습니다.

'제가 듣던 것과 조금도 다르지 않습니다. 모슨의 직원으로 두기에는 너무 아깝습니다!'

눈치채셨겠지만 이런 칭찬을 듣고 저는 어리둥절했습니다.

'하지만 다른 사람들은 저를 그렇게까지 생각하지는 않습니다, 피너 씨. 이번 일자리를 구하느라 너무 많은 고생을 해서 다행히 취직된 것이 정말 기쁠 따름입니다.'

'흠, 당신은 좀 더 높은 곳을 바라봐야 합니다. 아직 참된 가치를 발휘하지 못하고 있어요. 이쯤에서 제 입장을 설명하도록 하겠습니다. 저희의 요구는 당신의 능력에 합당한 것은 아니지만 모슨과 비교하자면 빛과 어둠 정도의 차이가 있습니다. 알겠습니까? 모슨에는 언제부터 나가기로 하셨나요?'

'월요일에요.'

'하하하! 의심스러우시다면 내기를 걸어도 좋아요. 당신은 거기에 가지 않을 겁니다.'

'모슨에 가지 않을 거라는 말씀이십니까?'

'그렇습니다. 당신은 그 전에 프랑코 미들랜드 철물 주식회사의 지배인이 되어 있을 테니까요. 이 회사는 프랑스 전역에 134개의 지사를 가지고 있습니다. 벨기에의 브뤼셀과 이탈리아의 산레모에도 지사가 하나씩 있고요.'

저는 숨이 멎는 듯했습니다.

'그런 회사는 들어 본 적이 없습니다.'

'아마도 그럴 겁니다. 몇몇 주주들이 자본을 대고 있기 때문에 세상에는 그다지 알려져 있지 않습니다. 수익이 아주 큰 사업이라서 일반인에게는 주식을 배분하지 않습니다. 제 형인 해리 피너가 회사를 세웠는데 가지고 있는 주식 숫자 덕분에 전무이사 자리에 앉아 회의를 이끌고 있습니다. 저는 이곳 사정에 밝은 편이어서, 형에게 좋은 인재를 알아봐 달라는 부탁을 받았습니다. 우리는 의욕에 넘치고 활발한 젊은이를 원합니다. 파커 씨에게 당신의 이야기를 듣고 이렇게 찾아온 겁니다. 약소하지만 초봉으로 500파운드를 드릴 수 있습니다.'

'1년에 500파운드나 됩니까?'

제가 커다란 소리로 말했습니다.

'처음에는 그것밖에 되지 않습니다. 단, 당신이 맡은 대리점이 거래를 하나 성사시킬 때마다 수익의 1퍼센트가 당신의 것이 됩니다. 아마도 그런 수입이 기본급보다 더 많을 겁니다.'

'하지만 전 철물에 대해서는 아무것도 모릅니다.'

'그래도 숫자에 밝지 않으십니까?'

저는 머리가 어떻게 될 것만 같아 가만히 앉아 있을 수가 없었습니다. 그러다 문득 의심스러운 마음이 들었습니다.

'솔직히 대답해 주시죠. 모슨에서 주는 급료는 200파운드이지만 그곳은 안전합니다. 하지만 솔직히 말하자면 당신 회사에 대해서는 아무것도 모르기 때문에……'

'아아, 정말 현명하시네요!'

그가 기뻐서 견딜 수 없다는 듯이 외쳤습니다.

'당신이야말로 저희가 찾고 있던 사람입니다! 이 자리에서 그렇게 단언할 수 있으며, 그 말씀은 참으로 당연합니다. 여기에 100파운드짜리 지폐가 있습니다. 제 청을 받아들일 생각이시라면 급료를 선불로 받아 두십시오.'

'정말 감사합니다. 일은 언제부터 시작할까요?'

'내일 오후 1시까지 버밍엄으로 가 주십시오. 형님에게 전할 편지를 준비해 왔습니다. 코퍼레이션 가 126B에 회사의 임시 사무실이 있으니 거기서 형님을 만나십시오. 당신을 고용할지 말지는 물론 형님이 결정하실 일이지만 아마 별문제 없을 겁니다.'

'정말 뭐라 감사의 말씀을 드려야 할지 모르겠습니다, 피너 씨.'

'아닙니다. 당신에게는 그만큼의 가치가 있습니다. 이제부터는 한두 가지 수속을 해야 합니다. 형식적인 절차에 불과하지만요. 종이 한 장 있었으면 좋겠는데. 거기에 '나는 프랑코 미들랜드 철물 주식회사의 지배인으로서 최저 연봉인 500파운드로 근무하겠습니다.'라고 써 주십시오.'

제가 그의 말대로 하자 그는 서류를 주머니에 넣더니 저에게 또 물었습니다.

'사소하지만 아직 남은 일이 하나 더 있습니다. 모슨 쪽에는 어떻게 말할 생각이십니까?'

저는 너무 기쁜 나머지 모슨에 대해서는 까맣게 잊고 있었습니다.

'가지 않겠다는 내용의 편지를 쓰겠습니다.'

'그 방법은 좋지 않습니다. 그렇지 않아도 저는 당신 문제로 모슨의 지배인과 언쟁을 벌였거든요. 당신에 대해서 물으러 갔더니 굉장히 화를 내더군요. 당신을 꼬드겨서 빼낼 생각이냐고 하면서 말이죠. 결국에는 더 이상 참을 수가 없었습니다. 제가 능력 있는 직원을 얻고 싶다면 그에 합당한 급료를 줘야 하는 것 아니냐고 말했습니다. 그랬더니 파이크로프트 씨는 저희가 드리는 높은 급료보다 자신들의 낮은 급료를 더 고마워하며 자기 회사로 올 것이라고 하더군요. 그래서 저는 당신이 제 제안을 받아들이면 모슨 쪽에 아무런 연락도 하지 않을 것이라고 말하면서 5파운드 걸겠다고 했습니다. 그랬더니 모슨 지배인도 걸겠다고 했지요. 자신들이 당신을 시궁창에서 구해 주었으니 그렇게 간단히 배신하지는 않을 것이라면서 말입니다. 이건 지배인이 한 말 그대로입니다.'

'정말 무례한 놈이로군! 아직 본 적조차 없는데. 어쨌든 그쪽은 신경 쓰지 않아도 상관없는 일 아닙니까? 당신이 불편하시다면 편지는 쓰지 않겠습니다.'

'좋습니다! 약속하셨습니다!'

그는 의자에서 일어났습니다.

'형님을 위해서 이렇게 우수한 인재를 발견했으니 참으로 기쁩니다. 이게 선불로 드리는 100파운드이고, 이건 형님에게 보내는 편지입니다. 주소를 적어 주세요. 코퍼레이션 가 126B. 약속 시간은 내일 1시입니다. 안녕히 주무십시오. 당신에게 어울리는 행운이 찾아오기를.'

제가 기억하는 한, 그 사람과 이런 일이 있었다는 것을 자세히 말씀드렸습니다. 이해할 수 있으시겠죠, 왓슨 박사님? 저는 행운이 굴러들어왔다는 생각에 다른 것은 따질 겨를이 없었습니다. 그날 밤에는 흥분해서 좀처럼 잠을 잘 수가 없었고, 다음 날에는 약속 시간 전에 충분히 도착할 수 있도록 일찌감치 기차를 타고 버밍엄으로 출발했습니다. 그곳에 도착하자마자 뉴 가에 있는 호텔에 짐을 맡기고 어제 메모한 주소로 향했습니다.

약속 시간보다 15분 정도 이른 시간이었으나 그래도 상관없을 것이라 생각했습니다. 126B번지는 두 개의 커다란 상점 사이에 있는 좁은 길인데 그곳으로 막 들어선 곳에 돌로 된 나선형 계단이 있고 회사며 의사, 변호사 등이 빌린 사무실이 몇 개나 늘어서 있습니다. 방을 빌린 사람의 이름이 벽 아래에 표시되어 있었지만 프랑코 미들랜드 철물 주식회사는

보이지 않았습니다. 가슴이 철렁
내려앉아서 거기에 선 채, 상대
방이 치밀하게 꾸민 장난이 아
닐까 하고 불안해했습니다. 그
때 한 남자가 다가와서는 제
게 말을 걸었습니다. 전날 밤
에 봤던 사람과 아주 닮은 사
람으로 체격과 목소리가 똑
같았지만 수염은 없었고 머
리카락의 색이 좀 더 밝았
습니다.

'홀 파이크로프트 씨?'

'그렇습니다.'

'아아! 기다리고 있었습니다. 약간 일찍 오신 것 같군요. 동생에게서
연락을 받았는데 칭찬이 대단하더군요.'

'마침 사무실을 찾고 있던 참이었습니다.'

'아직 팻말을 달지 않았습니다. 겨우 지난주에 이 사무실을 빌렸거든
요. 이리 오십시오. 일에 대해서 이야기합시다.'

저는 그를 따라 경사가 급한 계단을 끝까지 올라서 지붕 밑에 있는 두
개의 방 중 하나로 들어갔습니다. 방은 텅 비어 있었고 먼지투성이에 카
펫도 커튼도 없었습니다. 저는 예전에 일하던 곳처럼 책상과 사원들이
늘어서 있는 널따란 사무실을 상상했습니다. 그래서 전나무 의자 두 개
와 작은 탁자 하나, 그리고 장부와 쓰레기통밖에 없는 방 안의 모습을
어처구니없게 바라보고 있었던 모양입니다.

'실망하지 마세요, 파이크로프트 씨.'

그가 제 얼굴을 보며 이렇게 말했습니다.

'로마는 하루아침에 이루어진 것이 아닙니다. 저희 뒤에는 엄청난 자본이 있습니다. 아직 사무실을 요란하게 꾸미지 못했을 뿐입니다. 그건 그렇고, 편지를 보여 주시죠.'

제가 편지를 건네주자 그는 아주 꼼꼼하게 읽어 내려갔습니다.

'당신은 동생 아서에게 강한 인상을 주었나 봅니다. 녀석은 사람 보는 눈이 아주 까다로운데. 런던은 동생의 영역이고 버밍엄은 제 영역이지만 이번만은 동생의 충고에 따르기로 하겠습니다. 이제 정식으로 저희 사원이 되었다고 생각하셔도 좋습니다.'

'저는 어떤 일을 하게 됩니까?'

'언젠가는 프랑스에 있는 커다란 창고를 관리하게 될 겁니다. 여기에서는 프랑스 전역에 있는 134군데의 대리점으로 영국의 도자기를 대량으로 출하합니다. 물건을 사들이기까지는 아직 일주일이 남아 있으니 그때까지는 버밍엄에서 일해 주셔야 합니다.'

'무엇을 해야 하죠?'

그가 대답 대신 서랍을 열어서 크고 빨간 책을 꺼냈습니다.

'이건 파리의 인명록이에요. 이름 뒤에 직업이 적혀 있어요. 이 책을 가지고 가서 철물점의 이름과 주소를 전부 옮겨 적어 두세요. 그걸 가지고 있으면 앞으로의 업무에 커다란 도움이 될 겁니다.'

'직업별 리스트가 있을 텐데요.'

'그다지 믿을 만한 것이 아니라서요. 편집 방법이 우리의 목적과 맞지 않습니다. 부지런히 작성해서 월요일 12시까지 리스트를 가지고 오세요. 파이크로프트 씨, 당신이 언제나 열의와 지성을 보이신다면 저희도 흠

잡을 데 없이 대우해 주는 회사가 될 겁니다.'

저는 커다란 책을 가지고 호텔로 돌아갔습니다. 정반대인 기분이 동시에 느껴져 제 마음은 평화롭지가 않았습니다. 우선 저는 정식으로 고용되었으며 주머니에는 100파운드가 들어 있었습니다. 하지만 사무실 모습이나 벽에 회사의 이름이 없었던 점, 그 외에도 주식 방면에 종사하는 사람이라면 이상하다고 생각할 만한 몇 가지 점들이 있었기에 고용주의 신분이 의심스러웠습니다. 하지만 돈을 이미 받았기에 진득하니 앉아서 일에 몰두했습니다. 일요일 내내 일했지만 월요일까지 H항목까지밖에 마치지 못했습니다. 고용주를 찾아가 보니 여전히 아무것도 없는 방에 자리 잡고 앉아서 수요일까지 해서 다시 오라고 했습니다. 수요일까지도 다 마치지 못했기에 결국은 금요일, 그러니까 어제까지 쉬지 않고 일했습니다. 그리고 리스트를 해리 피너 씨에게 건네주었습니다.

'수고했소. 아무래도 이런 일이 얼마나 힘든지 얕잡아 보고 있었던 듯하오. 이런 리스트가 있으면 커다란 도움이 되지.'

'시간이 꽤나 많이 걸렸습니다.'

'이번에는 가구점 리스트를 만들어 주시오. 가구점에서도 역시 도자기를 취급하고 있으니.'

'알겠습니다.'

'내일 저녁 7시에 와서 일이 잘 진행되고 있는지를 알려 주었으면 하오. 너무 무리해서 할 필요는 없소. 저녁이 되어 일이 끝나면 데이의 뮤직홀 부근에서 두어 시간쯤 보내는 것도 나쁘지는 않을 것이오.'

그렇게 웃을 때 왼쪽의 두 번째 어금니에 아주 거친 방법으로 박아 놓은 금이 보여서 저도 모르게 깜짝 놀라고 말았습니다."

셜록 홈즈는 재미있다는 듯이 두 손을 비볐고 나는 놀라서 이야기하는 사람을 바라보았다.

"무슨 말인지 모르시겠죠, 왓슨 박사님? 사실은 런던에서 그의 동생과 이야기를 나눌 때 제가 모슨에 가지 않겠다고 말하자 그가 크게 웃었습니다. 그런데 그때 똑같은 위치에서 금니를 보았거든요. 두 사람 모두 금이 반짝였기에 알 수 있었습니다. 게다가 목소리와 체구가 똑같았고, 다른 점도 면도기와 가발만 있으면 바꿀 수 있는 것이라는 사실을 생각해 보니 같은 인물이 두 사람을 연기하는 것 같았습니다. 형제가 닮았다고 해서 이상할 것은 없지만 같은 이에 같은 방법으로 금을 박아 넣었다는 건 있을 수 없지 않습니까? 그와 헤어진 뒤 거리로 나왔지만 대체 어떻게 된 일인지 영문을 알 수가 없었습니다. 호텔로 돌아가서 세면기에 차가운 물을 받아 머리를 담그고 그 수수께끼를 풀려고 필사적으로 애를 써 보았습니다. 그는 왜 나를 런던에서 버밍엄으로 끌어냈을까? 왜 저보다 먼저 그곳에 가 있었던 것일까? 왜 자기에게 보내는 편지를 자기가 썼을까? 참으로 알쏭달쏭한 문제라서 그 의미를 전혀 알 수가 없었습니다. 그때 문득, 저는 풀지 못하더라도 셜록 홈즈 선생님이라면 풀 수 있으리라는 생각이 들었습니다. 그래서 런던행 야간열차에 뛰어올라 오늘 아침 일찍 홈즈 선생님을 찾아왔고, 지금은 이렇게 두 분을 모시고 버밍엄으로 가는 길입니다."

홀 파이크로프트가 이 이상한 체험에 대한 이야기를 마치자 한순간 침묵이 흘렀다. 그런 다음 홈즈는 술맛을 보는 사람이 고급 포도주를 입에 물었을 때처럼 즐겁지만 꽤나 까다롭다는 듯한 표정으로 쿠션에 몸을 기대며 나를 바라보았다.

"꽤 재미있지 않은가, 왓슨. 몇 군데 마음을 사로잡는 부분이 있어. 자네도 같은 생각일 테지만 프랑코 미들랜드 철물 주식회사의 임시 사무실에서 아서 해리 피너 씨와 이야기를 나눠 보면 아주 재미있을 거야."

"하지만 어떻게 그 기회를 만들지?"

"그건 간단합니다."

홀 파이크로프트가 자신 있다는 듯 말했다.

"일자리를 찾고 있는 제 친구라고 두 분을 소개하겠습니다. 그런 사람들을 사무실 관리자에게 데려가는 건 조금도 이상한 일이 아닙니다."

파이크로프트가 내놓은 제안을 듣고 홈즈가 말했다.

"그래, 그게 좋겠어! 그 신사를 한번 살펴보고 그의 음모를 깰 수 있을지 생각해 보고 싶습니다. 그렇게까지 당신을 고용하고 싶어 했으니 당신에게 상당한 가치가 있거나, 혹은……."

그는 손톱을 깨물며 창밖을 멍하니 바라본 채 버밍엄의 뉴 가에 도착할 때까지 거의 말을 하지 않았다.

그날 밤 7시에 우리 세 사람은 회사 사무실로 가기 위해 코퍼레이션 가를 걷고 있었다.

"일찍 가도 소용없습니다. 그는 저를 만나기 위해서만 사무실에 나오는 모양입니다. 약속 시간 전에는 아무도 없으니까요."

"의미심장하군요."

홀 파이크로프트의 말에 홈즈가 답했다. 그때 우리 의뢰인이 외쳤다.

"앗, 역시나! 우리 앞에 있는 것이 그 사람입니다."

홀 파이크로프트는 길 반대편을 서둘러 걸어가는, 금발에 차림이 말쑥한 자그마한 남자를 가리켰다. 우리가 뒷모습을 지켜보고 있자니 그 사람은 이제 막 나온 석간을 팔고 있는 소년 쪽으로 얼굴을 돌리더니 마차들 사이를 달려 나가 신문 한 부를 손에 쥐었다. 그것을 든 채 남자는 한 건물의 입구로 모습을 감췄다. 홀 파이크로프트가 외쳤다.

"저깁니다! 그가 들어간 곳에 회사의 사무실이 있습니다. 이리 오세요. 가능한 한 빨리 결판을 낼 테니."

그를 뒤따라 다섯 층을 올라가자 반쯤 열린 문이 보였다. 우리 의뢰인이 문을 두드렸다. 들어오라는 목소리가 들려서 안으로 들어갔는데 그가 말한 것처럼 방은 텅 비었으며 가구도 제대로 갖춰져 있지 않았다. 조금 전 길에서 보았던 사람이 하나뿐인 탁자에 석간을 펼쳐놓고 앉아 있었다. 남자가 우리를 돌아보았는데 나는 그러한 슬픔, 슬픔 이상의 무엇, 아니 사람이 평생 동안 거의 경험하기 힘든 공포가 새겨진 얼굴을 지금까지 본 적이 없었다. 이마에는 땀방울이 반짝이고 있었고, 뺨은 죽은 생선의 배를 연상시킬 만큼 생기를 잃은 하얀색이었으며, 넋이 나가버린 듯한 멍한 눈으로 우리를 노려보았다.

그는 자신의 부하에게 눈길을 주기는 했으나 상대방이 누구인지 모르

겠다는 듯이 바라보았다. 홀 파이크로프트가 깜짝 놀라는 것을 보니 평소에는 결코 그렇지 않았던 모양이었다. 홀 파이크로프트가 커다란 목소리로 말했다.

"몸이 안 좋으신 것 같습니다, 피너 씨."

"아, 별로 기운이 없소."

남자는 필사적으로 차분함을 되찾으려는 듯이 메마른 입술을 핥은 뒤 말을 이었다.

"함께 온 신사분들은 누구요?"

홀 파이크로프트는 당황하지 않고 대답했다.

"이쪽은 런던의 버먼시에서 오신 해리스 씨고, 이쪽은 버밍엄의 프라이스 씨입니다. 두 사람 모두 제 친구인데 경력자임에도 불구하고 최근에 일자리를 잃었습니다. 혹시 회사에 자리가 있지 않을까 싶어서 데려왔습니다."

"그렇군! 그럴지도 몰라!"

피너 씨가 기분 나쁜 웃음을 웃으며 커다란 소리로 말했다.

"틀림없이 일자리를 만들 수 있을 거요. 해리스 씨는 전문 분야가 무엇입니까?"

"저는 회계사입니다."

홈즈가 대답했다.

"음, 그런 사람도 필요할 겁니다. 당신은요, 프라이스 씨?"

"사무원입니다."

"힘 닿는 데까지 일자리를 알아보도록 하겠습니다. 결정되는 대로 연락 드리겠으니 오늘은 그만 돌아가 주시기 바랍니다. 날 혼자 있게 해 달란 말이오!"

마지막 말은 자신도 모르게 입에서 튀어나온 말이었다. 마치 몸을 묶고 있던 밧줄이 갑자기 풀려 버린 느낌이었다. 홈즈와 나는 서로 눈짓을 교환했고 홀 파이크로프트는 탁자에 한 걸음 다가갔다.

"잊으셨습니까, 피너 씨? 저는 당신의 지시를 듣기로 약속한 시간이 되어 이곳에 왔습니다."

"그래, 파이크로프트, 그랬지."

피너 씨의 목소리는 전보다 냉정을 되찾은 것이었다.

"잠깐만 기다려 주시오. 친구분들도 잠깐 기다려 주실 수 있겠지. 3분 뒤에 용건을 이야기하겠소. 당신이 그때까지 참아 줄 수 있다면 말이오."

그는 아주 예의바른 태도로 자리에서 일어나 우리를 향해 머리를 가볍게 숙인 뒤, 방의 가장 구석에 있는 문으로 들어가서 문을 닫아 버렸다. 홈즈가 작은 목소리로 중얼거렸다.

"무슨 일이지? 몰래 도망칠 생각인가?"

"그럴 리 없습니다."

파이크로프트가 말했다.

"어째서요?"

"저 문은 안쪽 방으로 이어져 있습니다."

"출구는 없습니까?"

"없습니다."

"거기에는 가구가 놓여 있나요?"

"어제는 없었습니다."

"그럼 대체 무슨 짓을 하려는 거지? 도저히 모르겠는데. 저 피너라는 사람은 너무 무서워서 정신이 이상해진 걸까? 어째서 그렇게 겁을 먹은 거지?"

"우리를 탐정이라고 생각한 거야."

"틀림없이 그런 것 같습니다."

나와 파이크로프트 씨가 말했지만 홈즈는 고개를 저었다.

"그는 얼굴빛이 바뀐 게 아니야. 우리가 들어왔을 때 이미 얼굴빛이 변해 있었어. 그러니까……."

문 안쪽에서 쿵쿵하는 소리가 들려왔기에 홈즈는 말을 끊었다.

"왜 안쪽에서 문을 두드리는 거지?"

파이크로프트가 외쳤다. 두드리는 소리가 더욱 커졌다. 우리는 무슨 일인가 싶어서 닫힌 문을 바라보았다. 홈즈를 슬쩍 바라보니 그는 긴장한 얼굴로 아주 흥분한 듯 몸을 앞으로 숙이고 있었다. 갑자기 목에서 울리는 듯한 낮은 소리가 들리더니 나무로 만들어진 것을 빠르게 두드리는 소리가 들려왔다. 홈즈는 무시무시한 기세로 몸을 일으켜서는 방을 가로질러 문을 열려 했다. 문은 안쪽에서 잠겨 있었다. 우리는 홈즈를 따라서 온몸으로 있는 힘껏 문을 밀었다. 위아래의 경첩이 차례로 떨어지더니 문이 소리를 내며 쓰러졌다. 우리는 그것을 넘어 안쪽 방으로 들어갔다. 안에는 아무것도 없었다.

그러나 곧 우리가 보지 못했던

것을 찾아냈다. 우리가 들어간 쪽 구석에 또 다른 문이 있었고 홈즈는 달려가서 그 문을 열어젖혔다. 외투와 조끼가 바닥에 놓여 있었고 문 뒤쪽의 못에 프랑코 미들랜드 철물 주식회사의 중역이 자기 멜빵으로 목을 맨 채 매달려 있었다. 두 무릎이 굽어 있었으며 쳐진 얼굴이 몸과 끔찍한 각을 이루고 있었고 구두의 발꿈치가 문에 닿아 있었다. 그 소리가 우리의 대화를 방해한 것이었다. 나는 얼른 달려가 그의 허리에 팔을 감아 몸을 지탱했고, 홈즈와 파이크로프트가 흙빛 피부 속으로 깊숙이 파고든 고무줄을 풀었다. 그런 다음 힘을 합쳐 옆방으로 그를 옮겼다. 그의 얼굴에는 핏기가 전혀 없었으며, 자줏빛으로 변한 입술로 간신히 숨을 쉬고 있었다. 겨우 5분 전에 보았던 그 사람이라고는 생각되지 않을 정도로 완전히 바뀐 모습이었다. 홈즈가 내게 물었다.

"어떤가, 왓슨?"

나는 쭈그리고 앉아 진찰을 했다. 맥박은 끊어질 듯 매우 약했으나 호흡은 점점 안정을 되찾기 시작했으며 눈꺼풀이 살짝 열려서 흰자가 약간 보였다.

"위험했지만 이제는 괜찮아질 걸세. 그쪽 창문을 열고 물을 좀 가져다주게나."

나는 그의 목깃을 느슨하게 한 뒤 차가운 물을 얼굴에 뿌리고 호흡이 정상으로 돌아올 때까지 두 팔을 올렸다 내렸다 했다.

"곧 정신을 차릴 걸세."

나는 이렇게 말하며 자리에서 일어났다. 홈즈는 바지 주머니에 손을 찔러 넣고 턱을 가슴에 붙인 채 탁자 곁에 서 있었다.

"이쯤에서 경찰을 부르는 게 좋겠군. 솔직히 말해서, 그들이 오기 전에 사건을 해결하고 싶지만."

홀 파이크로프트가 머리카락을 쥐어뜯으며 말했다.

"저는 뭐가 뭔지 하나도 모르겠습니다. 왜 저를 일부러 여기까지 불러 들였을까요?"

홈즈가 답답하다는 듯이 말했다.

"흠! 그건 너무나도 뻔한 일입니다. 문제는 마지막의 갑작스러운 행동이에요."

"그럼 다른 일들은 전부 꿰뚫어 보셨단 말씀이십니까?"

"명백합니다. 왓슨, 자네는 어떤가?"

나는 어깨를 으쓱했다.

"솔직히 말하자면 내 능력 밖이라네."

"처음 있었던 일을 잘 생각해 보면 결론은 하나밖에 없어."

"자네는 어떻게 생각하고 있는 건가?"

"모든 일이 두 가지 사실과 연결되어 있네. 하나는 파이크로프트 씨에게 이 유령 회사에서 일하겠다는 서류를 쓰게 했다는 사실이지. 참으로 의미 있는 일이라고 생각하지 않나?"

"무슨 말인지 잘 모르겠는데."

"녀석들은 어째서 파이크로프트 씨에게 그런 일을 시킨 걸까? 사무적인 절차상 필요하지도 않은데. 그런 약속은 입으로 하면 충분하고, 이번 경우는 그것으로 부족할 이유도 전혀 없지 않은가? 아직도 모르겠습니까, 파이크로프트 씨? 녀석들은 당신의 필체를 손에 넣어야 했는데 달리 방법이 없었던 거예요."

"도대체 왜요?"

"바로 그겁니다. 도대체 왜? 이 질문에 대답할 수 있다면 뒤의 일들도 어느 정도 짐작할 수 있을 겁니다. 무엇을 위해서? 답은 하나밖에 없어요. 두 번째 사실을 설명하면 한층 더 뚜렷해지겠지요. 당신은 모슨에 채용을 거절하겠다는 편지를 보내려 했지만 피너가 막았어요. 그러니 모슨의 지배인은 지금까지 얼굴을 본 적도 없는 홀 파이크로프트 씨라는 사람이 월요일 아침에 사무실로 찾아올 것이라 생각했을 겁니다."

홈즈의 설명을 듣고 파이크로프트가 외쳤다.

"아아! 내가 정말 한심한 짓을 했군!"

"이제 왜 필체가 필요했는지 아시겠지요? 당신 대신 모슨에 들어간 사람이 지원서와 전혀 다른 필체를 쓴다면 음모가 드러나고 말 겁니다. 하지만 그 악당에게는 당신의 글씨를 흉내 낼 시간이 충분히 있었기에 걱정할 필요가 없었습니다. 모슨의 직원 중에서 당신을 본 사람은 아무도 없습니까?"

"없습니다."

홀 파이크로프트가 한숨을 쉬듯 말했다.

"역시 그랬군요. 무엇보다 중요한 것은 당신이 마음을 고쳐먹을 시간을 주지 않는 것, 그리고 모슨에서 가짜가 일하고 있다는 사실을 가르쳐 줄지도 모를 사람들로부터 당신을 멀어지게 하는 것이었습니다. 그래서 선뜻 급료를 선물로 주어 당신을 버밍엄으로 내쫓고, 갑자기 런던에 나타나서 자신들의 꿍꿍이를 엉망으로 만들지 못하도록 시간이 걸리는 일을 시킨 겁니다. 뻔한 이야기 아닙니까?"

"그렇다면 이 사람은 어째서 형과 동생, 두 사람을 연기한 겁니까?"

"그것도 매우 분명합니다. 이번 음모에 가담한 사람은 둘뿐인 겁니다. 이 사람과 당신 대신 모슨에 들어간 사람이죠. 이 사람은 사원을 찾는 역할을 맡아 당신의 하숙을 찾아갔지만 고용주로서 세 번째 인물을 중간에 넣을 필요가 있었어요. 하지만 또 다른 사람을 끌어들이고 싶지는

않았던 겁니다. 그래서 가능한 한 모습을 바꿨고, 그래도 닮은 부분은 형제니까 당연한 일이라고 생각하게 했습니다. 금니를 보는 우연한 행운이 없었다면 당신은 조금도 의심하지 않았겠지요."

홀 파이크로프트가 주먹을 불끈 쥐고 허공에 대고 휘둘렀다.

"어떻게 이런 일이! 내가 이렇게 속고 있는 동안 또 다른 홀 파이크로프트는 모슨에서 무슨 짓을 했던 걸까요? 어떻게 하면 좋겠습니까? 홈즈 선생님, 제가 해야 할 일을 가르쳐 주세요!"

"모슨에 전보를 치십시오."

"토요일에는 12시면 문을 닫는데요."

"괜찮아요. 경비나 담당자가 있을 테니."

"그렇군요. 귀중한 증권이 보관되어 있기 때문에 경비원이 1년 내내 감시하고 있습니다. 금융가에서 그런 이야기를 들은 적이 있습니다."

"좋아요. 바로 전보를 쳐서 뭔가 이상은 없는지, 그리고 당신 이름으로 근무하고 있는 직원은 없는지 물어봅시다. 여기까지는 잘 알겠는데 악당 중 하나가 우리를 보자마자 방에서 나가 목을 매달았다는 점은 여전히 이상하군요."

"신문!"

우리 뒤쪽에서 갈라진 목소리가 들려왔다. 기분 나쁠 정도로 창백한 얼굴을 한 피녀가 몸을 일으켜 정신이 돌아온 눈빛으로 목에 빨갛게 남은 멜빵의 굵은 자국을 머뭇머뭇 쓰다듬고 있었다.

"그래 맞아! 신문이야!"

홈즈가 갑자기 커다란 목소리로 외쳤다.

"내가 어리석었어! 우리가 들어왔다는 사실에만 정신이 팔려서 신문을 완전히 잊고 있었네. 물론 비밀은 이 안에 있을 거야."

그는 신문을 탁자에 펼치며 승리의 함성을 질렀다.

"여기 좀 보게, 왓슨! 이건 런던의 신문으로 〈이브닝 스탠다드〉의 초판이야. 우리가 궁금해하는 기사가 실려 있어. 표제어는 이렇군. '런던 금융가의 범죄, 모슨 앤 윌리엄스 상회에서 살인, 대대적인 강도의 음모, 범인은 체포됨.' 이보게 왓슨. 모두에게 흥미로운 기사이니 소리 내서 읽어 주지 않겠나?"

지면에 실려 있는 위치를 보니 런던에서 일어난 가장 큰 사건인 듯했다. 내용은 다음과 같았다.

오늘 오후, 런던 시내에서 일어난 강도미수 사건으로 한 명이 사망했으나 범인은 체포되었다. 유명한 증권거래소인 모슨 앤 윌리엄스 상회는 얼마 전부터 총액 100만 파운드를 웃도는 금액의 증권 등을 보관하고 있었다. 이처럼 커다란 책임을 맡게 된 지배인은 상회 안에 최신형 금고를 들여놓고 무장한 경비원에게 밤낮으로 건물을 감시하게 하는 등 주의를 게을리하지 않았다. 모슨 상회는 지난주에 홀 파이크로프트라는 사람을 새로이 고용했는데 그 사람의 정체는 위조와 강도의 상습범으로 동생과 함께 5년의 형기를 마치고 최근에 출소한 배딩턴으로 추측된다. 그는 아직 밝혀지지 않은 어떤 방법으로 가명을 써서 모슨 상회의 정식 직원이 되었고, 그 신분을 이용하여 여러 가지 열쇠를 복사했으며 증권보관실과 금고의 위치를 파악해 두었다.

모슨 상회에서는 토요일 정오가 되면 직원 모두가 일제히 퇴근하는 것이 관례이다. 이 때문에 런던 시내 경찰서의 터슨 경사는 오후 1시 20분경 어떤 남자가 손가방을 들고 상회에서 나오는 것을 수상히 여겼다. 경사는 곧 미행을 시작했고 폴록 경관의 지원을 받아 필사적으로 저항하는 남자를 붙잡았다. 곧바로 이 남자가 대담하고도 대대적인 강도 행각을 벌였다는 사실이 밝혀졌다. 가방 안에는 약 10만 파운드에 달하는 미국 철도 회사의 채권과 광산 회사 등의 유가 주권이 가득 들어 있었다. 모슨 상회의 내부를 살펴본 결과, 불행한 경비원의 웅크린 시신이 가장 커다란 금고 안에 들어 있었다. 터슨 경사가 바로 행동에 돌입하지 않았다면 월요일 아침에나 발견되었으리라 여겨진다. 경비원은 부지깽이로 뒤에서 얻어맞아 두개골이 부서져 있었다. 배딩턴은 물건을 놓고 왔다는 구실로 상회에 들어가 경비원을 살해하고 서둘러 대형 금고의 내용물을 훔친 뒤 도주를 꾀한 듯하다. 평소에는 동생과 둘이서 범행을 저지르지만 지금까지 알려진 바로는 이번 범행에서 동생의 모습은 보이지 않았다. 그러나 경찰은 전력을 기울여서 동생의 행방을 찾고 있다.

"음, 이 점이라면 우리가 경찰을 도울 수 있을 것 같군."

홈즈는 지칠 대로 지쳐서 창가에 웅크려 앉아 있는 사람을 바라보았다.

"왓슨, 여러 가지 면이 뒤섞여 있는 인간성이란 참 신비한 것일세. 살인을 저지르는 악당이라 할지라도 형이 교수대에 서게 되자 그 비통함에 동생까지 자살할 결심을 할 만큼 우애가 돈독하구먼. 어쨌든 우리가해야 할 일은 정해진 듯하군. 파이크로프트 씨, 경찰을 불러 주세요. 나는 왓슨과 함께 이 사람을 지켜보고 있겠습니다."

4. 글로리아 스콧 호

"여기에 이런 서류가 있는데."

어느 겨울 밤, 둘이서 난롯불을 사이에 끼고 앉아 있는데 셜록 홈즈가 말했다.

"잠깐 훑어볼 가치는 있을 거라 생각하네, 왓슨. 이건 〈글로리아 스콧 호〉라는 진귀한 사건 기록이야. 그리고 이건 치안판사 트레버가 읽고 죽을 만큼 두려움에 사로잡힌 편지일세."

홈즈는 서랍에서 둥글게 말아 놓은, 변색된 조그만 종이를 꺼내더니 그 끈을 풀어 푸른빛이 감도는 회색 종이에 급하게 갈겨 쓴 짧은 편지를 내게 건네주었다. 거기에는 다음과 같이 적혀 있었다.

다 런던에 사냥감이 끝났다. 사냥터 주임인 허드슨이 벌써 끈끈이의 모든 주문에 응했으며, 사실을 당신의 암꿩과 폭로했다. 명령을 받고 힘껏 번식을 유지하면서 도망쳐라.[7]

이 수수께끼 같은 편지를 읽은 뒤 고개를 들자 홈즈가 내 표정을 보고 껄껄 웃었다.

"아무래도 당황한 모양이군."

"이런 편지가 어째서 두려움을 자아냈는지 모르겠군. 한심하다는 생각도 들고…….".

"그렇겠지. 하지만 아주 건강하고 튼튼하던 노인이 이 편지를 읽고 마치 권총 손잡이로 한 대 맞은 것처럼 완전히 기운을 잃고 픽 쓰러지고 말았다네."

"그거 재미있는데. 하지만 자네가 이 사건을 연구해 볼 가치가 있다고 말한 것은 어떤 특별한 이유가 있기 때문이겠지?"

"내가 맡은 첫 번째 사건이었으니까."

나는 예전부터 홈즈가 어떤 이유에서 범죄 수사에 마음을 기울이게 됐는지 알아내려고 부단히 노력했었다. 그러나 홈즈는, 대답하지 않은 것은 아니었으나 언제나 농담으로 얼버무렸기에 제대로 들을 기회가 없었다. 그런데 지금은 팔걸이의자에 앉아 무릎 위에 그 기록을 펼쳐 놓고 있는 것이다. 홈즈는 파이프에 불을 붙이고 잠시 담배를 피우며 그 서류를 뒤적였다.

"빅터 트레버에 대해서는 아직 이야기하지 않았지?"

홈즈가 이렇게 물었다.

"트레버는 내가 대학에 다니던 2년 동안 사귄 유일한 친구일세. 나는 사교성이 좋은 사람이 아니었어. 굳이 말하자면 방 안에서 내 나름대로

---

7) 이 암호문은 그대로 번역할 수 없어 손을 보았다. 원문은 '런던에 공급하는 사냥감의 양은 꾸준히 늘고 있다. 사냥터 주임인 허드슨은 이미 파리 잡는 끈끈이의 주문에 응했으며 당신 암꿩의 목숨을 잘 지키라는 명령을 받았다고 여겨진다.'로 직역할 수 있다.

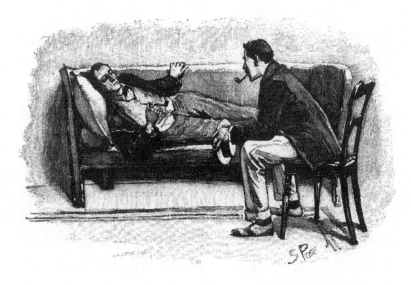

의 소소한 사고법, 그것으로 여러 일들을 생각하기를 좋아했다네. 그래
서 또래 친구들과는 별로 소통하지 않았지. 펜싱과 복싱을 제외하면 운
동도 좋아하지 않았어. 내 연구도 다른 사람들하고는 아주 달랐고 말이
야. 그래서 다른 젊은이들과 어울릴 기회도 장소도 거의 없었네. 한데 트
레버는 내가 사귀던 유일한 친구였어. 그것도 어느 날 아침에 내가 교회
에 갈 때 그 친구의 불테리어가 내 다리를 무는 사건이 우연히 벌어져서
그랬던 걸세.

친구를 사귀는 방법치고는 약간 아픔이 따라왔지만 꽤 효과적이기는
했어. 꼼짝없이 열흘 정도 입원했는데 트레버는 몇 번이고 문안을 와 주
었지. 처음에 우리 대화는 1분도 안돼서 끝나고 그 친구는 바로 돌아갔
지만 곧 오랜 시간 이야기를 나누게 되었고 퇴원할 무렵에는 절친한 사
이가 되었다네. 그는 씩씩하고 혈기 왕성한 사람이었어. 용기와 정력으
로 넘쳐 났고, 모든 면에서 나와 정반대였지. 하지만 우리 사이에는 비슷
한 점도 몇 가지 있다는 사실을 알게 됐어. 그도 나처럼 친구가 없었는

데 그것이 우리를 더욱 강하게 결속시켜 주었네. 학기가 끝날 무렵에는 노퍽의 도니소프에 있는 자기 아버지 집에 함께 가자고 하기에 긴 방학 중에 한 달 정도 신세를 지기로 했네.

트레버의 아버지는 치안판사로 그 부근의 지주이기도 했어. 상당한 재산과 지위를 함께 가지고 있던 분이었지. 도니소프는 노퍽의 호반 지대인 랭미어 바로 북쪽에 있는 한적한 마을이야. 트레버의 집은 떡갈나무 들보를 사용해서 오래전에 지은 커다랗고 고풍스러운 벽돌 건물이었네. 그리고 아름다운 보리수나무를 심은 길이 집까지 이어져 있었어. 늪지대에는 멋진 물오리 사냥터가 있었고 또 좋은 낚시터도 있어서 낚시도 즐길 수 있었지. 많지는 않아도 서재에 좋은 책들도 놓여 있었고 말이야. 그 책들은 전에 살던 사람이 주고 간 듯했어. 그리고 솜씨가 아주 좋은 요리사도 있었다네. 이렇게 여러 조건들이 전부 갖춰져 있는데 거기서 한 달을 즐겁게 보내지 못한다면 그는 아주 까다로운 사람이라고 하지 않을 수 없을 거야.

트레버 씨는 아내를 먼저 여의었고 자식이라고는 내 친구 하나뿐이었어. 딸이 하나 있었는데 버밍엄에 사는 동안 디프테리아에 걸려서 세상을 떠났다고 하더군. 나는 트레버의 아버지에게 큰 흥미를 느꼈네. 그분은 교양이 그다지 풍부하지는 않았지만 육체적으로나 정신적으로 상당히 야성적인 힘을 가지고 있는 분이었네. 책은 거의 읽지 않았지만 여기저기 여행을 해서 세상일도 잘 알고 있었지. 그리고 한번 보고 들은 것은 잊어버리지 않는 사람이었네. 체격은 땅딸했고 다부진 사람이라는 느낌이 들더군. 덥수룩한 머리에는 백발이 섞여 있었고 얼굴은 햇볕에 그을었으며 매섭게 보인다고도 할 수 있는 날카롭고 파란 눈을 가지고 있었다네. 하지만 그 지역에서는 친절하고 자비롭다는 평판을 얻고 있었고, 판사로서 법정에서 내리는 판결은 관대하기로 유명했어.

　도착한 지 얼마 지나지 않았을 때의 일이었어. 그날 밤, 우리 셋은 식사를 마치고 포도주를 마시면서 앉아 있었는데 친구인 트레버가 내 관찰과 추리하는 버릇에 대한 이야기를 꺼냈네. 그때는 그 버릇이 인생에서 어떤 역할을 담당하게 될지 아직 알 수 없었지만, 나는 이미 내 관찰과 추리에 하나의 체계를 갖추고 있었지. 그때 트레버 씨는 내가 거둔 한두 가지 성과를 아들이 과장해서 이야기한다고 생각했던 모양이야. 그래서 기분 좋게 웃으며 이렇게 말했지.

　'그렇다면 홈즈 군. 나는 아주 좋은 시험 재료가 될 듯한데, 나를 보고 어떤 추리를 했나?'

　그래서 내가 답했어.

　'글쎄요, 그렇게 많은 추리를 하지는 못했지만 지난 1년 동안 누군가에게 습격을 당할까 봐 두려워하고 계신 것은 아닌지요?'

　입가의 미소가 사라지더니 노인이 매우 놀라며 나를 바라보았다네.

　'어떻게 알았나?'

　노인은 이렇게 말하더니 아들을 향해서 말을 이었어.

　'기억하고 있겠지, 빅터. 그 밀렵꾼 일당을 엄벌하고 내쫓았을 때 녀석들이 나를 그냥 두지 않겠다고 협박했던 것 말이다. 실제로 에드워드 홀리 경이 이미 테러를 당했어. 그때부터 나는 경계를 하고 있었다만 홈즈 군이 그걸 대체 어떻게 알아낸 거지?'

　내가 대답했어.

　'아버님은 멋진 지팡이를 가지고 계십니다. 거기에 새겨진 글자를 보고 지팡이를 장만한 지 1년도 되지 않았다는 사실을 알았습니다. 그 손잡이에 어떻게 구멍을 냈는지는 몰라도 납을 흘려 넣었죠. 강력한 무기로 만들기 위해서였을 겁니다. 신변에 어떤 위험을 느끼지 않았다면 그렇게 주의를 기울이지는 않았을 것이라 생각합니다.'

'그 외의 다른 점은?'

노인이 미소를 지으며 물었다네.

'젊었을 때 권투를 아주 즐기셨습니다.'

'맞아. 어떻게 안 거지? 맞아서 내 코가 비뚤어지기라도 했나?'

'아닙니다, 귀를 보고 알았습니다. 권투를 했던 사람 대부분이 그렇지만 아버님의 양쪽 귀는 평평하고 두껍게 변형되어 있습니다.'

'그 외에는?'

'채굴을 꽤나 오래 하셨습니다. 그 굳은살을 보고 알았습니다.'

'금 채굴에 전 재산을 쏟아 부었지.'

'뉴질랜드에 가셨던 적이 있습니다.'

'맞아.'

'일본에 가셨던 적도 있군요.'

'자네의 말대로야.'

'그리고 머리글자가 'J. A.'인 사람과 친하게 지내셨으나 후에는 완전히 잊고 싶어 하셨습니다.'

그러자 트레버 씨가 천천히 자리에서 일어났어. 크고 파란 눈을 동그랗게 떠서 나를 묘하게 가라앉은 눈길로 바라보다가 곧 식탁 위에 흩어져 있던 호두껍데기 위로 쓰러져 완전히 정신을 잃었다네. 친구와 내가 얼마나 놀랐는지 이해할 수 있겠지? 발작이 오래 가지는 않았어. 목깃을 느슨하게 하고 손 씻는 대접 안에 있던 물을 얼굴에 뿌리자 트레버 씨는 커다란 숨을 한두 번 내쉬더니 자리에 바로 앉았다네.

'이거 참! 놀라게 한 건 아니겠지.'

노인은 억지로 웃음을 지었어.

'겉으로는 건강하게 보일지 몰라도 내가 심장이 좀 약하다네. 아주 간단한 일에도 이렇게 쓰러지곤 한다네. 홈즈 군, 어떻게 추리했는지는 모르겠지만 진짜 탐정이든 이야기 속에 나오는 탐정이든 자네에 비하자면 전부 어린아이 수준이군 그래. 그것이야말로 자네가 나아가야 할 길이야. 나는 산전수전 다 겪으며 세상을 살아 온 사람이야. 그런 내가 하는 말이니 믿어도 좋을 걸세.'

왓슨, 그는 나의 재능을 과장스럽게 칭찬하고 지금의 일을 권했다네. 그때 처음으로 단순한 취미라 여기던 일을 직업으로 삼는 건 어떨까 생각해 보았다네. 하지만 그때는 트레버 씨가 갑작스럽게 쓰러지는 바람에 경황이 없어서 깊이 생각하지는 못했어.

'제가 거슬리는 말이라도 했습니까?'

'자네가 나의 아픈 곳을 찔렀다네. 혹시 자네가 그걸 어떻게 알았는지, 또 어디까지 알고 있는지 말해 줄 수 있겠나?'

그때 노인은 이미 농담처럼 말하고 있기는 했으나 그 눈빛을 보니 아직도 두려움을 느끼는 것이 분명했다네. 어쨌든 나는 대답했지.

'간단한 일입니다. 보트에 물고기를 끌어올리기 위해서 아버님이 소매를 걷으셨을 때 팔꿈치 부근에 'J. A.'라는 문신이 새겨진 것을 보았습니다. 그 글자를 아직 읽을 수는 있었지만 글자가 흐릿했다는 점, 글자 주위의 피부에 얼룩이 있다는 점을 보고 그것을 지우려 했다는 사실을 알 수 있었습니다. 그래서 그 머리글자를 쓰는 사람과 처음에는 아주 친했지만 나중에는 잊고 싶어 했다는 사실을 알았습니다.'

'정말 놀라운 관찰력이군!'

노인이 커다란 목소리로 말하고는 길게 한숨을 내쉬었어.

'자네가 말한 대로일세. 하지만 이 이야기는 그만두는 게 좋겠어. 누구나 지난날의 망령을 끌고 다니지만 그중에서도 가장 나쁜 게 연인이라는 망령이니까. 당구장으로 가서 담배라도 피우세.'

그 후에도 나를 대하는 트레버 씨의 태도는 전과 변함없이 매우 친절했지만 언제나 경계하는 듯했다네. 아들인 내 친구조차 이렇게 말했으니까.

'아버지가 자네 때문에 무척 놀라셨나 봐. 자네가 어디까지 알고 있는 건지 모르니 불안해하는 거지.'

노인은 그 불안을 드러내려 하지 않았지만 절대로 그걸 잊고 있지 않다는 것이 동작 하나하나에 드러내고 말았다네. 그래서 내가 머무는 것이 불안의 씨앗이라면 나는 그만 돌아가는 것이 좋겠다고 생각하기 시작했어. 그런데 돌아가기 하루 전에 사건이 하나 터지고 말았는데 그것이 결과적으로 나중에 중대한 일이 되어 버렸지.

그날 우리 세 사람은 의자를 잔디에 내놓고 앉아서 햇빛을 받으며 노펵의 호반 풍경을 바라보고 있었네. 그런데 하녀가 다가와서 트레버 씨를 만나러 온 사람이 현관에 있다고 전해 주었어. 노인이 물었다네.

'그 사람의 이름은?'

'말하지 않았습니다.'

'그럼 무슨 일로 왔다고 하던가?'

'아는 사람이라고 하면서 잠깐 이야기를 하고 싶답니다.'

'이리 모시고 오게.'

곧 비굴하게 굽실거리는 촌스러운 남자가 비틀거리며 나타났다네. 남자는 소매에 타르가 묻은 외투의 앞섶을 풀어헤치고 그 안에 빨강과 검정 줄무늬 셔츠와 솜바지를 입고 있었네. 구두는 닳아빠지고 덜컥거렸지. 볕에 탄 얼굴은 야위었고, 늘 교활해 보이는 웃음을 머금는 바람에 치열이 고르지 못한 누런 이가 훤히 드러나 있었다네. 그자는 주름투성

이인 두 손을 가볍게 쥐고 있었어. 그 버릇은 뱃사람들에게서 흔히 볼 수 있는 것이지. 그 남자가 구부정한 걸음걸이로 잔디를 가로질러 오자 트레버 씨가 딸꾹질하는 듯한 소리를 내는 것이 들려왔다네. 노인은 의자에서 벌떡 일어나더니 집 안으로 뛰어 들어갔어. 바로 돌아오기는 했지만 내 옆을 지날 때 브랜디 냄새가 강하게 풍겼다네.

'그래, 무슨 일인가 들어 보기로 하지.'

뱃사람은 눈살을 찌푸리면서 노인을 바라보았어. 입가에는 변함없이 웃음을 흘리고 있었지.

'나리, 저를 잊으셨습니까?'

'이거 놀랍군. 허드슨 아닌가?'

트레버 씨가 놀라워하면서 말했고 뱃사공이 대답했다네.

'맞습니다, 허드슨입니다. 우리가 만난 지도 30년이 넘었습지요. 나리는 멀쩡한 집에서 사시지만 보시다시피 저는 여전히 통 안에 있는 소금에 절인 고기나 꺼내 먹는 뱃사람 신세구먼요.'

'내가 옛일을 잊지 않았다는 건 금방 알 수 있을 텐데.'

트레버 씨는 이렇게 말하더니 뱃사람 쪽으로 걸어가서 조그만 목소리로 무엇인가를 속삭였어. 그런 다음 다시 커다란 목소리로 말을 이었네.

'부엌으로 가서 배를 좀 채우도록 하게. 술도 한 잔 하고, 일자리도 꼭 알아봐 주겠네.'

'고맙습니다요, 나리.'

뱃사람은 고개를 조아리면서 말했다네.

'저는 간신히 8노트[8]로 달리는 부정기 선박, 그것도 일손이 부족한 허

---

8) knot. 배, 바람 등의 속력을 나타내는 단위. 1노트는 약 시속 1.85킬로미터이다.

름한 배를 2년이나 탔습지요. 이제는 저도 좀 쉴 때가 되지 않았나 싶구
먼요. 베도스 나리나 트레버 나리를 찾아가면 어떻게든 해 주실 거라 생
각했습니다요.'

'베도스가 사는 곳을 알고 있단 말인가?'

'그야 물론입지요. 옛 친구가 사는 곳을 제가 어떻게 모르겠습니까?'

뱃사람은 비아냥거리는 웃음을 지으며 그렇게 말하고는 하녀의 뒤를
따라서 구부정한 자세로 걸어갔지. 트레버 씨는 금광으로 가는 도중에
저 사람과 같은 배를 탔다고 우리에게 중얼거리듯 말했다네. 그러고는
우리를 잔디밭에 남겨 둔 채 집 안으로 들어가 버렸지. 한 시간쯤 뒤에
우리가 집 안으로 들어가 보니 노인은 엉망으로 취해서 식당 소파에 누
워 있었어. 그 사건은 참으로 씁쓸한 뒷맛을 남겼고, 그랬기에 나는 이튿
날 아무 미련도 없이 도니소프를 떠났네. 내가 있으면 친구에게 오히려
폐가 될 것 같다는 생각이 들었기 때문이야.

이건 긴 방학 중 처음 한 달 동안에 벌어진 일이었어. 런던의 내 방으
로 돌아온 나는 7주 동안이나 유기화학 실험을 했지. 그러던 어느 날이
었네. 그때는 이미 가을이 가까워져서 방학도 거의 끝나가려 하고 있었
다네. 나는 친구에게 전보를 받았는데, 거기에는 그가 나의 조언과 도움
을 필요로 하니 도니소프로 다시 와 주었으면 좋겠다는 내용이 적혀 있
었어. 물론 나는 모든 것을 내팽개치고 북쪽으로 향했다네. 친구가 이륜
마차를 타고 역까지 마중을 나와 주었는데 한눈에 보기에도 그가 괴로
운 두 달을 보냈다는 사실을 알 수 있었지. 친구는 야위었고 예전과 같
은 건강한 모습을 찾아볼 수가 없었다네.

'아버지가 위독하셔.'

이것이 친구가 입을 열었을 때 처음으로 나온 말이었다네.

'정말인가? 대체 어떻게 된 일이야?'

'뇌졸중이야. 심한 정신적 충격을 받으셨거든. 지금은 사경을 헤매고 계신다네. 지금 돌아가도 살아 계실는지 알 수 없어.'

왓슨, 나는 이 뜻밖의 말에 놀라고 말았네.

'원인은 뭐지?'

'그게 중요해. 우선은 마차에 타게. 마차를 달리며 이야기하지. 자네도 그 사람을 기억하고 있지? 자네가 출발하기 하루 전날 저녁에 찾아왔던 사람 말일세.'

'물론이지.'

'그날 우리가 집으로 들인 것이 누구인지 자네는 알겠는가?'

'모르겠네.'

'악마라네, 홈즈.'

나는 놀라서 그를 바라보았어.

'맞아, 말 그대로 악마야. 우리는 그때부터 단 한시도 마음 편할 날이 없었다네. 아버지는 그날 밤부터 기운을 잃으셨고 결국에는 그 녀석에게 목숨까지 빼앗기게 됐어. 아버지는 너무나도 커다란 괴로움 때문에 가슴이 찢어질 듯했던 거야. 그 혐오스러운 허드슨 때문에.'

'허드슨에게 어떤 힘이 있었던 건가?'

'나도 그 점을 어떻게 해서든 알아내고 싶다네. 그 친절하고 관대하고, 또 선량한 아버지가 어째서 그런 녀석의 손에 놀아나게 된 건지! 홈즈, 와 줘서 고맙네. 나는 자네의 판단력과 분별력을 신뢰하고 있어. 자네가 올바른 조언을 해 줄 것이라 믿네.'

우리는 마차를 타고 평평한 시골길을 재촉해 갔다네. 저물어 가는 저녁의 빨간 햇빛을 받아 반짝이는 호반 지대가 눈앞에 펼쳐져 있었지. 벌써 왼쪽의 가로수 사이로 지주의 저택임을 나타내는 높다란 굴뚝과 깃대가 보이기 시작했다네.

'처음에 아버지는 허드슨에게 정원을 맡겼는데 녀석이 불평을 해 댔다네. 그래서 다음에는 집사로 승진시켰지. 그렇게 되자 녀석은 집안일을 마음껏 주물렀고, 어슬렁어슬렁 집 안을 돌아다니며 제멋대로 행동했어. 하녀들은 녀석이 술에 절어 있기만 하고, 상스러운 말을 한다고 불평을 했다네. 아버지는 참아 달라면서 모두의 급여를 올려 주었어. 녀석은 아버지의 가장 좋은 사냥총을 가지고 보트를 띄워 혼자만의 사냥 파티를 즐겼지. 그것도 그 기분 나쁜 웃음을 머금고 혐오스러운 눈빛을 흘기며 거만한 표정을 짓고서 말이야. 녀석이 나이만 많지 않았어도 스무 번이고 때려눕혔을 걸세. 홈즈, 사실 나는 그렇게 참으면 안 되는 거였어. 좀 더 적극적으로 내가 할 수 있는 일을 했어야 했던 게 아닐까 생각하고 있다네.

사태는 더욱 악화되었고 허드슨이라는 인간은 무슨 일에나 참견을 하게 됐어. 심지어는 내가 있는 앞에서 아버지께 무례한 말대답을 하기에 녀석의 어깨를 잡아 방 밖으로 끌어낸 적도 있다네. 녀석은 당황한 듯했으나 그래도 슬금슬금 물러났어. 그때는 아무런 말도 하지 않았지만 악의로 가득한 두 눈은 녀석이 내뱉는 말 이상으로 나를 위협하고 있는 것처럼 보였어. 그 일 이후, 가엾은 아버지와 녀석이 무슨 말을 주고받았는지 나는 모르지만, 이튿날 아버지가 다가와서 허드슨에게 사과하라고 하더군. 물론 거절했어. 그리고 나는 아버지가 어째서 녀석에게 쩔쩔매는 거냐고 따지며 물어보았네.

'그렇기는 하지만 너도 내 입장이 되어 본다면……. 그래, 빅터, 알 수 있도록 해 주마. 그 결과, 무슨 일이 일어난다 할지라도 내 입장을 알려

주마. 가엾은 아버지가 얼마나 큰 해악을 끼쳤는지 너는 알 수 없을 테지만.'

아버지는 이렇게 말씀하시고는 매우 심란해 하는 표정으로 하루 종일 서재에만 계셨지. 창문 너머로 들여다보니 아버지가 무엇인가를 부지런히 쓰고 있는 모습이 보였다네.

그날 저녁, 드디어 어깨의 짐을 덜 수 있을 것 같은 일이 벌어졌어. 허드슨이 나가겠다고 하는 거야. 저녁 식사를 마친 뒤 식당에 아버지와 앉아 있는데 녀석이 들어와서 술에 잔뜩 취해서는 혀 꼬부라진 목소리로 나가겠다고 말했다네.

'이제 노퍽에는 질렸수다. 햄프셔의 베도스 나리를 찾아가 보겠수. 틀림없이 그 사람도 나를 보면 나리처럼 기뻐할 거요.'

'마음이 상해서 나가는 것은 아니겠지?'

아버지는 이렇게 말씀하셨는데 그 무기력한 모습에 나는 피가 끓어오르는 느낌이 들었다네.

'난 아직 사과 한마디 못 들었수다.'

녀석은 기분 나쁘다는 듯이 내 쪽을 힐끗 돌아보며 말했어.

'빅터, 그동안 이분에게 네가 약간 무례했던 것 아니냐?'

아버지가 나를 바라보며 말씀하셨어.

'천만에요. 우리 두 사람 모두 너무 정중했다고 생각합니다.'

'그렇게 나온단 말이지? 그 말 잘 기억해 두쇼!'

녀석은 이렇게 외치더니 구부정한 자세로 방에서 나갔다네. 그리고 30분 후에는 안쓰러울 정도로 신경이 예민해진 아버지를 뒤로 하고 집을 떠났지. 그날부터 밤마다 아버지가 방 안을 돌아다니는 소리가 들려왔어. 그리고 간신히 안정을 되찾았나 싶었을 때 그 사태가 터졌다네.'

'어떤?'

내가 달려들 듯이 물었네.

'참으로 이상한 일이었어. 어제 저녁에 아버지 앞으로 포딩브리지 소인이 찍힌 편지가 한 통 도착했어. 아버지는 그것을 읽더니 두 손으로 머리를 두드리고 정신이 나간 사람처럼 방 안을 빙글빙글 맴돌기 시작하는 거야. 간신히 붙들어서 소파에 눕히니 입과 눈썹이 경직되어 있어서 뇌졸중이 온 것을 알았네. 바로 포덤 의사를 부르고 침대에 눕혔지만 마비는 점점 더 심해져서 의식이 돌아올 것 같지가 않아. 아마 회복되지 않을 거야.'

'놀랍군, 트레버. 그런 끔찍한 결과를 가져온 편지는 대체 뭐였나?'

'대수롭지 않은 걸세. 아버지가 어째서 그렇게 된 건지 도무지 이해할 수가 없어. 그 내용은 정말 별것 아니야. 아아, 내가 우려했던 일이 벌어졌어!'

그렇게 이야기하는 동안 가로수 길의 모퉁이로 들어섰다네. 저물녘의 옅은 햇살 속으로 저택의 덧문이 모두 내려져 있는 것이 보였어. 우리는 서둘러 현관으로 갔지. 친구의 얼굴은 슬픔으로 일그러져 있었어. 그때 검은 옷을 입은 사람이 나타나자 트레버가 이렇게 물었다네.

'언제였나요, 선생님?'

'자네가 나간 직후였다네.'

'의식은 돌아오셨나요?'

'돌아가시기 직전에, 아주 잠깐 동안.'

'제게 남긴 말씀은 없었습니까?'

'일본식 장롱 안 서랍에 편지가 있다는 말씀만 하셨다네.'

친구는 의사와 함께 고인이 안치되어 있는 2층의 방으로 올라갔다네. 그동안 나는 서재에 남아서 이번 사건을 거듭 생각해 보았네. 지금껏 한 번도 맛본 적이 없는 침울한 기분이었어. 권투 선수, 여행가, 금광 채굴자였던 트레버 씨의 과거에 무슨 일이 있었던 걸까? 어째서 그 혐오스러운 얼굴의 뱃사람에게 고분고분했던 것일까? 반쯤 지워진 팔뚝의 문신에 대해서 잠깐 이야기했을 뿐인데 대체 무슨 이유로 정신을 잃고 쓰러진 것일까? 그리고 포딩브리지에서 온 편지를 받고는 무엇 때문에 놀라서 뇌졸중을 일으켜 목숨까지 잃게 된 것일까? 그러다 나는 포딩브리지가 햄프셔에 있다는 사실을 떠올렸다네. 그 뱃사람이 찾아간 곳, 아니 틀림없이 협박을 하러 간 베도스 씨도 햄프셔에 살고 있다고 들었지. 그렇다면 그 편지는 뱃사람 허드슨이 트레버 씨가 사람들에게 알리고 싶어 하지 않는 과거를 폭로했다는 내용이거나, 혹은 옛 동료인 베도스가 트레버 씨의 죄가 드러날 것 같으니 조심하라고 경고하며 보낸 것이 아닐까 생각했다네. 여기까지는 틀림없는 사실이라 여겼어. 그렇다면 그런 편지를 내 친구는 어째서 대수롭지 않고 한심하다고 말했을까? 친구는 내용을 파악하지 못한 것임에 틀림없었어. 이 추리가 정확하다면 편지의 내용은 언뜻 다른 내용으로 보이지만 사실은 무시무시한 의미를 담고 있는 교묘한 암호였을 거야. 편지를 봐야겠다, 그 편지에 숨겨진 의미가 있다면 나는 그것을 해독할 수 있을 것이다. 나는 한 시간 동안 어둠 속에 앉아서 이런 생각들을 했다네. 드디어 하녀가 눈물을 훌쩍이며 램프를 들고 왔어. 그리고 뒤이어서 친구인 트레버가 안색은 좋지 않았지만 침착한 태도로 지금 여기에 있는 글을 손에 들고 찾아왔다네. 그는 나와 마주앉더니 램프를 탁자 끝으로 밀고 짧은 글을 흘겨 쓴 회색 종이 한 장을 내게 건네주었지.

다 런던에 사냥감이 끝났다. 사냥터 주임인 허드슨이 벌써 끈끈이의 모든 주문에 응했으며, 사실을 당신의 암꿩과 폭로했다. 명령을 받고 힘껏 번식을 유지하면서 도망쳐라.

처음 이 편지를 읽었을 때 나도 방금 전의 자네처럼 뭐가 뭔지 모르겠다는 표정을 지었을 거야. 그래도 나는 주의 깊게 다시 읽어 보았어. 내 생각대로 이 편지에 적힌 기묘한 말들의 연결고리 속에 다른 의미가 숨겨져 있음은 의심의 여지가 없었네. 혹은 '끈끈이'나 '암꿩'과 같은 단어에 어떤 의미를 부여하기로 약속했을지도 모르고. 그렇다면 그 의미에는 아무런 규칙성이 없어 도저히 추리해 낼 수 없을 테니 그렇다고 생각하고 싶지는 않았어. 허드슨의 이름이 편지에 있으니 이 글의 내용은 내가 추리한 것과 다르지 않으며, 또 편지를 보낸 사람도 그 뱃사람이 아니라 베도스일 것이라 짐작했네. 나는 그걸 거꾸로도 읽어 보았는데 '도

망쳐라, 유지하면서, 번식을'은 의미가 없었어. 한 글자씩 건너뛰면서도 읽어 보았는데 '다, 사냥감이, 사냥터'나 '런던에, 끝났다, 주임인'이 되니 의미를 알 수가 없었다네.

하지만 나는 곧 수수께끼를 풀 만한 단서를 잡았어. 첫 번째 단어에서 부터 두 글자씩 건너뛰며 읽어 나가니 트레버가 절망에 빠지는 것도 당연하겠다는 생각이 들더군. 그것은 짧은 경고문이었는데 내가 친구에게 읽어 주었네.

'다 끝났다. 허드슨이 모든 사실을 폭로했다. 힘껏 도망쳐라.'

빅터 트레버는 떨리는 손에 얼굴을 묻었지.

'아마도 그 해석이 맞을 거야. 이건 죽는 것보다 더 좋지 않아. 아버지는 죽음뿐만 아니라 명예에도 상처를 입었으니까. 그런데 '사냥터 주임'이나 '암꿩'에는 어떤 의미가 있는 걸까?'

'단어 자체에는 아무런 의미도 없다네. 하지만 보낸 사람이 누군지 알 수 없는 상황에서 그가 누군지 찾아내는 데에는 큰 도움이 될 거라 생각하네. 어쨌든 이 편지를 보낸 사람은 '다……끝났다……'라는 글을 먼저 써 놓은 뒤, 미리 정해진 암호에 따라서 그 사이에 두 단어씩 넣은 거야. 당연히 머릿속에 떠오른 단어들을 먼저 채워 넣었겠지. 사냥에 관한 단어가 많으니 그 사람은 사냥을 아주 좋아하거나 혹은 사육에 흥미를 가지고 있는 사람일 걸세. 그런데 자네, 베도스라는 사람에 대해서 뭐 알고 있는 것 없나?'

'그러고 보니 아버지는 매해 가을이 되면 베도스 씨의 사냥터로 초대를 받아서 갔어.'

'그렇다면 이건 틀림없이 베도스가 보낸 걸 거야. 돈도 있고 사회적 존경도 받는 두 사람이 뱃사람인 허드슨의 말에 따라야만 했던 비밀이란 무엇인지 지금부터 밝혀내기로 하세.'

'홈즈, 그 비밀이 부끄러운 것은 아닐지 나는 그 점이 두렵다네.'

그런 다음, 친구가 말을 이었어.

'하지만 자네에게 숨겨서는 안 되겠지. 자, 여기에 아버지의 글이 있네. 아버지가 허드슨 때문에 파멸할 위기에 처했다는 사실을 알고 쓰셨던 글이라네. 아버지가 말씀하신 대로 일본식 장롱 안에 있었어. 내게 읽어 주지 않겠나? 나는 스스로 읽을 힘도, 용기도 없다네.'

왓슨, 그 친구가 내게 건네준 것이 바로 여기에 있는 편지라네. 그날 밤, 고택의 서재에서 친구에게 읽어 준 것처럼 자네에게도 읽어 주겠네. 겉에는 '소형 범선 글로리아 스콧 호의 항해에 관한 자세한 기록. 1855년 10월 8일 잉글랜드 서남부 팰머스 출항 때부터 11월 6일 북위 15도 20분, 서경 25도 14분 지점에서 침몰할 때까지.'라고 쓰여 있었어. 안의 내용은 편지 형식이었고 다음과 같았다네."

사랑하는 아들아, 나의 만년에 어두운 그림자를 드리울 불명예가 찾아온 지금, 내가 심히 괴로워하는 것은 법이 두려워서도 아니고 내 지위를 잃을까 걱정스러워서도 아니며 몰락했다는 사실이 사람들에게 알려질까 염려스러워서도 아니란다. 나를 사랑해 주었고 언제나 존경해 주었을 너, 그런 네가 나 때문에 수치를 참아야 한다는 사실을 생각하니 나는 참으로 괴롭구나. 이건 조금의 거짓도 없는 사실이다. 눈앞에 닥친 타격이 내 몸을 후려치면, 이것을 읽고 내가 어떤 죄를 저질렀는지 알아 두기 바란다. 다행스럽게 모든 일이 원만히 해결되었는데도(그렇게 되기를 바란다만!) 어떤 이유로 이 편지가 파기되지 않고 그대로 남아 있어서 네 손에 들어갔다면 네가 소중히 생각하고 있는 모든 것을 위해서, 네 어머니에 대한 추억을 위해서, 그리고 우리 부자간의 정을 위해서 이것을 불 속으로 던져 버리고 잊어 주기를 바란다.

네가 여기까지 읽었다는 건 가면이 벗겨진 채 내가 이미 집에서 쫓겨났거나, 아니면 이쪽이 더 가능성이 높다만, 나는 심장병이 있으니 죽음의 침상에서 영원히 입을 다물고 있음을 의미하겠지. 어쨌든 이제는 숨길 수가 없구나. 나는 이제부터 있는 그대로의 사실을 가감없이 쓰려고 한다. 그렇게 맹세하며, 또 그러기를 바라고 있다.

아들아, 내 이름은 트레버가 아니다. 젊었을 때 내 본명은 제임스 아미티지James Armitage였다. 그러니 너의 대학 친구가 내 비밀을 추리해 내는 말을 했을 때 내가 얼마나 큰 충격을 받았을지는 짐작할 수 있겠지? 런던의 은행에서 일하다가 국법을 어겨서 유형을 선고받은 것이 다름 아닌 그 아미티지였다. 부디 이 아비를 너무 거세게 비난하지는 말아 다오. 그 죄라는 것은 이렇다. 나는 도박을 하다가 빚을 졌는데 어떻게 해서든 그 빚을 갚아야만 했단다. 어쩔 수 없이 내가 써서는 안 될 돈에 손을 댔지. 횡령 사실이 밝혀지기 전에 돈을 채워 넣을 수 있다는 확신이 있어서 한 일이었단다. 그런데 운 나쁘게도 철석같이 믿고 있던 돈이 들어오지 않았고, 마침 회계 검사가 평소보다 빨리 진행되어서 그만 내가 횡령했다는 사실을 들키고 말았단다. 이런 사건은 관대한 처분을 받기도 하지만 30년 전의 법률은 지금과는 달라서 훨씬 더 엄격했다. 나는 중죄인이 되었고 37명의 죄인들과 함께 오스트레일리아로 향하는 소형 범선 글로리아 스콧 호의 갑판 밑에 묶인 채 스물세 번째 생일을 맞이하게 되었단다.

1855년에는 크림전쟁[9]이 한창일 때라 예전부터 쓰던 죄수 호송선은 대부분 흑해에서 수송선으로 쓰이고 있었다. 그래서 정부는 죄인을 운반하기에 적합하지 않은 소형 배를 사용할 수밖에 없었지. 글로리아 스콧 호는 중국의 차를 운반하는 데 쓰이던 낡은 배였어. 폭이 넓고 속도가 나지 않아서 신형 쾌속선이 나타난 다음부터는 사용되지 않던 것이었단다. 500톤짜리 배였는데 38명의 죄인 말고도 뱃사람이 26명, 병사가 18명, 선장 1명, 항해사 3명, 의사와 목사가 각각 1명씩, 거기에 간수 4명이 더 타고 있었단다. 그러니까 팰머스를 출발했을 때는 거의 100명에 가까운 사람들이 그 배에 타고 있었던 셈이지.

통상적인 죄수 호송선처럼 두꺼운 떡갈나무를 사용한 배가 아니라서 감방 벽은 아주 얇고 약했어. 부두에 끌려갔을 때부터 나는 선미 쪽의 옆방에 있는 사람을 주목하고 있었단다. 젊은 사람이었지. 수염은 없었고, 멋진 얼굴이었어. 코는 길고 가느다랬고 약간 각이 진 얼굴이었는데, 기운이 넘쳤고 태도는 도도했으며 걸음걸이도 당당했지. 하지만 무엇보다 눈에 띈 것은 큰 키였단다. 머리가 그의 어깨에 닿는 사람조차 없었을 거

---

9) 1853년 제정 러시아가 흑해黑海로 진출하기 위하여 터키·영국·프랑스·사르디니아공국 연합군과 벌인 전쟁. 1856년에 러시아의 패배로 끝났다.

야. 키가 아마 2미터는 되었을 게
다. 슬픈 듯 야윈 얼굴을 한 사람
들 사이에서 그 사람처럼 기운
이 넘치고 패기 가득한 자를 보
니 참으로 기묘했지. 그 남자를
보고 있으면 눈보라 속에서 모닥
불을 본 느낌이 들었단다. 그래
서 그 남자가 옆방에 있다는 사
실을 알았을 때는 기쁘기까지 했
어. 그런데 더욱 기쁘게도 어느
깊은 밤, 귀 옆에서 속삭이는 소
리가 들려 눈을 떠 보니 어떻게
했는지는 몰라도 그 남자가 벽을
뜯어냈더구나. 그 사람이 물었어.

'이보게 친구, 이름이 뭔가? 무슨 일로 붙잡힌 거지?'

나는 대답을 하고 그에게도 이름을 물어보았지.

'나는 잭 프렌더개스트야. 나를 알게 된 것을 행운으로 알라고. 농담 아
니야.'

나는 그 남자의 사건을 알고 있었단다. 그것은 내가 체포되기 얼마 전
에 나라 전체를 떠들썩하게 한 사건이었어. 그 남자는 좋은 집안 출신으
로 재능도 풍부했지만 참으로 몹쓸 버릇이 있어서 런던에서 내로라하는
대상인들을 교묘하게 속여서 거액을 갈취한 죄로 붙잡혀 왔던 거야.

'그래, 자네도 내 사건을 알고 있는가?'

남자가 자랑스러워하면서 말했단다.

'잘 알고 있지.'

'그럼 그 사건에 이상한 점이 있다는 것도 알고 있겠지?'

'무슨 소리야?'

'나는 25만 파운드 정도를 꿀꺽했어. 알고 있나?'

'그런 소문은 들었네.'

'그런데 경찰은 내 돈을 한 푼도 찾아내지 못했지. 안 그런가?'

'맞아.'

'그 돈이 어디 간 줄 아나?'

'알 리가 있나?'

'죄다 내 손안에 있어.'

남자가 큰 목소리로 말했단다.

'나는 자네의 머리카락보다 많은 돈을 가지고 있어! 정말이라고! 돈이 있고, 돈을 어떻게 써야 하는지도 알고 있으니 나는 무슨 일이든 뜻대로 할 수 있어. 무슨 일이든 마음대로 할 수 있는 사람이, 쥐새끼들이 돌아다니고 바퀴벌레가 가득한 중국 무역선으로 만든 냄새나는 감옥 속에서 엉덩이가 짓무를 때까지 기어 다닐 거라 생각하나? 설마 그렇게 생각하지는 않겠지? 그런 사람은 자신뿐만 아니라 다른 사람까지 돕는 법이야. 장담하는데 나를 믿어도 좋아. 나를 따르라고. 반드시 구해 줄 테니. 성경에 걸고 맹세하지.'

남자는 이런 식으로 이야기했단다. 처음에 나는 그 말을 깊게 생각하지 않았어. 그런데 잠시 시간이 흐르자 그 남자는 나를 시험해 보고 아주 진지하게 맹세하게 하더니 배를 빼앗을 계획에 대해 밝히더구나. 배에 오르기 전에 10여 명 정도의 죄수가 이미 그 계획에 가담했다고 했다. 프렌더개스트가 주모자였고 그의 돈이 계획을 움직이고 있었단다.

'내게는 동지가 있어. 보기 드물 정도로 믿음직한 사람이야. 그 사람이 내 돈을 가지고 있는데 지금 그가 어디에 있다고 생각하나? 이 배에 타고 있는 목사야. 놀랐나? 목사라고, 목사! 목사님은 검은 옷을 입고 신분 서류도 완벽하게 갖추었지. 배 한 대를 사들일 수 있는 돈이 녀석의 상자 안에 들어 있어. 선원들은 죄다 그의 말이라면 껌뻑 죽어. 전부 현금을 주고 우리 편으로 만들었거든. 그것도 선원들이 이 배에 타겠다고 계약하기 전에 말이야. 간수 둘에, 이등 항해사인 버리어도 우리 친구야. 그럴 만한 가치가 있다고 생각하면 목사님은 선장도 매수할 수 있지.'

'그래서, 어떻게 할 생각인가?'

'어떻게 할 거라 생각하나? 뭐, 병사 몇 명이 죽기야 하겠지.'

'하지만 녀석들에게는 무기가 있어.'

'이봐, 우리에게는 무기가 없을까? 나는 한 사람에게 권총 두 자루씩 나눠 줄 생각이야. 우리 죄인들에 선원들까지 가담하는데 이 배를 손에 넣지 못한다면 우리는 그냥 여자애들이 다니는 기숙학교에나 가야 돼. 그러니 오늘 밤, 자네 왼쪽 방에 있는 남자에게도 말을 걸어서 믿을 만한 사람인지 확인해 줘.'

나는 그의 말대로 했단다. 그 결과 옆방 사람도 나와 비슷한 처지의 젊은이라는 사실을 알았단다. 그 사람은 위조범이었어. 이름은 에반스로, 그 사람도 나처럼 지금은 이름을 바꿨고 영국 남부에서 아무 불편 없이 유복하게 살아가고 있단다. 어쨌든 그곳에서 달리 빠져나갈 방법이 없었기에 그 사람도 곧 이 계획에 가담했지. 그리고 프랑스와 에스파냐 사이에 있는 비스케이 만을 지나기 전까지 이 계획에 가담하지 않은 죄수는 둘 밖에 없었단다. 한 명은 마음이 너무 약해서 도저히 믿을 수가 없었고, 또 다른 사람은 황달에 걸려서 동료로 삼은들 아무 도움도 되지 않앉을 테니까.

애초부터 그 배를 빼앗는 것은 하나도 어렵지 않았단다. 선원들 모두가 처음부터 이번 일을 시행하기 위해 가려 뽑은 악당들이었으니 말이다. 가짜 목사는 종교와 관련된 소책자라도 들어 있는 것처럼 검은 가방을 들고 각방을 순례하며 설교를 하러 왔단다. 목사가 몇 번씩 찾아왔기에 사흘째 되던 날 밤에는 죄수들 모두가 줄과 권총 두 자루, 화약 450그램, 총알 20발을 침대 밑에 숨길 수 있었지. 간수 중 두 사람은 프렌더개스트의 앞잡이였고 이등 항해사는 그의 심복이었어. 선장, 항해사 둘, 간수 둘, 마틴 중위와 그의 부하 18명, 그리고 의사만이 우리의 적이었단다. 특별한 위험은 없었지만 만약을 위해서 주의를 게을리하지 않고, 한밤중에 기습 공격하기로 했다. 그러나 일은 예정했던 것보다 일찍 벌어지고 말았단다. 바로 다음과 같은 이유에서였어.

출항한 지 3주일쯤 지난 어느 날 밤, 의사가 병에 걸린 죄수를 진찰하러 왔단다. 그런데 침대 밑으로 손을 넣는 바람에 권총이 있다는 사실을 눈치채고 말았지. 아무것도 모르는 척 그 자리를 넘겼다면 우리 계획은 실패하고 말았을 테지만 의사는 약간 겁이 많은 사람이었기에 창백한 얼굴로 놀라서 소리를 질렀단다. 그 소리를 듣고 병에 걸린 죄수는 무슨 일이 일어났는지 바로 깨닫고 그 의사를 붙들었지. 그리고 소리를 내지 못하게 의사의 입을 막고 몸을 묶은 뒤, 침대에 쓰러뜨렸어. 의사가 갑판으로 통하는 문을 열어 둔 채 들어왔기에 우리는 그곳을 통해서 위로 올라갔단다. 보초 둘을 총으로 쓰러뜨리고 무슨 일인지 확인하러 달려온 하사도 총으로 쓰러뜨렸지. 특별실 앞문에 병사 둘이 더 있었지만 가지고 있던 머스킷 총에 탄환을 장전해 두지 않았던지 아무도 발포하지 않았다. 두 사람은 총검을 끼우느라 꾸물대다가 총을 맞고 말았지. 그런 다음, 우

리는 선장실로 뛰어들었는데 문을 여는 순간 안에서 총소리가 들려왔단
다. 탁자 위에 핀으로 고정한 대서양의 해도가 펼쳐져 있었고, 선장은 해
도에 머리를 박은 채 쓰러져 있었다. 그리고 목사가 연기가 피어오르는
권총을 들고 서 있더구나. 항해사 두 사람 역시 선원들에게 붙잡혀 모든
것이 끝난 듯했지.

특별실은 선장실 옆에 있었는데 우리는 그곳에 모여서 저마다 떠들어
대며 기다란 의자에 털썩 앉았단다. 다시 자유를 되찾았다는 기쁨에 한
껏 들떠 있었던 게야. 특별실 사방의 벽을 따라서 선반이 있었는데 가짜
목사인 윌슨이 선반의 문 가운데 하나를 부수고 셰리주 열두 병을 꺼냈단
다. 병의 주둥이를 깨서 컵에 따라 마시고 있는데 갑자기 머스킷 총소리
가 귀를 찢더구나. 그리고 방 안은 연기로 가득해서 탁자 건너편도 보이
지 않았어. 연기가 걷힌 뒤 둘러보니 그곳은 피바다가 되어 있었다. 윌슨
과 다른 여덟 명이 바닥에 쓰러진 채 서로 뒤엉켜 몸부림 치고 있더구나.
피와 갈색 셰리주가 탁자 위로 흘렀는데 지금도 그 광경을 생각하면 역겨울 정도다. 그 광경에 우리는 완전히 겁을 먹고 말았어. 아마 프렌더개스트가 없었다면 우리는 그쯤에서 포기하고 말았겠지. 프렌더개스트가 황소처럼 소리를 지르며 문 쪽으로 돌진했고 살아남은 사람도 전부 그의 뒤를 따랐단다. 밖으로 나가보니 선미의 갑판 위에 중사와 부하 열 명이 있었어. 우리가 있던 방의 탁자 위쪽 천장에 여닫을 수 있는 창문이 있었는데, 조금 열려 있는 그 틈으로 병사들이 총알 세례를 퍼부은 거야. 우리는 병사들이 총알을 바꿔 끼우기 전에 그들을 덮쳤단다. 병사들은 용감히 맞섰지만 수적 열세를 극복하지 못하고 약 5분 만에 상황이 끝났지. 그런 아수라장이 또 있을까? 프렌더개스트는 분노로 미쳐 날뛰는 악마처럼, 마치 어린아이를 다루듯이 살아 있는 병사는 물론이고 죽은 병사들까지 전부 들어 올려 바다로 던져 버렸단다. 어떤 하사관은 크게 다치고도 놀라울 정도로 오랫동안 헤엄을 쳤는데 보다 못한 누군가가 총으로 머리를 쏘아 저세상으로 보내 주었다. 싸움이 끝난 뒤에 살펴보니 적 가운데 살아남은 것은 간수 둘, 항해사 둘, 그리고 의사뿐이었다.

살아남은 자들을 어떻게 처분할지를 둘러싸고 다툼이 일어났단다. 우리 대부분은 다시 자유를 얻었다는 기쁨에 젖어 더 이상의 살인은 원치 않았다. 총을 손에 쥔 병사들을 쓰러뜨리는 것과 무참히도 목숨을 잃어 가는 사람을 보는 것은 전혀 다른 느낌이었으니까. 죄수 중 다섯, 선원 중 셋, 총 여덟 명이 그런 잔인한 행동을 보기 싫다고 말했단다. 하지만 프렌더개스터와 그의 친구들은 무슨 일이 있어도 없애야 한다고 고집을 부렸어. 철저하게 제거하지 않으면 안전을 보장할 수 없으니 한 사람이라도 증인을 남겨 두어서는 안 된다는 것이었지. 우리도 같이 살해당할 뻔했지만 프렌더개스터는 마침내 배 한 척을 내 주면서 원한다면 떠나라고 말했단다. 우리는 그의 말에 따랐어. 피비린내 나는 일에 넌덜머리가 났고 더

처참한 일이 일어날지도 모른다고 생각했기 때문이란다. 우리 여덟 명은 선원용 상의 한 벌, 물 한 통, 소금에 절인 고기 한 통, 비스킷 한 통, 그리고 나침반을 받았다. 프렌더개스트는 해도 한 장을 가리키며 만약 누가 묻거든 북위 15도, 서경 25도에서 침몰한 배에 탔던 사람들이라고 대답하라고 일러 준 뒤, 보트의 밧줄을 끊고 우리를 보내 주었다.

지금부터가 더욱 기괴한 부분이란다. 우리가 반란을 일으킨 동안, 돛대 아래쪽의 활대를 반대 방향으로 해 두었는데 우리가 탄 보트의 줄을 끊자마자 그것을 원래의 위치로 되돌렸다. 강하지는 않아도 북동쪽에서 바람이 불어와서 글로리아 스콧 호는 천천히 멀어지기 시작했어. 우리가 탄 보트는 기다란 물결을 따라서 위로 떠올랐다 가라앉았다를 반복하고 있었지. 일행 중에서는 나와 에반스는 그나마 교육을 받은 축에 속했기에 배의 후미에 앉아서 현재의 위치를 살피고 어디로 가면 좋을지를 생각했단다. 참으로 어려웠다. 카보베르데 군도는 북쪽으로 약 800킬로미터 떨어진 곳에 있었고, 아프리카 해안은 동쪽으로 약 1,120킬로미터 떨어진 곳에 있었으니 말이다. 한데 바람이 북쪽으로 불고 있어서 우리는 아프리카 서부에 있는 영국의 식민지인 시에라리온이 가장 좋겠다고 생각하고, 뱃머리를 그쪽으로 향했단다. 그때 글로리아 스콧 호는 보트의 오른쪽 뒤편, 수평선 너머로 사라지려 하고 있었지. 그런데 그 배를 바라보는 동안에 갑자기 짙고 검은 연기가 피어올라 그것이 수평선에 우뚝 선 커다란 나무처럼 보였단다. 잠시 뒤에는 천둥 같은 폭발음 소리가 들려왔어. 잠시 뒤, 연기가 사라지고 보니 글로리아 스콧 호는 어디에서도 보이지 않았지. 우리는 바로 뱃머리를 돌려 처참한 사건 현장으로 돌렸고, 수면에 아직 흐르고 있는 연기를 향해 전력으로 보트를 저었단다.

우리가 현장에 도착하기까지 꽤 시간이 걸리는 바람에 처음에는 너무

늦어서 한 사람도 구할 수 없겠다고 생각했단다. 배의 파편이며 수많은 나무 상자, 돛대와 활대 파편이 파도에 떠올랐다 잠겼다 하고 있어서 배가 어디에 침몰했는지는 금방 알 수 있었다. 하지만 생존자의 모습은 찾아볼 수 없어서 포기하고 뱃머리를 돌리려는 순간, 어디선가 도움을 요청하는 소리가 들렸어. 조금 떨어져 있는 잔해 위에 어떤 남자가 쓰러져 있는 것이 보였단다. 그 남자를 보트 위로 끌어올리고 보니 젊은 뱃사람인 허드슨이더구나. 그는 심한 화상을 입은 데다 탈진한 상태여서 그들에게 무슨 일이 있었는지는 이튿날 아침이 되어서야 들을 수 있었다. 우리가 떠난 직후 프렌더개스트와 그의 동료들은 나머지 다섯도 죽인 모양이었다. 간수 둘을 총으로 쏜 뒤 바다에 버렸고, 삼등 항해사도 같은 운명이 되었지. 그런 다음 프렌더개스트는 가운데 갑판으로 내려가 자기 손으로 가엾은 의사의 목을 단숨에 베었단다. 이제 일등 항해사 한 사람만 남았는데 그 사람은 용감하고 민첩했어. 그는 피투성이가 된 칼을 손에 든 프렌더개스트가 다가오는 것을 보고 미리 느슨하게 해 두었던 밧줄을 푼 뒤 갑판을 달려 배의 뒤쪽에 있는 창고로 뛰어들었어. 죄수 열 명 정도가 권총을 들고 그 남자를 찾기 위해 내려갔다. 그런데 배에는 화약 100통이 실려 있었어. 그 남자는 화약통 하나의 뚜껑을 열고 그 옆에 성냥을 든 채 앉아 있었는데 자신을 죽이려 든다면 배를 통째로 날려 버리겠다고 했다고 한다. 그런데 그 다음 순간 폭발이 일어났어. 허드슨의 생각에 따르면 남자가 성냥으로 불을 붙인 것이 아니라 죄수 중 한 명이 실수로 총을 쏜 것 같다고 하더구나. 원인이야 어찌 됐든 그것이 글로리아 스콧 호의 최후이자 배를 빼앗은 자들의 최후이기도 했단다.

사랑하는 아들아, 간단히 말해서 여기까지가 내가 휘말린 악몽 같은 일이었다. 다음 날, 우리는 오스트레일리아로 가는 쌍돛 범선인 핫스퍼 호에 구조되었다. 우리가 침몰한 여객선의 생존자라고 말하자 선장은 그 말을 그대로 믿었단다. 해군 본부에서는 수송선 글로리아 스콧 호가 침몰했다고 간주했으나 그 진상은 끝내 밝혀내지 못했지. 핫스퍼 호를 타고 쾌적하게 여행한 끝에 우리는 시드니에 내렸다. 에반스와 나는 거기서 이름을 바꾸고 광산으로 향했단다. 거기에는 여러 나라에서 온 온갖 민족들이 모여 있었기에 예전의 신분을 감추는 것은 간단했지. 그 뒤의 일은 말할 필요도 없을 것이다. 우리는 성공을 거두었고 여기저기 돌아다니다 성공한 식민지 부자 신분으로 영국에 돌아왔다. 그렇게 해서 우리는 시골의 땅과 저택을 산 것이란다. 우리는 20년이 넘도록 평화롭고 의미 있게 살았다. 또한 우리의 과거도 영원히 묻혀 버릴 것이라 여겼지. 그런데 우리가 살려 준 그 뱃사람이 찾아오고야 말았다! 그때 내 심정이 어땠을지 이해할 수 있겠지? 어떻게 알았는지는 몰라도 녀석은 우리를 찾아냈고 우리를 협박해서 편하게 살려고 했다. 녀석은 지금 우리 곁을 떠나서 또 다른 희생자를 협박하기 위해 찾아갔단다. 아들아, 이제는 내가 어떻게 해서든 녀석과 좋게 지내려고 노력했던 이유를 이해하고, 또 내 두려움을 어느 정도 동정해 줄 수 있지 않겠느냐?

"그 다음에는 읽기 어려울 만큼 떨리는 글씨로, '베도스가 암호를 보내 왔다. 허드슨이 모든 사실을 폭로했다고 한다. 신이시여, 굽어 살피소서!'라고 적혀 있었네.

이것이 그날 밤, 젊은 친구인 트레버에게 내가 읽어 준 이야기야. 왓슨, 여러 가지 정황상 그때는 정말 극적으로 느껴졌어. 친구는 슬픔에 빠져서 인도의 타라이 지방에 차를 재배하러 떠났는데 거기서 성공해 잘 살고 있다고 하더군. 뱃사람 허드슨과 베도스는 그 다급함을 알리는 편지가 온 다음부터 전혀 행방을 알 수 없었네. 두 사람 모두 연기처럼 사라져 버리고 말았지. 이 사건으로 경찰에 고소한 사람도 없었다네. 그런 점으로 미루어 보면 허드슨은 그저 협박만 했을 뿐인데 베도스는 그가 비밀을 폭로했다고 생각한 모양일세. 주변을 맴도는 허드슨을 봤다는 사람이 있어서 경찰은 허드슨이 베도스를 살해하고 도망쳤다고 믿고 있네만 나는 그 반대라고 추측하네. 궁지에 몰린 베도스는 허드슨이 이미 과거를 폭로했다고 생각한 나머지 그를 살해하고 챙길 수 있을 만큼 돈을 챙겨서 외국으로 달아났을 거야. 왓슨, 이게 진상일세. 여기까지가 〈글로리아 스콧 호〉 사건에 관한 내용이네만 자네의 사건 기록에 도움이 된다면 마음대로 이용하게나."

5. 머스그레이브 가의 의식문

 내 친구인 셜록 홈즈의 성격에는 조금 이해할 수 없는 부분이 있어서
때로는 나를 당황하게 했다. 누구에게도 지지 않을 만큼 논리적으로 생
각했고 복장도 늘 답답할 정도로 단정한 편이었지만, 평소의 생활을 보
면 너무나도 어수선해서 함께 생활하고 있는 내가 다 화를 낼 지경이었
다. 그렇다고 해서 결코 내가 꼼꼼한 편은 아니었다. 나도 천성적으로 게
으른 편인 데다 아프가니스탄에서 앞날이 불투명한 군대 생활을 하는
동안에 의사로서 어울리지 않을 만큼 무책임한 사람이 되어 버렸기 때
문이다. 하지만 나도 더는 참을 수가 없었다. 석탄을 담는 용기에 시가를
넣어 두거나, 페르시아산 슬리퍼의 발끝 부분에 담배를 찔러 넣거나, 아
직 답장도 하지 않은 편지를 난로 위 나무 장식장에 잭나이프로 꽂아 둔
것을 보면 한마디 하지 않을 수가 없었다. 그리고 나는 무슨 일이 있어
도 권총 사격연습은 집 밖에서 해야 한다고 생각한다. 언젠가 홈즈는 기
분이 좋지 않은 날에 헤어 트리거[10] 권총과 실탄 100발을 꺼내 들고 안

락의자에 앉은 채 맞은편 벽에 대고 난사해 '빅토리아 여왕'을 의미하는 'V. R.'이라는 글자 구멍을 내기도 했다. 이렇게 애국적인 장식을 해 두는 것을 보면 방의 분위기나 느낌이 더 좋아지려야 좋아질 수가 없겠다는 생각이 들었다.

우리 방에는 화학약품이나 범죄 기념품 같은 것이 늘 넘쳐 나고 있는데 어떻게 된 일인지 그런 것들이 전혀 엉뚱한 데로 섞여 들어가, 버터 접시나 더욱 의외인 곳에서 불쑥 튀어나오는 일도 아주 빈번하게 벌어졌다. 하지만 가장 큰 골칫거리는 홈즈가 보관하는 자료들이었다. 그는 이런 것들, 특히 자신이 관여했던 사건과 관계있는 서류를 버리는 것이라면 질색을 했다. 게다가 억지로라도 힘을 내서 자료의 요점을 노트에 메모하여 정리하는 일은 1년이나 2년에 한 번 있을까 말까 했다. 왜냐하면, 홈즈에 대한 다른 이야기에서 내가 밝힌 대로, 그는 유명한 갖가지 사건에 전력을 쏟아 부었는데 그 사건을 멋지게 해결하고 나면 갑자기 기력을 잃어 아무것도 할 수 없는 상태에 빠져 버리기 때문이었다. 그럴 때면 바이올린과 책을 끌어안고 하루 종일 침대와 소파 사이를 오가며 누워 있기만 하고 거의 움직이지 않았다. 따라서 시간이 흐를수록 자료가 늘어나, 손으로 작성한 서류가 어느 틈엔가 방 구석구석에까지 산더미처럼 쌓이고 말았다. 이런 자료들은 함부로 태워 버릴 수도 없고 주인이 직접 정리해야만 하는 것이었다. 어느 겨울 밤, 둘이서 난로 옆에 앉아 있을 때 나는 자료의 중요한 부분을 전부 노트에 옮겨 적었으니 지금부터 한 두 시간 정도 방을 좀 더 쾌적하게 꾸며 보는 것이 어떻겠느냐고 물었다. 아주 당연한 제안이었으므로 그도 싫다고는 말하지 못했다.

---

10) hair trigger. 아주 민감해서 머리카락에 닿을 정도만 되어도 발사된다는 방아쇠.

홈즈는 불만이 가득한 얼굴로 자기 침실로 들어가더니 곧 커다란 양철 상자를 끌고 나왔다. 상자를 바닥 한가운데 놓고 그 앞에 있던 앉은뱅이 의자에 앉아 뚜껑을 열었다. 안을 들여다보니 붉은 테이프로 묶어 둔 서류 다발이 꽉 차 있었는데 나는 이런 상자가 두 개나 더 있다는 것을 알고 있었다.

홈즈가 장난기 어린 눈빛으로 나를 쳐다보며 말했다.

"여기에는 사건 기록들이 가득 들어 있네. 자네도 안의 내용을 알고 있다면 다른 서류를 여기에 넣으라고 하는 대신에 지금 들어 있는 것들을 꺼내 달라고 할 걸세."

"그럼 여기 있는 게 자네가 젊었을 때 관여한 사건 기록인가? 옛날 사건에 대해서도 써 보고 싶다고 늘 생각하고 있었어."

"맞아. 전부 옛날 사건에 관한 것들일세. 자네가 사건에 대한 글을 써서 나를 유명하게 만들어 주기 전에 일어난 일들이지."

그는 아주 소중한 물건을 다루듯이 조심조심 서류 뭉치들을 꺼내기 시작했다.

"여기 있는 사건을 전부 완벽하게 해결한 건 아니야. 하지만 사건마다 조금 흥미로운 부분이 포함되어 있네. 이건 탈턴 살인 사건 기록이고 이건 포도주 장수 뱀버리 사건, 러시아 아주머니와 관련된 사건, 알루미늄 목발을 둘러싸고 일어난 신비한 일, 다리가 뒤틀린 리콜레티와 그의 비천한 아내 사이에서 일어났던 사건. 그리고……, 아, 이거야! 이건 정말 재미있는 사건이었어."

그는 상자 바닥으로 손을 찔러 넣어 장난감 상자처럼 생긴 뚜껑 달린 조그만 나무 상자를 꺼냈다. 조그만 상자 안에는 꼬깃꼬깃한 종이쪽이, 옛날에 사용되던 놋쇠로 만든 열쇠, 실 뭉치가 달린 나무못, 녹슨 금속

원반 세 개가 들어 있었다.

"왓슨, 이 물건들을 보고 무슨 생각이 드는가?"

의아해하는 내 표정을 보고 홈즈가 미소 지으면서 물었다.

"기묘한 물건들만 잘도 골라서 모았구먼."

"정말 기묘한 물건들이지. 아마 이 물건들과 연관된 이야기를 들으면 좀 더 기묘한 기분이 들 걸세."

"지난날의 사건을 떠오르게 하는 기념품이로군."

"기념품이 아니라 지난날의 사건 그 자체라고 할 수 있는 것들이지."

"무슨 뜻인가?"

홈즈가 물건을 하나씩 꺼내 탁자 끝에 나란히 늘어놓았다. 그러더니 다시 의자에 앉아 만족스러운 눈빛으로 그것들을 바라보았다.

"여기에 있는 것들은 〈머스그레이브 가의 의식문〉 사건에 대한 기념으로 내가 간직하고 있다네."

홈즈는 그 사건에 대해 몇 차례 언급한 적은 있었지만 아직 자세한 내용을 말해 주지는 않은 상태였다.

"괜찮다면 그 사건을 이야기해 주지 않겠나?"

이 말을 들은 홈즈가 천진난만한 커다란 목소리로 말했다.

"쓰레기장처럼 어지러운 이 방을 그냥 내버려 둔 채 말인가? 무슨 일이 있어도 정리해야겠다는 건 아니었나 보군. 어쨌든 이 사건을 자네의 기록에 넣어 주면 고맙겠어. 왜냐하면 이 사건에는 몇 가지 아주 특이한 점이 있거든. 영국에서는, 아니 전 세계 어느 나라에서도 이런 범죄는 일어난 적이 없었을 거야. 이런 사건을 기록하지 않는다면 나의 보잘것없는 성과를 담은 책도 완전하다고 할 수 없네.

자네도 〈글로리아 스콧 호〉 사건을 기억하고 있지? 그때 알게 된 가엾은 노인과 이야기를 나눈 덕분에 이제는 내 천직이 된 탐정이라는 직업에 관심을 갖게 되었다는 사실도 말일세. 지금은 내 이름이 세상에 널리 알려져서 세상 사람들은 물론이고 경찰들조차도 복잡한 사건이 벌어지면 결국에는 내게 사건을 맡기지. 자네와 처음 만났을 무렵, 그러니까 자네가 《진홍색 연구》라는 책의 소재로 삼은 사건이 일어났을 무렵에도 이미 직업적으로 상당히 안정되어 있었어. 돈이야 그리 많이 벌지는 못했지만. 그러니 처음에 내가 얼마나 고생했는지, 일을 제대로 해 나가게 되기까지 얼마나 오랜 시간을 기다렸는지 자네는 도저히 모를 걸세.

나는 런던에 오자마자 몬태규 가의 대영박물관 바로 옆에 있는 방을 빌렸어. 시간이야 얼마든지 있었으니 내 실력을 쌓는 데 조금이라도 도움이 될 만한 여러 가지 과학 분야를 공부하면서 하루하루를 보냈지. 때때로 내게 일을 부탁하러 오는 사람들이 있었는데, 주로 대학 시절 친구들에게 소개받고 온 사람들이었다네. 학교에서 보낸 마지막 해에는 나와 내가 사용하는 방법이 사람들 입에 오르내리게 되었거든. 그렇게 얻은 일 중 세 번째로 의뢰받은 것이 바로 이 사건이었네. 특이한 사건이 계속 일어나자 세상 사람들의 주목을 끌었고 문제를 해결하고 나니 매우 중요한 사실이 밝혀졌다네. 그 사건을 발판으로 삼아서 나는 지금의 지위를 향한 첫걸음을 내딛을 수 있게 되었지.

레지널드 머스그레이브는 나와 같은 대학을 다녔기 때문에 안면은 있었지만 친분이 있었다고 하기는 힘들어. 그 친구는 학생들 사이에서 그다지 인기가 없었고, 자존심이 매우 강하다는 평을 받았지. 나는 그가 오히려 내성적인 성격을 감추려 하는 바람에 그런 오해를 받았다는 느낌이 들었네. 그의 생김새는 정말 귀족 같았어. 훤칠한 몸매에 코가 오뚝하고 눈은 컸으며 어딘지 우울한 표정이었지만 늘 예의바르게 행동했지. 실제로 영국에서도 손꼽히는 명문가의 후손이라고 하더군. 16세기에 그의 집안이 분가해서 북쪽의 머스그레이브 가와 갈라졌고, 그때부터는 서부의 서식스에서 살고 있기는 했지만. 그의 가족이 사는 헐스턴의 저택은 서식스 주에서도 가장 오래된 저택일 걸세. 태어난 곳의 분위기가 머스그레이브의 몸에 밴 듯, 그의 무표정하고 창백한 얼굴과 위엄 있는 머리를 볼 때마다 나는 회색

아치며 돌로 된 칸막이가 세로로 붙어 있는 창 등 중세 성곽의 모습을 떠올리곤 했지. 그와는 몇 번 진지하게 이야기를 나누었는데 그는 진심으로 내 관찰과 추리에 아주 깊은 흥미와 관심을 보였다네. 나는 대학을 졸업한 뒤 4년 동안 단 한 번도 그를 만나지 못했는데 어느 날 아침, 그가 몬태규 가에 있는 내 방으로 나를 찾아왔어. 외모는 거의 변함이 없더군. 그는 예전부터 조금 멋을 부리는 편이었는데, 상류사회의 젊은 이다운 차림새에 차분하고 품위 있는 행동도 전과 다를 바 없었다네.

'머스그레이브, 그동안 어떻게 지냈나?'

내가 진심으로 반가워하며 악수한 뒤 물었어.

'자네도 들어서 알고 있을지 모르겠지만 2년 전에 아버지가 돌아가셨네. 그 후부터 내가 헐스턴의 저택을 관리하고 있고, 그 지역에서 의원으로 선출되어서 꽤 바쁜 시간을 보냈지. 홈즈, 자네는 우리를 깜짝 놀라게 한 그 능력을 실제로 사용하고 있다고 들었네.'

'그래, 머리 쓰는 일을 하면서 먹고살고 있지.'

'마침 잘됐군. 실은 말일세, 꼭 자네의 지혜를 빌려야만 할 일이 생겼네. 헐스턴에서 아주 이상한 일이 일어났는데 경찰의 힘으로는 도저히 해결할 수가 없겠어. 어디서도 유례를 찾기 힘들 만큼 아주 이상하고 설명하기 힘든 일이거든.'

왓슨, 내가 얼마나 열심히 그 친구가 하는 말을 귀 기울여 들었는지 상상할 수 있겠지? 몇 개월 동안 일다운 일 하나 없이 기회가 오기만을 기다리고 있던 내게 드디어 기회가 찾아오려는 순간이었으니 말일세. 나는 마음속으로 다른 사람이 실패한 일이라도 나는 잘 해낼 수 있으리라 생각했네. 이건 내 실력을 시험해 볼 수 있는 좋은 기회였지.

'어떻게 된 건지 자세히 들려주게나.'

내가 큰 소리로 말했지. 레지널드 머스그레이브는 내 맞은편에 앉아 내가 권한 담배에 불을 붙이고 이야기를 시작했어.

'나는 아직 미혼이지만 헐스턴에는 꽤 많은 하인들을 두고 있네. 워낙 넓고 오래된 집이라 일이 많고 손봐야 할 곳도 많거든. 게다가 우리 지역에서는 꿩을 보호하고 있기 때문에 사냥철이 되면 우리 집에서 묵고 가는 손님들이 아주 많아. 일손이 부족하면 도저히 버텨 낼 재간이 없지. 하녀가 여덟 명, 요리사와 집사가 한 명씩, 하인이 둘, 심부름하는 아이가 한 명 있네. 그리고 정원과 마구간 관리도 또 다른 사람들에게 맡겼고.

그들 중에서 가장 오래된 사람은 집사 브런턴이야. 젊었을 때는 학교 선생님이었는데 실직한 그 사람을 선친이 고용하셨지. 활발하게 일을 하고, 성품도 뛰어났기에 곧 우리 집에서 없어서는 안 될 사람이 되었네. 그는 체격이 좋고 이마가 넓은 미남이라네. 우리 집에 온 지 벌써 20년이 지났는데 아직 마흔이 안 됐을 걸세. 천성적으로 성격이 좋을 뿐만 아니라 외국어를 몇 개나 구사하고 대부분의 악기를 다룰 줄 아는 등 뛰어난 특기를 가진 사람이지. 그렇게 오랫동안 집사를 해 온 게 오히려 이상할 정도라네. 우리 집이 생활하기에 편해서 환경을 바꾸고 싶은 마음이 없었던 모양이야. 헐스턴을 방문했던 사람은 누구나 그 집사를 기억하고 있을 정도로 유명한 사람이지.

그런데 이 뛰어난 사람에게도 한 가지 문제가 있다네. 여자들에게 너무 인기가 좋다는 점이지. 한적한 시골에 그런 남자가 있으니 당연하다고도 할 수 있겠지만. 부인이 살아 있을 때는 별문제 없었는데 부인을 여의고부터는 늘 말썽이 끊이지 않았어. 몇 개월 전에 하녀인 레이첼 하웰스와 약혼했다기에 이제 마음을 놓아도 되겠구나 싶었는데, 바로 약혼녀를 버리고 재닛 트리젤리스라는 사냥터 관리인의 딸과 친하게 지내더군. 레이첼은 매우 괜찮은 아가씨지만 영국 남서부, 즉 웨일스 태생답게 쉽게 흥분하는 성격이라서 무척이나 상심한 나머지 뇌염을 앓았다네. 지금은, 아니 어제까지는 퀭한 눈을 하고서 집 안을 넋 나간 사람처럼 돌아다니고 있었지. 이게 헐스턴에서 일어난 첫 번째 사건인데 그것도 두 번째 사건 때문에 빛이 바래고 말았어. 모든 일은 부주의하게 실수를 저지른 집사 브런턴을 해고한 데서 비롯되었다네.

지금부터 그 이야기를 해 보겠네. 그는 원래 머리가 좋은 사람이었지만 그게 파멸을 불러왔네. 그 재능을 자신을 위해서 사용하지는 못했거든. 호기심만 가득해서 자신과 아무 관계도 없는 일에까지 참견하곤 했어. 내가 우연히 그 사실을 알게 되었기에 망정이지 그가 그런 짓을 하고 있었다고는 꿈에도 생각지 못했다네.

아까도 이야기했지만 우리 집은 매우 넓네. 지난주 어느 날 밤, 정확히 말하자면 목요일 밤이었는데 저녁 식사를 마치고 그만 블랙커피를 마시는 바람에 좀처럼 잠을 이룰 수가 없었어. 몇 번이고 잠을 자려 노력했지만 어느 틈엔가 새벽 2시가 되어 버렸더군. 포기하는 게 낫겠다 싶어 소설이라도 읽으면서 시간을 보낼 생각으로 자리에서 일어나 촛불을 켰네. 그런데 읽던 책을 당구대가 있는 방에 놓고 왔기에 실내복을 걸치고 책을 가지러 나갔지. 그 방에 가려면 계단을 하나 내려가서 서재와 총기실로 연결된 복도를 가로질러야만 해. 그 복도로 들어섰는데 서재의 문이 열려 있고 거기서 희미한 불빛이 새어 나오는 게 아닌가? 침실로 들어가기 전에 내가 직접 불을 끄고 문을 닫았는데 말일세. 순간, 나는 도둑이 들었다고 생각했지. 헐스턴 저택 복도 벽에는 옛날 전쟁에서 사용했던 무기가 여기저기 걸려 있다네. 나는 그 자리에 초를 내려놓고 전투

용 도끼를 집어든 뒤, 문이 열려 있
는 서재로 살금살금 다가가 안을
들여다봤어.

그런데 서재 안에 집사 브런턴
이 있더군. 격식을 갖춰 옷을 차려
입고, 안락의자에 앉아 지도 같이
보이는 종이 한 장을 무릎 위에 올
려놓은 채 이마에 손을 대고 골똘
히 생각에 잠겨 있는 모습이었네.
나는 깜짝 놀라 어둠 속에 서서 그
를 그저 바라보고 있었어. 탁자 한
쪽에 올려 둔 촛불이 조금 흐리기
는 했지만 그의 복식 정도는 확인
할 수 있었다네. 잠시 뒤, 그가 자
리에서 벌떡 일어서더니 한쪽 구석에 있는 사무용 책상 쪽으로 다가가
열쇠로 서랍을 여는 게 보였네. 거기서 서류 한 장을 꺼내 의자로 돌아
와 앉더니 탁자에 올려놓은 촛불 옆에서 서류를 펼쳐서 주의 깊게 살펴
보더군. 아무렇지도 않게 내 가족에 관한 서류를 함부로 꺼내서 읽다니
화가 나서 견딜 수가 없었어. 나도 모르게 한발 앞으로 다가서자 브런턴
이 고개를 들어 문 앞에 서 있는 나를 쳐다봤다네. 당황한 그는 자리에
서 일어나 새파랗게 겁에 질린 얼굴로 처음에 들여다보던 지도 같은 종
이를 가슴 쪽 주머니에 찔러 넣었어. 내가 말했지.

'그랬군. 자네를 믿고 있었는데 이런 식으로 보답할 생각이었다니. 날
이 밝으면 집에서 나가 주기 바라네.'

그는 완전히 기가 꺾인 듯 한마디도 하지 않고 가만히 방에서 나갔어. 촛불이 탁자 위에 그대로 있었기에 나는 그 불빛으로 브런턴이 탁자 위에 꺼내 놓은 서류를 읽어 보았네. 놀랍게도 그것은 중요할 것 하나 없는 서류였다네. '머스그레이브 가의 의식문'이라고, 우리 집에 전해 내려오는 조금 특이한 의식이 있는데 그것을 행할 때의 문답을 필사한 종이였어. 몇 세기 전부터 머스그레이브 가 남자는 어른이 되면 그 의식을 치러야 했거든. 그때 주고받는 말인데 집안사람들 말고 다른 이들에게 그건 전혀 흥미로운 일이 아니지. 고고학자라면 조금은 가치가 있다고 생각할지도 모르겠지만. 우리 집안의 문장敎章처럼 말이야. 어쨌든 그 서류에는 실용적인 면이라고는 전혀 없다네.'

'나중에 그 서류에 관한 내용을 자세하게 들려주게.'

내가 그의 말을 잠깐 끊자, 머스그레이브는 이해할 수 없다는 표정으로 이렇게 말했어.

'자네가 꼭 듣고 싶다면 그렇게 하지. 우선은 이야기를 계속하겠네. 나는 브런턴이 두고 간 열쇠로 책상 서랍을 잠그고 뒤로 돌아섰네. 그랬더니 집사가 다시 돌아와 눈앞에 서 있는 게 아닌가?

'주인님.'

그가 큰 소리로 말했는데 감정이 고조돼서 목소리가 갈라져 들리더군.

'명예를 잃는다면 저는 견딜 수 없을 겁니다. 신분에 어울리지 않는 자부심을 가지고 살아왔으나 명예를 잃는다면 더 이상 살아갈 수 없을 겁니다. 저를 그렇게 내쫓으시면 주인님 책임이라고 생각하게 될 겁니다. 정말입니다. 그러니 이번 일을 도저히 용서하실 수 없다 하더라도 제가 스스로 사표를 냈을 때와 마찬가지로 한 달의 여유를 주시기 바랍니다. 그렇게 해 주시면 저도 불명예를 참을 수 있을 겁니다. 이렇게 가깝게

지냈던 사람들 앞에서 갑자기 해고당한다면 저는 도저히 견딜 수가 없습니다.'

'자네에게 그런 은혜를 베풀 만한 가치가 있을까 싶군. 자네는 결코 해서는 안 될 짓을 했어. 하지만 우리 집에서 오랫동안 있었으니 해고 이유는 아무에게도 말하지 않겠네. 한 달은 너무 길어. 일주일 안에 우리 집에서 나가 주기 바라네. 그동안 자네 좋을 대로 구실을 만들고.'

'겨우 일주일입니까? 2주, 하다못해 2주라도 시간을 주십시오.'

그가 아주 절망적인 표정으로 말했어.

'아니, 정확히 일주일 주겠네. 이것도 아주 관대한 처분임을 잘 기억해 두기 바라네.'

그는 싸움에서 진 사람처럼 고개를 푹 숙인 채 방에서 나갔고 나는 촛불을 끄고는 침실로 돌아왔네.

그 일이 있고 이틀 동안 브런턴은 아주 성실하게 열심히 일했어. 나는 그날 밤의 일에 대해서는 한마디도 하지 않았지만 그가 자신의 불명예를 숨기기 위해서 어떤 구실을 생각해 냈는지 조금 궁금해졌네. 평소에는 내가 아침 식사를 끝내면 브런턴이 그날의 일을 지시받으러 나를 찾아왔지. 그런데 사흘째 되던 날부터는 전혀 얼굴을 내밀지 않더군. 내가 식당에서 나오는데 마침 하녀인 레이첼 하웰스가 지나갔네. 조금 전에 말한 대로 그녀는 병에 걸렸다가 막 나은 참이라 혈색이 나빴고 완전히 수척해져 있었지. 나는 하웰스가 일을 시작한 걸 보고 한마디 하고야 말았어.

'아직 더 누워 있어야 해. 좀 더 몸을 추스른 다음에 일을 시작해도 상관없어.'

그러자 그녀가 아주 이상한 표정으로 내 얼굴을 바라보았다네. 나는 혹시 이 여자가 병 때문에 정말로 머리가 어떻게 된 게 아닐까 생각했네. 그녀가 말하더군.

'저는 아무렇지도 않습니다, 주인님.'

'오늘은 쉬고 의사에게 또 물어보자고. 아, 그 전에 밑으로 내려가서 브런턴을 좀 불러 줘.'

'집사는 떠났습니다.'

'떠났다고? 어디로 갔다는 건가?'

'떠났습니다. 아무도 그를 본 사람이 없습니다. 방에도 없고요. 그래요, 떠난 겁니다. 그 사람은, 그 사람은 떠났습니다!'

그녀가 쓰러지듯 뒤에 있는 벽에 몸을 기대더니 미친 듯이 웃어 댔어. 그녀의 신경질적인 발작에 나는 겁을 먹고 서둘러 벨을 눌러 사람들을 불렀지. 울며 발버둥치는 하녀를 방으로 데려다 주고 나서 나는 브런턴의 행방을 찾으려 했네. 우리 집을 떠난 것만은 틀림이 없었어. 침대에 자고 일어난 흔적이 없었고, 전날 밤에 자기 방으로 돌아간 다음부터는 아무도 그를 본 사람이 없었거든. 하지만 어떻게 해서 집 밖으로 나갔는지 확실하지 않네. 아침까지 창이며 문은 모두 그대로 잠겨 있었으니까. 그의 옷, 시계, 심지어 돈도 방에 고스란히 남아 있었네. 비록 그가 입고 있었을 검은 옷은 보이지 않았지만. 슬리퍼도 안 보였는데 구두만은 그대로 남아 있더군. 브런턴은 그날 밤에 어디로 간 걸까? 그리고 지금은 대체 어디에 있는 걸까?

사람들과 함께 지하실부터 다락방까지 이 잡듯 뒤져 보았지만 그의 그림자도 찾을 수 없었네. 몇 번이고 말하지만 오래 전에 지은 집이라 미궁처럼 구조가 복잡하고, 특히 거의 쓰지 않는 구관은 어디가 어디인지 모를 정도로 복잡하네. 어쨌든 방과 창고를 샅샅이 살펴봤는데도 불

구하고 단서 하나 찾지 못했어. 짐은 고스란히 놓아두고 집을 나갔다고
는 믿을 수 없지만 지금 어디에 있는지 감도 잡지 못하겠네. 경찰이 와
도 아무것도 알아내지 못했어. 마침 그가 사라지기 전날 밤에는 비가 왔
다네. 그래서 집 주위에 있는 잔디와 오솔길도 살펴봤지만 발자국은 발
견되지 않았어. 그리고 또 다른 일이 일어나는 바람에 우리는 그곳에 온
정신이 팔렸다네.

레이첼 하웰스는 그로부터 이틀을 꼬박 누워 지냈지. 헛소리를 하기도
하고 신경질적인 발작을 일으킬 때도 있었기에 밤새도록 그녀를 봐 줄
간호사를 고용했네. 브런턴이 행방을 감춘 지 사흘째 되던 날 밤, 환자
가 깊이 잠든 것을 확인한 간호사는 안락의자에 앉아 잠깐 눈을 붙였다
가 아침 일찍 일어났네. 한데 침대에는 아무도 없고 창문은 열려 있었으
며 레이첼의 모습도 보이지 않았다는 거야. 그때 나는 아직 자고 있었는
데 그 이야기를 듣자마자 하인 둘과 함께 그녀를 찾아다녔네. 레이첼이
어디로 갔는지는 쉽게 알아낼 수 있었지. 그녀 방의 창 밑에서부터 시작
되어 잔디밭을 가로질러 연못이 있는 곳까지 발자국이 뚜렷하게 찍혀
있었거든. 내 소유지 밖으로 나가는 자갈길 바로 옆에서 그 발자국이 끊
어졌네. 그 연못의 깊이는 약 2.4미터 정도일세. 머리가 이상해진 가엾은
아가씨의 발자국이 연못 옆에서 끊겼으니 우리의 심정이 어땠는지는 짐
작하고도 남겠지?

우리는 곧바로 연못 바닥을 뒤져서 시체를 건져 올리기로 했네. 그런
데 아무리 찾아도 시체는 발견되지 않았어. 그 대신 전혀 뜻밖의 물건이
수면 위로 떠올랐네. 리넨으로 만든 자루였는데 그 안에는 녹슬고 빛바
랜 낡은 금속 덩어리와 검게 그을린 돌인지 유리 조각인지 모를 것이 들
어 있었네. 연못 바닥을 뒤져서 건져 낸 것이라고는 그게 다였네. 어제도

온갖 방법을 다 써서 찾아보았지만 레이첼 하웰스와 리처드 브런턴의 신상에 무슨 일이 일어났는지 오리무중이라네. 경찰도 어떻게 해야 좋을지 몰라 쩔쩔매고 있어. 이런 상황이라 마지막으로 자네에게 부탁하러 온 걸세.'

머스그레이브는 이렇게 말을 맺었네. 왓슨, 그때의 내 모습이 눈에 선하지? 연속해서 일어난 기묘한 사건 이야기에 나는 완전히 빠져들고 말았네. 그 사건들을 하나로 묶어 설명할 만한 공통된 끈을 찾아야겠다고 생각했지.

집사가 사라졌고 뒤이어 하녀도 사라졌다. 하녀는 집사를 사랑했지만, 뒤에 그를 미워할 만한 충분한 이유가 생겼다. 그녀는 웨일스 지방 태생으로 다혈질이었는데 집사가 행방불명된 직후에 그녀는 극도로 흥분된 모습을 보였다. 그리고 기묘한 물건이 담긴 자루를 연못에 던져 넣었다. 대충 이런 점들을 깊이 생각해 봐야 했지.

하지만 이렇게 겉으로 드러난 점들에만 주목한다고 해서 해결의 실마리를 잡을 수는 없었어. 머스그레이브 가에서 일어난 몇몇 이상한 사건들의 근본적인 원인은 무엇일까? 아무리 뒤엉킨 실타래라 하더라도 반드시 시작점이 있기 마련이니까.

'머스그레이브, 그 서류를 봐야겠네. 자네 집 집사가 일자리를 잃게 될 위험을 무릅쓰고서라도 볼 가치가 있다고 여긴 그 서류 말일세.'

내가 말하자 머스그레이브가 답했네.

'우리 집안에서 '의식'이라 부르고는 있지만 내 눈에는 한심하기 짝이 없는 짓일세. 그래도 예전의 우아한 느낌을 전달해 주니 그대로 남겨 두는 것도 그리 나쁘지는 않겠지. 정 그렇게 보고 싶다면 여기에 그 질문과 대답을 옮겨 적은 종이가 있네.'

그가 내게 종이를 건네주었네. 이 종이가 바로 그거야. 아주 특이한 문답이지. 머스그레이브 가 남자들은 옛날부터 어른이 되면 이 문답을 소리 내서 외워야만 했다고 하네. 여기 적힌 대로 그 질문과 대답을 읽어 보겠네."

'그것은 누구의 것이었나?'

— 떠나간 분의 것.

'그것은 누구의 것이 되나?'

— 장차 올 분의 것.

'달은 언제인가?'

— 처음부터 헤아려서 여섯 번째.

'태양은 어디에 있나?'

— 떡갈나무 위에.

'그림자는 어디에 있나?'

— 느릅나무 밑에.

'몇 걸음 가면 되나?'

— 북쪽으로 열 걸음, 그리고 다시 열 걸음, 동쪽으로 다섯 걸음, 그리고 다시 다섯 걸음, 남쪽으로 두 걸음, 그리고 다시 두 걸음. 서쪽으로 한 걸음, 그리고 다시 한 걸음. 그 아래로.

'우리는 무엇을 바쳐야 하나?'

— 우리의 모든 것을.

'무엇을 위해서?'

— 신뢰를 위해서.

"머스그레이브가 설명했다네.

'홈즈, 원문에 날짜가 적혀 있지는 않지만 철자법을 보면 17세기 중반에 쓰인 듯하네. 하지만 자네가 이번 사건을 해결하는 데 그렇게 큰 도움이 될 것 같지는 않아.'

'어쨌든 다시 새로운 수수께끼가 등장한 셈이로군. 이 수수께끼가 앞서 이야기한 것보다 훨씬 더 재미있는데. 이 수수께끼를 풀어내면 다른 의문들도 한꺼번에 풀릴지도 모르겠고. 머스그레이브, 이렇게 말하면 실례가 될지 모르겠지만 그 집사라는 사람은 머리가 아주 좋아서 사물을 꿰뚫어 보는 힘이 몇 대에 걸쳐 내려온 주인들보다도 훨씬 더 뛰어났던 모양일세.'

'난 자네 말을 이해할 수 없군. 이 서류에 도움이 될 만한 단서가 숨어 있는 것 같지는 않은데.'

'아니, 나는 결정적인 단서가 되리라고 생각하네. 브런턴도 나와 같은 생각이었을 거야. 틀림없이 자네에게 발각되기 훨씬 전부터 이 서류를 보았을 걸세.'

'그렇다 해도 딱히 이상하지는 않네. 특별히 이 서류를 숨기지는 않았으니까.'

'그날 밤, 그는 여기에 적힌 내용 중에서 잊은 부분이 없나 확인하려 했을 거야. 무슨 지도 같은 종이를 펴놓고 그 서류를 비교해 보다가 자네가 다가서자 서둘러 주머니에 쑤셔 넣었다고 했지?'

'그렇다네. 대체 우리 집안의 오랜 관습으로 뭘 어쩌려고 했을까? 그리고 자네는 무슨 이유로 이런 이야기를 하는 건가?'

'그 대답을 하는 것은 그리 어렵지 않네. 자네만 괜찮다면 가장 빠른 기차로 서식스의 저택으로 가 보세. 사건이 일어난 현장을 조금 더 자세

히 살펴보아야겠어.'

그날 오후에 우리는 헐스턴 저택에 도착했네. 유명한 건물로 자네도 사진이나 책을 통해서 이미 알고 있을 테니 간단하게 설명하도록 하지. 건물은 전체적으로 L자형이야. 원래는 L자의 짧은 부분에 해당하는 구관만 있었는데 거기에 긴 부분에 해당하는 신관을 새로 지어 연결했더군. 구관 한가운데 묵직한 돌을 위에 얹어 놓은 낮은 문이 있는데 그 위에 '1607'이라는 숫자가 새겨져 있어. 하지만 전문가들은 들보와 석조 부분을 보고 사실은 그보다 훨씬 더 오래 전에 지어졌다고 보고 있네. 구관은 벽이 아주 두꺼운 데다 창이 아주 작았어. 그래서 18세기에 그곳에 살던 사람들은 더 이상 참지 못하고 새 건물을 지은 듯하네. 지금은 구관에 식료품과 연료를 보관하고 있더군. 주위에는 멋진 고목들이 늘어서 있는 훌륭한 정원이 있었고, 집에서 200미터 정도 떨어진 가로수 길 가까이에는 머스그레이브가 이야기한 연못이 있었다네.

왓슨, 진작부터 나는 이렇게 확신하고 있었어. 이 사건에는 서로 다른 세 가지 수수께끼가 있는 게 아니라 오직 하나의 수수께끼만 있다고 말일세. '머스그레이브 가 의식'으로 전해 내려오는 문답의 의미를 정확하게 파악하기만 하면, 그것이 이 사건을 해결하는 열쇠가 되어 집사 브런턴과 하녀 하웰스의 실종에 얽힌 진상도 알아낼 수 있을 것이라고 믿었네. 그래서 나는 전력을 다해서 그 문답의 의미를 파악하려 했지. 집사는 왜 이 오래 전의 글을 자세히 조사했을까? 말할 것도 없이, 몇 대에 걸친 주인들이 깨닫지 못한 무엇인가가 그 문답 속에 숨어 있던 것이지. 그리고 집사는 그것을 발견하면 자기에게 득이 되리라고 생각했을 거야. 그렇다면 과연 그건 무엇이었으며, 집사의 운명을 어떻게 바꾸었을까?

문답을 읽고 나는 '어느 쪽으로 몇 걸음'이라는 말이 사실은 다른 부분에서 애매하게 적어 놓은 어떤 장소를 설명한 것임을 즉시 알아차렸네. 그 장소를 발견한다면 머스그레이브 가의 선조들이 그런 기상천외한 방법으로 물려주던 비밀을 알 수 있을 터였어. 우선 주목해야 할 부분이 두 군데 있었네. 떡갈나무와 느릅나무가 그것이지. 떡갈나무는 아주 쉽게 찾을 수 있었네. 집의 정면에 해당하는 마찻길 왼쪽에 아주 오래된 떡갈나무가 서 있었거든. 그렇게 커다란 나무는 지금까지 본 적이 거의 없네.

'저 나무는 이 문답이 처음 작성됐을 때도 저기에 서 있었겠지?'

타고 있던 마차가 그 나무 옆을 지나갈 때 내가 물었어. 머스그레이브는 이렇게 대답했네.

'저 나무는 11세기에 노르만 사람들이 영국을 정복했을 때 심었다고 하니 틀림없이 그때도 있었을 걸세. 나무 둘레가 7미터나 된다네.'

이로써 단서 중 하나를 확실하게 알아낸 셈이었지.

'자네 집에 오래된 느릅나무도 있나?'

'저쪽에 아주 오래된 느릅나무가 있었는데 10년 전에 벼락을 맞아서 완전히 베어 버렸어.'

'어디에 있었는지 자리는 알고 있지?'

'알고말고.'

'그 외에 다른 느릅나무는 없나?'

'오래된 건 없네. 너도밤나무는 많지만.'

'그 느릅나무가 있었던 곳 좀 가르쳐 주게.'

그때 마침 이륜마차가 집 앞에 도착했어. 머스그레이브는 집으로 들어가기 전에 나를 잔디 위 느릅나무가 서 있던 자리로 바로 데려가 주었네. 위치는 대충 떡갈나무와 저택의 건물 중간쯤 되는 곳이었지. 모든 게 순조롭게 풀리는 듯했어. 내가 머스그레이브에게 한 가지 물었네.

'느릅나무의 높이는 알 수 없겠지?'

'아주 간단하네. 19.2미터였어.'

'그걸 어떻게 알고 있나?'

내가 놀라 물었지.

'예전에 가정교사에게 삼각법을 배웠는데 그때부터 한동안 물건의 높이를 재고 돌아다녔거든. 어렸을 때 우리 집에 있는 나무와 건물의 높이를 전부 재 봤다네.'

이건 뜻밖의 행운이었네. 내가 조사에 필요하다고 생각했던 자료들을 예상했던 것보다 빨리 입수할 수 있었으니까.

'집사가 같은 질문을 한 적은 없었나?'

레지널드 머스그레이브가 멍한 표정으로 나를 바라봤네.

'그러고 보니 몇 달 전에 브런턴이 베어 버린 그 나무의 높이를 물어본 적이 있었네. 마부와 그 일로 말다툼을 했다고 하면서 말이야.'

왓슨, 솔깃한 이야기 아닌가? 그로 인해 내 수사 방향이 틀리지 않았음을 알 수 있었지. 나는 태양을 올려다보았어. 이미 상당히 기울어 있었기에 앞으로 한 시간 정도만 더 있으면 떡갈나무 바로 위에 걸리게 생겼더군. 그것이 문답에 적혀 있던 조건 중 하나였지. 그리고 느릅나무의 그림자는 틀림없이 그림자의 끝부분을 가리킨다고 생각했네. 그렇지 않다면 그림자가 아니라 나무줄기를 기준으로 사용했을 테니까. 즉, 태양이 떡갈나무 꼭대기를 지날 때 느릅나무의 그림자가 어디에 위치하는지를 알 필요가 있었던 거야."

여기까지 듣고 나는 홈즈에게 말했다.

"그걸 알아내는 게 그리 쉽지는 않았을 텐데, 홈즈. 느릅나무는 이미 베이지 않았나?"

"브런턴이 알아냈다면 나도 알아낼 수 있을 거라고 생각했네. 그리고 실제로 그렇게 어렵지도 않았어. 머스그레이브와 함께 서재로 들어간 나는 나무를 깎아 지금 여기에 있는 이 나무못을 만들고 거기에 1미터마다 매듭을 지은 이 긴 실을 묶었지. 그리고 1.8미터짜리 낚싯대 두 개를 들고 느릅나무가 있던 곳으로 갔네. 마침 태양이 떡갈나무 위에 걸려 있었네. 나는 낚싯대를 땅 위에 똑바로 세우고 그림자의 방향을 본 뒤 그 길이를 쟀지. 2.7미터더군.

간단한 계산 아닌가? 1.8미터짜리 낚싯대의 그림자가 2.7미터이니, 19.2미터짜리 나무의 그림자는 28.8미터겠지. 물론 그림자의 방향은 둘 다 같을 거고. 그림자 방향을 따라 28.8미터를 나아갔더니 집 벽 바로 앞에 그림자의 끝부분이 떨어진다는 사실을 알 수 있었네. 그래서 거기에 말뚝을 박아 놓았지. 거기서 5센티미터도 떨어지지 않은 땅 위에 작은 구덩이가 있는 걸 보니 말할 수도 없이 기뻤다네. 브런턴이 거리를 재서 파 놓은 것이 분명했으니까. 나는 그의 뒤를 제대로 쫓고 있었던 거야.

그곳을 출발점으로 삼아서, 우선은 나침반으로 방향을 확인한 뒤에 문답에 적혀 있는 대로 걸음을 옮겨 보았네. 북쪽으로 열 걸음, 그리고 다시 열 걸음, 총 스무 걸음을 전진해 보니 집 벽을 따라가게 돼 있더군. 거기에 다시 말뚝을 박아 표시했네. 그런 다음, 틀리지 않도록 주의하면서 동쪽으로 열 걸음, 남쪽으로 네 걸음을 더 갔네. 그랬더니 구관 현관 앞에 이르더군. 거기서 서쪽은 평평한 돌을 깔아 놓은 복도였네. 그러니까 복도 쪽으로 두 걸음 옮기면 되는 거지. 그렇게 해서 문답에 적혀 있는 장소에 도착했어.

하지만 그때처럼 실망한 적도 없었다네. 맥이 확 풀렸어. 처음부터 계산을 잘못한 게 아니었나 싶을 정도로 말이야. 저녁 햇살이 쏟아져 들어

와서 바닥이 아주 잘 보였는데 바닥에 깔린 낡고 닳아빠진 회색 돌은 시멘트로 굳게 다져 두었고 움직인 흔적도 없었어. 브런턴이 거기에는 손을 대지 않았다는 이야기지. 바닥을 여기저기 두드려 봤지만 모두 같은 소리가 났고, 속이 빈 소리는 나지 않았어. 금이 간 곳이나 틈새도 발견할 수 없었지. 그런데 다행스럽게도 내가 무엇 때문에

그러는지 깨달은 머스그레이브가 나와 마찬가지로 열심히 바닥을 찾다가 문답을 꺼내 다시 읽어 보더군.

'그 밑에! 그 밑에를 빼 먹었어!'

그가 이렇게 외쳤다네. 그 말을 바닥을 파라는 뜻으로 해석했지만, 곧 내가 틀렸음을 깨달았지.

'그럼 이 밑에 지하실이 있단 말인가?'

내가 큰 소리로 물었네.

'맞아. 이 집을 처음 지을 때부터 있었던 거야. 입구는 이쪽일세.'

둘이서 나선형 계단을 내려갔고 거기서 머스그레이브가 성냥에 불을 붙여 한쪽 구석의 통 위에 놓여 있던 커다란 램프에 불을 붙였어. 주위가 밝아지는 순간, 드디어 문답이 가리키는 곳을 제대로 찾았다는 느낌이 들었어. 그리고 최근에 여기를 찾아온 사람들이 더 있었다는 것을 알 수 있었네. 그곳은 예전에 장작을 놓던 곳이었는데 바닥 여기저기에 널려 있어야 할 장작이 양쪽 벽에 가지런히 쌓여 있어 가운데 바닥이 넓게 드러나 있더군. 드러난 바닥에는 크고 무거워 보이는 돌이 깔려 있었어. 돌에는 철로 만든 녹슨 고리가 연결되어 있었고, 그 고리에 두꺼운 천으로 만든 체크무늬 머플러가 묶여 있었네.

'이게 왜 여기에 있지? 이건 브런턴의 머플러야. 그가 두른 걸 본 적이 있네. 그가 왜 여기에 왔던 걸까?'

나는 머스그레이브에게 부탁해서 그 주의 경찰을 두 명 불렀어. 그런 다음 머플러를 당겨서 돌을 들어 올리려 했지. 혼자 힘으로는 도저히 들어낼 수가 없어서 경찰 한 명의 도움을 받아 간신히 돌을 옆으로 치웠네. 그 밑에 검고 커다란 구멍이 커다랗게 입을 벌리고 있더군. 모두가 일제히 그 안을 들여다보았고 머스그레이브가 한쪽에 무릎을 꿇고 앉아 램프

로 구멍 속을 비췄어. 깊이는 2.1미터에 사방은 1.2미터 정도 되는 좁은
굴이었어. 한쪽에는 여기저기 놋쇠를 사용해 만든 튼튼한 나무 상자가
놓여 있었지. 경첩이 달린 뚜껑은 열려 있었고 지금 여기 있는 오래된
열쇠가 꽂혀 있었어. 상자의 겉면에는 먼지가 두껍게 쌓여 있었고, 습기
와 벌레 때문에 나무는 삭아 버렸다네. 뚜껑 안쪽에는 시퍼런 곰팡이가
가득 자라고 있었지. 아무래도 옛날 화폐 같은, 지금 내가 손에 든 것과
같은 둥근 금속 몇 개가 상자 바닥에 흩어져 있었고 그 외에는 아무것도
없었어.

하지만 당시에는 그 옆에 웅크리고 있는 사람에게 온통 신경을 빼앗
겨서 그 낡은 상자에 신경 쓸 틈이 없었네. 검은 옷을 입은 남자였는데
이마를 상자 가장자리에 댄 채 웅크리고 앉아 상자 양 옆을 끌어안듯 두
팔을 뻗고 있었어. 그 자세 때문에 피
가 얼굴로 쏠려서 혈색이 검붉게 변
했고, 표정이 심하게 일그러져서 도
저히 누구인지 알아볼 수가 없었네.
하지만 시신을 끌어올린 뒤에 머
스그레이브가 키나 복장, 머리카
락 색깔 등으로 봐서 모습을 감
춘 집사가 분명하다고 진술했어.
브런턴은 죽은 지 며칠이 지난
듯했는데 몸에 상처나 맞은 자
국은 전혀 없었고, 사인을 밝혀
낼 만한 어떤 흔적도 없었네. 그
렇게 끔찍한 최후를 맞게 된 이

유를 알 수가 없었지. 시신을 지하실에서 끌어냈지만 우리는 여전히 문제를 풀 만한 실마리를 발견하지 못했어.

솔직히 말하자면 당시 나는 내 수사 방법에 크게 실망했네. 처음에는 문답에 적혀 있는 장소만 발견하면 이번 사건을 해결할 수 있겠다고 생각했거든. 그런데 실제로 그 장소를 찾아냈는데도 머스그레이브 가문이 그토록 복잡하고 조심스럽게 숨겨 둔 것이 무엇인지 전혀 알 수가 없었어. 시신을 발견하기는 했지만 이번에는 집사가 죽게 된 경위와, 행방불명된 하녀가 이 끔찍한 죽음에 있어서 대체 어떤 역할을 하고 있었는지 밝혀내야만 했지. 나는 구석에 있는 조그만 통에 앉아 사건 전체를 다시 한 번 가만히 생각해 봤네.

왓슨, 그런 경우에 내가 어떻게 하는지는 잘 알고 있겠지? 내가 상대방의 입장에 서 보는 걸세. 우선 그 사람이 얼마나 머리가 좋은지 판단하고, 내가 같은 조건에 놓였다면 어떻게 했을지 상상해 보는 거지. 브런턴은 머리가 아주 좋은 사람이라 그의 행동을 상상하기는 그리 어렵지 않았어. 천문학자들이 말하는 '개인 오차'라는 것을 염두에 둘 필요가 없었지. 그는 아주 값진 물건이 숨어 있다는 사실을 알고 그 장소를 찾아냈네. 하지만 그 비밀스러운 곳 위에는 무거운 돌이 있어서 혼자서는 움직일 수가 없었지. 그는 과연 어떻게 했을까? 가령 집 밖에 믿을 만한 사람이 있다 해도 집 안으로 들이는 과정에서 수없이 많은 문의 빗장을 벗겨 내다가는 발각될 위험이 커. 그러니 가능하다면 집안사람의 도움을 얻는 편이 나았을 거야. 그렇다면 누구에게 부탁하겠나? 사라진 하녀는 예전에 집사에게 푹 빠져 있었네. 대부분의 남자들은 자신이 몹쓸 짓을 해서 여자의 사랑이 식어 버렸는데도 그 사실을 눈치채지 못하는 법이지. 그는 달콤한 말로 하웰스를 달랜 뒤 그녀의 도움을 얻으려 했을 거야. 밤이 되자 둘은 지하실로 내려와 힘을 합쳐 그 돌을 들어 올렸을 거고. 여기까지는 마치 내가 그 현장에서 본 듯이 그들의 행동을 정확하게 상상할 수 있었어.

하지만 단 둘이서, 그것도 한 명은 여자였으니 돌을 쉽게 들어 올리지는 못했을 거야. 다부진 체격의 경관과 내가 들어 올리기에도 버거웠으니까. 그렇다면 그들은 어떤 힘을 이용했을까? 내가 떠올린 방법과 크게 다를 바 없을 걸세. 나는 자리에서 일어나 바닥에 흩어져 있는 여러 형태의 장작을 주의 깊게 살펴보았네. 얼마지 않아 내 생각에 꼭 들어맞는 장작을 발견했어. 길이는 90센티미터 정도였고, 한쪽 끝이 찌그러져 있는 게 보였네. 그 외에도 상당한 무게에 짓눌려 빠개진 듯 전체적으로 평평해진 장작을 몇 개 발견했어. 그들은 틀림없이 돌을 들어 올리면서 사람이 들어갈 수 있을 정도가 될 때까지 그 틈에 장작더미를 넣었을 거야. 그러고는 장작 하나를 세워 버팀목으로 사용했을 테지. 그런데 돌의 모든 무게를 받는 그 장작을 바닥에 깔린 다른 돌 틈에 끼워 넣었기 때문에 그 끝이 찌그러진 것도 당연해. 그 점에 대해서도 내 추리는 정확해 보였다네.

그렇다면 그 한밤의 활극은 어떻게 진행되었을까? 구멍 안으로는 한 명밖에 들어갈 수 없으니 브런턴이 들어갔고 하녀는 위쪽에서 기다리고 있었을 거야. 브런턴은 상자를 열어 그 속에 있던 물건을 하녀에게 건네줬을 테지. 우리가 봤을 때는 거의 아무것도 남아 있지 않았으니 말이야. 그 다음, 그 다음에는 과연 무슨 일이 일어났을까?

그 열정적인 켈트 족 여자가 자신에게 상처를 준 남자의 운명을 자기 뜻대로 할 수 있는 위치에 섰다네. 우리 생각보다 훨씬 더 깊은 상처를 입었을지도 몰라. 마음속에서 피어오르던 복수의 불꽃을 어떤 식으로

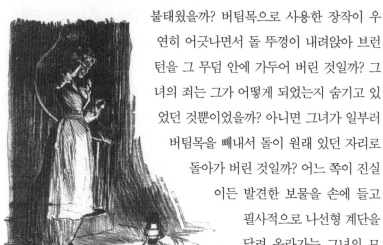

불태웠을까? 버팀목으로 사용한 장작이 우연히 어긋나면서 돌 뚜껑이 내려앉아 브런턴을 그 무덤 안에 가두어 버린 것일까? 그녀의 죄는 그가 어떻게 되었는지 숨기고 있었던 것뿐이었을까? 아니면 그녀가 일부러 버팀목을 빼내서 돌이 원래 있던 자리로 돌아가 버린 것일까? 어느 쪽이 진실이든 발견한 보물을 손에 들고 필사적으로 나선형 계단을 달려 올라가는 그녀의 모습이 눈앞에 선하게 떠오르더군. 아마 그녀의 귀에는 질식하기 직전인, 사랑을 배신한 자의 가느다란 비명과 미친 듯이 돌 뚜껑을 두드리는 소리가 들려왔을 거야.

그래서 이튿날 아침에 그녀가 새파랗게 질린 얼굴로 정신이상자처럼 갑자기 히스테릭하게 웃었던 걸세. 그건 그렇고 그 상자에는 무엇이 들어 있었을까? 하녀는 그 물건을 어디에 두었을까? 그 물건은 당연히, 머스그레이브가 연못에서 건져 올린 낡은 금속과 돌멩이 따위였을 거야. 연못 가까이 간 그녀는 기회를 봐서 그것들을 던져 넣어 범죄의 증거를 없애려 했던 거지.

나는 거의 20분 동안이나 꼼짝도 하지 않고 생각에 잠겨 있었어. 머스그레이브는 여전히 창백한 얼굴로 램프로 비춰 가며 구멍 안들을 들여다보았지.

'이건 찰스 1세[11] 때 쓰던 화폐야. 생각한 대로 문답은 그 시대에 작성된 거로군.'

그가 상자에 남아 있던 동전 몇 개를 집어 들고 말했네.

'찰스 1세 때의 일이라면 그 외에도 다른 것들을 알아낼 수 있을지도 몰라. 자네가 연못에서 건졌다는 자루 좀 보여 주게!'

의식을 치를 때 필요한 문답, 그 맨 위에 있는 두 문답의 속뜻이 갑자기 머리에서 번쩍여서 나는 큰 소리로 외쳤네.

우리가 계단을 올라 서재로 들어가자 머스그레이브는 여러 가지 잡동사니들을 눈앞에 늘어놓았어. 언뜻 봐서는 아무 가치도 없다고 여길 만하겠더군. 금속은 새까맣게 변색됐고 돌멩이들도 검게 그을어 빛을 완전히 잃고 말았다네. 그런데 돌 하나를 한동안 소매로 문지르다가 손바닥의 움푹 파인 곳에 올려 두었더니 그 어둑함 속에서 반짝하고 빛나지 뭔가? 금속으로 된 물건은 이중으로 된 고리 모양을 하고 있었는데 구겨지고 비틀어져서 원형을 알아볼 수 없었어. 내가 말했네.

'머스그레이브, 눈여겨보아야 할 점이 있어. 찰스 1세가 처형된 뒤에도 왕당파들은 영국에 남아 계속 투쟁했지. 그러다가 결국 도망치게 되자 대부분의 재산을 어딘가에 묻어 버린 듯하네. 세상이 좀 더 안정되면 그것을 되찾을 심산으로 말이야.'

'아, 내 조상이신 랄프 머스그레이브 경은 유명한 왕당파의 인물이었네. 랄프 경은 찰스 2세가 망명 생활하던 시절에 가장 신뢰받는 부하였다고 하네.'

11) 17세기 영국 스튜어트 왕조의 왕(1600~1649). 전제 정치를 행하다가 청교도혁명이 일어나자 사로잡혀 처형되었다. 이후 영국은 올리버 크롬웰이 다스렸는데 크롬웰이 사망하자 찰스 1세의 아들로 프랑스에 망명했던 찰스 2세가 돌아와 영국 왕위를 이었다.

'역시 그랬군. 이제야 모든 문제가 풀린 것 같아. 축하하네. 비록 가슴 아픈 사건의 결과이기는 하지만 자네는 훌륭한 물건을 손에 넣었네. 원래부터 굉장한 가치를 지닌 데다가 역사적인 관점에서 보자면 그보다 훨씬 더 커다란 가치를 지닌 기념품이니 말일세.'

그러자 머스그레이브가 너무 놀란 나머지 숨을 거칠게 내쉬며 말했어.

'아니, 이게 대체 뭔데 그러나?'

'그건 바로 영국의 옛 왕관일세.'

'왕관이라고?'

'맞아. 문답의 내용을 생각해 보게. 뭐라고 쓰여 있었나? '그것은 누구의 것이었나?', '떠나간 분의 것.', 즉 찰스 1세가 처형당한 뒤의 이야기지. 그 다음에 '그것은 누구의 것이 되나?', '장차 올 분의 것.'이 이어지네. 찰스 2세가 언젠가는 왕위에 오르리라 생각한 거야. 그러니까 이 형편없이 망가진 왕관은 틀림없이 예전에 스튜어트 왕가[12] 사람들의 머리 위에 얹혀 있던 걸세.'

'그게 왜 연못 속에 있었을까?'

'그 질문에 답하려면 조금 시간이 걸릴 듯하네.'

나는 머릿속에서 정리한 추리와 그 증거에 대한 요점을 그에게 들려주었네. 이야기를 마치자 해가 완전히 기울어 달이 밝게 빛나고 있었지.

'그렇다면 왜 영국으로 돌아온 찰스 2세에게 이 왕관을 건네주지 않았을까?'

머스그레이브가 기념품을 리넨으로 만든 자루에 담으며 말했네.

---

12) Stuart. 1371년부터 스코틀랜드 지방을 지배하던 왕가. 1603년 잉글랜드의 왕 엘리자베스 1세가 사망하자 스코틀랜드의 왕이던 제임스 6세가 잉글랜드의 제임스 1세로 즉위하였다. 그때부터 스튜어트 왕가가 스코틀랜드와 잉글랜드의 왕위를 겸했으나 1714년에 앤 여왕이 사망하여 단절되었다.

'자네가 제기한 의문점은 영원히 풀리지 않겠지. 비밀을 알고 있던 머스그레이브 경이 찰스 2세가 돌아오기 전에 죽었기 때문일 걸세. 아마도 중간에 일이 잘못돼서 단서가 되는 문답만 남기고 그 의미는 설명하지 못한 채 말이야. 그날 이후로 단서가 되는 문답이 아버지에게서 아들로 이어져 내려왔는데, 어떤 남자가 그 비밀을 꿰뚫어 보았고 그 바람에 그는 목숨을 잃은 셈이지.'

왓슨, 이게 머스그레이브 가의 의식문에 대한 이야기일세. 왕관은 아직도 헐스턴의 저택에 있어. 개인이 보관해도 좋다는 허가를 얻기까지 여러 가지 법률문제가 얽혀 있었고 상당한 금액을 지출하기는 했지만. 그곳으로 찾아가서 내 이름을 대면 기꺼이 그 왕관을 보여 줄 걸세. 레이첼 하웰스의 행방은 그 후로도 찾을 수 없었어. 아마 자신이 저지른 범죄에 대한 기억을 가슴에 묻은 채 바다 건너 다른 나라로 갔겠지."

6. 라이기트의 대지주

1887년 봄, 내 친구 셜록 홈즈는 매우 힘들고 커다란 일을 처리한 직후였으므로 완전히 지쳐 있었다. 그런데 그가 기력을 완전히 회복하기 직전에 그 일이 일어났다. 커다란 일, 그러니까 모페르튀 남작이 어마어마한 음모를 꾸민 사건과 네덜란드의 수마트라 회사 사건 이야기는 아직도 사람들의 기억에 생생하게 남아 있으며, 정치와 경제적인 문제에 깊숙이 관여된 것이기 때문에 이번 시리즈에 포함시키기에는 적합하지 않다. 어쨌든 이 커다란 일들이 계기가 되어 홈즈는 특이하고 복잡한 사건을 맡게 되었고 평생에 걸쳐서 수많은 무기를 사용하여 범죄에 맞서 싸우던 그는 그 사건을 계기로 해서 또 다른 새로운 무기의 힘을 세상에 알렸다.

당시에 기록한 노트를 보면, 나는 4월 14일에 프랑스의 리옹에서 보낸 전보를 받았다. 홈즈의 건강이 좋지 않아 듀롱 호텔에 누워 있다는 내용이었다. 나는 전보를 받고 채 24시간이 지나기 전에 그가 있는 곳으로 달려갔는데 그렇게 심각한 병은 아님을 확인하고 마음을 놓았다. 하지만 두 달 동안이나 계속된 수사는 그렇게 건강하던 그의 몸도 지치고 약해지게 만들었다. 그동안 하루에 못해도 15시간은 일했으며 닷새 동안이나 한잠도 안 자고 일을 계속한 적이 한두 번이 아니었다고 했다. 이런 고생 끝에 승리를 거두기는 했지만 전력을 다해 일한 나머지 그 승리감을 맛볼 수도 없는 듯했다. 순식간에 셜록 홈즈의 이름이 전 유럽에 알려져서 방바닥에 축전이 수북이 쌓여 그야말로 발목까지 잠길 정도였지만 그는 한없는 무기력에 잠겨 있었다. 세 나라의 경찰이 실패한 일을 해결했고, 유럽에서 제일 교활한 사기꾼을 모든 면에서 앞질렀다는 기쁨조차도 그의 기분을 풀어 주지는 못했다.

사흘 뒤, 우리는 베이커 가에 있는 하숙으로 돌아왔다. 하지만 당분간 환경을 바꿔 보는 것이 홈즈에게 좋을 듯했고, 일주일이라도 시골에 머물며 봄이라는 계절을 맛보는 것도 멋진 일일 것이라고 생각했다. 헤이터 대령은 내가 아프가니스탄에서 돌보던 환자인데 그 뒤로도 계속 친분을 맺고 있었으며, 자기가 사는 서리 주 라이기트 근처에 꼭 방문해 주기를 바란다는 말을 몇 번이고 전해왔다. 게다가 얼마 전에는 친구를 함께 데려온다면 기꺼이 대접하겠다고 말하기도 했다. 홈즈를 그곳으로 가게 하는 데에는 약간의 노력이 필요했다. 그러나 대령은 독신이며, 얼마든지 자유롭게 행동해도 된다고 말하자 그제야 내 계획에 찬성했다.

우리는 리옹에서 돌아온 지 일주일 만에 다시 주거지를 옮겨 헤이터 대령의 집에 도착했다. 대령은 세상물정에 밝은 훌륭한 군인으로 내가 생각한 대로 홈즈와는 많은 공통점이 있어 대화가 잘 통했다. 대령의 집에 도착한 날, 저녁 식사를 마치고 우리는 총기실로 자리를 옮겼다. 홈즈는 소파에 편히 누웠으며 헤이터 대령과 나는 진열해 놓은 무기들을 둘러보았다. 그러다가 대령이 갑자기 말을 꺼냈다.

"맞아. 여기에 있는 권총 한 자루를 위로 가지고 가야겠군. 만일의 경우에 대비해야 하니까요."

"만일의 경우라니요?"

"박사님, 얼마 전에 근처에서 조금 시끄러운 일이 일어났습니다. 지난 월요일에 액턴이라는 이 지방의 거물의 집에 도둑이 들었거든요. 피해가 그리 크지는 않았지만 범인은 아직 잡지 못했습니다."

"단서는 없었나요?"

홈즈가 대령을 바라보며 물었다.

"아직요. 하지만 이런 시골의 조그만 범죄가 성에 차겠습니까? 당신이 흥미를 가질 만한 일은 아닙니다. 국제적인 대사건을 해결하시지 않았습니까?"

홈즈는 손을 내저으며 겸손한 모습을 보였지만 기뻐하는 빛이 얼굴에 역력했다.

"재미있는 특징이라도 있나요?"

"특별히 없습니다. 서재에 도둑들이 들었는데 별다른 수확은 없었다고 합니다. 방 전체를 엉망진창으로 만들어 놓고 서랍과 책장을 뒤엎었는데 가져간 물건이라고는 고작해야 시인 포프가 번역한 《호메로스》한 권, 도금한 촛대 두 개, 상아 문진文鎭, 작은 떡갈나무 기압계, 실 한 덩어리뿐이라고 합니다."

"정말 이상한 것들만 집어 갔군!"

내가 외쳤다.

"그렇군. 눈에 띄는 물건을 닥치는 대로 집어 갔군요. 이곳 경찰은 좀 더 신중하게 생각해야 해요. 아무리 봐도 확실하게……."

홈즈가 소파 위에서 중얼거리기에 내가 손가락 하나를 세워 경고했다.

"자네는 지금 휴양하려고 여기 온 걸세. 몸이 많이 쇠약해져 있으니 제발 새로운 문제를 떠안지 말게."

홈즈가 어깨를 한 번 들썩이더니 하는 수 없다는 듯이 장난스러운 표정으로 대령을 바라보았다. 그때부터 우리는 잡담에 가까운 이야기를 나눴다. 하지만 홈즈를 위한 의사로서의 내 배려는 완전히 헛수고가 될 운명에 처하고 말았다. 이튿날 아침, 도저히 피할 수 없는 형태로 이 문제가 우리 사이에 끼어드는 바람에 시골에서의 휴양은 뜻밖의 새로운 국면을 맞이했다. 아침 식사를 하고 있는데 대령의 집사가 예의 따위는 전부 무시한 채 식당 안으로 달려 들어왔다.

"커닝엄 씨 댁 이야기를 들으셨습니까?"

집사가 숨을 헐떡이며 말했다.

"강도가 들었나?"

대령은 커피 잔을 손에 든 채 큰 소리로 물었다.

"살인입니다!"

대령이 휘파람을 불었다.

"뭐라고? 그래, 누가 살해당했지? 치안판사인가, 그 아들인가?"

"아닙니다. 마부 윌리엄이 살해당했습니다. 가슴에 총을 맞아 즉사했다고 합니다."

"누가 쏘았나?"

"도둑놈이 쐈습니다. 총알처럼 잽싸게 도망쳐 행방을 감췄습니다. 도둑놈이 식기실 창으로 들어왔는데 마침 그 자리에 있던 윌리엄이 주인의 재산을 지키려다 그만 목숨을 잃었다고 합니다."

"언제?"

"어젯밤 12시경입니다."

"나중에 잠깐 가 봐야겠군."

냉정을 되찾은 대령이 다시 식사를 하기 시작했다. 집사가 밖으로 나가자 대령이 말했다.

"끔찍한 사건이군. 커닝엄 씨는 이 일대의 대지주입니다. 정말 대단한 분이죠. 틀림없이 마음에 상처를 입었을 겁니다. 그 마부는 오랫동안 그 집에서 일한 충직한 하인이었으니까요. 아무래도 액턴 씨 댁에 들었던 놈들의 짓인가 봅니다."

"그 이상한 물건들만 훔쳐갔다는 녀석들 말인가요?"

홈즈가 생각에 잠긴 듯한 표정으로 물었다.

"맞습니다."

"흠! 아주 간단한 사건일지도 모르겠네요. 하지만 언뜻 보면 조금 이상하지 않습니까? 시골을 휩쓸고 다니는 강도단은 보통 여기저기 장소를 옮겨 다니면서 도둑질을 하죠. 같은 지역에서 며칠 되지도 않았는데 두 집이나 습격하지는 않는 법입니다. 어젯밤에 당신이 조심해야 한다고 말했을 때 나는 '여기는 영국에서도 강도단들이 가장 소홀히 여기는 지방이 아닌가?' 하고 생각했습니다. 그런데 나도 아직 배워야 할 점이 많은 것 같군요."

"이 지역의 좀도둑은 아닌 것 같습니다. 그렇기 때문에 액턴 씨와 커닝엄 씨 댁을 노린 거고요. 둘 다 거대한 저택을 소유하고 있으니까요."

대령이 말했다.

"그리고 부자라는 말씀인가요?"

"뭐, 그렇기는 합니다. 하지만 최근 몇 년 동안 계속된 재판으로 돈깨나 썼을 겁니다. 액턴 노인이 커닝엄 씨 토지의 절반이 자신의 땅이라고 주장하고 있어서 양쪽 모두 변호사를 고용해 싸우고 있거든요."

"이 지역의 도둑들이라면 그리 어렵지 않게 잡을 수 있을 겁니다."

이렇게 말한 홈즈가 나를 힐끗 쳐다보더니 하품을 하며 말을 이었다.

"알았네, 왓슨. 사건에 관여할 생각은 없어."

"포레스터 경위님이 오셨습니다."

집사가 문을 열며 말했다.

눈매가 날카롭고 영리하게 생긴 청년이 방 안으로 들어왔다.

"안녕하십니까, 대령님. 식사 중에 죄송하지만 베이커 가의 홈즈 선생님이 오셨다는 소리를 듣고 왔습니다."

대령이 손짓으로 내 친구를 가리키자 경위가 모자를 벗고 인사했다.

"우리는 선생님이 수사를 흥미롭게 보고 계실 거라고 생각했습니다."

"운명은 자네 편이 아닌 듯하군, 왓슨. 안 그래도 지금 그 이야기를 하고 있습니다. 당신이라면 좀 더 자세한 이야기를 들려줄 수 있겠죠?"

홈즈가 웃으며 말했다. 그가 의자 등받이에 기대고 앉아 익숙한 포즈를 취하자 나는 더 이상 홈즈를 말릴 수 없음을 깨달았다.

"액턴 사건 때만 해도 아무 단서도 잡을 수 없었습니다. 하지만 이번에는 크게 기대를 걸어도 좋을 듯합니다. 범인은 틀림없이 같은 녀석일 것입니다. 그 녀석을 본 사람이 있습니다."

"그래요?"

"네. 윌리엄 카원을 사살한 뒤에 범인은 정신없이 도망쳤습니다. 하지만 커닝엄 씨는 침실 창문으로, 아들인 알렉 커닝엄 씨는 뒷문으로 범인을 보았다고 합니다. 사건은 밤 11시 45분에 일어났습니다. 커닝엄 씨는 막 잠자리에 들려던 참이었고, 알렉 씨는 실내복을 걸친 채 담배를 피우고 있었습니다. 두 사람 모두 마부인 윌리엄이 도움을 요청하는 소리를 들었는데 알렉 씨는 무슨 일인가 싶어서 밑으로 달려갔다고 합니다. 계단을 내려가 보니 뒷문이 열려 있었고 밖에서 두 남자가 몸싸움을 벌이고 있었다더군요. 그중 한 명이 총을 쏘았고, 다른 한 명은 바닥에 쓰러졌으며, 살인자는 정원을 가로질러 뛰어가 울타리를 넘었다고 합니다. 커닝엄 씨가 창을 통해서 밖을 내다보았을 때는 살인자가 막 도로로 접어드는 순간이었는데 곧 그 모습이 사라져 버렸습니다. 알렉 씨는 죽어

가는 사람을 돕기 위해서 일단 발을 멈췄기 때문에 살인자를 그대로 놓쳐 버렸다고 합니다. 범인의 특징은 중간 정도의 체구에 검은 옷을 입고 있었다는 것밖에는 알 수가 없습니다. 전력을 기울여 수사하고 있으니 녀석이 외부 사람이라면 바로 찾아낼 수 있을 것입니다."

"윌리엄은 거기서 뭘 하고 있었나요? 죽기 전에 남긴 말은 없습니까?"

"아무 말도 하지 않았다고 합니다. 그는 문지기의 방에서 어머니와 함께 살고 있었는데 매우 충직한 사람이라 집에 이상이 없는지 살펴보러 갔을 겁니다. 액턴 씨 사건 때문에 모든 사람들의 신경이 곤두서 있었으니 말입니다. 그런데 마침 문으로 들어온 도둑과 윌리엄이 마주친 겁니다. 문의 자물쇠는 부서져 있었고요."

"자기 방에서 나올 때 윌리엄이 어머니에게 다른 말은 하지 않았다고 합니까?"

"그 어머니는 나이가 아주 많고 가는귀가 먹어서 결국 아무 대답도 듣지 못했습니다. 너무 큰 충격을 받아서 제정신도 아닌 것 같아요. 예전부터 정신이 온전하지는 않았지만요. 그런데 여기에 아주 중요한 것이 하나 있습니다. 이걸 좀 보십시오."

경위는 수첩 사이에서 조그만 종이쪽지를 꺼내 무릎 위에 올려놓고 주름을 폈다.

"죽은 사람이 쥐고 있던 것입니다. 커다란 종이에서 찢어 낸 조각 같습니다. 여기 좀 보십시오. 여기에 적혀 있는 시각과 마부가 살해당한 시각이 정확하게 일치합니다. 범인이 나머지 부분을 마부의 손에서 빼앗아 갔거나, 마부가 범인이 들고 있던 종이의 일부를 쥐어뜯었을 테지요. 어떤 약속을 적어 둔 모양입니다."

홈즈가 종이쪽지를 집어 들었다. 그것을 그대로 옮겨 보겠다.

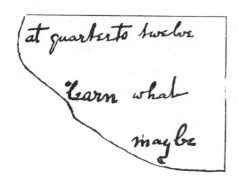

보다시피 쪽지에는 '11시 45분에……를 가르쳐 주겠…… 아마……'라고 쓰여 있었다. 경위가 말을 이었다.

"만약 이게 약속이었다면 이렇게 생각할 수도 있을 겁니다. 모두가 윌리엄 카원을 정직한 사람으로 여겼지만 사실 그는 도둑놈들과 한 패거리였다는 거지요. 그곳에서 동료를 만나 도둑질을 도우려 했다가 어떤 문제가 생겨 다툰 게 아닐까요?"

"아주 흥미로운 글이로군요. 생각했던 것보다 훨씬 더 복잡한 사건일지도 모르겠어."

홈즈가 눈을 커다랗게 뜨고 종이쪽지를 살펴보며 말했다. 그는 양손으로 머리를 감싸 쥐었다. 경위는 자신이 맡고 있는 사건 때문에 런던의 유명한 전문가가 고민하는 모습을 미소를 띤 채 바라보았다. 드디어 홈즈가 입을 열었다.

"당신이 마지막에 제시한 의견은 매우 훌륭한 생각이고 또한 얼마든지 가능성이 있다고 생각합니다. 그러니까 살인자와 하인이 한 패거리고 이 종이쪽지는 연락을 위해서 한쪽이 다른 한쪽에게 건네준 편지라는 의견 말입니다. 하지만 이 종이쪽지는 틀림없이……."

홈즈는 다시 양손으로 머리를 감싸 쥐고 한동안 생각에 잠겼다. 잠시 뒤 홈즈가 머리를 들었을 때 나는 깜짝 놀라지 않을 수 없었다. 그의 뺨에 혈기가 돌고 눈빛도 아프기 전처럼 반짝이고 있는 것이 아닌가? 예전처럼 건강을 회복한 그가 자리에서 힘차게 일어났다.

"자! 이 사건의 세세한 부분을 조용히 살펴보고 싶습니다. 내 마음을 잡아끄는 부분이 있거든요. 대령님, 왓슨과 당신을 여기에 남겨 두고 나는 경위와 함께 가서 한두 가지 내 생각이 맞았는지 확인해 보고 싶은데 괜찮겠습니까? 한 30분 뒤면 돌아올 겁니다."

그러나 한 시간 반 뒤에 경위가 혼자 집으로 돌아왔다.

"선생님은 밖을 돌아다니고 계십니다. 넷이서 그 저택으로 가 보자고 하시는데요."

"커닝엄 씨 댁에?"

"그렇습니다."

"무슨 일로?"

경위가 어깨를 들썩였다.

"잘 모르겠습니다. 우리끼리 하는 말인데, 홈즈 선생님은 아직 병이 다 나은 것 같지 않습니다. 매우 흥분해서 이상한 행동을 하거든요."

"걱정할 필요 없습니다. 저도 우연히 알게 되었지만 그런 미치광이 같은 행동 속에 홈즈만의 질서정연한 방법이 숨어 있으니까요."

내가 말하자 경위는 작은 목소리로 대꾸했다.

"사람에 따라서는 그 방법 속에 광기가 서려 있다고 할지도 모르죠. 어쨌든 대령님, 홈즈 선생님은 수사에 열중하고 있습니다. 괜찮다면 바로 출발하시죠."

홈즈는 턱을 가슴 쪽으로 바싹 붙이고 두 손을 바지 주머니에 넣은 채 들판을 오가고 있었다. 그는 나를 보더니 말했다.

"일이 아주 재미있어졌어. 왓슨, 자네가 생각해 낸 시골 여행은 효과 만점일세. 아주 기분 좋은 아침을 보냈거든."

그러자 대령이 물었다.

"범행 현장에 다녀왔습니까?"

"네. 경위와 함께 잠깐 조사하고 왔습니다."

"무슨 성과가 있었습니까?"

"아주 흥미로운 점들을 발견했어요. 걸어가면서 이야기하죠. 우선, 그 불행한 마부의 시신. 사인은 보고된 대로 틀림없이 회전식 권총에 의한 총상이었어요."

"그럼 거기에도 의문을 품고 있었단 말입니까?"

"무슨 일이든 확실히 해야 좋으니까요. 정밀한 수사가 헛되지는 않았어요. 그 다음에 커닝엄 부자父子를 만나서 범인이 울타리의 어느 부분으로 도망쳤는지 듣고 정확한 위치를 파악했습니다. 그런데 그게 아주 재미있더군요."

"그렇습니까?"

"그런 다음, 가엾은 마부의 어머니를 만났습니다. 하지만 연세가 있고 몸이 너무 쇠약해지셔서 제대로 이야기를 나누지는 못했어요."

"그래, 그런 조사를 통해서 어떤 결론을 내리셨습니까?"

"아주 특이한 범죄라는 확신을 갖게 됐어요. 이번에 방문해 보면 조금은 사건의 진상을 알게 될 겁니다. 그리고 경위, 피해자가 손에 쥐고 있던 종이쪽지에 그가 죽은 시각이 적혀 있었지요. 그것이 몹시 중요하다는 사실은 나와 의견을 같이하겠지요?"

"선생님, 틀림없이 중요한 단서일 겁니다."

"맞아요, 정말로 중요한 단서 중 하나입니다. 그 편지를 쓴 사람이 누구든 간에 윌리엄 카원은 그걸 받고 그 시간에 자지 않고 밖으로 나온 거니까요. 그런데 종이쪽지의 나머지 부분은 어디에 있을까요?"

"그걸 찾아내려고 땅 위를 자세히 살펴셨군요."

경위가 말했다.

"그 편지는 죽은 사람이 들고 있었어요. 누군지 모를 문제의 인물은 왜 그렇게 편지를 빼앗으려 했을까요? 그건 그 편지가 곧 죄의 증거가 되기 때문이에요. 그럼 빼앗은 종이는 어떻게 했을까요? 아마 죽은 자가 찢어진 한쪽 귀퉁이를 손에 쥐고 있다는 사실을 모른 채 주머니 같은 데 쑤셔 넣었을 겁니다. 찢어진 종이의 나머지 부분만 우리 손에 넣는다면 사건은 거의 해결한 거나 마찬가지죠."

"그렇군요. 하지만 어떻게 해야 범인을 잡기 전에 범인의 주머니를 뒤질 수 있겠습니까?"

"그건 생각해 볼 만한 가치가 있는 문제로군요. 그건 그렇고, 확실한 사실이 한 가지 더 있습니다. 그 종이는 누군가가 윌리엄에게 보낸 편지예요. 하지만 그 편지를 쓴 사람이 그 자리에 들고 갔다고는 볼 수 없습니다. 그럴 거라면 전달하고 싶은 내용을 입으로 직접 전했을 테니까요. 그렇다면 누가 편지를 전해 주었을까요? 아니면 우편으로 보냈을까요?"

"그 부분은 조사해 보았습니다. 윌리엄은 어제 오후에 우체부에게 편지 한 장을 받았고 봉투는 본인이 버렸습니다."

경위가 말했다. 홈즈가 큰 소리로 말하며 경위의 등을 두드렸다.

"대단합니다! 벌써 우체부를 만났군요. 당신과 함께 일하게 돼서 기쁘군요. 대령님, 여기가 피해자의 방이에요. 이제 곧 사건 현장에 도착할 겁니다."

우리는 살해당한 마부가 살던 깔끔하고 아담한 건물 앞을 지나 떡갈나무 가로수 길을 따라 18세기 앤 여왕 시대 건물 양식으로 지은 훌륭하고 오래된 집 쪽으로 향했다. 현관 위에는 1709년에 영국이 프랑스 군을 격파한 마르프라케 전승 기념일이 새겨져 있었다. 홈즈와 경위는 집의 모퉁이를 돌아 옆문이 있는 곳으로 우리를 데리고 갔다. 그 문과 도로를 따라 난 울타리 사이에 정원이 펼쳐져 있었다. 부엌 문 앞에는 경관이 한 명 서 있었다. 홈즈가 경관에게 말했다.

"경관, 문을 열어 주시오. 저쪽 계단에서 젊은 커닝엄 씨는, 지금 우리가 서 있는 자리에서 두 남자가 몸싸움하는 것을 목격했어요. 커닝엄 노인은 저쪽 창, 왼쪽에서 두 번째 창에서 범인이 저쪽 수풀 왼쪽으로 달아나는 것을 보았습니다. 아들도 그렇게 말했죠. 두 사람 모두 저 수풀이 분명하다고 말했어요. 그리고 알렉 씨는 밖으로 달려 나와 총에 맞은 남자 옆에 무릎을 꿇고 앉았어요. 보시는 바와 같이 지면이 매우 딱딱해서 참고가 될 만한 발자국은 아무것도 없습니다."

홈즈가 이야기하고 있는 동안에 두 남자가 집 모퉁이를 돌아 정원의 작은 길을 따라 이쪽으로 걸어왔다. 한 사람은 꽤 나이가 들었지만 건강하고 주름이 많은 얼굴에 우울한 눈빛을 가진 남자였다. 또 다른 사람은 건장한 청년이었는데, 우리가 여기를 찾아온 용건을 생각해 보면 그의 밝게 웃는 얼굴과 화려한 복장은 이 집에서 일어난 끔찍한 사건과 하나도 어울리지 않았다. 청년이 홈즈에게 말했다.

"아직도 조사하고 있습니까? 런던 사람들은 절대로 실패하지 않는다고 생각했는데 일을 그렇게 빨리 처리하는 것 같지는 않군요."

"아! 조금만 더 시간을 주십시오."

홈즈의 밝은 목소리를 듣고 알렉 커닝엄이 말했다.

"그야 당연히 시간이 걸리기는 하겠죠. 워낙 단서가 될 만한 게 없으니까요."

"한 가지 있기는 있습니다. 우리 생
각에는 그…… 이런! 선생님, 왜
그러십니까?"

경위가 말하려던 순간, 가엾
은 내 친구가 갑자기 무시무시
한 표정을 지었다. 흰자위를 드
러낸 채 고통에 일그러진 얼굴
로 낮은 신음 소리를 내며 앞으
로 고꾸라져 땅바닥에 쓰러지
고 말았다. 갑자기 그처럼 격렬
한 발작이 일어나자 우리는 깜
짝 놀라 서둘러 그를 부엌으로 옮겼다. 홈즈는 한동안 커다란 의자에 기
대고 앉아 거친 숨을 내쉬었다. 잠시 뒤, 약한 모습을 보여 미안해하면
서도 부끄러워하는 듯한 표정을 지으면서 그가 자리에서 일어났다.

"왓슨은 알고 있지만 나는 중병에서 회복된 지 얼마 되지 않았습니다.
이렇게 갑자기 쓰러진다 해도 이상할 것이 없습니다."

홈즈가 사정을 설명했다.

"힘들다면 우리 집 이륜마차로 모셔 드리겠소."

커닝엄 노인이 말했다.

"이렇게 어렵게 방문했으니 한 가지 확실하게 알아 두고 싶은 것이 있
습니다."

"무슨 일이죠?"

"가엾은 마부 윌리엄은 범인이 집에 들이닥치기 전이 아니라 그 다음

에 현장에 나타났다고 생각합니다. 문의 자물쇠가 뜯겨 있었는데도 당신들은 처음부터 도둑이 집 안으로 들어오지 않았다고 믿고 있는 듯하더군요."

"그야 당연하지 않소이까? 그때 알렉은 아직 잠자리에 들지 않았으니, 집 안을 돌아다니는 사람이 있었다면 소리를 들었을 거요."

커닝엄 노인이 차분한 목소리로 말했다.

"아드님은 어디에 계셨나요?"

"저는 옷방에서 담배를 피우고 있었습니다."

"그 방의 창은 어디에 있지요?"

"왼쪽 끝. 아버지 방 옆에 있습니다."

"두 분 모두 램프를 밝혀 놓고 있었죠?"

"물론입니다."

"바로 그 점이 이상하다는 겁니다."

홈즈가 미소를 지으며 말을 이었다.

"얼마 전에 한바탕 일을 저지른 도둑이 일부러 그럴 때 침입하다니 이상하지 않습니까? 불빛을 보면 집 안에 둘이나 깨어 있다는 사실을 알고 있었을 텐데요."

"아주 대담한 녀석인가 보지요."

"글쎄요. 어쨌든 이상한 사건이기에 당신에게 해결을 부탁한 겁니다. 하지만 조금 전에 윌리엄이 현장에 도착하기 전부터 도둑이 집에 들어와 있었다고 하셨는데 그것만은 도저히 이해할 수가 없습니다. 그랬다면 여기저기 뒤진 흔적이나 없어진 물건이 있어야 할 게 아닙니까?"

알렉 커닝엄의 말이 끝나자 홈즈가 대답했다.

"문제는 어떤 물건이 없어졌느냐 하는 거겠죠. 상대는 아주 특이한 도

둑으로, 자기만의 방침에 따라서 움직이고 있다는 사실을 잊어서는 안
됩니다. 예를 들어서 녀석이 액턴 씨 댁에서 훔친 물건들을 보면……, 그
러니까, 뭐였죠? …… 실 한 뭉치, 문진, 다른 잡동사니들은 기억도 안 나
는군요."

"우리는 이번 사건을 두 분에게 완전히 맡겼소. 그러니 당신이나 경위
님이 부탁한다면 무슨 일이든 다 할 작정이오."

커닝엄 노인이 말했다.

"우선, 범인에게 현상금을 걸어야 합니다. 커닝엄 씨 이름으로요. 경찰
에게 부탁하면 금액을 정하는 데 시간이 걸리는데 이런 일은 빠를수록
좋거든요. 신문에 낼 글을 여기에 써 두었으니 읽어 보시고 괜찮다면 서
명해 주십시오. 50파운드 정도면 충분할 겁니다."

"500파운드라도 기꺼이 내놓겠소."

치안판사는 홈즈가 내민 종이와 연필을 받아들었다. 그런데 글을 읽고
나더니 이렇게 말했다.

"그런데 내용이 그리 정확하지가 않구먼."

"제가 좀 서둘러 써서요."

"첫 부분에 '화요일 오전 12시 45분, 다음과 같은……'이라고 되어 있
는데 실제로는 오후 11시 45분이었소."

홈즈가 이런 종류의 실수에 매우 엄격하다는 사실을 알고 있는 나는
걱정이 되어 도무지 견딜 수가 없었다. 사실을 매우 정확하게 파악하는
것이 그의 특징이자 장점인데, 병 때문에 상태가 좋지 않은 듯했다. 이런
작은 실수를 저지르는 것만 봐도 그가 아직 완전히 회복되지 않았음을
알 수 있었다. 홈즈는 한순간 매우 당황했고, 경위는 험악한 표정을 지었
으며, 알렉 커닝엄은 웃음을 터뜨렸다. 노신사는 잘못된 부분을 고쳐 그

종이를 홈즈에게 건네주었다.

"되도록 빨리 신문에 실어 주시오. 정말 좋은 생각이오."

홈즈가 조심스러운 손길로 그 종이를 접어 지갑 안에 넣었다.

"그럼, 모두 집 안으로 들어가서 이 기상천외한 도둑이 정말 아무것도 가져가지 않았는지 조사해 보는 게 좋겠습니다."

집 안으로 들어가기 전에 홈즈는 범인이 뜯어 놓은 문을 조사했다. 끌이나 튼튼한 칼을 찔러 넣어 자물쇠를 부순 것이 틀림없었다. 나무 부분에 무엇인가를 찔러 넣은 자국이 남아 있었다.

"빗장은 달지 않으셨군요."

홈즈가 물었다.

"필요하다고 생각한 적이 없었소."

"개는 기르지 않으시나요?"

"기르고 있기는 한데 집 건너편에 사슬로 묶어 두었소."

"하인들은 언제쯤 잠들었습니까?"

"밤 10시쯤일 거요."

"평소라면 윌리엄도 그때쯤 잠자리에 들었겠군요."

"그렇소."

"그날 밤에만 잠을 자지 않았다니 조금 이상한데요. 커닝엄 씨, 그럼 집 안을 안내해 주십시오."

부엌은 평평한 돌을 깔아 놓은 복도 옆에 있었고 바로 앞에 나무 계단이 2층과 직접 연결되어 있었다. 위로 올라가니 맞은편에 현관으로 이어지는 계단이 하나 더 있었는데 그 계단에는 더 꾸밈이 많았다. 그곳에는 응접실과 몇 개의 침실이 늘어서 있었으며 커닝엄 노인과 아들의 침실도 있었다. 홈즈는 집 구조를 유심히 살피며 천천히 걸었다. 유력한 단서를 쫓고 있을 때 보이는 표정을 지었지만 어떤 방향으로 추리하고 있는지는 알 길이 없었다.

"한마디 하겠는데, 이건 쓸데없는 짓이오. 우리 집 계단을 오르자마자 내 방이 있고 그 옆에 아들 방이 있소. 도둑놈이 여기까지 왔는데도 우리 둘 다 눈치채지 못했다는 게 말이나 되오? 그 좋은 머리로 한번 생각해 보시구려."

커닝엄 노인이 답답하다는 듯이 말했다.

"여기저기 돌아다니면서 새로운 냄새를 맡을 생각입니까?"

아들인 알렉 커닝엄이 비아냥거리듯 웃으며 말했다.

"그래도 조금 더 기다려 주시죠. 침실 창에서 어디까지 보이는지도 알고 싶거든요. 여기가 아드님 방이죠?"

홈즈가 문을 열었다.

"그렇다면 저기가 소동이 일어난 날 밤에 담배를 피운 옷방이겠군요. 저곳의 창은 어느 쪽으로 나 있습니까?"

그는 침실을 가로질러 가서 옆방으로 통하는 문을 열고 그 안을 살펴보았다.

"이제 만족했소?"

커닝엄 노인이 노여워하는 목소리로 말했다.

"됐습니다. 이제 여기서 보고 싶은 것은 다 본 것 같군요."

"꼭 보셔야겠다면 이젠 내 방으로 안내하겠소."

"괜찮으시다면 가지요."

커닝엄 치안판사는 어깨를 한 번 들썩이고는 앞장서서 자기 방으로 들어갔다. 특별히 가구에 신경을 쓰지 않은 평범한 방이었다. 모두가 창가로 다가설 때 홈즈는 걸음을 늦춰서 나와 함께 맨 뒤로 처졌다. 침

대 발치 가까이에 조그맣고 네모난 탁자가 있고 그 위에는 오렌지를 담은 대접이며 유리 물병이 놓여 있었다. 그런데 놀랍게도 그 앞을 지나갈 때 홈즈가 내 앞으로 몸을 숙이더니 일부러 탁자를 쓰러뜨리는 것이었다. 유리는 산산조각 났으며 오렌지는 사방으로 흩어져 데구루루 굴러 갔다.

"왜 그러나, 왓슨? 카펫이 엉망이 되지 않았나?"

홈즈가 딱 시치미를 뗐다. 아마 어떤 이유가 있어서 내게 책임을 덮어씌우는 것이리라. 나는 서둘러 몸을 숙여 과일을 줍기 시작했다. 모든 사람이 도와서 탁자를 원래 있던 대로 되돌려 놓았다.

"어? 홈즈 선생님은 어디 가셨지?"

경위가 외쳤다. 그의 말대로 홈즈가 보이지 않았다.

"여기서 기다리세요. 아무래도 그 사람은 머리가 어떻게 됐나 봅니다. 오세요, 아버지. 그 사람을 찾아보죠."

두 사람은 방 밖으로 나갔고 그 자리에 남은 경위, 대령, 나는 서로의 얼굴만 멀뚱히 바라보았다. 경위가 입을 열었다.

"저도 알렉 씨와 같은 생각이 듭니다. 병 때문일지도 모르겠지만, 아무래도……."

그 순간 비명이 들렸다.

"살려 줘! 사람 살려! 살인자다!"

놀랍게도 내 친구의 목소리였다. 나는 허겁지겁 방 밖으로 달려 나갔다. 아까보다 비명이 낮아지기는 했지만 우리가 처음 들어간 방에서 의미를 알 수 없는 쉰 목소리가 흘러나오고 있었다. 나는 방으로 뛰어 들어가서는 그 안쪽에 있는 옷방으로 달려갔다. 커닝엄 부자가 바닥에 쓰러진 홈즈를 짓누르고 있었다. 아들은 두 손으로 홈즈의 목을 조르고 있었고 아버지는 홈즈의 한쪽 손목을 비틀어 댔다. 바로 세 사람이 달려들어 그들을 제지하자 홈즈가 비틀거리며 자리에서 일어났다. 그의 얼굴은 창백했고 완전히 지쳐 버린 표정이었다.

"경위, 이 두 사람을 체포하세요."

그가 숨을 헐떡이며 말했다.

"무슨 혐의로요?"

"마부인 윌리엄 카원을 살해한 혐의요!"

경위가 기가 막힌다는 표정

으로 홈즈를 바라보았다. 그러다가 간신히 입을 열었다.

"왜 이러십니까, 선생님? 설마 진심으로 그러시는 건…….."

"저 둘의 얼굴 좀 보시오!"

홈즈가 차갑게 내뱉었다. 나는 자신의 죄가 그렇게 확실하게 드러난 얼굴은 지금까지 본 적이 없었다. 노인은 사태가 실감 나지 않아 멍한 듯했으며, 그 개성적인 얼굴에는 무엇에 짓눌린 듯한 답답한 표정이 떠올랐다. 아들의 얼굴에서는 시원시원하고 밝은 표정이 완전히 사라지고 대신에 위험한 야수 같은 잔인함이 표면에 나타났다. 검은 눈이 무섭게 번뜩였으며 단정한 얼굴은 일그러져 있었다. 경위는 아무 말 없이 문으로 다가가 벨을 울렸다. 그 소리를 듣고 경찰 두 명이 안으로 들어왔다.

"커닝엄 씨, 저로서도 어쩔 수가 없습니다. 아마 터무니없는 착각으로 밝혀질 테지만 워낙……, 앗! 뭐하는 거야? 그만둬!"

경위가 한 쪽 팔을 휘젓자 알렉 커닝엄이 방아쇠를 당기려던 회전식 권총이 소리를 내며 바닥에 떨어졌다. 홈즈가 재빨리 권총을 밟으며 말했다.

"이걸 잘 보관해 둬요. 재판할 때 좋은 증거물이 될 테니까. 그건 그렇고 우리가 찾던 게 여기 있었군."

그가 눈앞에 꼬깃꼬깃한 종이를 꺼냈다.

"그 편지의 나머지 부분입니까?"

경위가 큰 소리로 물었다.

"그렇습니다."

"어디에 있었습니까?"

"분명히 있을 것이라고 생각한 곳에. 곧 모든 내용을 밝히겠습니다. 대령님은 왓슨과 함께 먼저 집으로 돌아가세요. 나는 늦어도 한 시간 뒤에는 돌아갈 겁니다. 경위와 함께 범인들과 이야기를 나눠야 하지만 점심 식사 전에는 돌아가겠습니다."

셜록 홈즈가 약속한 대로 시간에 맞춰 왔기 때문에, 오후 1시 무렵 우리는 모두 대령의 집 흡연실에 둘러앉아 있었다. 그들은 체구가 작은 노인을 한 명 데리고 와서는 처음 도둑을 맞은 액턴 씨라고 소개해 주었다.

"이번 사건의 설명을 액턴 씨도 들어 주셨으면 해서 말일세. 자세한 이야기를 듣고 싶어 하실 거야. 대령님, 나처럼 말썽 많은 사람을 초대한 것을 후회하지는 않습니까?"

"무슨 말씀을요. 어떻게 일하시는지 배울 수 있었으니 최고의 영광이라 생각하고 있습니다. 생각하던 것보다 훨씬 더 뛰어난 솜씨로 사건을 해결하신 것 같은데 솔직히 말해서 어떤 식으로 성과를 올렸는지 도통 모르겠습니다. 무엇을 단서로 사건을 해결하신 겁니까?"

대령이 진심을 담아 말했다.

"내가 설명하면 분명히 실망하실 겁니다. 내 친구 왓슨이나, 내 방법에 지적인 흥미를 느끼는 사람에게라면 무엇 하나 숨기지 않고 전부 밝히지만요. 어쨌든 조금 전 옷방에서 당한 일 때문에 몸이 좀 안 좋군요. 우선 브랜디 한잔 해야겠습니다. 요즘 체력이 살짝 떨어져서요."

"아까 같은 발작 증세가 또 일어난 건 아니지요?"

셜록 홈즈가 아주 유쾌하다는 듯이 웃었다.

"때가 되면 그에 대해서도 이야기하지요. 내게 해결의 실마리를 던져 준 몇 가지 일을 나열한 다음, 사건 전체를 순서대로 설명할 생각이니까요. 도중에 이해할 수 없는 부분이 있다면 언제든지 질문하세요.

　범죄를 꿰뚫어 볼 때는 수많은 사실 중에서 정말로 중요한 것과 그렇지 않은 것을 구별하는 것이 가장 중요합니다. 그런 능력이 없으면 쓸데없는 곳에 에너지와 주의력을 쏟아붓기 때문에 중요한 곳에 힘을 집중할 수가 없죠. 이제 이번 사건에 대해서 말하자면, 나는 처음부터 죽은 마부가 쥐고 있던 종이쪽지가 이번 사건의 수수께끼를 푸는 열쇠라고 생각했어요.

　그것에 대해서 자세히 말하기 전에 생각해 봐야 할 것이 하나 있습니다. 알렉 커닝엄 씨는 범인이 윌리엄 카원을 사살하고 바로 도망갔다고 진술했습니다. 그런데 그 말이 사실이라면 죽은 사람의 손에서 종이를 빼앗아간 것은 그 범인이 아닌 셈입니다. 그렇다면 누가 종이를 가져갔을까요? 바로 알렉 커닝엄입니다. 커닝엄 노인이 현장으로 내려왔을 때는 이미 몇몇 하인들이 그곳으로 달려와 있었으니까요. 아주 단순한 사실인데 경위는 이것을 놓쳤어요. 커닝엄 부자 같은 지역 유지가 사건에 관계했을 리가 없다는 선입견을 가지고 있었기 때문입니다. 여기서 확실히 말합니다. 나는 절대로 편견을 가지고 사물을 바라보지 않으며, 사실이 가리키는 것을 있는 그대로 받아들이고 끝까지 추적합니다. 덕분에 처음 조사를 시작했을 때부터 알렉 커닝엄 씨를 수상하게 여겼던 것이고요.

그리고 경위가 보여 준 찢어진 종이를 아주 면밀하게 살펴봤지요. 큰 의미를 가진 내용의 일부라는 사실을 바로 알 수 있었죠. 여기에 그 종이쪽지가 있습니다. 뭔가 눈에 띄는 점이 없습니까?"

"글씨가 들쑥날쑥이구먼."

대령이 말했다.

"맞아요, 잘 보셨습니다. 이건 두 사람이 번갈아 가면서 한 단어씩 쓴 겁니다. 잘 보시면 같은 't'라도 'at'와 'to'에서는 진하게 썼는데 'quarter'와 'twelve'에서는 흐리게 썼음을 알 수 있습니다. 서로 다른 't'를 비교해 보면 서로 다른 사람의 글자라는 것이 확실하죠. 이 네 단어를 잠깐 살펴본 것만으로도 'learn'과 'maybe'는 진하게 쓰는 사람이 썼고 'what'은 흐리게 쓰는 사람이 썼음을 알아냈습니다."

홈즈가 강한 어조로 말했다.

"이거 정말 한눈에 알아보겠는걸! 그럼 두 사람은 왜 그런 식으로 편지를 쓴 겁니까?"

대령이 큰 소리로 말했다.

"말할 필요도 없이, 두 사람이 음모를 꾸몄는데 서로가 서로를 믿지 못했기 때문입니다. 이렇게 하면 무슨 일이 일어나든 둘은 똑같이 책임을 져야 하니까요. 그리고 그 두 사람 중에서 'at'와 'to'를 쓴 사람이 중심이

되어 일을 꾸민 겁니다."

"그걸 어떻게 알 수 있습니까?"

"두 글자의 특징을 비교해 보면 그 특징만으로도 추리할 수는 있습니다. 하지만 단순한 가정보다 더 확실한 이유가 있어요. 이 종이를 잘 살펴보세요. 진하게 쓰는 사람이 먼저 자신의 부분을 써 두었고, 단어 사이를 띄어 놓아 다른 사람이 쓸 수 있도록 했다는 사실을 알 수 있습니다. 그런데 간격을 충분히 두지 않아서 나중에 쓴 사람이 'quarter'이라는 단어를 'at'과 'to' 사이에 억지로 끼워 넣었지요. 그러니까 'at'과 'to'를 먼저 썼다는 추론이 가능합니다. 써야 할 단어를 먼저 쓴 사람이 이번 사건을 계획했다고 봐도 크게 틀리지는 않겠지요."

"대단합니다!"

액턴 씨가 크게 외쳤다.

"하지만 이런 것은 표면적인 것에 불과합니다. 그럼, 지금부터 중요한 점을 이야기하죠. 아실지 모르겠지만 전문가들 사이에서는 글자를 보고 그것을 쓴 사람의 나이를 추정하는 방법이 상당히 정확한 수준에까지 이르렀습니다. 일반적인 경우에는 필자가 20대라거나 40대라고 판단할 수 있을 정도죠. 일반적인 경우라고 말한 이유는 젊은이라도 병에 걸렸거나 몸이 약해지면 노인처럼 글씨를 쓰기 때문입니다. 이 종이쪽지를 보면 한쪽 글자는 대담하고 힘이 느껴지는 반면에 다른 글자는 어딘지 불안정하고 읽지 못할 만큼은 아니어도 't'의 세로획이 거의 보이지 않아요. 따라서 한 사람은 젊고 다른 사람은 그보다 훨씬 나이가 많지만 아주 늙지는 않았다는 사실을 알 수 있습니다."

"정말 놀랍습니다!"

액턴 씨가 다시 한 번 큰 소리로 외쳤다.

"그런데 잘 살펴보지 않으면 눈치채지 못할 재미있는 사실이 한 가지 더 있습니다. 이 두 사람의 글자에는 공통점이 있어요. 혈연관계에 있는 두 사람이 쓴 글이죠. 두 사람 모두 'e'를 그리스어의 'ε'처럼 썼지요? 그걸 보면 가장 확실하게 알 수 있습니다. 나에게는 이것 말고도 여러 가지 세세한 부분이 보이지만. 이 두 사람의 글자에는 명백하게 한 가족에게서 볼 수 있는 특징이 나타나 있습니다. 지금 설명하는 것은 종이쪽지를 살펴보고 알아낸 중요한 점들입니다. 그 외에도 23가지 사실이 더 있지만 그런 것은 여러분보다는 전문가들이 더욱 흥미로워하겠죠. 나는 이런 점들을 전부 고려해서 커닝엄 부자가 이 편지를 썼을 것이라고 굳게 믿게 되었습니다.

그 다음에 해야 할 일은 뻔했습니다. 범행이 어떤 식으로 일어났는지 자세히 조사하고 그것이 얼마나 도움이 될지를 판단해야 했습니다. 나는 경위와 함께 그 집으로 가서 필요하다고 생각되는 곳을 전부 둘러보았어요. 시체에 남아 있는 상처를 살펴보고 확인해 보았는데, 그 상처는

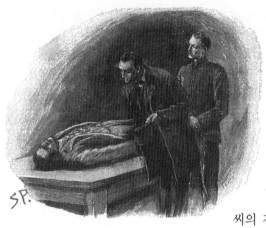

4미터 정도 떨어진 곳에서 발사된 회전식 권총에 맞아서 생긴 것이었습니다. 옷에도 화약에 그을린 자국이 없었으니 두 사람이 몸싸움을 벌이다가 총에 맞았다는 알렉 커닝엄 씨의 진술은 거짓에 불과했어요. 그리고 아버지와 아들 모두 범인이 현장에서 수풀을 거쳐 도로로 도망쳤다며 같은 장소를 가리켰는데, 그 수풀에는 폭이 넓고 바닥이 질펀질펀한 구덩이가 있습니다. 한데 구덩이 속에 발자국은 하나도 없더군요. 그래서 내가 확신할 수 있었던 겁니다. 커닝엄 부자가 거짓말을 하고 있을 뿐만 아니라 애초부터 현장에 정체 모를 남자도 없었다는 사실을 말입니다.

여기까지 오자 이제 이 기묘한 범행 동기를 생각할 차례였습니다. 그 것을 알아내려면 무엇보다도 먼저 액턴 씨 댁에 도둑이 든 이유를 밝혀야겠다고 생각했지요. 액턴 씨, 대령님에게 잠깐 이야기를 들었는데 당신과 커닝엄 부자 사이에 재판이 끊이지 않았다면서요. 어찌 보면 당연한 이야기지만, 그 말이 떠오르는 순간 그들이 재판에 영향을 미칠 서류나 다른 무엇인가를 손에 넣기 위해서 댁의 서재에 침입했을지도 모르겠다는 생각이 머리를 스쳤습니다."

"맞습니다. 두 사람은 틀림없이 그것 때문에 우리 집에 침입했을 겁니다. 저는 지금 그들이 소유하고 있는 토지의 절반을 요구하고 있습니다.

만약 단 한 장뿐인 서류가 그들 손에 넘어간다면 저는 이 재판에서 지고 말 겁니다. 다행히 그 서류는 변호사의 금고 안에 있지만요."

"역시 그랬군요."

홈즈가 미소를 지으며 말을 이었다.

"위험하고 어리석은 계획이었습니다. 아들인 알렉이 꾸몄겠죠. 목적을 달성하지 못한 그들은 자신들이 의심받지 않도록 평범한 도둑으로 보이기 위해서 눈에 띄는 물건들을 닥치는 대로 훔쳐 달아났어요. 여기까지는 생각이 정리되었지만 그래도 아직 애매한 점들이 많이 남아 있었습니다. 우선 그 편지의 나머지 부분을 손에 넣어야만 했습니다. 틀림없이 알렉이 마부에게서 그것을 빼앗아 갔을 테고 편지는 실내복 주머니에 넣은 것이 거의 확실해 보였습니다. 주머니 말고는 마땅히 숨길 만한 곳이 없었을 테니까요. 문제는 그것이 아직도 주머니 속에 있을까 하는 점이었어요. 나는 꼭 한번 살펴볼 작정으로 여러분과 함께 그 집을 방문했습니다. 기억하고 있겠지만 우리는 부엌문이 있는 곳에서 커닝엄 부자와 마주쳤습니다. 말할 필요도 없지만 결코 그들의 머릿속에 종이쪽지가 떠올라서는 안 됐습니다. 만약 그들이 그 중요성을 깨닫는다면 바로 처분해 버릴 테니까요. 경위가 그 편지의 중요성에 대해서 막 이야기를 꺼내려 했을 때는 정말 운이 좋았어요. 내가 가벼운 발작을 일으킨 덕분에 화제가 바뀌었으니 말입니다."

"그렇게 된 것이었습니까? 일부러 발작을 일으켰단 말이죠? 그럼 우리의 동정도 전부 소용없는 것이었겠군요."

대령이 웃으며 말했다.

"의사가 봐도 아주 멋진 연기였네."

언제나 끊임없이 재치를 발휘하여 사람들을 놀라게 하는 이 친구를 나는 감탄의 시선으로 바라보았다.

"이런 방법은 종종 내게 도움을 주곤 합니다. 발작이 가라앉자 나는 아주 간단한 속임수를 써서 커닝엄 노인에게 'twelve'라는 글을 쓰게 했어요. 종이쪽지에 있는 'twelve'라는 글자와 비교하기 위해서 말입니다."

"아, 난 그런 줄도 모르고!"

내가 외치자 홈즈는 미소 지으며 말을 이었다.

"자네는 정말로 내 정신이 혼미한 줄 알고 걱정한 모양이군. 안 그래도 자네가 걱정할까 봐 미안하게 생각했다네. 그 후, 모두 2층으로 올라가 아들의 방으로 들어갔을 때 문 뒤쪽에 실내복이 걸려 있는 것을 보았습니다. 그래서 나는 아버지의 방으로 들어가 일부러 탁자를 쓰러뜨려 사람들의 주의를 그쪽으로 쏠리게 했지요. 그 틈을 이용해서 다시 아들 방으로 가 주머니를 뒤져 보았습니다. 아니나 다를까, 예상했던 대로 편지가 주머니 속에 있었는데 그것을 손에 넣은 순간에 커닝엄 부자가 나를 덮친 겁니다. 여러분이 빨리 와서 나를 도와주지 않았다면 나는 그 자리에서 죽었을 겁니다. 솔직히 말하자면 그 젊은 아들이 두 손으로 내 목을 조르던 감촉이 아직도 생생해요. 아버지는 내 손목을 비틀어 쥐고 있던 편지를 빼앗으려 했지요. 그전까지만 해도 완전히 마음을 놓고 있다가 내가 모든 것을 꿰뚫어 보고 있다는 것을 알자 끝없는 절망의 나락에 빠져 완전히 제정신을 잃은 듯했습니다.

그 후 나는 커닝엄 노인에게 범행 동기를 물어봤습니다. 그는 그래도 다루기 쉬웠는데 아들은 완전히 악당 그 자체더군요. 권총이 손에 들어오기만 하면 자신의 머리든 다른 사람의 머리든 마구 쏘아 댈 녀석입니다. 커닝엄 노인은 내가 자신에게 불리한 증거를 손에 넣었다는 사실을 깨닫고 기가 죽어 모든 것을 다 밝혔습니다. 두 사람이 액턴 씨 댁에 침입한 날, 마부 윌리엄이 두 사람 뒤를 밟은 모양입니다. 그래서 윌리엄은 커닝엄 부자를 마음대로 움직일 수 있는 위치에 섰지요. 마부는 주인에게 비밀을 지킬 테니 돈을 내라고 협박했다고 합니다. 하지만 그런 협박을 하기에 알렉은 너무나도 위험한 상대였지요. 이 부근 주민들이 언제 도둑이 들지 모른다고 떠들어 대는 것을 듣고, 그것을 이용해 거추장스러운 사람을 제거해야겠다고 생각했으니 정말 천재적인 재주가 아닙니까? 알렉은 윌리엄을 밖으로 불러내 사살했습니다. 만약 알렉이 편지를 완전히 빼앗고 세심한 부분에 좀 더 신경을 썼더라면 아마 전혀 의심받지 않았을 겁니다."

"그렇다면 그 편지는?"

내가 묻자 셜록 홈즈는 다음과 같은 종이를 보여 주었다.

11시 45분에 동문으로 나와라. 깜짝 놀랄 정보를 가르쳐 주겠다. 아마 너와 애니 모리슨에게 커다란 도움이 될 것이다. 하지만 다른 사람에게는 절대 이야기하지 말도록.

"내가 예상하던 내용입니다. 알렉 커닝엄과 윌리엄 카원, 애니 모리슨, 이 사람의 관계는 아직 알아내지 못했지만요. 어쨌든 편지를 미끼로 사용한 작전은 성공을 거둔 셈입니다. 알렉 커닝엄과 커닝엄 노인이 'p'와 'g'의 아래쪽 꼬리 부분을 똑같이 쓰는 것을 보면 역시 같은 핏줄이구나 싶어 놀랍습니다. 노인이 'i'의 점을 찍지 않는다는 점도 눈에 띄는 특징이지요. 왓슨, 시골에서 조용히 휴양을 취하자는 것은 아주 멋진 계획이었네. 내일이면 완전히 기운을 회복해서 베이커 가로 돌아갈 수 있을 것 같군."

7. 등이 구부러진 남자

결혼하고 몇 달이 지난 어느 여름날 밤, 나는 집의 난로 옆에 앉아 그날의 마지막 파이프를 피우며 소설을 읽을 생각이었으나 졸음을 참지 못하고 거듭 고개를 꾸벅였다. 하루 종일 정신없이 일해서 지칠 대로 지쳤던 것이다. 아내는 이미 침실로 들어갔고 조금 전에 현관문을 잠그는 소리가 들려왔으니 하인들도 방으로 들어간 모양이었다. 자리에서 일어나 파이프의 재를 털고 있는데 갑자기 현관 벨 소리가 들려왔다.

나는 벽시계를 바라보았다. 오후 11시 45분이었다. 이렇게 늦은 시간에 손님이 올 리 없으니 당연히 환자이리라. 어쩌면 오늘 밤에는 잠을 못 잘지도 몰랐다. 나는 얼굴을 찡그리며 현관으로 가서 문을 열었다. 그런데 놀랍게도 문 앞에 서 있는 사람은 셜록 홈즈였다.

"아, 왓슨. 아직 잠자리에 들지 않았기를 빌었다네."

"이게 누군가! 어서 들어오게."

"놀란 듯하군. 그럴 만도 하지! 환자가 아니라 안심한 모양이군그래.

흠! 자네는 결혼하기 전과 마찬가지로 아카디아 담배를 여전히 즐기나? 옷에 묻은 솜털 같은 재를 보면 틀릴 리가 없지. 그리고 자네가 군복에 익숙해졌다는 점도 금방 알 수 있네. 손수건을 소매에 감는 버릇을 고치지 않는 한 군대를 경험한 적이 없다고 말해도 아무도 믿지 않을 걸세. 오늘 밤 여기서 자고 가도 되겠나?"

"물론이지."

"손님용 독실이 하나 있다고 들었는데 오늘은 찾아온 신사가 없는 모양이군. 그 정도는 모자걸이를 보면 알 수 있어."

"자네가 자고 간다면 나도 기쁠 걸세."

"고맙네. 그럼 비어 있는 모자걸이 좀 쓰겠네. 얼마 전에 공사하는 사람을 집에 들였던 모양이군. 설마 배수관이 고장 난 건 아니겠지?"

"아닐세. 가스관이었네."

"그런가? 리놀륨 바닥의 빛을 받아 반짝이는 부분에 구두에 박은 징 두 개의 흔적을 남겨 두고 갔군. 고맙지만 저녁은 워털루에서 먹고 왔어. 하지만 담배라면 기꺼이 같이 피우겠네."

내가 담배 상자를 건네자 그는 맞은편 의자에 앉아 한동안 말없이 담배를 피웠다. 중요한 일이 아니면 이런 시간에 찾아올 사람이 아니었으므로 나는 상대가 입을 열 때까지 참을성 있게 기다렸다.

"일이 꽤 바쁜 모양이군."

그가 날카로운 시선으로 나를 바라보았다.

"맞아, 아주 바쁜 하루였네. 한심하다고 생각할지 모르겠지만 어떻게 그런 추리를 한 건가? 전혀 모르겠군."

홈즈가 재미있다는 듯이 웃었다.

"왓슨, 내게는 자네의 습관을 아주 잘 알고 있다는 강점이 있어. 자네는 왕진 거리가 가까우면 걸어 다니지만 여기저기 돌아다녀야 할 때는 이륜마차를 이용하지. 저 구두를 보면 신은 흔적은 있는데 더러워진 곳은 전혀 없지 않은가? 그건 곧, 자네가 마차를 타야겠다고 생각할 만큼 요새 바빴다는 소리지."

"정말 대단해!"

내가 커다란 소리로 말했다.

"간단한 일일세. 무엇이든 논리적으로 생각하는 사람은, 이렇게 다른 사람의 눈에 훌륭하게 비치는 효과를 거둘 수 있다네. 추리의 기본이 되는 작은 사실을 상대방은 놓치고 있거든. 자네가 쓴 사건 기록의 효과에 대해서도 똑같이 말할 수 있을 거야. 자네는 사건의 몇몇 요점을 손에 쥔 채 독자에게는 알려 주지 않아. 그렇게 해서 사람들을 깜짝 놀라게 하는 저속한 효과를 거두고 있어. 그런데 나는 지금 그런 독자들과 같은 처지라네. 머리를 아주 혼란스럽게 하는 이상한 사건이 일어났는데 상당한 단서를 쥐고 있지만 생각을 정리하려면 아직 한두 가지 부족한 점이 있어. 하지만 손에 넣고 말겠네, 왓슨. 반드시 손에 넣고 말 거야!"

그의 눈이 반짝이고 그을린 뺨에 붉은 기운이 살짝 감돌았다. 잠깐 날카롭고 열정적인 성격을 가리고 있던 베일이 벗겨졌으나 어디까지나 한 순간에 지나지 않았다. 내가 다시 한 번 잘 봐야겠다고 생각한 무렵, 이미 홈즈는 인디언처럼 무표정한 평소의 얼굴로 돌아와 있었다. 그 표정 탓에 그는 인간이 아니라 기계라는 소리를 듣기도 했다. 그가 말을 이었다.

"흥미로운 특징이 있는 사건이야. 어쩌면 아주 예외적인 특징이라고 해야 할지도 몰라. 나는 이미 조사에 착수해서 해결 일보 직전까지 왔네. 자네가 마지막 조사를 같이 해 준다면 내게 아주 큰 도움이 될 걸세."

"나도 꼭 돕고 싶네."

"이번에는 영국군 훈련 기지가 있는 잉글랜드 남부로 갈 걸세. 내일 올더숏까지 같이 갈 수 있겠나?"

"환자는 잭슨이 봐 줄 테니 문제없네."

"다행이군. 내일 워털루에서 아침 11시 10분에 출발하는 기차를 타고 싶은데."

"그럼 시간은 충분해."

"실제로 일어난 사건과 지금부터 해야 할 일에 대해서 대충 이야기하고 싶은데 졸리지는 않은가?"

"자네가 오기 전까지는 그랬네. 하지만 지금은 잠이 다 달아났어."

"사건의 중요한 부분은 빠짐없이 알려 주겠지만 일단 되도록 간단히 이야기하겠네. 자네도 신문에서 이번 사건을 읽었을지도 모르니까. 지금 조사하고 있는 것은 올더숏에 주둔하고 있는 로열 먼스터스 연대의 바클레이 대령이 살해당했다고 추정되는 사건이야."

"그런 이야기는 들어 본 적도 없네."

"아직은 지역 사람들만 화제로 삼고 있을 뿐, 세상에 널리 알려지지는 않았으니까. 겨우 이틀 전의 사건이야. 간단히 설명하면 이렇게 된 일일세.

자네도 알다시피 로열 먼스터스 연대는 영국 육군 중에서도 아일랜드인 연대로 유명하지. 크림전쟁과 인도의 세포이 반란에서 큰 활약을 했고, 그 후에도 여러 번 이름을 떨쳤다네. 지난 월요일 밤까지는 제임스 바클레이라는 경험이 풍부하고 용감한 군인이 연대를 지휘했어. 처음에는 평범한 병사에 지나지 않았으나 인도 반란 때 공을 세워 장교에 임명되었고, 결국에는 자신이 예전에 병사로서 총을 쥐고 있던 연대의 지휘관까지 되었다네.

바클레이 대령은 하사관으로 있을 때 결혼했어. 부인의 결혼 전 이름은 낸시 드보이였고, 같은 연대의 군기호위 하사관의 딸이었지. 두 사람 모두 신분이 높은 편은 아니어서 당시 젊은 부부가 새로운 환경에 처하자 사람을 사귀는 데 약간의 문제를 겪었다고 하네. 물론 그들은 곧 적응한 모양일세. 아내는 연대의 부인들 사이에서, 남편은 장교들 사이에서 인기를 끌었던 것 같아. 한 가지 더 덧붙이자면, 바클레이 부인은 굉장한 미인이었고 결혼한 지 30년 넘게 흐른 요즘에도 사람들의 눈길이 쏠릴 만큼 아름답다네.

바클레이 대령 부부는 풍파 한번 일지 않을 만큼 행복하게 생활한 듯해. 내게 이 이야기를 해 준 머피 소령의 말에 따르면 부부 싸움을 했다는 말 한 번 들어 본 적이 없다고 하더군. 그리고 머피 소령이 보기에는, 남편을 향한 부인의 사랑보다 부인을 향한 남편의 사랑이 더 깊고 헌신적이었다고 하네. 그는 부인과 단 하루라도 떨어져 있으면 불안해서 견디지 못했던 모양이야. 부인은 배려심 깊고 충실했지만 그렇게까지 노골적인 애정을 드러낸 적은 없었어. 어쨌든 두 사람은 연대 안에서 이상적인 중년 부부로 여겨졌다네. 이번에 일어난 비극을 예상케 할 만한 일은 두 사람 사이에 전혀 없었어.

바클레이 대령의 성격에는 약간 특이한 점이 있었던 듯해. 평소에는 시원시원하고 쾌활한 군인이었지만 마음에 들지 않는 일이 있으면 난폭해지기도 하고 또 집요해지기도 하는 모습을 가끔 보였다더군. 하지만 아내에게는 그런 나쁜 점을 결코 보이지 않았던 모양이야. 그리고 나는 머피 소령뿐만 아니라 장교 다섯 명에게서 이야기를 듣고 왔는데, 그중 세 명이나 똑같이 바클레이 대령에 대해 이상하게 생각하는 점이 있었다네. 바클레이 대령은 때때로 아주 우울해했다고 하더군. 머피 소령의 말을 빌리자면 다함께 농담을 나누며 즐겁게 식사하는 도중에 갑자기 보이지 않는 손이 대령의 입가에서 미소를 지워 버린 것이 아닐까 싶은 적도 몇 번인가 있었다고 해. 웃음기가 싹 사라지는 거지. 한번 그렇게 기분이 가라앉으면 그는 며칠이고 지독한 우울증에 시달렸다네. 장교들의 눈에 띈 또 다른 이상한 성격이 있어. 바로 미신을 깊이 믿었다는 점일세. 그는 혼자 있는 것, 특히 어두워진 뒤에 혼자 있기를 아주 싫어했다고 하더군. 어디를 봐도 남자다운 성격이었는데 이처럼 어린아이 같은 면이 있어서 이런저런 소문이 나돌았고, 또 이상하게 여겨지기도 했던 모양이야.

로열 먼스터스 연대의 제1 대대는 몇 년 전부터 올더숏에 주둔하고 있었어. 뭐, 옛날에는 제117 연대로 불렸다고 하더군. 아무튼 결혼한 장교들은 부대 바깥에서 살고 있다네. 바클레이 대령은 부대에서 북쪽으로 800미터 정도 떨어져 있는 라신 저택에 살았어. 집은 정원으로 둘러싸여 있지만 서쪽 부분은 도로에서 겨우 30미터 남짓 떨어져 있다네. 하인은 남자가 하나, 여자가 둘이지. 라신에서 사는 사람은 그들과 주인, 그리고 여주인뿐이었어. 바클레이 부부에게는 자녀가 없고 오랫동안 묵어가는 손님도 거의 없었거든.

이제 월요일 밤 9시에서 10시 사이에 라신에서 일어난 사건을 이야기하겠네. 바클레이 부인은 가톨릭교도인 것 같아. 와트 가의 교회와 관계 있는 단체에서 세인트 조지 협회를 설립하려는 활동에 적극적으로 참여 하고 있었어. 그 협회의 목적은 가난한 사람들에게 헌옷을 나눠 주는 것 이라고 하더군. 그날 밤은 8시부터 협회 모임이 있었는데 바클레이 부 인은 거기에 참석하기 위해 서둘러 저녁 식사를 마쳤어. 집에서 나설 때 부인은 남편에게 아주 평범한 말을 건네면서 금방 돌아오겠다고 약속했 네. 마부가 들었지. 그런 다음 그녀는 옆집의 모리슨 양이라는 젊은 여자 를 데리러 갔고, 함께 모임에 참석했어. 모임은 40분 동안 이어졌고 바클 레이 부인은 모리슨 양을 데려다 준 뒤 9시 15분에 집에 돌아왔어.

라신에는 낮에 거실로 쓰는 방이 있다네. 그 방은 도로와 마주 보고 있 는데 양쪽으로 열리는 커다란 창을 통해서 잔디밭으로 나갈 수 있지. 잔 디밭은 담까지 30미터 떨어져 있네. 낮은 담 위에는 철봉을 질러 놓았고 그 바로 앞이 도로야. 집에 돌아온 바클레이 부인은 바로 그 방으로 들 어갔어. 밤에는 거의 쓰지 않는 방이라 커튼은 내리지 않았는데, 바클레 이 부인은 스스로 램프를 켜고 벨을 울려 하녀인 제인 스튜어트에게 차 를 가져다 달라고 했어. 평소 부인의 습관과는 달랐지. 대령은 식당에 앉 아 있다가 부인이 돌아오는 소리를 듣고 거실로 향했어. 현관홀을 가로 질러 그 방으로 들어가는 모습을 마부가 보았다고 해. 그것이 마지막으 로 보인 살아 있는 대령의 모습이었다네.

10분 후, 하녀가 차를 들고 갔어. 그런데 문 가까이에 갔더니 주인 부 부가 격렬하게 말다툼하는 소리가 들리기에 하녀는 깜짝 놀라고 말았 네. 노크를 해도 대답이 없었고 손잡이도 돌려 봤지만 안에서 잠겨 있었 어. 하녀는 서둘러 요리하는 하녀에게 사실을 알리러 갔고 결국에는 여 자 둘에 마부까지 합세해서 문 밖에서 계속되는 말다툼 소리를 들었다

네. 세 사람 모두 머뭇거림 없이 바클레이 대령과 부인의 목소리만 들렸다고 증언하더군. 바클레이는 목소리가 낮고 가끔씩만 말했기 때문에 뭐라고 하는지 전혀 알아들을 수가 없었어. 반대로 부인은 말투가 훨씬 더 신랄해서 소리를 높일 때면 내용을 제대로 들을 수 있었지.

'비겁한 사람!'

그녀는 이 말을 몇 번이나 외쳤어.

'이제 와서 어쩌라는 거예요? 내 인생을 돌려 줘요. 더 이상은 당신과 같은 하늘 아래서 살기 싫어요! 비겁한 사람! 비겁한 사람!'

이런 대화가 드문드문 들려오다가 갑자기 남자의 끔찍한 비명과 무시무시한 소리, 여자의 높다란 비명이 울려 퍼졌어. 뭔가 비극적인 일이 벌어졌다고 생각한 마부는 필사적으로 문을 부수려 했다네. 그러는 동안에도 방에서는 계속해서 비명이 들려왔어. 그러나 아무리 몸을 부딪쳐도 문은 꿈쩍도 하지 않았어. 두 하녀는 겁을 먹고 당황했을 뿐 아무런 도움도 되지 않았다네. 그 순간, 마부에게 좋은 생각이 떠올랐지. 그는 현관을 통해 밖으로 달려 나가 커다란 창문 쪽의 잔디밭으로 돌아갔어. 여름이라서 마침 창문의 한쪽이 열려 있었던 덕분에 아주 쉽게 방에 들어갔다네. 한데 조금 전까지 비명을 지르던 부인은 기다란 의자 위에 정신을 잃고 쓰러져 있었고, 불행한 군인은 두 다리를 안락의자 옆에 걸고 머리는 난로 부근의 바닥에 떨어뜨린 채 자신이 흘린 피 웅덩이 속에서 죽어 있었네.

주인은 이미 어떻게 해 볼 수 있는 상황이 아니라서 마부는 우선 문부터 열려고 했어. 그런데 여기서 생각지도 못했던 영문 모를 번거로운 상황에 부딪치고 말았어. 열쇠가 방문의 안쪽에 꽂혀 있지 않았을 뿐만 아니라 아무리 방을 둘러봐도 찾을 수가 없었네. 그는 어쩔 수 없이 다시 창을 통해서 밖으로 나와 경찰과 의사를 불렀어. 당연히 부인이 가장 유력한 용의자로 떠올랐지만 정신을 잃은 채 침실로 옮겨졌네. 경찰들은 대령의 시신을 소파로 옮기고 나서 비극의 현장을 세심하게 조사했다네. 늙은 군인에게 고통을 준 것은 후두부에 남아 있는 길이 5센티미터 정도의 찢어진 상처였어. 둔기로 힘껏 얻어맞았을 때 생기는 상처야. 게다가 무엇이 흉기였는지 금방 짐작할 수 있었어. 시신 옆의 바닥 위에 뼈 손잡이가 달린, 딱딱한 나무 몽둥이가 나뒹굴고 있었으니까. 거기에는 조각이 새겨져 있었지. 대령은 전쟁에 참가했던 나라에서 가지고 온 무기를 집에 모아 두었기에 경찰은 그 몽둥이도 그 전리품 중 하나라고 추정하고 있네. 하인들은 한 번도 본 적이 없는 물건이라고 말했지만 집에는 진귀한 물건이 아주 많으니 못 본 것이라고 해도 이상하지는 않지. 경찰의 조사한 바에 따르면, 방에서 다른 중요한 물건은 발견되지 않았어. 그리고 도저히 설명할 수 없는 사실만이 남았지. 바로 바클레이 부인이나 피해자의 몸, 실내 그 어디에서도 열쇠가 발견되지 않았다는 점일세. 결국에는 올더숏의 열쇠장이를 불러 방문을 열었다고 하더군.

나는 머피 소령의 부탁을 받고 화요일 아침에 올더숏에 가서 경찰의 조사를 도왔는데 그때의 상황은 대략 지금 말한 대로일세. 지금까지 이야기한 것만으로도 충분히 재미있는 사건이라고 생각하고 있겠지? 그런 데 내가 직접 가서 관찰해 보니 이번 사건은 참으로 특이해서 처음 받은 인상보다 훨씬 더 재미있겠더군.

나는 방 안을 살펴보기 전에 하인들에게 여러 가지 질문을 했지만 그들에게서 들은 내용은 대부분 이미 알고 있는 것들이었어. 단, 하녀인 제인 스튜어트가 흥미를 끌 만한 사소한 사실을 기억해 냈다네. 그녀가 말다툼하는 소리를 듣고 다른 하인들을 부르러 간 것은 기억하고 있겠지? 처음 혼자 있었을 때는 주인 부부의 목소리가 아주 낮아서 무슨 말인지 알아들을 수 없었네. 다만 격렬한 말투를 듣고 다툼이 벌어졌다고 판단 했지. 그런데 내가 되풀이해서 질문하는 동안 그녀는 바클레이 부인이 두 번 정도 '데이비드'라고 말했다는 사실을 떠올렸어. 이건 갑작스러운 말다툼의 원인을 밝혀내는 데 필요한 가장 중요한 단서일세. 왜냐하면 대령의 이름은 제임스니까.

이번 사건에서 하인과 경찰 모두의 마음에 깊이 각인된 사실이 하나 있다네. 그건 대령의 일그러진 표정일세. 그들의 이야기에 따르면 인간의 얼굴이 그렇게까지 될 수 있을까 싶을 정도로 깜짝 놀란 듯한, 끔찍한 두려움의 표정이었다고 해. 잠깐 본 것만으로도 혼비백산한 사람이 한둘이 아니었다고 할 만큼 그 표정이 끔찍했던 모양이야. 대령은 틀림없이 자신의 운명이 어떻게 될지를 알고 커다란 공포를 느꼈겠지. 물론 이 사실이 경찰의 판단을 뒤집을 수는 없네. 자신을 살해하려고 덤벼든 아내를 보아서 그런 표정을 지었다고 설명할 수도 있으니까. 상처가 머리의 뒷부분에 난 것도 공격을 피하느라 도망쳤기 때문이라고 생각하면 앞뒤가 맞아떨어져. 부인은 급성 뇌염에 걸려서 정신 상태가 이상해지는 바람에 아무 이야기도 들을 수가 없네.

경찰에 따르면, 그날 밤 바클레이 부인과 함께 모임에 간 모리슨 양은 부인이 집에 가서 불쾌해했던 원인에 대해서는 전혀 짚이는 바가 없다고 하네. 이런 사실들을 끌어 모은 뒤, 나는 쉴 새 없이 담배를 피우며 사건 해결에 필요한 것과 그렇지 않은 것을 구분해 나갔지. 그 가운데서도 가장 눈에 띄고 또 어떤 이유가 있을 것 같은 대목은 문의 열쇠가 사라졌다는 사실일세. 아주 이상하지. 방 안을 샅샅이 찾아보았지만 끝내 열쇠는 나오지 않았어. 그러니 열쇠는 누군가에 의해 방 밖으로 옮겨진 것이 분명하네만 대령과 그의 아내가 했을 리는 없어. 그렇다면 답은 말하지 않아도 알겠지? 다시 말해서 제3의 인물이 방에 들어갔던 것일세. 그것도 창문으로. 나는 방과 잔디를 주의 깊게 살펴보면 이 수수께끼의 인물이 남긴 흔적을 발견할 수 있겠다고 생각했네. 내가 어떤 방법으로 살펴보는지는 잘 알고 있겠지? 그 방법들을 전부 시도해 보았어. 역시 흔적은 남아 있었지만 예상과 전혀 다른 것이 손에 들어왔다네. 한 남자가 도로에서 잔디를 통해서 방 안으로 들어왔더군. 아주 뚜렷한 발자국을 다섯 개나 찾아냈어. 한 개는 도로, 그러니까 낮은 담을 넘은 지점 위에서 찾았고 두 개는 잔디에서 찾았네. 나머지 둘은 열린 창문 곁의 더러워진 판자 위에 희미하게 남아 있었지. 아무래도 잔디 위를 달려왔는지 발가락 부분이 뒤꿈치 부분보다 훨씬 더 깊이 파여 있었어. 하지만 나는 그 남자 때문에 놀라지는 않네. 그가 데리고 온 녀석이 놀라웠지.”

“데리고 온 녀석이라고?”

홈즈는 주머니에서 커다란 종이를 꺼내 무릎 위에 가만히 펼쳐놓으면서 물었다.

“이게 뭔지 알겠나?”

종이에 옮겨 놓은 것은 어떤 작은 동물의 발자국이었다. 다섯 개의 두

툼한 발가락과 기다란 발톱이 달린, 디저트용 수저 크기만 한 발자국이
었다. 내가 말했다.

"개 발자국이로군."

"커튼을 기어 올라가는 개 이야기를 들어 본 적이 있나? 이 짐승은 그
렇게 했다네. 흔적이 아주 뚜렷하게 남아 있었어."

"그럼 원숭이인가?"

"원숭이 발자국도 아니야."

"그럼 뭐란 말인가?"

"개도 아니고, 고양이도 아니고, 원숭이도 아니고, 우리가 잘 알고 있
는 동물은 다 아닐세. 나는 길이를 측정하는 방법으로 이 짐승의 모습을
생각해 봤어. 여기에 있는 건 이 녀석이 가만히 서 있었을 때 생긴 네 다
리의 흔적이야. 보게. 앞다리에서 뒷다리까지의 거리가 38센티미터밖에

되지 않아. 거기에 목과 머리의 길이까지 더하면 몸 전체가 60센티미터 정도 될 거야. 꼬리가 있다면 더 긴 녀석일 테지. 그런데 여기를 좀 보라고. 짐승이 움직일 때의 발자국이니 보폭을 알 수가 있어. 그런데 늘 보폭은 7.5센티미터 정도지. 다시 말해서 몸이 길고 다리가 아주 짧은 동물인 셈일세. 털 하나 남기지 않고 떠난 아주 매정한 녀석이라고. 하지만 전체적인 모습은 내 상상에서 크게 벗어나지 않을 테고, 커튼을 기어오를 수 있는 육식성 동물이야."

"그걸 어떻게 알 수 있지?"

"커튼을 기어올랐으니까. 창가에 카나리아가 든 새장이 있었는데 그것을 노린 듯해."

"그럼 대체 어떤 동물이지?"

"그 이름을 알 수 있다면 사건 해결에 성큼 다가설 수 있을 걸세. 여러 가지를 생각해 보면 족제비나 담비 종류인 것 같아. 물론 그런 동물 중에서 이렇게 큰 것은 아직 본 적이 없지만."

"그런데 범죄와는 어떤 관계가 있는 거지?"

"그것도 아직 모호하다네. 하지만 꽤 많은 것들을 알아내지 않았나? 우선 한 남자가 도로에서 바클레이 부부의 싸움을 보고 있었네. 커튼이 올라가 있고 방에 불이 켜져 있었으니까 말이야. 그 다음에는 그 남자가 정체불명의 동물을 데리고 잔디를 뛰어서 방으로 들어가 대령을 때렸거나, 혹은 그를 보고 깜짝 놀란 대령이 넘어져 난로의 모서리에 머리를 부딪혔을 테지. 그리고 마지막으로 방에 들어간 남자는 열쇠를 가지고 나온 것이고."

"그런 발견들 덕분에 사건이 더욱 어려워진 느낌이 드는데."

"맞아. 이번 사건은 틀림없이 처음 생각했던 것보다 훨씬 더 복잡해.

나는 한동안 머리를 쥐어 짠 끝에 다른 방향에서 이번 사건을 조사해야 한다는 결론에 이르렀네. 아, 왓슨! 너무 늦게까지 이야기했군. 나머지는 내일 올더숏에 가면서 일러 주겠네."

"고맙기는 하지만, 여기까지 말해 놓고 그만두면 너무하지 않나?"

"버클레이 부인이 7시 반쯤 집을 나섰을 때만 해도 남편과의 사이가 좋았다네. 앞서 이야기한 대로 노골적으로 애정을 표현하는 사람은 아니지만 마부가 대령과 사이좋게 대화하는 것을 들었으니까. 그런데 집에 돌아온 부인은 남편의 얼굴을 안 봐도 되는 방으로 들어간 것도 사실일세. 그리고 흥분한 여성들이 흔히 그렇듯이 바로 차를 내오라고 명령했고 심지어는 남편이 방에 들어오자 화난 어조로 그를 몰아붙였어. 그러니까 오후 7시 반에서 9시 사이에 남편에 대한 마음이 완전히 바뀔 만한 일이 일어난 거야. 그 한 시간 반 동안 모리슨 양이 그녀와 함께 있었어. 따라서 모리슨 양은 경찰한테는 아무것도 모른다고 말했지만 사실은 분명히 무언가를 알고 있을 걸세.

처음에는 그 젊은 여성이 대령과 불륜 관계에 있었는데 그 사실을 부인에게 털어놓은 것이 아닐까 생각했어. 그렇다면 부인이 화가 나서 집에 돌아온 사실도, 모리슨 양이 짚이는 것이 전혀 없다고 한 사실도 설명할 수 있으니까. 게다가 이렇게 따지면 하인들이 엿들었던 말다툼의 내용도 맞아떨어지지. 그런데 데이비드가 어쨌다던 부인의 말이며 모든 사람들이 인정한 대령의 아내 사랑, 그리고 말할 필요도 없이 참담한 결과를 가져다준 또 다른 남자의 등장은 앞뒤가 맞지 않는다네. 뭐, 이 수수께끼의 인물이 지금까지의 경과와 관계가 없을 수도 있겠지만 말일세. 나아갈 방향을 결정하기는 퍽 어려웠지만, 대령과 모리슨 양 사이에 교제가 있었다는 가설은 버리기로 했다네. 하지만 바클레이 부인이 남편을 미워하게 된 원인에 대해서 그 젊은 여성이 단서를 쥐고 있다는 확신은 더욱 강해졌어. 나는 갑자기 모리슨 양의 집을 찾아가서는 모리슨 양이 진실을 감추고 있다고 생각한 이유를 설명했네. 그리고 이 사실이 분명히 밝혀지지 않는 한 친구인 바클레이 부인은 살인죄로 재판을 받게 될 것이라고도 말해 주었지.

모리슨 양은 깡마르고 작은 사람으로 겁 많아 보이는 눈과 금발을 가지고 있었는데 상황판단이 빠르고 상식도 갖추고 있는 듯했어. 내 말을 듣더니 한동안 말없이 생각에 잠겨 있다가 마침내 결심하고 뜻밖의 이야기를 시작했다네. 자네를 위해서 중요한 부분만 간추려서 이야기해 주겠네.

'그 사실은 아무에게도 말하지 않겠다고 부인과 약속했어요. 약속은 약속이에요. 하지만 그렇게 커다란 의심을 받고 있는데 가엾게도 병에 걸려서 해명을 할 수 없다면, 또 제가 정말로 도움을 줄 수 있다면 약속을 어기더라도 용서해 줄 거예요. 월요일 밤에 있었던 일을 전부 말씀드릴게요.

우리는 8시 45분쯤에 와트 가 교회를 나왔어요. 돌아올 때는 허드슨 가를 지나야만 하는데 그곳은 아주 한적한 거리예요. 가로등은 왼쪽에 하나가 있고, 그쪽을 향해서 걸어가고 있는데 어떤 남자가 다가오더군요. 그 사람은 등이 심하게 굽었고 상자 같은 것을 한쪽 어깨에 메고 있었어요. 계속 고개를 숙인 채 양 무릎을 구부려 걸었으니 몸이 불편한 사람이었겠지요. 서로 스쳐 지났을 때 그가 얼굴을 들어 가로등 불빛을 받고 있는 우리를 보더니, 그 순간 섬뜩한 목소리로 외쳤어요.

'오, 낸시 아니오!'

바클레이 부인은 얼굴이 파랗게 질려서 그 무시무시한 사람이 몸을

붙들어 주지 않았다면 땅바닥에 쓰러졌을 거예요. 저는 경찰을 부를까 싶었지만 바클레이 부인이 그 사람에게 정중하게 말하기에 깜짝 놀랐어요.

'30년 전에 죽은 줄 알았어요, 헨리.'

하지만 부인의 목소리는 떨리고 있었어요.

'맞소, 죽었지.'

그 남자는 섬뜩한 목소리로 말했어요. 아주 새까맣고 무서운 얼굴을 하고 있었는데 그 번뜩이는 눈이 나중에 꿈에 나올 정도였어요. 머리카락과 구레나룻은 희끗희끗했고, 얼굴 전체가 주름투성이여서 시든 사과랑 똑같았어요. 바클레이 부인이 제게 말했어요.

'먼저 가요. 이 사람하고 이야기를 하고 싶어요. 걱정하지 말고요.'

부인은 용기를 내려 애썼지만 얼굴은 여전히 창백했고 입술이 부르르 떨려서 말이 잘 안 나오는 듯했어요. 제가 부인의 말대로 하자 둘은 한동안 이야기를 나누었어요. 잠시 뒤 부인이 뒤따라왔는데 눈빛이 예사롭지 않았어요. 몸이 불편한 그 사람은 가로등 곁에 선 채 화라도 났는지 두 주먹을 휘두르고 있었고요. 우리 집 문에 도착할 때까지 그녀는 한마디도 하지 않았는데 헤어질 때가 되어서야 제 손을 잡고 이 일은 아무에게도 말하지 말라고 부탁했어요.

'예전에 알고 지낸 사람인데 지금은 아주 딱한 처지가 되었어요.'

부인은 그렇게 말하더군요. 절대 아무에게도 말하지 않겠다고 약속했더니 그녀는 제게 키스해 주었어요. 그 다음부터는 한 번도 만나지 못했죠. 이게 모든 사실이에요. 경찰에게 말하지 않은 까닭은, 그때는 친구에게 그런 위험이 닥친 줄 몰랐기 때문이에요. 이제는 모든 사실을 분명히 하는 것이 그녀를 위한 길이라는 점을 알고 있어요.'

왓슨, 이것이 모리슨 양이 들려준 이야기라네. 상상할 수 있겠지만 내게는 어두운 밤에 내리쬐는 한 줄기 빛 같은 이야기였어. 그전까지 서로 연관성이 없는 듯이 보였던 일들이 그 순간에 전부 분명해져서 사건 전체의 윤곽이 흐릿하게나마 보이기 시작한 거야. 당연히 그 다음에는 바클레이 부인에게 강한 충격을 준 사람을 찾아야 했네. 그가 여전히 올더숏에 머물고 있다면 그렇게 어려운 일은 아닐 터였지. 그 거리에 민간인은 얼마 없는 데다가 몸이 불편하다고 하니 틀림없이 사람들의 시선을 끌었을 거야. 나는 하루 종일 찾아 헤매다가 바로 오늘 밤에 그 남자를 찾아냈다네. 이름은 헨리 우드인데 여자들과 만났던 허드슨 가에서 하숙을 하고 있어. 거기에 온 지는 아직 닷새밖에 안 되었다더군. 나는 선

거권이 있는 사람의 명부를 작성하는 것처럼 꾸미고 찾아가 하숙집 아주머니에게 아주 흥미로운 이야기를 들었다네. 그의 직업은 마술사인데 저녁이 되면 병사들이 드나드는 술집을 돌아다니며 간단한 마술을 펼친다고 하더군. 동물을 상자에 넣어가지고 다니는데 아주머니는 지금까지 본 적이 없는 짐승이라면서 아주 무서워하는 듯했어. 마술을 할 때 쓰는 동물이겠지. 그 외에도 아주머니는 몸이 그렇게 뒤틀려 있으니 살아 있는 것이 신기하다는 둥, 때때로 외국어를 내뱉는다는 둥, 지난 이틀 밤은 자신의 방에서 괴로운 한숨을 쉬기도 하고 울기도 했다는 둥 그런 자잘한 이야기를 들려주었네. 금전적으로는 깔끔한 편이지만 계약금으로 건네준 플로린 은화는 가짜 같다고 하더군. 그것을 보여 달라고 했지. 그런데 왓슨, 그건 인도의 루피 은화였다네.

자, 여기까지 이야기했으니 우리 상황과 내가 자네를 필요로 하는 이유를 분명히 알 수 있겠지? 그 남자는 여자들과 헤어진 뒤 거리를 두고 뒤따라가서 창 너머로 바클레이 부부가 싸우는 것을 보고 방으로 뛰어든 거야. 그때 동물이 상자 밖으로 튀어나왔고. 여기까지는 틀림이 없다고 생각하네. 하지만 그 방에서 일어난 일을 정확하게 설명해 줄 수 있는 사람은 세상에 그 한 사람밖에 없다네."

"그걸 그에게 물어볼 생각인가?"

"맞아. 단, 증인이 있는 앞에서."

"내가 증인이 되는 거로군!"

"자네만 괜찮다면. 그가 순순히 대답을 해 준다면 별문제 없을 거야. 하지만 이야기를 거부한다면 체포할 수밖에 없겠지."

"하지만 우리가 찾아간들 여전히 같은 곳에 있을까?"

"그 점을 잊지는 않았네. 베이커 가 소년 탐정단 사내아이 하나를 감시원으로 붙여 두었네. 그 남자가 어디를 가든 찰싹 달라붙어 있을 거야. 내일 허드슨 가에 가면 만날 수 있겠지. 그건 그렇고 왓슨, 이 이상 자네를 못 자게 한다면 내가 범죄자라는 소리를 들을 판이야."

우리는 다음 날 정오 무렵에 비극의 현장에 도착했다. 그리고 홈즈의 안내를 받아 곧장 허드슨 가로 향했다. 홈즈에게는 감정을 겉으로 드러내지 않는 능력이 있음에도 불구하고 이번에는 필사적으로 흥분을 억누르고 있다는 사실이 자연스럽게 전해졌다. 나도 그의 조사에 가담할 때면 언제나 느끼는 기쁨을 느꼈다. 반은 모험이고 반은 지적인 활동에 가슴이 설레었다.

"이 거리야."

홈즈는 이렇게 말하더니 평범한 이층 벽돌집들이 늘어서 있는 짧은 길로 들어섰다.

"아, 심슨이 보고를 하러 오는군."

"선생님, 걱정하실 필요 없습니다. 저기에 있으니까요."

꼬맹이 부랑자가 달려와서 커다란 목소리로 말했다.

"잘했다, 심슨!"

홈즈가 그 아이의 머리를 가볍게 두드려 주었다.

"왓슨, 그럼 가 볼까? 저 집일세."

홈즈는 하숙집 관리인에게 자신의 명함을 건네주고 중요한 일로 찾아왔다는 말을 덧붙여 헨리 우드에게 전해 달라고 부탁했다. 우리는 거의 기다릴 필요도 없이 목표로 한 남자와 얼굴을 마주할 수 있었다. 따뜻한 날씨였는데도 그는 불 옆에 웅크려 앉아 있었고, 좁은 방은 오븐 속처럼 뜨거웠다. 뒤틀린 몸을 의자 위에 웅크리고 앉아 있는 남자는 말로 표현하기 어려울 만큼 심한 불구자였다. 우리 쪽으로 돌린 얼굴은 야위고 검

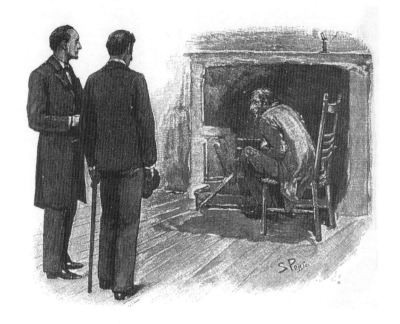

게 탔지만 예전에는 틀림없이 미남 소리를 들었을 법했다. 그는 간이 나쁜지 누렇게 뜬 눈으로 우리를 경계하듯이 바라보더니 아무 말 없이 자리에서 일어나지도 않고 손짓으로 의자를 권했다.

"예전에 인도에 있었던 헨리 우드 씨가 맞습니까?"

홈즈가 정중하게 말을 시작했다.

"바클레이 대령의 사건 때문에 찾아왔습니다."

"내가 뭔가 알고 있다고 생각하는 거요?"

"그 점을 분명히 확인하고 싶습니다. 아시겠지만 이 문제가 해결되지 않으면 당신의 옛 친구인 바클레이 부인이 살인죄로 재판을 받게 될 테니까요."

남자가 심하게 몸을 떨다가 외쳤다.

"누구신지는 모르겠소만 어떻게 그 사실을 알고 있는 거요? 지금 한 말은 거짓이 아니라고 맹세할 수 있소?"

"맹세합니다. 부인은 정신을 차리면 곧바로 체포될 겁니다."

"어떻게 그런 일이! 댁은 경찰이오?"

"아닙니다."

"그럼 당신이 관여할 일이 아니잖소?"

"사람은 누구나 정의를 실현해야 하니까요."

"믿어 줬으면 좋겠소만 그녀는 무죄요."

"그렇다면 당신에게 죄가 있습니까?"

"아니, 그렇지 않소."

"그렇다면 누가 제임스 바클레이 대령의 목숨을 빼앗아 갔습니까?"

"신께서 그 사람의 목숨을 가져가셨소. 하지만 내가 마음속에서 그리던 대로, 이 손으로 녀석의 머리를 깨뜨렸다 하더라도 녀석은 당연한 응징을 받았을 따름이오. 녀석이 자기 죄를 깨닫고 목숨을 잃지 않았다면 바로 내가 녀석을 응징하는 역할을 맡았을 거요. 어떻게 된 일인지 알고 싶소? 알겠소. 내게는 아무것도 감출 것이 없소.

사실은 이렇소이다. 보다시피 지금은 등이 낙타와 다를 바 없고 갈비뼈도 완전히 틀어졌지만, 예전에는 제117 보병 연대에서 가장 잘나가는 헨리 우드 하사였소. 그때는 인도에 주둔하고 있었지. 막사가 있던 도시이름은 그냥 '버티'라고 해 두겠소. 이번에 죽은 바클레이는 나와 같은 부대의 중사였소. 연대의 꽃은 군기호위 하사관의 딸인 낸시 드보이였소. 아, 그렇게 아름다운 아가씨는 어디에도 없었을 거요. 두 남자가 그녀를 사랑했고 그녀는 그중 한 명을 사랑했소. 이렇게 불 옆에 쭈그리고 앉아 있는 초라한 내가, 남자답게 잘생긴 모습으로 그녀에게 사랑받았던 적이 있었다면 당신들은 틀림없이 비웃을 테지.

어쨌든 그녀의 마음에 든 것은 나였소만 그녀의 아버지는 딸을 바클레이와 결혼시킬 생각이었소. 나는 앞날은 생각하지 않는 무모한 젊은이에 지나지 않았지만 그는 교육도 받았고 뛰어난 군인이라는 소리를 들었으니까. 그래도 낸시의 마음은 변하지 않았기에 언젠가는 틀림없이 내 아내가 되리라 생각하고 있었소. 한데 그 무렵 벵골 병사들의 반란이 일어나 인도 전역이 지옥처럼 변해 버린 거요. 우리 연대는 버티에 갇혀 버렸소. 거기에는 우리 말고도 포병대의 절반, 시크교도 보병 중대[13], 그리고 여자까지 포함된 수많은 영국 민간인들이 있었소. 만 명이나 되는 반란군들이 도시를 감싸고 쥐를 잡기 위해 모여든 테리어처럼 짖어 댔소. 2주일쯤 지나자 마실 물이 떨어졌기에 내륙에서 계속 진격하던 닐 장군의 부대와 연락을 취할 수 있느냐 없느냐가 관건이 되었소. 여자와 아이들을 데리고 적군 사이를 돌파하기는 어려울 테니 달리 방법이 없었소. 그래서 나는 닐 장군에게 우리가 처한 위험을 알리기 위해 가겠다고 나섰소. 마침내 그렇게 하라는 허락이 떨어졌고, 그곳 지리에 가장 밝은 바클레이 중사와 함께 상의하여 반란군 사이를 교묘하게 빠져나갈 수 있는 길을 생각해 냈소. 나는 그날 밤 10시에 출발했소. 1,000명이나 되는 사람들의 목숨이 달린 일이었지만 성벽을 미끄러져 내려간 내 머릿속에는 오직 한 사람밖에 없었소.

말라붙은 강을 따라가면 적의 보초병에게 들키지 않고 나아갈 수 있다고 생각했는데 놀랍게도 모퉁이를 돌자마자 여섯 놈들이 어둠 속에 웅크린 채 나를 기다리고 있었소. 그들에게 맞아 나는 순식간에 정신을 잃었고 손발이 묶였소. 하지만 진짜 타격을 입은 곳은 머리가 아니라 마

---

13) 시크교는 인도의 종교이지만, 여러 가지 상황이 얽혀 세포이 항쟁 당시에는 영국 편에 섰다.

음이었소. 왜냐하면 정신을 차
리고 그들의 말을 드문드
문 듣기만 해도 난 배
신당했다는 사실을
알 수 있었으니까.
하필이면 내 전우가,
내가 어느 길을 따라
가야 할지 결정해 준
그 남자가 원주민 하
인을 통해서 나를 팔아
넘긴 것이오.

　자세히 이야기할 필요는 없겠지. 이제 두 신사분들도 제임스 바클레
이가 무슨 짓을 할지 모르는 사람임을 잘 아실 테니까 말이오. 이튿날
닐 장군은 버티를 구했지만 나는 퇴각하는 반란군에게 끌려가고 말았
소. 그로부터 몇 년 동안은 백인의 얼굴조차 볼 수 없었지. 나는 고문을
당했고 도망치려다 잡혀서 또 고문을 당했소. 그래서 지금 보는 것과 같
은 몰골이 되고 말았다오. 반란군 중 일부가 네팔로 달아날 때 나도 끌
려갔고 그 후에 다르질링을 지나다가 반란군들이 그곳의 주민들에게 살
해당했소. 그래서 그 주민들의 노예가 되었다가 마침내 도망을 쳤는데
남쪽으로는 갈 수 없어서 어쩔 수 없이 북쪽으로 갔고 아프가니스탄으
로 들어갔소. 그 나라에서 몇 년 동안 방황하다 마침내 펀자브로 돌아갔
고 그때부터는 거의 원주민들과 섞여 살면서 예전에 배워 익힌 마술로
생계를 꾸려갔소. 이렇게 심한 불구자가 되었으니 영국으로 돌아가서
예전 동료들과 재회한들 무슨 소용이 있겠소? 복수하고 싶다는 마음은

있었으나 도저히 돌아갈 마음이 들지 않았소. 나는 낸시나 옛 친구들에게 지팡이에 의지해서 침팬지처럼 기어 다니는 모습을 보이기보다, 차라리 등이 꼿꼿한 헨리 우드가 용감하게 죽었다고 생각하게 하는 편이 더 낫겠다 싶었소. 사람들 모두 내가 죽은 줄로만 알았고 나도 언제까지나 그렇게 내버려 둘 생각이었소. 바클레이가 낸시와 결혼했다는 사실도, 그가 연대 안에서 출세하고 있다는 말도 전부 듣기는 했으나 그렇다고 해서 진상을 밝히겠다고는 생각지 않았소.

하지만 사람이란 나이를 먹으면 고향이 그리워지는 법이라오. 나는 오랫동안 꿈에서까지 밝고 짙푸른 영국의 들판이며 산울타리를 보았소. 그러다가 결국은 죽기 전에 고국으로 돌아가야겠다고 결심했지. 나는 여비를 모아 군인들이 많은 이 도시로 이주했소. 군인들의 심리에도 밝고 그들을 즐겁게 하는 법도 잘 알고 있으니 먹고살 만큼은 벌 수 있으니 말이오."

"정말 흥미로운 이야기였습니다."

셜록 홈즈가 말했다.

"당신이 바클레이 부인을 만나서 서로가 상대방을 확인했다는 사실은 이미 들었습니다. 당신은 부인의 뒤를 따라가 창문 너머로 남편과 다투는 모습을 보았겠지요. 그녀는 아마 남편의 행동에 대해 따져 물었을 겁니다. 그리고 당신은 걷잡을 수 없는 감정에 휩싸여서 잔디밭을 뛰어 가로질러 방 안으로 들이닥친 겁니다."

"그렇소. 바클레이는 나를 보자마자 지금까지 본 적이 없는 섬뜩한 표정을 지으며 뒤로 쓰러져서 머리를 난로 모서리에 부딪혔소. 하지만 녀석은 쓰러지기 전에 이미 죽어 있었소. 그 난로 위에 걸린 성경 구절을 읽듯이 그 얼굴에서 확실하게 죽음을 읽을 수 있었소. 내 모습 자체가 총알처럼 녀석의 죄 많은 마음을 관통한 것이오."

"다음은 어떻게 되었습니까?"

"낸시가 기절하는 바람에 그녀가 손에 쥐고 있던 열쇠로 문을 열어 도움을 청하려 했는데 그 순간에 생각이 바뀌었소. 이대로 떠나는 것이 좋겠다 싶었지. 나는 불리한 입장이었고, 또 붙잡히면 내 비밀이 사람들에게 알려지고 말 테니까. 나는 서둘러 열쇠를 주머니에 찔러 넣고 커튼을 뛰어오르던 테디를 잡으려다 지팡이를 떨어뜨리고 말았소. 나는 테디를 다시 상자에 집어넣고 최대한 빨리 그곳에서 벗어났소."

"테디는 어떤 녀석입니까?"

홈즈가 물었다. 남자는 몸을 내밀어 방의 한구석에 있던 우리 같은 것의 앞면을 위로 들어 올렸다. 그러자 붉은빛이 도는 아름다운 갈색 동물이 밖으로 나왔다. 가냘프고 유연한 몸에 담비 같은 발과 가느다란 코, 그리고 다른 동물과는 비교도 되지 않을 만큼 아름답고 빨간 눈을 가지고 있었다. 내가 외쳤다.

"몽구스잖아!"

"그렇게 부르기도 하고 이크뉴몽이라고 부르기도 하오. 나는 뱀 잡는 족제비라고 부르고 있소. 테디는 코브라를 정말 날렵하게 잘 잡지. 여기에 독니를 뺀 코브라가 한 마리 있는데 테디는 매일 밤 그 녀석에게 달려들어 술집의 손님들을 기쁘게 해 준다오. 더 묻고 싶은 것이 있소?"

"글쎄요. 바클레이 부인이 곤란해지면 다시 한 번 찾아와야겠습니다."

"그때는 물론 내가 먼저 나설 생각이오."

"하지만 그런 일이 벌어지지 않는다면, 틀림없이 나쁜 짓을 한 사람이기는 해도 이제 와서 죽은 사람의 추문을 들출 필요는 없다고 생각합니다. 그는 죽을 때까지 30년 동안 자신의 악행 때문에 심한 양심의 가

책을 느끼며 살아왔습니다. 이제 그 사실을 알았으니 당신은 조금이나마 위로를 받을 수 있겠지요. 아, 머피 소령이 맞은편 길을 지나가고 있군. 그럼 안녕히 계십시오, 우드 씨. 어제 이후로 새로운 일이 일어나지는 않았는지 물어봐야 해서요."

우리는 소령이 모퉁이를 돌기 전에 간신히 따라잡았다.

"아, 홈즈 선생님. 벌써 들으셨는지는 모르겠지만 이번 소동은 결국 싱겁게 끝나고 말았습니다."

"무슨 뜻입니까?"

"조금 전에 검시 심문이 끝났는데 시신을 해부한 결과 의심의 여지도 없이 뇌졸중으로 사망했다고 합니다. 알고 보니 아주 단순한 사건이지 뭡니까."

홈즈가 미소를 지으며 말했다.

"정말 싱겁고 단순한 사건이로군요. 왓슨, 우리는 그만 가세. 이제 올더숏에서 할 일은 아무것도 없어."

역으로 가는 도중에 내가 홈즈에게 물어보았다.

"한 가지 이해할 수 없는 부분이 있네. 남편의 이름은 제임스였고, 또다른 남자는 헨리였는데 '데이비드'라는 이름은 왜 나왔을까?"

"왓슨, 만약 자네가 즐겨 묘사하듯이 내가 정말로 뛰어난 추리가였다면 그 말만 듣고도 사건의 전체를 꿰뚫어 보았어야 했네. 그건 비난하는 말이었어."

"비난하는 말이었다고?"

"그렇다네. 《성경》의 다윗이라는 이름을 영어식으로 읽으면 데이비드지. 그를 떠올려 보게. 종종 윤리에서 벗어난 행동을 했고, 한번은 제임스 바클레이 중사와 똑같은 짓을 하기도 했지. 자네도 우리아와 밧세바의 이야기를 기억하겠지? 다윗 왕이 우리아 장군의 아내 밧세바를 빼앗을 속셈으로 일부러 우리아를 위험한 전쟁터로 내몰아 죽게 하지 않았나. 내가 그 내용을 속속들이 기억하지는 못하지만, 틀림없이 〈사무엘 상〉인가 〈사무엘 후〉에 실려 있을 걸세."

8. 입주 환자

나는 친구 셜록 홈즈의 훌륭한 추리 능력을 보여 주기 위해 변변치 않은 실력으로 회상록을 써 왔다. 그런데 그것을 다시 읽어 보니 목적에 부합하는 사건을 고르기 위해 어떤 사건을 기록하면 좋을지 언제나 망설였던 것 같아 퍽 놀라웠다. 홈즈는 모든 사건에서 분석적 추리라는 놀라운 수완을 뽐냈고 그 독특한 조사법이 얼마나 뛰어난지 보여 주었다. 그렇지만 사건 자체는 매우 따분하고 흔한 것이라 발표를 미룬 것도 있었다. 또 한편으로는 사건 자체는 매우 보기 드물고 극적이었지만 사건 해결하는 과정에서 홈즈가 그리 큰 활약을 못하는 바람에 전기 작가인 나로서는 약간 불만스러운 것도 있었다. 독자들은 내가 예전에 〈진홍색 연구〉라는 제목으로 쓴 작은 사건이나 글로리아 스콧 호의 행방에 얽힌 사건 등을 기억할 것이다. 그런 사건이야 말로 홈즈의 전기를 기록하는 사람을 오도 가도 못하게 만드는 좋은 예시가 될 것이다. 지금부터 이야기하려는 사건에서도 홈즈는 큰 활약을 하지는 못했다. 그러나 사건 전

체를 다시 바라보니 참으로 기묘한지라 버리기에는 아깝다 싶어서 결국
에는 기록하기로 했다.

후텁지근했으며 비가 내리고 잔뜩 흐린 10월의 어느 날이었다.[14] 커튼
을 반쯤 내린 채 홈즈는 소파에 몸을 둥그렇게 말고 누워 아침에 배달된
편지를 몇 번이나 되풀이해서 읽고 있었다. 나는 인도에서 복무하면서
추위보다는 더위를 참는 데 익숙해져 있었으므로 32도 정도의 기온은
별로 고통스럽지 않았다. 그보다 신문은 참 재미가 없었고 의회도 열리
지 않았다. 이럴 때 도시에 남아 있는 사람은 아무도 없었다. 나는 잉글
랜드 남부의 삼림지대인 뉴포레스트의 나무 그늘이나 햄프셔 사우스시
의 해변이 그리워서 견딜 수가 없었다. 은행에 넣어 둔 돈이 얼마 되지
않아서 휴가를 미루기는 했지만 내 친구 셜록 홈즈는 시골이며 해안에
전혀 관심이 없었다. 그는 500만 명이나 되는 사람들의 한가운데서 신경
을 곤두세우고 해결되지 않은 사건 이야기나 범죄 의혹을 감지하는 것
을 좋아했다. 그에게는 여러 가지 재능이 있었으나 자연을 즐기는 재능
은 없었다. 기분 전환을 한다 하더라도, 기껏해야 도시의 악한들에게서
시선을 돌려 시골에 있는 녀석들의 동료를 뒤쫓는 정도일 것이다.

홈즈가 편지만 읽고 있어서 나는 재미도 없는 신문을 옆으로 내던지
고 의자에 등을 기대 생각에 잠겨 들었다. 그런데 홈즈가 갑자기 말을
거는 바람에 그 생각도 끊기고 말았다.

"자네가 옳아, 왓슨. 다툼을 말리는 데 그런 방법을 쓰다니 참으로 이
상하지."

---

14) 원래 이 부분은 셜록 홈즈 단편 중 하나인 〈소포 상자〉의 도입부였으나 무슨 이유에서인지 그 사건의 도입부
를 〈입주 환자〉에 갖다 붙였다. 그 바람에 두 사건의 첫머리가 비슷해졌고, 10월에 기온이 32도가 넘는다는 모순
이 생기기도 했다. 이 책에서는 그 오류를 바로잡지 않는 대신에 주석을 달아 독자들의 이해를 돕고자 한다.

"정말 이상해!"

나는 이렇게 외쳤다. 그러고 나서야 홈즈가 내 생각을 정확히 말로 표현했다는 사실을 깨달았다. 나는 깜짝 놀라 자리에서 일어나 홈즈를 바라보았다.

"대체 어떻게 된 일이지? 홈즈, 난 뭐가 뭔지 모르겠네."

내가 당황한 것을 보고 홈즈는 커다란 소리로 웃고 나서 입을 열었다.

"조금 전에 에드거 앨런 포의 단편 소설 중 한 구절을 읽어 주지 않았나? 뛰어난 추리력을 가진 뒤팽은 아무 말도 하지 않은 친구가 무슨 생각을 하고 있는지 맞혔어. 자네는 그것을 작가의 속임수라고 치부했지. 나도 언제나 똑같은 일을 한다고 했는데도 못 미더워했어."

"오, 천만에!"

"물론 직접 말로 하지는 않았지. 하지만 왓슨, 자네 눈썹의 움직임을 보면 믿지 않는다는 사실을 알 수 있거든. 그래서 자네가 신문을 내던지고 생각에 잠긴 것을 보고 좋은 기회라 생각했네. 자네의 마음을 읽어낼 좋은 기회를 놓치지 않은 거야. 그리고 우리는 아주 가까운 관계임을 증명했지."

그래도 나는 납득할 수 없었다.

"자네가 내게 읽어 준 이야기에서 주인공은 남자의 행동을 관찰하고 결론을 끌어냈어. 그 남자는 쌓여 있던 돌에 걸려 비틀거리기도 하고, 별을 올려다보기도 하지 않았나? 하지만 나는 의자에 가만히 앉아 있었을 뿐인데 내가 대체 자네에게 어떤 단서를 제공했다는 말인가?"

내가 이렇게 물었다.

"자네는 오해하고 있어. 표정이란 인간이 감정을 나타내기 위해 갖추고 있는 것이야. 특히 자네의 표정은 너무 정직해."

"내 표정을 보고 생각을 맞혔다는 말인가?"

"자네의 표정, 특히 눈의 움직임을 보고 알았지. 자네는 어떻게 몽상을 시작했는지 기억하지 못하겠지?"

"그렇다네."

"그럼 설명해 주겠네. 우선 자네는 신문을 내던졌지. 그 행동 때문에 나는 자네에게 주목했네. 자네는 30초 정도 멍한 표정으로 앉아 있더니 그 다음에는 새로 액자에 넣은 고든 장군[15]의 초상화로 시선을 돌렸어. 표정이 바뀌는 것을 보고 자네가 무엇인가 생각하기 시작했다는 사실을 알았네. 그런 다음 책 더미 위에 있는, 액자 없는 헨리 워드 비처[16]의 초상화로 시선을 움직이더군. 잠시 뒤, 자네는 눈을 들어 벽을 보았어. 물론 자네가 무엇을 생각하고 있는지는 분명했어. 비처의 초상화를 액자에 넣어 걸면 썰렁해 보이는 벽도 채워질 테고 맞은편에 있는 고든 장군의 초상화하고도 잘 어울릴 것이라 생각했겠지."

"놀랍군. 자네는 나를 완전히 꿰뚫어 보았네."

내가 이렇게 외쳤다.

"여기까지는 거의 틀리지 않았을 테지. 그런데 자네는 다시 비처에 대해서 생각하기 시작했어. 비처의 얼굴에서 그의 성격을 파악해 내려는 사람처럼 뚫어져라 쳐다보더군. 잠시 뒤 눈가에 웃음이 번졌지만, 생각에 깊이 잠긴 표정으로 시선은 여전히 비처를 향했네. 자네는 비처가 겪은 사건을 떠올리고 있었지. 1860년대에 일어난 미국의 남북전쟁 때, 비

---

15) Charles George Gordon(1833~1885). 영국의 군인. 1860년에 영국·프랑스 연합군이 베이징을 공격할 때 참가하여 태평천국 운동을 진압하는 데 일조하였다. 나중에 아프리카 수단 총독을 지냈으며, 1885년에 수단의 반영反英 반란을 진압하러 갔다가 전사하였다.
16) Henry Ward Beecher(1813~1887). 미국의 목사 겸 저술가. 열렬한 노예 해방론자로,《톰 아저씨의 오두막》을 쓴 헤리엇 비처 스토의 동생이다.

처가 북군을 위해 떠맡은 특별 임무를 생각한 것이 분명했네. 왜냐하면 비처가 우리 영국 국민들에게 부당한 취급을 받자 자네가 매우 분개했다는 사실을 내가 기억하고 있거든. 자네는 그 일에 대해서 몹시 흥분했으니 비처를 보고 그 사건을 떠올리지 않을 리가 없어. 곧 자네의 시선은 초상화에서 벗어났어. 그래서 나는 자네의 생각이 남북전쟁으로 옮아간 것이 아닐까 의심했지. 자네는 입술은 꾹 다물고 눈을 반짝이면서 두 손을 꽉 쥐었어. 그것을 보고 나는 치열한 전투에서 남북 양군이 보여 준 용감함을 생각하고 있다고 확신했어. 잠시 뒤, 아니나 다를까 자네는 슬퍼하는 표정을 지으면서 고개를 설레설레 저었지. 자네는 슬픔, 공포, 덧없는 죽음에 대해서 곰곰이 생각하고 있었던 거야. 그러면서 무의식중에 옛 상처를 건드렸고 쓴웃음을 지었으며 입술을 떨더군. 그래서 자네 마음이 국제 분쟁을 해결하는 전쟁이라는 그 황당한 방법으로 자연스럽게 옮아갔음을 알았네. 그때 나는 그 방식이 참 이상하다고 말했고 자네가 동의한 걸세. 그래서 내 추리가 맞아떨어졌구나 했지."

"굉장하군!"

내가 외쳤다.

"자네가 설명을 해 줬는데도 나는 아직도 놀라울 뿐이라네."

"왓슨, 이건 그렇게 어려운 추리가 아니야. 조금 전에 자네가 내 말을 의심하지 않았다면 일부러 이런 얘기를 꺼내지도 않았을 테지만. 그건 그렇고 저녁이 되니 바람이 불기 시작했군. 어떤가, 런던 거리라도 슬슬 걸어 보지 않겠나?"

나는 좁은 거실에 있기 지루했으므로 기꺼이 동의했다. 우리는 세 시간 동안이나 함께 걸으며 플릿 가와 스트랜드 가를 돌아다니며 시시각각 변해 가는 만화경 같은 사람들의 생활을 바라보았다. 홈즈는 그 사람

들의 생활상을 면밀하게 관찰하고 날카로운 추리력을 발휘하여 설명해
주었는데, 이것은 다른 사람이 쉽게 흉내 낼 수 없는 일이었다. 나는 넋
을 잃고 이야기에 빠져들었고 우리는 밤 10시가 넘어서야 베이커 가로
돌아왔다. 사륜마차가 현관 앞에 서 있었다. 그것을 보고 홈즈가 말했다.

"의사의 마차로군. 일반 개원의야. 병원을 연 지는 얼마 되지 않았지만
환자는 꽤 많은 듯하구먼. 뭔가 상의하러 온 모양인데. 우리가 때맞춰 잘
돌아왔군!"

나는 홈즈의 방법을 잘 알고 있었기 때문에 그의 추리를 이해할 수 있
었다. 마차 안에 램프 불빛을 받으며 매달려 있는 버드나무 바구니가 보
였는데, 그 안에 들어 있는 갖가지 의료 도구와 상태를 보고 빠르게 추

리해 낸 것이었다. 게다가 우리 방에 불이 켜져 있었으니 그것으로 이 늦은 밤에 어떤 사람이 우리를 만나러 찾아왔다는 사실을 알 수 있었다. 이런 시간에 나와 같은 직업을 가진 의사가 무슨 일로 찾아왔는지 흥미가 돋아서 나는 홈즈의 뒤를 따라 방으로 들어갔다.

안으로 들어가니 가느다란 얼굴에 옅은 갈색 수염을 기른 남자가 창백한 표정으로 의자에서 벌떡 일어났다. 나이는 서른셋에서 넷 정도로 보였고 그 이상은 아닌 듯했다. 그 초췌한 얼굴과 건강하지 못한 혈색을 보니 고단하게 살아가느라 정력과 젊음을 잃어버린 모양이었다. 그의 태도는 예민한 사람이 흔히 그렇듯이 신경질적이고 내성적이었다. 의자에서 일어나 난로 위 선반에 올려놓은 희고 가느다란 손도 의사라기보다는 예술가의 손에 가까웠다. 차림새는 차분하면서도 수수했는데 검은 프록코트에 검은 바지를 입었고 그나마 눈에 띄는 색이라고 해 봐야 넥타이뿐이었다.

"안녕하십니까, 의사 선생님. 너무 오래 기다리지 않아서 다행입니다."

홈즈가 활발하게 말했다.

"네? 제가 타고 온 마차의 마부에게 물어보셨나요?"

"아니요. 탁자 위의 촛불을 보면 알 수 있습니다. 자, 다시 앉으시지요. 이야기를 들어 보죠."

"저는 퍼시 트리벨리언이라는 의사입니다. 브룩 가 403번지에서 살고 있습니다."

그 남자가 소개를 했고, 나는 그에게 물었다.

"혹시 원인 불명의 신경 질환에 관한 논문을 쓰신 분이 아닙니까?"

자신의 논문을 내가 안다는 말을 듣자 그 의사는 창백한 뺨을 붉히며 기뻐했다.

"그 일에 대해서는 평판도 들어 본 적이 없어서 이미 잊혔다고 생각했습니다. 출판사 사람도 실망스러울 만큼 잘 안 팔린다고 하더군요. 그렇다면 당신도 의사이신가요?"

"퇴역한 군의관입니다."

"저는 예전부터 신경 질병에 관심이 있어서 그것을 전문으로 삼으려하고 있습니다. 하지만 가능한 일부터 시작하는 것이 세상사 아니겠습니까? 어쨌든 이런 것은 관계없는 이야기겠죠? 선생님이 바쁘시다는 사실은 잘 알고 있습니다. 사실은 브룩 가에 있는 저희 집에서 요즘 기묘한 일들이 연달아 일어나고 있는데 오늘 밤에는 더 이상 견딜 수 없을만큼 괴이한 일이 생겨서 상의하러 왔습니다."

셜록 홈즈는 의자에 앉아 파이프에 불을 붙였다.

"잘 오셨습니다. 고민거리를 자세히 들려주십시오."

의사 트리벨리언이 이야기하기 시작했다.

"사정이라고는 해도 말씀드리기 부끄러울 만큼 사소한 일들도 있습니다. 하지만 문제가 매우 복잡하고, 요즘 들어 갑자기 더욱 치밀해진 듯합니다. 어쨌든 사실을 전부 말씀드릴 테니 어떤 것이 중요한지 판단해 주시기 바랍니다.

우선 대학 시절부터 시작하지요. 저는 런던 대학 출신인데, 제 입으로 말하기 부끄럽지만 교수님도 제 장래에 기대를 걸 만큼 성적이 좋았습니다. 졸업 후에도 킹스 칼리지 병원의 보잘것없는 자리를 얻어 연구를 계속했습니다. 다행스럽게도 강직증強直症의 병리 쪽에서 상당히 주목받게 된 연구를 했고, 이후 홈즈 선생님의 친구분이 말씀하신 신경 장애 논문으로 브루스 핑커턴 상을 받았습니다. 그 당시에는 앞길 창창한 청년이었다고 해도 과언이 아니었을 겁니다.

그런데 제 앞을 가로막는 딱 한 가지, 돈 문제가 있었습니다. 아시는 대로 성공을 바라는 전문의는 캐번디시 광장 지구에 있는, 열 개 남짓한 거리 중 한 군데에 개업해야 합니다. 그곳은 어디나 임대료도 비싸고 시설비도 엄청나죠. 게다가 몇 년 동안은 수입이 없어도 살아갈 수 있을 만큼 돈이 있어야 하며, 그럴듯한 마차도 가지고 있어야만 합니다. 하지만 제 형편으로는 도저히 생각할 수도 없는 일이었습니다. 그래도 10년 동안 절약하면 개업할 만큼 돈을 모을 수는 있겠다 싶었습니다. 그런데 갑자기 뜻밖의 일이 일어나서 희망이 싹트기 시작했습니다.

전혀 알지도 못하는 블레싱턴이라는 신사가 찾아온 것이 일의 시작이었습니다. 어느 날 아침, 그는 제 방으로 찾아오더니 곧바로 용건을 밝혔습니다.

'당신이 눈부신 업적을 쌓고, 최근에는 훌륭한 상도 받은 퍼시 트리벨리언 씨입니까?'

그는 이렇게 말했고 저는 고개를 끄덕였습니다. 그가 말을 이었습니다.

'솔직히 말씀해 주시오. 그러는 편이 당신을 위해서도 좋을 겁니다. 당신은 성공을 거둘 수 있을 만큼 똑똑합니다. 그렇다면 세상을 헤쳐 나가는 요령은 어떻습니까?'

이 남자의 갑작스러운 질문에 저도 모르게 미소를 지었습니다.

'남들만큼은 있다고 생각합니다.'

'좋지 못한 습관은 없습니까? 술을 좋아한다든가?'

'천만에요!'

'좋습니다. 아주 좋습니다! 꼭 물어보고 싶었습니다. 그렇다면 그렇게 좋은 자격을 갖고 있으면서 왜 개원하지 않습니까?'

저는 어깨를 들썩였습니다. 그러자 남자가 헛기침을 하고 말했습니다.

'압니다, 알아요! 흔한 이야기죠. 머리의 문제가 아니라 돈의 문제로군 요. 내가 브룩 가에 개업할 수 있도록 도와주면 어떻겠습니까?'

저는 놀라서 남자를 바라보았습니다.

'당신을 위해서가 아니라 나를 위해서요. 솔직히 말해서, 당신만 괜찮 다면 내게도 좋은 일입니다. 나는 수천 파운드를 가지고 있는데 그것을 어딘가에 투자할 생각이지요. 한데 그 돈을 당신에게 투자할까 합니다.'

'뭐라고요?'

제가 깜짝 놀라 말했습니다.

'다른 투자와 마찬가지입니다. 게다가 다른 곳보다 더 안전할 것 같기 도 하고요.'

'그렇다면 저는 어떻게 해야 하죠?'

'알려 드리죠. 내가 집을 빌리고, 여러 가지 설비를 장만하고, 하녀의 급여를 지불하지요. 내가 모든 준비를 할 테니 당신은 그저 진찰만 하면 됩니다. 당신에게 필요한 돈이며 다른 것들도 전부 드리겠습니다. 그 대신, 수입의 4분의 3을 내게 주고 나머지는 당신이 가지면 됩니다.'

선생님, 블레싱턴이라는 사람의 기묘한 이야기는 대충 이런 것이었습니다. 그 뒤에 어떤 식으로 상의하여 계약했는지는 생략하겠습니다. 결국 저는 성모 영보 대축일[17] 다음날 그가 얻어 놓은 집으로 이사했고 앞서 말한 조건대로 개원했습니다. 블레싱턴도 입주 환자 자격으로 옮겨 왔습니다. 심장이 좋지 않아서 언제나 의사의 진찰을 받을 필요가 있었으니까요. 그는 자신의 거실과 침실용으로 2층의 가장 좋은 방 두 개를 쓰고 있습니다. 습관이 특이해서 사람들과 교제를 피하고 외출도 거의 하지 않았습니다. 매일 저녁이 되면 같은 시각에 진찰실로 찾아와서 장부를 살펴보고 제가 번 돈 중에서 1기니당 5실링 3펜스를 뺀 나머지를 가져가서 자기 방의 금고에 넣습니다.

블레싱턴은 이번 투자를 후회하지 않을 겁니다. 제 병원에는 처음부터 환자들이 많이 찾아왔습니다. 지위가 높은 환자도 두어 명 있었고, 병원에서 근무할 때 좋은 평판을 얻었던 덕분에 곧 유명해졌으니까요. 그래서 지난 1, 2년 동안 블레싱턴은 부자가 되었습니다.

제 과거와 블레싱턴과의 관계는 대충 이렇습니다. 이번에는 제가 이곳을 찾아오게 된 일에 대해서 말씀드리겠습니다.

몇 주일 전에 블레싱턴이 매우 흥분한 모습으로 제가 있는 아래층에 내려왔습니다. 그리고 웨스트엔드에서 일어난 강도 사건을 이야기하면서 매우 흥분했습니다. 오늘이라도 당장 창과 문에 좀 더 튼튼한 자물쇠를 달지 않으면 안심할 수가 없다는 것이었습니다. 일주일 동안 블레싱

---

17) 3월 25일. 대천사 가브리엘이 성모 마리아에게 예수를 잉태하였음을 알린 날이다.

턴은 이상할 만큼 불안해했고, 끊임없이 창밖을 내다보았으며, 늘 즐기던 저녁 식사 전의 짧은 산책도 그만두고 말았습니다. 블레싱턴의 태도를 보고 무엇인가를, 혹은 누군가를 매우 두려워하고 있음을 알았습니다. 하지만 그 부분에 대해 물어보면 크게 화를 내는 바람에 그 이야기는 할 수 없었습니다. 그래도 시간이 지나면서 두려움도 점점 줄어들었는지 다시 원래의 습관으로 돌아갔습니다. 그런데 새로운 사건이 일어나자 보기 안쓰러울 정도로 신경증 발작이 일어났고 지금도 그 상태입니다.

그 사건이란 다음과 같습니다. 이틀 전, 저는 편지 한 통을 받았습니다. 지금부터 읽어 드리겠지만, 보낸 사람의 주소도 날짜도 없습니다.”

지금 영국에 있는 러시아의 귀족이 퍼시 트리벨리언 선생님의 진찰을 받고 싶어 합니다. 이분은 지난 수년 동안 강직증 때문에 고생하고 있습니다. 트리벨리언 선생님께서는 이 병의 권위자라는 말을 들었습니다. 내일 오후 6시 15분에 찾아뵙겠습니다. 부디 선생님께서 그 시간에 댁에 계셨으면 합니다.

“저는 이 편지를 읽고 커다란 흥미를 느꼈습니다. 강직증은 희귀한 병이기 때문에 연구하는 데 퍽 어려움을 겪고 있으니까요. 예상하셨겠지만 저는 이튿날 진찰실에서 기다리고 있었습니다. 약속 시간이 되자 접수를 받는 직원이 그 환자를 안내해 데려왔습니다.

들어온 것은 마르고 점잖게 보이는 노인으로 평범한 남자였습니다. 러시아 귀족 같은 풍모는 아니었습니다. 하지만 함께 따라온 남자를 보고 저는 매우 놀랐습니다. 키가 크고 꽤나 잘생긴 젊은이로, 거뭇하고 날카

S.P

로운 얼굴이었습니다. 손발과 가슴은 헤라클레스처럼 늠름했지요. 그가 환자를 부축해서 들어왔습니다. 겉보기와는 전혀 다른 다정한 태도로 환자를 부축하고 돕더군요.

'멋대로 들어와서 죄송합니다.'

젊은이는 약간 외국어 억양이 섞인 영어로 이렇게 말했습니다.

'이분은 제 아버지십니다. 아, 저에게는 아버지의 건강 상태가 가장 큰 걱정거리랍니다.'

저는 아들의 효심에 감동받았습니다.

'아버님의 진찰을 지켜보시겠습니까?'

제가 이렇게 말하자 젊은이는 두렵다는 듯이 몸서리치며 대답했습니다.

'아닙니다. 지켜보다니요! 표현할 수 없을 정도로 두렵습니다. 아버지 가 발작을 일으키는 모습을 보면 저는 견디지 못하고 숨이 끊어질 겁니다. 제 신경은 다른 사람들보다 몇 배나 더 예민합니다. 괜찮으시다면 아버지를 진찰하는 동안 대기실에서 기다리고 있겠습니다.'

저는 물론 그의 말에 동의했고 젊은이는 진찰실을 나갔습니다. 그런 다음 바로 환자와 병에 대해서 이야기를 시작했고 저는 자세히 메모했습니다. 환자는 그렇게 지적이지도 않았고 때때로 애매한 대답을 하기도 했는데, 아마 영어 실력이 부족해서 그럴 것이라고 생각했습니다. 어쨌든 계속 메모하고 있는데 갑자기 질문을 해도 아무 대답이 없었습니다. 환자를 쳐다보니 의자에 앉아 등을 편 채 아주 멍하고 경직된 표정으로 저를 바라보고 있었습니다. 그 이상한 병이 나타난 겁니다.

처음에는 환자가 가엾기도 하고 두렵기도 했습니다. 그 다음에는 의사로서의 만족감이 들었습니다. 저는 환자의 맥박과 체온을 기록했고, 근육의 경직과 반사작용도 살펴보았습니다. 예전에 본 대로 그러한 점들은 아무 이상이 없었습니다. 저는 예전에 강직증 환자에게 아밀 아질산염을 흡입시켜 효과를 본 적이 있어서 이번에도 그 약효를 시험할 좋은 기회라고 생각했습니다. 그 약은 아래층의 실험실에 있어서 저는 환자를 의자에 앉혀 놓은 채 그 병을 가지러 아래층으로 달려 내려갔습니다. 찾는 데 약간 시간이 걸렸습니다. 한 5분쯤 지나서 다시 돌아와 보니 놀랍게도 환자는 어디로 갔는지 보이지 않았고 진찰실은 텅 비어 있었습니다.

물론 가장 먼저 대기실로 달려갔지만 거기에는 아들도 없었습니다. 현관은 닫혀 있었지만 열쇠로 잠겨 있지는 않았습니다. 환자를 안내해 주는 소년은 고용한 지 얼마 되지 않았는데 눈치가 빠르지는 않습니다. 그 아이는 밑에서 기다리고 있다가 제가 진찰실에서 벨을 울리면 달려와서 환자를 안내하지요. 그런데 그 소년은 아무 소리도 듣지 못했다고 했고,

사건에 대해서도 전혀 모르는 듯했습니다. 잠시 뒤 블레싱턴이 산책에서 돌아왔으나 이 사실은 전혀 말하지 않았습니다. 사실, 저는 요즘 되도록 그와 이야기하지 않기로 마음먹었거든요.

그리고 저는 그 러시아 귀족 부자와 다시 만날 일이 있을 거라고는 생각하지 못했습니다. 그랬기에 오늘 저녁, 어제와 같은 시간에 두 사람이 진찰실에 들어온 것을 보고는 깜짝 놀라고 말았습니다. 환자가 말했습니다.

'선생님, 어제는 갑자기 돌아가서 정말 죄송합니다.'

'솔직히 말해서 저는 매우 놀랐습니다.'

제가 이렇게 대답하자 환자가 말했습니다.

'사실은 발작이 가라앉으면 언제나 머리가 멍해져서 발작 전의 일을 잊어버립니다. 어제 정신이 들고 보니 낯선 방에 있는 터라 선생님이 안 계신 동안 멍한 상태로 나가 버리고 말았습니다.'

아들이 뒤이어서 말했습니다.

'저는 아버지가 대기실 앞을 지나시기에 당연히 진찰이 끝난 줄 알았습니다. 집에 도착하고 나서야 사태를 파악했습니다.'

제가 웃으며 말했습니다.

'조금 당황했을 뿐입니다. 특별히 다른 문제는 없습니다. 그럼 아드님은 대기실로 가서 기다려 주십시오. 진찰을 계속하겠습니다. 어제 진찰을 하다 말았으니까요.'

저는 30분 정도 노신사와 병에 대해서 이야기를 나눈 뒤 처방전을 썼습니다. 그런 다음 아들의 도움을 받아 노인이 나가는 모습을 제 눈으로 보았습니다. 그 시간에 블레싱턴이 산책을 나간다는 사실은 이미 말씀드렸지요. 러시아 귀족 부자가 돌아간 직후 블레싱턴이 돌아와서 2층으

로 올라갔습니다. 그런데 곧 소리를 내며 내려와서는 정신 나간 사람처럼 당황해서 진찰실로 뛰어 들어왔습니다.

'누가 내 방에 들어왔지?'

'아무도 들어가지 않았습니다.'

'거짓말!'

그는 이렇게 외쳤습니다.

'내 방에 와 보시오!'

참으로 무례한 말투였지만 저는 참았습니다. 두려움 때문인지 블레싱턴의 머리가 이상해진 것 같았거든요. 같이 2층으로 올라갔더니 옅은 색의 카펫에 찍힌 몇 개의 발자국을 가리키면서 그가 말했습니다.

'이 발자국이 내 것이라는 말이오?'

그의 발자국이라고 하기에는 너무 컸고 찍힌 지도 얼마 되지 않은 듯했습니다. 아시다시피 오늘 오후에는 비가 심하게 내려서 찾아온 사람이라고는 그 환자뿐이었으니 제가 노인을 진찰하는 동안 무슨 까닭에서인지 대기실에 있던 젊은이가 블레싱턴의 방에 들어간 것이 분명했습니다. 어디에도 손을 대지 않았고 무엇 하나 없어지지도 않았지만 발자국이 알려 주듯이 그가 블레싱턴의 방에 침입했던 것만은 틀림없는 사실입니다.

자신이 없는 사이에 다른 사람이 방에 들어오면 누구든 기분이 나쁘겠지요. 그렇다 해도 블레싱턴이 당황하는 모습은 너무 지나치다 싶을 정도였습니다. 실제로 팔걸이의자에 앉아 눈물을 흘릴 정도였으니 그에게 이성적인 이야기를 들을 수는 없었습니다. 제가 여기에 찾아온 것도 다름 아닌 블레싱턴의 권유 때문입니다. 물론 저도 여기에 와서 상의를 드리는 것이 좋겠다고 생각했습니다. 그가 이번 사건을 너무 부풀려서 생각한다는 느낌은 있지만 기묘한 사건임에는 틀림이 없으니까요. 제 마차를 타고 함께 가 주신다면, 적어도 그 사람의 마음을 진정시킬 수는 있을 겁니다. 물론 이 기묘한 사건을 당장 해명해 달라는 것은 아닙니다. 어떠십니까?"

셜록 홈즈는 이 긴 이야기를 열심히 듣고 있었는데 나는 홈즈의 마음에 강한 호기심이 일었다는 사실을 알 수 있었다. 표정은 평소와 다름이 없었지만, 양쪽 눈꺼풀이 무거운 듯 내려왔으며 의사의 이야기가 재미있어지면 파이프의 짙은 연기가 피어올랐다. 손님의 이야기가 끝나자 홈즈는 한마디도 하지 않고 자리에서 일어났다. 그리고 내게 모자를 건네주더니 탁자 위에 있던 자신의 모자를 집어 들고 트리벨리언 의사의 뒤를 따라 문 쪽으로 향했다. 15분쯤 뒤, 우리는 브룩 가에 있는 의사의 집 앞에 내렸다. 그것은 웨스트엔드의 개원의 하면 누구나 떠올리는 것

처럼 음울하고 돌출된 부분이 별로 없는 밋밋한 집이었다. 접수창구에 있던 소년이 나와서 문을 열어 주었고 우리는 바로 멋진 카펫이 깔린 넓은 계단을 오르기 시작했다. 그런데 그때 기묘한 일이 벌어져서 멈춰 서고 말았다. 갑자기 2층의 불빛이 꺼지더니 어둠 속에서 날카로운 목소리가 들려온 것이다.

"나는 권총을 들고 있다! 한 걸음이라도 다가오면 쏘겠어!"

"왜 그러십니까, 블레싱턴 씨?"

트리벨리언 의사가 외쳤다.

"아아, 선생, 당신이었소?"

안심한 듯 커다란 숨을 내쉬며 그 목소리가 이렇게 말했다.

"그런데 같이 있는 사람들은 대체 누구지?"

어둠 속에서 우리를 가만히 바라보고 있는 듯하다가 마침내 목소리가 들려왔다.

"이제 누군지 알겠소. 어서 올라오시오. 너무 조심스러운 모습에 당황하셨다면 사과하겠소."

그 목소리와 함께 계단의 가스등에 다시 불이 들어왔다. 기괴한 모습의 사내가 보였다. 목소리와 마찬가지로 그 얼굴에도 신경이 예민해져 있다고 써져 있었다. 꽤 뚱뚱하기는 했으나 예전에는 더 살이 쪄 있었는지 블러드하운드가 떠오를 정도로 얼굴 피부가 헐렁헐렁한 자루처럼 쳐져 있었다. 얼굴빛이 창백했으며 매우 심하게 놀라서인지 옅은 갈색 머리카락이 곤두서 있는 듯했다. 손에 권총을 들고 있었으나 우리가 올라가자 주머니에 넣었다.

"안녕하세요, 홈즈 선생님. 와 주셔서 정말 감사합니다. 나만큼 당신의 도움이 필요한 사람도 없을 겁니다. 불법 침입에 대해서는 트리벨리언 선생에게 들었을 줄로 압니다."

"그렇습니다. 블레싱턴 씨, 그 두 사람은 대체 누구죠? 어째서 당신을 괴롭히는 겁니까?"

홈즈가 이렇게 말하자 입주 환자는 신경질적인 말투로 대답했다.

"참으로 말하기 어려운 일이라 대답하기가 어렵습니다."

"그럼 누군지 모른다는 말입니까?"

"어쨌든 들어오세요. 잠깐 안으로 들어와 주십시오."

남자가 자신의 침실로 안내했다. 넓고 안락해 보이는 방이었다. 그는 침대 끝 쪽에 있는 크고 검은 금고를 가리키며 말했다.

"보십시오. 홈즈 선생님, 나는 결코 부자가 아닙니다. 트리벨리언 선생이 말했으리라 생각하지만 투자를 한 것은 이번이 처음입니다. 하지만 나는 은행을 믿지 않습니다. 절대로. 솔직히 말해서 내 전 재산이 이 안에 들어 있습니다. 그러니 낯선 사람이 내 방에 들어오면 어떤 기분일지 잘 아시겠지요?"

홈즈는 관찰하는 듯한 시선으로 블레싱턴을 바라보고 있다가 머리를 흔들었다.

"나를 속일 생각이라면 아무 도움도 줄 수 없습니다."

"나는 죄다 말하고 있습니다."

홈즈는 화가 난다는 듯이 휙 몸을 돌렸다.

"안녕히 주무십시오, 트리벨리언 선생."

"그럼 내 의뢰를 받아들이지 않겠다는 말이오?"

당황한 목소리로 블레싱턴이 말했다.

"의뢰하고 싶다면 진실을 말해 주십시오."

1분 뒤, 우리는 거리로 나와 집을 향해 걷고 있었다. 옥스퍼드 가를 가로질러 해리 가를 반쯤 지났을 때 마침내 홈즈가 입을 열었다.

"왓슨, 이런 한심한 일 때문에 집 밖으로 끌어내서 미안하네. 사실은 재미있는 사건인데 말이야."

홈즈는 겨우 이렇게만 이야기했다.

"난 뭐가 뭔지 모르겠는데."

내가 솔직하게 말했다.

"어쨌든 두 사람, 어쩌면 더 있을지도 모르겠지만 적어도 두 사람이 이번 사건에 관여하고 있는 것만은 분명하네. 어떤 이유에서인지 그 둘은 블레싱턴을 살해하려 하고 있어. 첫날에도 그 다음 날에도, 젊은 남자는 블레싱턴의 방에 들어갔을 거야. 교묘한 방법으로 의사가 방해하지 못하도록 다른 한 사람이 의사에게 진찰을 받으면서 말일세."

"그렇다면 강직증은?"

"거짓말이야. 그 선생에게는 가르쳐 주지 못했지만. 강직증이란 꾀병을 부리기에 가장 좋은 병이지. 나도 그것을 이용한 적이 있었네."

"그래서?"

"참으로 우연하게도 두 번 모두 블레싱턴은 외출 중이었어. 두 사람은 대기실에 다른 환자가 없을 때를 노려서 그런 애매한 시간을 선택한 걸세. 그런데 그 시간이 우연히도 블레싱턴이 건강을 지키기 위해 산책 나가는 시간과 겹친 거지. 그렇다면 녀석들은 블레싱턴의 일과를 잘 모르는 녀석들이야. 물론 어떤 것을 훔칠 작정이었다면 무엇인가를 찾으러 그 방에 들어갔겠지. 그런데 신변에 위험이 닥친 사람은 눈빛만 봐도 알 수 있다네. 그처럼 집요한 적이 있는데 블레싱턴이 그들을 모를 수가 없어. 그러니 블레싱턴은 그 둘이 누구인지 분명히 알고 있을 거야. 그런데 어떤 말 못할 이유가 있어서 숨기는 걸세. 내일이 되면 좀 더 이야기하고 싶어질지도 모르지."

내가 말했다.

"이렇게는 생각할 수 없을까? 터무니없는 얘기 같기는 하지만 한번쯤은 생각해 볼 수도 있지 않겠나? 즉, 강직증에 걸린 러시아 귀족과 그의 아들은 전부 트리벨리언 선생이 만들어 낸 것이고 어떤 목적이 있어서 의사가 블레싱턴의 방에 들어간 걸세."

내가 한 생각치고는 참으로 멋진 것이었다. 그렇지만 가스등의 불빛을 통해 홈즈가 재미있다는 듯 웃고 있는 것이 보였다.

"이보게, 왓슨. 그게 바로 내가 가장 먼저 떠올린 생각이야. 하지만 의사의 말에 거짓이 없다는 사실을 곧 알 수 있었어. 아들은 계단에 깔아놓은 카펫에도 발자국을 남겼는데 나는 그것을 보고 방 안의 발자국은 볼 필요도 없다고 생각했지. 그 녀석의 구두 끝은 블레싱턴의 뾰족한 구두와는 달리 각이 져 있고 의사의 구두보다 3센티미터는 더 컸어. 그러니 자네도 그 발자국이 다른 사람의 것이라는 사실을 이해할 수 있겠지? 어쨌든 결정은 내일까지 미루기로 하자고. 내일 아침이 되면 브룩 가에서 틀림없이 연락이 올 거야."

셜록 홈즈의 예언은 바로 적중했다. 그것도 매우 극적인 방식으로 말이다. 이튿날 아침 7시 반, 아직 희미한 어둠이 남아 있을 때 실내복을 입은 홈즈가 내 머리맡에 서 있었다.

"왓슨, 사륜마차가 우리를 기다리고 있네."

"무슨 일인데?"

"브룩 가 사건."

"무슨 소식이 있었나?"

"좋지 않은 소식인데, 약간 애매해."

커튼을 올리며 홈즈가 말했다.

"이걸 보게. 노트에서 찢어 낸 종이에 연필로 쓴 것인데 '부탁입니다. 바로 와 주십시오. P. T.'라고 적혀 있어. 그 선생은 이것을 쓸 때 굉장히 고민하고 있었지. 얼른 가 보세. 급한 전갈이니까."

15분 만에 우리는 의사의 집에 도착했다. 의사는 겁먹은 얼굴로 우리를 맞이하기 위해 달려 나왔다.

"아아, 어떻게 이런 일이!"

의사가 관자놀이에 손을 대며 외쳤다.

"무슨 일이죠?"

"블레싱턴이 자살했습니다!"

홈즈가 휙 휘파람을 불었다.

"정말입니다. 밤에 목을 맸습니다."

우리는 안으로 들어갔다. 의사가 앞장서서 대기실 같은 방으로 들어갔다.

"어떻게 해야 좋을지 모르겠습니다. 경찰이 2층에 와 있습니다. 정말 깜짝 놀라서……."

"언제 발견했습니까?"

"그 사람은 매일 아침 일찍 차를 가져오게 했습니다. 아침 7시쯤 하녀가 방으로 들어갔는데 방의 한가운데에 그 사람이 매달려 있었다고 합니다. 언제나 무거운 램프가 걸려 있는 갈고리에 밧줄을 걸고 어제 보여준 금고 위에서 뛰어내린 겁니다."

한동안 생각에 잠겨 있던 홈즈가 마침내 입을 열었다.

"괜찮으시다면 2층에 가서 살펴보고 싶군요."

우리는 2층으로 올라갔고 트리벨리언도 뒤를 따라왔다. 침실로 들어서자 끔찍한 광경이 눈앞에 펼쳐졌다. 블레싱턴의 뚱뚱하고 다부지지 못한 몸은 이미 이야기한 바 있다. 그것이 갈고리에 매달려 있었기에 더욱 늘어져서 사람이라고 여겨지지 않았다. 털 뽑힌 닭처럼 목이 길게 늘어져 있었는데 그것만으로도 몸이 부자연스럽게 뚱뚱해 보였다. 그는 기다란 잠옷만 걸친 채였고, 부어오른 복사뼈며 보기 흉한 다

리가 경직된 채 잠옷 밖으로 나와 있었다. 시체 곁에 능력 있어 보이는
경위가 서서 수첩에 무엇을 적다가 내 친구가 들어가자 인사를 건넸다.

"아, 홈즈 선생님. 잘 오셨습니다."

"안녕하세요, 래너 경위. 방해가 되지는 않겠죠? 이런 결말을 가져 온
일에 대해서는 들으셨나요?"

"조금 들었습니다."

"경위는 어떻게 생각합니까?"

"제가 보기에 이 남자는 공포 때문에 제정신이 아니었던 모양입니다.
보시다시피 침대에 누웠던 흔적은 있습니다. 그 흔적이 뚜렷이 남아 있
어요. 오전 5시경에 자살이 가장 많이 일어나는데, 이 남자도 그 무렵에
목을 맨 듯합니다. 각오하고 계획적으로 자살한 듯합니다."

시체를 살펴보고 내가 말했다.

"경직된 상태로 봐서 죽은 지 세 시간쯤 지났군요."

"방에 의심스러운 점은 없었나요?"

홈즈가 묻자 경위가 대답했다.

"세면대에 드라이버와 나사가 몇 개 있었습니
다. 그리고 밤에 담배를 많이 피웠나 봅니다. 난
로에서 시가 꽁초 네 개를 꺼냈습니다."

"흠, 그럼 시가용 파이프는?"

"없습니다."

"그렇다면 담배 상자는?"

"외투 주머니에 있었습니다."

홈즈가 담배 상자를 집어 하나 남은 시가
냄새를 맡았다.

"이건 아바나입니다. 그런데 경위가 발견한 꽁초들은 동인도 식민지에서 네덜란드 사람이 수입한 진귀한 담배란 말이지. 보리 짚으로 싸는데 다른 담배보다 길고 가느다랗죠."

홈즈가 꽁초 네 개를 집어 주머니에 있던 돋보기로 살펴보았다.

"이 가운데 두 개는 파이프로 피웠고, 나머지 두 개는 파이프를 사용하지 않았어요. 두 개는 날이 무딘 칼로 끝을 잘랐고, 나머지 두 개는 튼튼한 이로 잘랐군. 경위, 이건 자살이 아닙니다. 계획적이고도 끔찍한 살인이에요."

"말도 안 됩니다!"

경위가 커다란 소리로 외쳤다.

"왜 말이 안 된다는 겁니까?"

"어째서 목을 매다는 불편한 방법으로 살해했겠습니까?"

"지금부터 그걸 해명해야죠."

"범인은 어떻게 들어왔을까요?"

"현관으로요."

"하지만 아침에는 빗장이 채워져 있었습니다."

"나간 다음에 범인이 채웠습니다."

"어떻게 알 수 있습니까?"

"발자국이 남아 있으니까요. 나중에 자세히 설명할 테니 조금만 기다려 보세요."

홈즈가 문 쪽으로 가서 열쇠를 돌리면서 그만의 체계적인 방법으로 조사했다. 그리고 안쪽에 꽂혀 있던 열쇠를 뽑아 그것도 살펴보았다. 그리고 침대, 카펫, 의자, 난로, 시체, 뒤이어 밧줄을 차례대로 살펴보고 나서야 이제는 됐다고 말했다. 나와 경위까지 힘을 합쳐 셋이서 시체를 묶고 있던 밧줄을 끊고 시체를 가지런히 눕힌 뒤 시트를 덮었다. 홈즈가 물었다.

"이 밧줄은 어디서 구했을까요?"

"여기서 잘라 낸 겁니다."

트리벨리언이 침대 밑에서 뚤뚤 말린 커다란 밧줄 뭉치를 꺼내며 말했다.

"저 사람은 불을 아주 무서워했습니다. 그래서 혹시 계단에 불이라도 나면 창문으로 바로 빠져나갈 수 있도록 언제나 곁에 밧줄을 준비해 두었습니다."

홈즈가 생각에 잠긴 채 말했다.

"덕분에 범인들은 수고를 던 셈이군. 그렇다면 사건은 아주 분명합니다. 오후에는 그 이유까지 설명할 수 있겠군요. 난로 위에 있는 블레싱턴의 사진을 잠깐 빌리겠습니다. 조사에 도움이 될 것 같아서요."

"하지만 아직 아무런 말씀도 안 하셨습니다!"

의사가 커다란 소리로 말했다.

"사건 순서는 분명합니다. 총 세 명이 가담했죠. 젊은 남자와 노인, 그리고 누구인지 단서를 전혀 남기지 않은 제3의 인물입니다. 앞의 두 사람에 대해서는 더 설명할 필요도 없겠지요. 러시아 귀족과 그 아들이니까요. 그러니 이 두 사람의 인상착의는 충분히 알고 있습니다. 그 둘은 이 집에 있던 동료의 안내로 들어온 거예요. 경위, 한마디 조언하자면 접수창구에 있는 소년을 체포하세요. 트리벨리언 선생, 얼마 전에 그 아이를 고용했다고 했지요?"

"녀석이 보이지 않습니다. 하녀와 요리사가 찾으러 갔습니다."

트리벨리언이 말했다. 홈즈가 어깨를 들썩였다.

"이번 사건에서 녀석은 꽤나 중요한 역할을 맡았습니다. 어쨌든 세 사람은 살금살금 계단을 올라왔어요. 노인이 가장 앞에 섰고 다음이 젊은 이, 그 뒤로 아직 알 수 없는 사내가……."

"홈즈, 어떻게 알았나?"

나도 모르게 커다란 소리로 외쳤다.

"발자국이 겹친 모양을 보면 틀림없어. 어젯밤에 왔을 때 어느 발자국이 누구의 것인지 미리 조사해 두었으니까. 그리고 범인들은 블레싱턴의 방으로 들어왔네. 하지만 침실의 문은 잠겨 있었고, 철사를 사용해서 문을 열었어. 돋보기로 살펴보지 않아도 자물쇠 안쪽의 튀어나온 곳에 긁힌 자국이 남아 있네. 거기에 힘이 걸려서 생긴 흔적이지.

놈들은 방에 들어오자마자 블레싱턴에게 재갈을 물렸어. 그는 잠을 자고 있었거나 겁에 질려서 소리조차 지르지 못했을 거야. 이곳의 벽은 두꺼우니 설령 소리를 질렀다 할지라도 비명은 들리지 않았겠지. 블레싱턴을 묶은 뒤 자기들끼리 이야기를 나눈 것은 틀림이 없네. 아마 모종의 재판처럼 그를 어떻게 처치할지 이야기했겠지. 그 회의는 한동안 계속되었어. 이 시가는 그때 피웠을 테지. 범인들 중에서 노인은 이 등나무의자에 앉아 파이프로 시가를 피웠고, 젊은이는 맞은편에 앉아서 옷장에대고 재를 털었으며, 제3의 인물은 여기저기 돌아다녔네. 블레싱턴은 침대에 앉아 있었던 듯한데 분명하지는 않아.

결국 범인들은 블레싱턴의 목을 매달기로 했어. 모든 일을 예전부터 충분히 계획하고 있었으니 교수대로 쓰기 위한 도르래 같은 것도 미리 준비해 왔겠지. 저 나사와 드라이버는 도르래를 위에 매달기 위해 가져왔을 걸세. 하지만 갈고리가 있었기에 수고를 덜 수 있었어. 그들은 일을 마치고 서둘러 달아났네. 그 다음에 공범인 접수창구의 소년이 빗장을 채운 거야."

우리는 모두 커다란 흥미를 가지고 전날 밤에 있었던 일에 대한 설명에 귀를 기울였다. 홈즈가 아주 사소하고 미묘한 증거들로 추리했으므로 이야기를 듣고 난 뒤에도 추리 과정을 납득하기가 어려웠다. 경위는 바로 접수창구의 소년을 수배하기 위해 바삐 움직였으나 홈즈와 나는 베이커 가로 아침을 먹으러 돌아왔다.

"오후 3시까지는 돌아오겠네."

식사를 마친 뒤 홈즈가 말했다.

"그때 경위와 트리벨리언 선생도 이리 올 거야. 그때까지 이 사건의 세세한 부분까지 확실히 밝혀 두고 싶네."

약속 시간에 두 사람은 모습을 드러냈으나, 홈즈는 3시 45분에야 나타났다. 들어올 때의 표정으로 봐서 모든 일이 뜻대로 되었다는 사실을 알 수 있었다.

"래너 경위, 새로운 소식은 없습니까?"

"접수창구의 소년을 찾아냈습니다."

"훌륭합니다. 나는 나머지 사람들을 잡았습니다."

"녀석들을 잡았다고?"

세 사람이 동시에 외쳤다.

"적어도 녀석들의 신원은 파악했습니다. 내 생각대로 그 블레싱턴이라는 녀석은 경찰들도 잘 알고 있더군요. 살인범들도 마찬가지입니다. 녀석들의 진짜 이름은 비들, 헤이워드, 모펫이에요."

"워싱턴 은행 강도들이다!"

경위가 외쳤다.

"맞습니다."

홈즈가 대답했다.

"그렇다면 블레싱턴의 진짜 이름은 서턴입니까?"

"그렇습니다."

"아, 이제 모든 사실을 알겠습니다."

경위가 말했다.

그러나 나와 트리벨리언은 어리둥절해서 서로의 얼굴만 바라볼 뿐이었다. 홈즈가 말했다.

"세상을 떠들썩하게 한 워싱던 은행 강도 사건을 기억하고 있지요? 일당은 다섯 명이었고, 나머지 한 사람은 카트라이트였습니다. 범인들은 경비를 서던 토빈을 죽이고 7,000파운드를 훔쳐 달아났습니다. 1875년에 벌어진 일이죠. 범인들은 모두 체포되었지만 증거는 분명하지 않았습니다. 블레싱턴, 즉 서턴은 그중에서도 가장 질 나쁜 녀석으로 동료들을 배신했지요. 이 녀석의 증언 때문에 카트라이트는 교수형을 당했고, 나머지 셋은 각각 15년 형을 선고받았습니다. 형기 만료까지는 아직 몇 년 더 남아 있었지만 세 사람은 얼마 전에 석방되었고 배신자를 찾아내서 죽은 동료의 원수를 갚으려 했습니다. 두 번이나 블레싱턴을 찾아왔지만 전부 실패했고 세 번째에 드디어 원수를 갚았지요. 트리벨리언 선생, 더 설명해야 할 부분이 있습니까?"

"모든 사실이 분명해졌습니다. 블레싱턴은 신문을 통해서 그들이 석방되었다는 사실을 알고 나서 그렇게 흥분했던 것이로군요."

의사가 이렇게 말했다.

"맞습니다. 강도 이야기는 단순한 구실에 지나지 않았던 겁니다."

"그렇다면 어째서 선생님에게 말하지 않았을까요?"

"옛 동료들이 얼마나 집요한지를 잘 알고 있었기에 가능하다면 예전의 일을 아무에게도 말하고 싶지 않았겠지요. 게다가 부끄러운 비밀인지라 더더욱 말하지 못한 겁니다. 나쁜 녀석이기는 하지만 영국의 법으로 보호받으며 살아온 사람입니다. 래너 경위도 잘 알듯이 법은 그를 지키는 데 실패했지만 정의의 칼날은 아직도 복수를 기다리고 있습니다."

이것이 입주 환자와 브룩 가의 의사 사이에 일어난 기괴한 사건의 전말이다. 그날 밤 이후, 세 살인자는 한 번도 경찰의 손에 잡히지 않았다. 런던경찰국에서는 그 셋이 불행한 증기선 노라 크레이너 호에 탔다고 추정하고 있다. 그 배는 몇 년 전, 포르투갈의 연안인 오포르토에서 북쪽으로 10여 마일 떨어진 곳에서 난파하여 승객과 승무원 모두 목숨을 잃었다. 접수창구에 있던 소년의 재판은 증거 불충분으로 계속 이뤄지지 못했으며, 이른바 〈브룩 가〉 사건이라고 불리는 이 일을 다룬 출판물은 아직 세상에 나오지 않았다.

9. 그리스어 통역사

셜록 홈즈와는 오랜 시간 친하게 지냈지만 그가 친척이나 젊은 시절에 대해 이야기한 적은 거의 없었다. 그 바람에 나는 점점 홈즈가 정이 없는 사람이 아닐까 하는 생각이 들었고, 급기야 홈즈는 보통 사람들과 달라서 머리는 아주 좋지만 인정은 부족한 사람이라고 생각하게 되었다. 여자를 아주 싫어하고 새로운 친구를 사귀려 들지 않는 점은 정 없는 홈즈의 성격을 잘 보여 주었고 자신의 가족 이야기를 일절 꺼내지 않는 것은 그런 성격을 더욱 뚜렷하게 드러낸다고 여겼다. 나는 홈즈가 살아 있는 친척이 전혀 없는 고아라고 생각했으므로, 그가 어느 날 갑작스레 자기 형 이야기를 꺼냈을 때는 놀라 쓰러지는 줄 알았다.

어느 여름날 저녁, 차를 마시고 난 뒤 나와 홈즈는 골프 클럽 이야기나 23.5도 기울어져 있는 황도 경사도가 바뀌는 원인 등등 이런저런 잡담을 나누고 있었다. 그러다가 화제는 격세유전과 유전적 특성의 문제로 이어졌다. 특정한 재능은 어디까지가 조상들에게서 물려받은 것이고 또

어디까지가 젊었을 때의 훈련에
의한 것일까 하는 점이 논의의
초점이었다.

"내가 지금까지 자네에게서
들은 바에 따르면 자네의 날카
로운 관찰력과 독특한 추리력
은 자네의 체계적인 훈련 때문
인 것 같아."

내가 주장하자 홈즈가 생각
에 잠긴 채 대답했다.

"물론, 어느 정도까지는 그렇겠
지. 우리 조상들은 대대로 지방의 대지주였는데 모두 큰 변화 없이 그
계급에 어울리는 생활을 한 모양일세. 하지만 나의 이 본능은 타고난 셈
이지. 아무래도 할머니에게서 물려받은 것 같아. 할머니는 베르네라는
프랑스 화가의 동생이었는데 예술가 집안에는 종종 이색적인 사람이 태
어나기 마련이지."

"하지만 자네의 재능이 유전된 것인지 어떻게 알겠는가?"

"우리 형제 중에서 마이크로프트는 이런 방면에서 나보다 더 뛰어난
재능을 갖고 있거든."

정말이지 처음 듣는 이야기였다. 영국에 홈즈처럼 독특한 재능을 가
진 사람이 한 명 더 있는데 경찰이나 일반 사람들이 모르고 있다니 어떻
게 된 일일까? 나는 홈즈가 자신을 낮추기 위해서 형제 쪽이 자신보다
더 뛰어나다고 말한 것이 아니냐면서 슬쩍 떠 보았다. 그 이야기를 듣고
홈즈는 웃었다.

"왓슨, 나는 겸손을 미덕으로 생각하는 사람들의 의견에 동의할 수 없다네. 이론가는 사실을 정확하게, 매사를 있는 그대로 볼 필요가 있어. 자신을 과소평가하는 것은 과대평가하는 것만큼이나 진실에서 멀어지는 거야. 그러니 마이크로프트가 더 관찰력이 뛰어나다고 말했다면 그 말대로 받아들이게."

"마이크로프트는 자네의 동생인가?"

"아니, 일곱 살 많은 형일세."

"어째서 유명해지지 않은 건가?"

"동료들 사이에서는 아주 유명하네."

"어떤 동료들?"

"예를 들자면 디오게네스 클럽같은 곳에서."

그런 클럽은 들어 본 적도 없었다. 그 마음이 내 얼굴에 나타났는지 셜록 홈즈가 회중시계를 꺼내며 말했다.

"디오게네스 클럽은 런던에서도 가장 특이한 클럽인데 마이크로프트도 그곳의 이상한 사람들 중 한 명이야. 형은 매일 오후 4시 45분부터 7시 40분까지 클럽에 있어. 지금은 오후 6시니까 자네가 혹시 아름다운 밤 산책을 나가고 싶다면 특이한 두 존재를 소개해 주겠네."

5분 뒤, 우리는 거리로 나가 리젠트 광장을 향해 걷고 있었다.

"자네는 마이크로프트가 왜 그 재능을 탐정 일에 활용하지 않는지 이상하게 생각하겠지? 형은 그러지 못하는 걸세."

"하지만 조금 전에 자네는 형님이……."

"관찰력이나 추리력이라면 형이 나보다 뛰어난 것은 사실일세. 탐정 일이 안락의자에 앉아 머리를 굴리며 추리하는 게 전부라면 형은 유례 없을 만큼 위대한 탐정이 되었을 거야. 하지만 형에게는 그럴 마음도 없고 정력도 없어. 스스로 수수께끼를 풀어도 그것을 실증하러 가기를 귀찮아하거든. 수고를 하면서 자신의 옳음을 증명하기보다는 그냥 틀렸다는 말을 듣는 게 낫다고 여기는 성격이지. 나는 몇 번이고 형에게 문제를 가지고 가서 도움을 받았는데 시간이 흐르면 언제나 형이 옳았다는 사실을 알게 되었지. 하지만 사건을 재판관이나 배심원의 손에 넘기기 전에 해야 하는 증거 수집이나 현장 수사 같은 실제적인 능력은 전혀 없다네."

"그럼 프로 탐정이 아니란 말인가?"

"물론이지. 나에게는 생계를 꾸려 가는 일이지만 형에게는 좋아서 하는 취미에 지나지 않아. 특히 형은 수학에 뛰어난 재능이 있어서 어떤 관청에서 회계검사를 하고 있어. 집은 펠멜 가야. 매일 아침 모퉁이를 돌아서 각종 관청이 늘어서 있는 화이트홀 가까지 걸어갔다가 저녁이 되면 같은 길을 따라서 퇴근하지. 이것 말고는 1년 내내 운동도 하지 않고, 다른 곳에 가지도 않아. 단 하나, 디오게네스 클럽만은 예외일세. 하지만 그것도 형의 집 바로 앞에 있어."

"처음 듣는 클럽인데."

"물론 그렇겠지. 자네도 잘 알고 있듯이 런던에는 내성적인 성격을 가졌거나 또는 사람을 싫어하는 성격 때문에 타인과 교제하기를 꺼리는 사람들이 아주 많다네. 하지만 그런 사람들도 편안한 의자에 앉아서 새로 나온 잡지 읽는 것을 싫어하지는 않거든. 디오게네스 클럽은 그런 사람들을 위해 만들어졌지. 말하자면 런던에서 친구 사귀는 데 가장 서툴고 사교를 싫어하는 사람들이 모여 있는 셈이야. 그 클럽의 회원은 다른 회원에게 관심을 가져서는 안 돼. 손님을 맞이하는 방 말고는 어떤 사정이 있어도 대화를 나눠서도 안 되고. 이 규칙을 세 번 위반한 사실이 위

원회에 알려지면 제명당하고 말지. 형은 클럽 창립자 중 한 명이야. 나도
가 본 적이 있는데 마음이 아주 편해지는 곳일세.”

　이야기를 나누는 동안 우리는 세인트 제임스 가를 거쳐 펠멜 가로 접
어들었다. 셜록 홈즈는 보수당 본부인 칼턴 클럽에서 조금 떨어져 있는
건물 앞에서 멈췄다. 그리고 말을 하지 말라고 내게 주의를 준 뒤, 앞장
서서 현관 안으로 들어섰다. 통유리 너머로 넓고 호화로운 방이 얼핏 보
였다. 꽤나 많은 사람들이 자신의 조그만 둥지에 틀어박힌 모습으로 신
문을 읽고 있었다. 홈즈는 펠멜 가가 보이는 조그만 방으로 나를 안내하
더니 곧 형제임을 한눈에 알아볼 수 있을 법한 사람을 데리고 왔다.

　　　　　마이크로프트 홈즈는 셜록보다 몸집이 크
고 체격도 좋았다. 몸은 뚱뚱하고 얼굴은 커
다랬으나 그 얼굴에는 홈즈와 같은 날카로
움이 있었다. 눈은 묘하게 밝은 느낌을 주는
옅은 회색이었다. 그것이 언제나 먼 곳을 바
라보는 듯한, 내성적인 느낌을 주었다. 그 눈
빛은 셜록이 전력을 다해 집중할 때에나 볼
수 있는 것이었다.

　“처음 뵙겠소.”

　이렇게 말하며 마이크로프트는 바다표범
의 지느러미처럼 크고 넓적한 손을 내밀었다.

　“왓슨 박사님이 셜록의 활약을 기록한 다
음부터 어디를 가나 동생의 이야기를 듣고
있소. 그런데 셜록, 지난주는 영주 저택 사건
으로 네가 상의하러 올 줄 알았는데. 너한테

는 약간 벅차지 않을까 싶었거든.”

“아니, 해결했어요.”

“역시 아담스였지?”

“네, 아담스였어요.”

“처음부터 그럴 줄 알았어.”

두 사람은 활 모양처럼 둥근 창문 옆에 나란히 앉았다. 먼저 마이크로
프트가 말했다.

“인간을 연구하고 싶어 하는 사람에게 이 클럽은 최고의 장소지. 여러
가지 타입의 멋진 표본이 있어. 예를 들어서 이쪽으로 걸어오는 저 두
사람을 보라고.”

“당구 득점 계산원하고 또 다른 남자 말이죠?”

“맞아. 셜록, 그 남자는 누구라고 생각하니?”

그 남자들이 유리창 정면에서 멈춰 섰다. 내가 보기에 한 사람이 당구
와 관계있다고 생각할 만한 증거라고는 조끼의 주머니 위에 묻은 분필
흔적뿐이었다. 또 다른 남자는 몸집이 아주 작고 얼굴이 검게 탔는데 모
자를 뒤로 젖혀 쓰고 꾸러미 몇 개를 옆구리에 끼고 있었다. 먼저 셜록
이 말했다.

“군인 출신이에요.”

그러자 마이크로프트가 덧붙였다.

“이제 막 제대했어. 인도에서 근무한 듯한데. 하사관이었고.”

“포병대 소속이었나 봐요.”

“그리고 홀아비 생활을 하고 있어.”

“아이가 하나 있어요.”

“셜록, 하나가 아니야. 하나가 아니라고.”

그때 내가 웃으며 끼어들었다.

"이거 참! 나는 점점 더 모르겠는데."

홈즈가 대답해 주었다.

"차림새도 그렇고, 위엄 있는 얼굴도 그렇고, 햇볕에 탄 피부도 그렇고, 틀림없이 군인이야. 그것도 그냥 병사는 아니야. 그리고 얼마 전에 인도에서 돌아왔다는 사실도 한눈에 알아볼 수 있네."

이어서 마이크로프트가 말했다.

"제대한 지 얼마 되지 않았다는 사실은 구두를 보면 분명해요. 아직도 보급품을 신고 있으니까."

"걸음걸이로 봐서 기병은 절대 아닐세. 하지만 모자를 삐딱하게 썼는지 한쪽 얼굴은 하얘. 몸집으로 봐서 공병은 아니고 포병이었어."

"그리고 정식 상복을 입고 있으니 말할 것도 없이 얼마 전에 가족을 잃은 겁니다. 남자 스스로 장을 보았으니 아내를 잃은 게 분명하지요. 저길 봐요, 아이들 물건을 샀지요? 딸랑이를 샀으니 한 명은 아직 갓난아기인가 봅니다. 아내는 아이를 낳다가 목숨을 잃은 듯해요. 거기에 그림책을 들고 있으니 아이가 하나 더 있다고 볼 수 있지요."

홈즈가 자신보다 형이 더 뛰어난 재능을 가지고 있다고 말한 의미를 알 것 같았다. 홈즈는 내게 눈짓을 보내더니 생긋 웃었다. 마이크로프트는 거북이 등딱지로 만든 담배 상자에서 코담배를 집어 냄새를 맡은 뒤, 크고 빨간 비단 손수건으로 웃옷에 떨어진 담배 가루를 털었다. 마이크로프트가 홈즈에게 말했다.

"그런데, 셜록. 네가 맡고 싶어 할 만한 사건이 있다. 나한테 의뢰가 들어왔는데 아주 특이한 사건이야. 나는 기운이 딸려서 어중간한 데까지만 밝혀냈지만 그래도 꽤나 흥미로운 추리 문제였지. 이야기를 들어 보고 싶다면······."

"형, 꼭 들려줘요."

마이크로프트는 수첩을 찢어 무엇인가를 쓰더니 벨을 울려 급사에게 건네주었다.

"멜라스라는 사람에게 잠깐 와 달라고 부탁했어. 내 위층에 살고 있어서 조금 알고 지내는 사이지. 난처한 일이 생겼다면서 상의하러 왔더구나. 그리스 계 사람 같은데 어학에 아주 능해서 재판소에서 통역을 하기도 하고, 노섬버랜드 거리의 호텔에 묵는 동양인 부자들을 상대로 안내하면서 생활하고 있어. 그 사람이 겪은 이상한 체험담을 본인에게 직접 들어 보자고."

몇 분 뒤, 키가 작고 뚱뚱한 남자가 우리와 자리를 함께했다. 올리브색 얼굴과 새카만 머리카락이 그가 남국 출신임을 말해 주었다. 하지만 말투는 교육 받은 영국인과 조금도 다르지 않았다. 남자는 셜록 홈즈와 열정적으로 악수를 나누었는데 이 유명한 탐정이 자신의 이야기를 듣고 싶어 한다는 사실을 알고 검은 눈동자를 기쁜 듯이 반짝였다.

"경찰은 제 이야기를 들어도 믿으려 하지 않을 겁니다. 절대로 믿지 않을 겁니다."

남자가 슬픈 듯이 말했다.

"경찰 생각은 이렇습니다. 이런 일은 들어 본 적이 없으니 말도 안 된다는 거죠. 하지만 얼굴에 반창고를 붙인 그 가엾은 남자가 어떻게 되었는지 알아야 제 마음이 편할 것 같습니다."

"알겠습니다. 사정을 자세히 말해 주세요."

"오늘이 수요일이죠? 그렇다면 그건 월요일 밤이었으니 그저께의 일입니다. 이분에게 들으셨겠지만, 저는 통역을 하고 있습니다. 어느 나라 말이든 대부분은 통역하지만 그리스에서 태어났고 이름도 그리스 이름이라 주로 그리스어와 관련된 일을 하고 있습니다. 몇 년 전부터 이미 런던에서 가장 뛰어난 그리스어 통역사라고 소문이 났기에 호텔들 사이에서 제 이름은 꽤나 유명한 편이죠.

어려움에 처한 외국인이나 영국에 밤늦게 도착해서 제 통역을 요청하는 여행자들이 있기 때문에 아주 늦은 시간에 나가야 하는 경우도 드물지 않습니다. 그래서 월요일 밤, 래티머라는 멋쟁이 청년이 갑자기 제 방으로 찾아와서는 밖에 마차가 기다리고 있으니 함께 가 달라고 했을 때도 별로 놀라지 않았습니다. 그리스인 친구가 사업차 영국에 와 있는데 그리스어밖에 몰라서 통역이 꼭 필요하다더군요. 집이 켄싱턴이라 약간 멀기 때문에 매우 서두르는 듯, 밖으로 나서자마자 저를 재촉해서 마차에 태웠습니다.

영업용 마차라고 했지만 저는 마차에 오르자마자 개인 마차일지도 모르겠다고 생각했습니다. 런던의 흉물이라고도 할 수 있는 평범한 영업용 사륜마차보다 훨씬 더 넓었고, 비록 낡기는 했으나 장신구도 꽤나 값나가는 것이었으니까요. 래티머는 저와 마주 보고 앉았습니다. 그리고 마차는 채링 크로스를 지나 섀프츠베리 거리를 달렸습니다. 옥스퍼드 가로 들어섰을 때 저는 켄싱턴으로 가는 길이라면 이건 돌아가는 것이 아니냐고 물어보았습니다. 하지만 그 순간 래티머의 어처구니없는 행동으로 저는 입을 다물 수밖에 없었습니다. 래티머는 납을 넣어서 무시무시해 보이는 몽둥이를 주머니에서 꺼내더니 그 묵직함과 강함을 시험이라도 하듯이 몇 번이고 앞뒤로 흔들었습니다. 그리고 아무 말 없이 그것을 옆자리에 놓았습니다. 그런 다음 양쪽의 창문을 닫았는데 놀랍게도 밖이 보이지 않도록 양쪽 창문의 유리에 종이가 붙어 있었습니다. 청년이 말했습니다.

'밖을 안 보이게 해서 죄송합니다, 멜라스 씨. 사실은 당신에게 목적지를 알리고 싶지 않습니다. 길을 기억해 두었다가 나중에 찾아오기라도 하면 우리가 난처해지니까요.'

짐작하셨겠지만 그 말을 듣고 저는 정말 깜짝 놀랐습니다. 상대는 어깨가 떡 벌어져 힘깨나 쓸 것 같아 보이는 청년이었습니다. 몽둥이 없이 격투를 벌여도 이기기는 힘들었을 겁니다. 제가 웅얼거리듯 말했습니다.

'세상에, 도저히 이해할 수 없군요, 래티머 씨. 아시겠지만 이건 불법 행위입니다.'

'약간은 무례한 행동일지도 모르겠습니다. 하지만 그에 대한 보수는 충분히 드릴 생각입니다. 단, 한 가지 주의를 드릴 것이 있습니다. 오늘 밤에는 무슨 일이 있어도 다른 사람에게 도움을 청하거나 저를 난처하게 하지 마십시오. 큰일이 벌어질 테니까요. 이 마차 안이든 저희 집 안에서든 당신의 운명은 제 손에 달려 있다는 사실을 잊지 마십시오.'

부드럽게 말했지만 어딘가 협박하는 듯하면서 약이 오르는 말이었습니다. 저는 말없이 앉아서 대체 무슨 일 때문에 이렇게 수상한 방법으로 나를 데려가는 걸까 생각했습니다. 하지만 이유가 무엇이든 몸부림을 쳐도 소용없다는 것을 알고 있었기에 어떤 일이 벌어질지 기다릴 수밖에 없었습니다.

어디로 가는지도 모르는 채 마차는 두 시간 가까이 달렸습니다. 가끔 돌이 덜컹거리는 소리가 들리면 자갈을 깔아 놓은 길이라는 사실을 알수 있었고 아무 소리도 들리지 않으면 아스팔트 위를 달리고 있다는 사실 정도만 알 수 있었습니다. 그런 소리의 변화를 제외하면 어디를 달리고 있는 것인지 밝혀낼 만한 단서는 전혀 없었습니다. 창에 종이를 붙여 놓아 빛이 전혀 들어오지 않았고 앞쪽 유리창에는 파란 커튼이 쳐져 있었으니까요. 7시 15분쯤에 펠멜 가에서 출발했는데 마침내 마차가 멈춰섰을 때 제 시계는 8시 50분을 가리키고 있었습니다. 남자가 창을 열었을 때 낮은 아치형 문과 그 위에 켜져 있는 램프가 얼핏 보였습니다. 쫓기듯 마차에서 내리자마자 순식간에 집 안으로 끌려 들어갔지만 그때 양옆으로 잔디밭과 나무가 서 있는 모습을 살짝 보았습니다. 하지만 그것이 개인 저택의 정원이었는지 아니면 들판이었는지는 분명히 말할 수가 없습니다.

집 안에는 색 있는 등피를 씌운 가스등이 밝혀져 있었지만 불을 아주 작게 해 놓아서 홀이 상당히 넓고 그림이 몇 장 걸려 있다는 사실밖에는 알 수가 없었습니다. 하지만 그 희미한 불빛으로도 문을 연 사람이 키가 조그맣고 천박한 얼굴의 등이 굽은 중년 남자라는 사실을 알 수 있었습니다. 그 사람이 저를 바라보았을 때 뭔가 반짝여서 그가 안경을 끼고 있음을 알았습니다. 그가 물었습니다.

'해럴드, 이 사람이 멜라스 씨인가?'

'그렇습니다.'

'그래, 잘했어! 정말 잘했어! 멜라스 씨, 용서해 주기 바라오. 어쨌든 당신이 없으면 우리가 어려움을 겪게 되오. 우리 지시에 따라서 얌전히 일해 준다면 결코 후회하지 않을 거요. 하지만 쓸데없는 짓을 하면 어떻

게 될지 모르오.'

딱딱하고 초조해하는 말투였는데 그 사이에 쿡쿡 웃는 듯한 소리가 섞였지만 듣고 있으면 청년보다 섬뜩한 목소리였습니다. 제가 물었습니다.

'제게 뭘 원하는 겁니까?'

'이 집에 그리스 신사가 와 계시니 두어 가지 질문을 하고 그 대답을 내게 들려주기만 하면 되는 거요. 단, 내가 지시하지 않은 쓸데없는 말을 했다간⋯⋯.'

여기서 남자는 다시 신경질적으로 킬킬거렸습니다.

'태어난 것을 후회하게 될 게요.'

그렇게 말하며 중년 남자는 문을 열어 돈깨나 들여 꾸민 방으로 저를 데리고 들어갔습니다. 거기도 조명이라고는 조그맣게 밝힌 램프 하나만 있을 뿐이었습니다. 방은 넓었고 카펫에 발이 묻힐 정도였으니 꽤나 호화스러운 방이라는 사실을 알 수 있었습니다. 의자에는 벨벳을 씌웠고, 난로 위에는 대리석으로 만든 커다란 선반이 있었으며, 그 옆에 일본 갑옷 같은 것 한 쌍이 눈에 들어왔습니다. 램프 바로 아래에 의자가 하나 있었는데 저더러 거기에 앉으라고 중년 남자가 몸짓으로 말했습니다. 한동안 청년의 모습이 보이지 않더니, 헐렁한 실내복 같은 옷을 입은 신사를 데리고 갑자기 모습을 드러냈습니다. 신사가 우리 쪽으로 천천히 걸어왔는데 어두운 불빛 속으로 들어와 어느 정도 모습을 뚜렷이 알아볼 수 있게 되었을 때, 저도 모르게 오싹한 느낌이 들었습니다. 신사의 얼굴은 죽은 사람처럼 창백했으며 무서울 정도로 말랐습니다. 하지만 튀어나온 눈이 번뜩이는 걸 보고 체력이 아닌 정신력으로 버티는 사람임을 알 수 있었습니다. 그렇게 수척해진 몸보다 저를 더욱 오싹하게

한 것은 반창고를 열십자로 붙인 기괴한 얼굴이었습니다. 입 위에도 커다란 것이 하나 붙어 있었습니다. 그 기괴한 남자는 의자에 앉았다기보다는 털썩 쓰러졌습니다. 중년 남자가 외쳤습니다.

'해럴드, 석판을 가지고 왔나? 손은 움직일 수 있게 했겠지? 됐어, 석필을 건네줘. 멜라스 씨, 당신이 질문을 하면 이 남자가 대답을 쓸 겁니다. 우선, 아직도 서류에 서명할 생각이 없는지 물어봐 주시오.'

기묘한 남자의 눈이 불꽃처럼 타올랐습니다.

'서명할 수 없어!'

남자가 석판에 그리스어로 썼습니다.

'절대 할 마음이 없단 말인가?'

제가 폭군의 명령에 따라 물어보았습니다.

'그녀가 내 눈앞에서, 내가 알고 있는 그리스인 사제가 주재하는 결혼식을 올리지 않는 한!'

중년 남자가 악의 섞인 웃음을 쿡쿡 내뱉었습니다.

'그렇다면 당신은 어떻게 돼도 상관없단 말이지?'

'나는 어떻게 되든 상관없어.'

이것이 입으로 묻고 글로 답한 우리의 기묘한 일문일답이었습니다. 이쯤에서 서류에 서명하는 것이 어떻겠느냐고 저는 몇 번이고 물어봐야 했습니다. 그때마다 분노 섞인 같은 대답이 돌아왔습니다. 그러는 사이에 제 머릿속으로 좋은 생각이 스치고 지나갔습니다. 질문 하나를 할 때마다 제 자신의 짧은 말을 덧붙이는 것이었습니다. 처음에는 두 사람이 눈치를 채는지 살펴보기 위해 별것 아닌 말을 덧붙여 보았는데 아무래도 눈치채지 못하는 것 같아서 위험한 속임수를 쓰기로 했습니다. 그렇게 해서 우리는 다음과 같은 말을 주고받았습니다.

'더 고집 부려 봐야 소용없어. 네 몸만 다칠 뿐이다. (당신은 누굽니까?)'

'어떻게 되든 상관없어. (런던에 처음 온 사람이오.)'

'네 운명은 너에게 달렸다. (언제부터 이 집에 있었죠?)'

'마음대로 해. (3주 전부터.)'

'재산은 결코 네 것이 되지 않을 거야. (왜 그런 몰골을 하고 있습니까?)'

'악당의 손에 넘겨 줄 수는 없어. (먹을 것을 주지 않소.)'

'서명을 하면 풀어 주겠다. (여기는 어딘가요?)'

'무슨 일이 있어도 서명할 수 없다. (나도 모르겠소.)'

'그녀를 위해서도 좋지 않은데. (당신의 이름은?)'

'내 앞에서 그녀가 직접 말하게 해라. (크라티데스.)'

'서명하면 그녀를 만나게 해 주지. (어디서 오셨나요?)'

'그렇다면 차라리 그녀를 만나지 않겠다. (아테네.)'

홈즈 선생님, 시간이 5분만 더 있었어도 녀석들의 눈앞에서 이번 사건의 진상을 들을 수 있었을 겁니다. 어쩌면 사건을 해결할 수 있었을지도 모르고요. 그런데 갑자기 문이 열리더니 여자 하나가 방 안으로 들어왔습니다. 잘 보이지는 않았지만 키가 크고, 기품이 있고, 머리가 검은 여자로 품이 넓은 흰색 실내복 같은 것을 입고 있었습니다. 여자가 서툰 영어로 말했습니다.

'해럴드! 난 더 이상 혼자서 저기에 있을 수 없어요. 너무 외로워서……, 어머, 폴이잖아!'

마지막 말은 그리스어였는데 이 말을 들은 남자는 온몸의 힘을 짜내서 입의 반창고를 떼어낸 뒤 '소피! 소피!' 하고 커다란 소리로 외치며 여자의 팔 안으로 달려들었습니다. 하지만 두 사람이 서로를 끌어안고 있었던 것은 한순간에 지나지 않았습니다. 젊은이가 여자를 데리고 방밖으로 나가 버렸고 중년 남자는 다른 문을 통해 야윈 희생자를 가뿐하게 끌고 나갔습니다. 아주 잠깐 동안 저는 혼자 방에 남아 있었습니다. 순간 이곳이 어디인지 알아낼 수 있을 만한 단서가 있을까 싶어 의자에서 일어났습니다. 하지만 발걸음을 떼지 않아서 다행이었습니다. 얼굴을 들어 보니 중년 남자가 문에 서서 저를 가만히 지켜보고 있었습니다. 그가 말했습니다.

'이제 됐소, 멜라스 씨. 눈치챘을 테지만 당신을 믿고 극히 내밀한 일에 협조를 구한 거요. 이번 교섭을 시작했던 그리스어를 할 줄 아는 친구가 갑자기 자기네 나라로 돌아가는 바람에 어쩔 수 없이 당신의 힘을 빌려야 했거든. 친구 대신 임무를 수행할 사람을 찾다가 다행히 당신을 알게 된 거요.'

저는 말없이 고개를 끄덕였습니다. 중년 남자가 제게 다가왔습니다.

'여기에 5파운드가 있소. 보수는 이거면 충분하겠지? 단, 이 점만은 잘 기억해 두시오.'

그는 제 가슴을 툭 치더니 쿡쿡 웃으면서 덧붙였습니다.

'혹시라도 이번 일을 누군가에게…… 알겠소? 단 한 사람에게라도 말한다면 '신이시여, 자비를 베푸소서!'라는 말이 절로 나올 거요.'

그 남자가 뿜어내는 역겨움과 두려움은 도저히 말로 표현할 수가 없었습니다. 이때는 램프가 중년 남자의 머리 위에 있어서 그 모습이 더 잘 보였습니다. 초라하고 검은 얼굴이었는데 뾰족한 구레나룻은 실처럼 가늘고 푸석푸석했습니다. 이야기할 때는 얼굴을 앞으로 내밀고 무도병에 걸린 사람처럼 입술과 눈꺼풀을 꿈틀꿈틀 움직였습니다. 그 기묘하게 쿡쿡거리는 웃음도 어떤 신경병 때문인 것 같았습니다. 무엇보다도 그 눈! 그의 얼굴이 섬뜩해 보이는 것은 그 눈 때문이었습니다. 강철 같은 회색이었는데 차갑게 빛났고 그 안에서 악의와 냉혹한 잔인함이 느껴졌습니다.

'당신이 이 일을 발설하면 우리는 금방 알 수 있어. 정보망이 있으니까. 자, 마차가 기다리고 있소. 우리 친구가 중간까지 같이 가 줄 거요.'

저는 떠밀리듯 복도를 지나 마차에 올랐는데 그때 다시 얼핏 나무들과 정원을 보았습니다. 래티머가 바로 뒤따라 타더니 아무 말 없이 제 맞은편에 앉았습니다. 우리는 입을 다문 채 창문을 닫은 마차에서 언제 끝날지 모를 길을 다시 달리기 시작했고 한밤중이 되어서야 마차가 드디어 멈춰 섰습니다.

'멜라스 씨, 여기서 내리시오. 댁에서 먼 곳에 내려 드려 죄송하지만 어쩔 수 없소. 마차를 뒤따라오는 짓은 하지 않는 편이 좋을 거요. 당신만 힘들어질 뿐이니.'

래티머는 이렇게 말하며 문을 열었습니다. 제가 뛰어내리자마자 마부가 말에 채찍질했고, 마차는 덜컹거리는 소리를 내면서 순식간에 멀어졌습니다. 저는 당황해서 주위를 둘러보았습니다. 제가 서 있는 곳은 히스 덤불이 무성한 공유지 같은 땅으로, 곳곳에 가시금작화가 거뭇거뭇하게 섞여 있었습니다. 멀리 떨어진 곳에 집이 보였고 2층 창에는 불도 켜져 있었습니다. 반대쪽으로는 철도의 빨간 신호등이 보였지요.

저를 태우고 온 마차는 이미 보이지 않았습니다. 주위를 둘러보며 여기는 대체 어디인지 생각하고 있는데 어둠 속에서 누군가가 이쪽을 향해 걸어오는 것이 보였습니다. 점점 가까워지는 모습을 보니 빨간 모자를 쓰고 있어서 기차역에서 일하는 짐꾼임을 알았습니다.

'여기는 어디죠?'

'원즈워스 공유지입니다.'

'런던행 기차도 있나요?'

'클래펌 환승역까지 5.5킬로미터를 걸어가면 빅토리아 역으로 가는 막차를 탈 수 있을 겁니다.'

이것으로 제 모험은 끝났습니다. 어디로 끌려갔는지, 상대방이 누구인지, 더 이상은 아무것도 말씀드릴 게 없습니다. 하지만 뭔가 나쁜 일이 벌어지고

있는 것만큼은 틀림이 없습니다. 가능하다면 그 불행한 그리스 남자를 돕고 싶습니다. 오늘 아침에 이 모든 사실을 마이크로프트 홈즈 씨에게 전부 털어놓았고 경찰에도 신고를 했습니다."

이 기묘한 이야기가 끝났을 때 한동안 아무도 입을 열지 않았다. 잠시 뒤 셜록이 형에게 물었다.

"그래서 어떤 조치를 취했나요?"

마이크로프트가 옆의 탁자 위에 있던 데일리 뉴스를 집어 들었다.

아테네에서 온 그리스 신사, 크라티데스. 영어는 모름. 그 사람의 소재에 관한 정보를 주시는 분께 사례하겠음. 또한 소피라 불리는 그리스 여성의 정보를 주시는 분께도 사례하겠음. X2473.

"셜록, 이런 광고를 모든 신문에 냈지만 아직 아무 반응도 없구나."

"그리스 대사관에 알아보는 건 어떨까요?"

"알아봤지만 아무것도 몰랐어."

"그럼 아테네 경찰청에 전보를 쳤나요?"

그때 마이크로프트가 나를 돌아보며 말했다.

"홈즈 가의 활동력은 셜록이 전부 물려받았습니다. 그래, 셜록, 네가 이 사건을 꼭 좀 맡아 다오. 그리고 잘 해결되면 알려 줘."

셜록 홈즈는 의자에서 일어났다.

"알았어요. 꼭 그렇게 하죠. 멜라스 씨에게도 알리겠습니다. 그런데 멜라스 씨, 내가 당신이라면 충분히 몸조심을 할 겁니다. 녀석들이 이 광고를 본다면 당신이 배신했다는 사실을 눈치챘을 테니까요."

돌아가는 길에 홈즈는 전보국에 들러 전보 몇 통을 쳤다.

"왓슨, 오늘 밤의 산책은 헛수고가 아니었지? 내가 관여한 사건 중에서 가장 재미있는 몇몇 사건은 이렇게 마이크로프트에게 넘겨받은 거야. 지금 들은 사건도 설명할 길은 딱 하나뿐이지만 특징은 분명하네."

"해결할 방법은 있나?"

"이렇게 많은 사실들을 알고 있는데 진상을 밝혀내지 못한다면 그게 더 우습지. 자네도 조금 전에 들은 여러 가지 사실을 바탕으로 해서 나름대로 해석했으리라 생각하는데."

"상당히 막연하네."

"그럼 자네의 해석을 들어 볼까?"

"그 그리스 여성은 해럴드 래티머라는 젊은 영국인에게 유괴된 것이 틀림없어."

"어디에서?"

"아테네가 아닐까."

내 대답을 듣고 셜록 홈즈는 고개를 가로 저었다.

"그 젊은이는 그리스어를 모르고 그리스 여성은 영어를 꽤 잘해. 그러니까 그리스 여성은 퍽 오래 전부터 영국에 와 있었지만 젊은이는 그리스에 가 본 적이 없는 것 같네."

"그렇군. 그렇다면 그리스 여성이 영국으로 여행 온 것을 해럴드가 꼬드겼고, 함께 도망치려 하는 거로군."

"그쪽이 진실에 더 가까울 거야."

"그런데 아가씨의 오빠가……, 틀림없이 그 가련한 남자는 틀림없이 여자와 아주 가까운 사이겠지. 아무튼 오빠가 여동생의 교제를 막기 위해 그리스에서 찾아왔어. 방심한 사이에 오빠는 그 젊은이와 나이 많은 사람들의 술수에 걸려들고 만 거야. 두 사람은 오빠를 잡아놓고 폭력을 써서 서류에 서명을 시키려 했어. 그 서류는 오빠가 관리하고 있는 여자의 재산을 그들에게 양도하겠다는 내용이겠지. 오빠는 서명을 거절했어. 그래서 남자들은 교섭을 진행하기 위해서 통역이 필요했고, 멜라스 씨를 골랐지. 그전에도 다른 사람을 통역사로 쓴 적이 있었던 것 같아. 아가씨는 오빠가 영국에 와 있다는 사실을 몰랐지만 우연한 기회에 알게 됐고 말이야."

"굉장해, 왓슨!"

홈즈가 커다란 소리로 말했다.

"아마도 그것이 진실에 가장 근접한 추리일 걸세. 어쨌든 패는 전부 우리 손에 있어. 이제는 녀석들이 폭력을 쓸까 봐 걱정일세. 저쪽이 시간만 준다면 우리가 반드시 해결할 수 있을 거야."

"하지만 녀석들의 집을 어떻게 알아내지?"

"그 점은 우리의 추리가 정확하다면, 또 그 아가씨가 예전이나 지금이나 소피 크라티데스라고 불리고 있다면 아가씨가 있는 곳을 그리 어렵지 않게 밝혀낼 수 있다네. 우리는 그녀에게 희망을 걸 수밖에 없어. 오빠인 폴은 런던에 처음 왔으니까. 그 해럴드라는 남자가 아가씨와 연인이 된 지 상당한 시간이 흘렀을 거야. 적어도 몇 주일은 됐겠지. 왜냐하면 그 사실을 알고 오빠가 그리스에서 여기까지 찾아올 만큼의 시간이 있었을 테니까. 해럴드와 아가씨가 그동안 같은 장소에서 살고 있었다면 마이크로프트 형이 낸 광고에 뭔가 반응이 있을 거야."

이런 이야기를 나누며 우리는 베이커 가의 집으로 돌아왔다. 홈즈가 앞장서서 계단을 올랐는데 방문을 연 순간 깜짝 놀라서 걸음을 멈췄다. 나도 홈즈의 어깨 너머로 방 안을 들여다보고 놀라움을 감추지 못했다. 홈즈의 형인 마이크로프트가 팔걸이의자에 앉아 담배를 피우고 있었다.

"들어와라, 셜록! 왓슨 씨도 어서 오세요."

마이크로프트가 우리의 놀란 얼굴을 보더니 미소를 지으며 점잖게 말했다.

"내게 이런 열정이 있을 줄은 몰랐지, 셜록? 하지만 이번 사건이 아무래도 마음에 걸려서 말이다."

"어떻게 왔어요?"

"승합마차로 너희를 앞지른 거야."

"특별한 일이라도 있었나요?"

"광고에 대한 답이 왔어."

"아하."

"네가 돌아간 직후에 왔더구나."

"내용은요?"

마이크로프트가 종이 한 장을 꺼냈다.

"이거야. 대형판 베이지색 종이에 몸이 약한 중년 남자가 폭 넓은 J자 펜으로 쓴 거야. 내용은 이렇다."

안녕하십니까.

오늘 신문의 광고를 보았습니다. 저는 당신이 찾고 계신 젊은 여성을 잘 알고 있습니다. 저희 집으로 와 주신다면 그녀의 신상이나 여러 가지 고통에 대해서 자세히 알려 드리겠습니다. 그녀는 지금 베케넘의 마이틀 스 저택에 묵고 있습니다.

J. 대븐포트

"보낸 사람의 주소는 로워 브릭스턴이야. 어떠냐, 셜록? 지금부터 마차로 가서 자세한 이야기를 들어 보면?"

"하지만 형, 지금은 아가씨 이야기보다 오빠의 목숨이 더 중요해요. 지금부터 경찰국으로 가서 그렉슨을 데리고 베케넘으로 가는 게 좋겠어. 한 사람의 목숨이 달려 있으니 한시도 지체할 수 없어요."

내가 말했다.

"통역이 필요할지 모르니 도중에 멜라스 씨도 태우고 가세."

"그렇군. 급사에게 사륜마차를 불러 달라고 해 주게. 바로 출발하지."

셜록 홈즈는 이렇게 말하면서 탁자 서랍을 열었는데 나는 그가 권총을 꺼내 주머니에 넣는 모습을 보았다. 내 시선을 느낀 그가 말했다.

"음. 지금까지의 이야기를 들어 보니 상당히 위험한 녀석들 같아서 말일세."

펠멜 가에 있는 멜라스 씨의 집 앞에 이르렀을 때, 주위는 거의 어둠에 잠겨 있었다. 그런데 멜라스 씨를 찾으니 방금 전에 신사 하나가 찾아와서 함께 나갔다고 했다. 마이크로프트가 문을 열어 준 여자에게 물었다.

"어디로 갔습니까?"

"모르겠는데요. 그 신사와 함께 마차를 타고 떠난 것 말고는 아무것도 모릅니다."

"그 신사가 이름을 말했습니까?"

"아니요."

"그 신사는 키 크고 꽤 잘생겼고 피부가 거뭇한 젊은이였죠?"

"아니요, 키가 작고 안경을 낀 마른 얼굴의 사람이었습니다. 하지만 성격이 활달해서 이야기를 하는 동안 웃음이 끊이지 않더군요."

셜록 홈즈가 갑자기 외쳤다.

"가세! 일이 급하게 됐어!"

경찰국으로 가면서 홈즈가 말했다.

"녀석들이 멜라스를 다시 잡아간 게 분명하네. 녀석들은 먼젓번의 경험을 통해서 그가 배짱 없는 사람이라는 사실을 잘 알 거야. 멜라스는 그 악당이 찾아온 것만으로도 몸이 얼어붙었겠지. 물론 녀석들은 멜라스에게 다시 통역을 시킬 생각일 테지만 일이 끝나면 배신한 대가를 요구할 걸세."

우리는 기차를 타면 마차와 거의 동시에 도착하거나, 혹은 조금 먼저 베케넘에 있는 악당의 집에 도착할 것이라 생각했다. 그런데 경찰국으로 가서 그렉슨 경위를 만나 악당들의 집에 들어가기 위한 법적 수속을 밟는 데 한 시간이나 걸리고 말았다. 런던 브리지 역에 도착한 것은 밤 9시 45분이었고, 베케넘 역의 승강장에 내려서자 이미 시계는 10시 반을 가리키고 있었다. 마차를 800미터쯤 달려서 마이틀스 저택에 도착하니 크고 어두운 건물이 저택 안의 길 끝에 서 있었다. 그곳에서 내린 우리 넷은 한 덩어리가 되어 길을 따라 걸었다. 먼저 경위가 입을 열었다.

"창이 전부 어두운데요. 아무도 없는 것 같습니다."

홈즈가 대답했다.

"새가 떠나고 둥지는 텅 비었습니다."

"어떻게 알 수 있죠?"

"무거운 짐을 실은 마차가 나간 지 한 시간도 안 됐으니까요."

경위가 웃음을 터뜨렸다.

"문에 켜 둔 불빛으로 마차 바퀴 자국은 보이지만, 짐을 실었는지는 어떻게 알 수 있단 말입니까?"

"같은 바퀴 자국이 반대 방향을 향해 난 것도 보셨지요? 밖으로 나간 것의 자국이 훨씬 더 깊게 파여 있어요. 그러니 그 마차에 무거운 짐이 실려 있었다고 볼 수 있습니다."

경위는 어깨를 들썩였다.

"당신이 한 수 위로군요. 이 문을 열려면 힘 좀 써야겠습니다. 하지만 소리를 듣고 누군가가 나올지도 모릅니다."

경위가 문고리로 현관을 쾅쾅 치고 벨의 끈을 잡아당겼으나 아무 반응도 없었다. 홈즈는 어딘가로 모습을 감추었다가 잠시 뒤에 돌아오더니 말했다.

"창이 하나 열려 있습니다."

"홈즈 선생님이 적이 아니라 우리 경찰 편이라는 사실에 감사드려야겠습니다."

경위는 홈즈가 창의 걸쇠를 능숙하게 풀었다는 사실을 꿰뚫어 보았다.

"상황이 이러니 무단으로 들어갈 수밖에 없겠습니다."

우리는 차례대로 커다란 방으로 들어갔다. 그곳은 멜라스가 끌려왔던 방인 듯했다. 경위가 네모난 등에 불을 붙이자 멜라스가 이야기한 대로 문 두 개와 커튼, 램프, 일본 갑옷 등이 보였다. 탁자 위에는 잔이 두 개, 빈 브랜디 병, 그리고 먹다 남은 음식이 있었다.

"저건 뭐지?"

홈즈가 갑자기 말했다. 우리는 모두 멈춰 서서 귀를 기울였다. 낮은 신음 소리가 머리 위에서 들려왔다. 홈즈는 문을 향해 달려가 홀로 뛰어들었다. 기분 나쁜 소리는 위층에서 들려오는 것이었다. 홈즈는 계단을 달려 올라갔고 경위와 내가 바로 뒤를 따랐다. 마이크로프트도 뚱뚱한 몸을 이끌고 최선을 다해 뒤따라왔다. 3층에는 세 개의 방문이 나란히 늘어서 있었다. 그중 가운데 문에서 불행한 목소리가 흘러나왔다. 분명치

않은 소리로 웅얼거리기도 하고 높고 날카로운 소리로 훌쩍이기도 했다. 문은 잠겨 있었으나 바깥쪽 열쇠 구멍에 열쇠가 그대로 꽂혀 있었다. 홈즈가 문을 활짝 열고 뛰어들었다가 곧 목을 누르며 다시 뛰어나오면서 외쳤다.

"목탄이야! 잠시 기다려야 합니다. 곧 맑아질 거예요."

우리도 안을 들여다보았다. 방 안의 불빛이라고는 중앙에 놓인 조그만 놋쇠 솥에서 희미하게 반짝반짝 새어 나오는 파란 불꽃뿐이었다. 그 불꽃이 바닥 위에 섬뜩한 느낌이 드는 푸르스름한 빛을 던지고 있었고 그 너머의 어둠 속으로 벽에 기대 웅크리고 있는 두 사람의 그림자가 희미하게 보였다. 열어젖힌 문으로 흘러나온 무시무시한 유독가스 때문에 숨이 막혀 우리는 기침을 했다. 홈즈는 계단 끝에 있는 창문까지 달려가 신선한 공기를 한껏 들이마신 뒤, 방 안으로 달려 들어가 창문을 열고 놋쇠 솥을 정원으로 내던졌다. 그가 숨을 헐떡이면서 방에서 뛰쳐나왔다.

"곧 들어갈 수 있을 겁니다. 초는 없나? 저런 공기라면 성냥에 불도 안 붙겠어. 형, 문에서 불을 들고 서 있어요. 우리가 저 두 사람을 끌어낼 테니. 자, 어서!"

우리는 가스에 중독된 두 사람이 있는 곳으로 달려가 계단 위까지 끌어냈다. 두 사람 모두 입술이 자줏빛이었고 정신을 잃은 상태였다. 얼굴은 충혈되고 부어 있었으며, 눈이 튀어나와 있었다. 얼굴이 너무나도 심하게 일그러져 있어서, 검은 구레나룻과 뚱뚱한 몸집이 아니었다면 그 중 한 사람이 불과 몇 시간 전에 디오게네스 클럽에서 헤어진 그리스어 통역사라는 사실을 몰랐을 것이다. 통역사는 손과 발이 단단히 묶여 있었으며 한쪽 눈 위에 세게 얻어맞은 자국이 선명하게 남아 있었다. 다른 한 사람도 묶여 있었는데, 키가 크고 아주 말랐으며 얼굴에는 반창고가 덕지덕지 추하게 붙어 있었다. 이 남자는 우리가 바닥에 눕히자마자 신음 소리를 그쳤는데 한눈에도 우리의 구조가 늦었음을 알 수 있었다. 그러나 멜라스는 아직 숨이 붙어 있었고 암모니아와 브랜디의 도움으로 한 시간쯤 뒤에 눈을 떴다. 나는 누구나 마지막에 다다르게 되는 죽음의 계곡에서 내 손으로 멜라스를 구해 냈다는 사실에 만족했다.

멜라스의 이야기는 간단했으며 우리의 추리가 빗나가지 않았음을 확인해 주었다. 그날 밤, 멜라스를 찾아온 손님은 방으로 들어서자마자 소매에서 호신용 봉을 꺼내 언제라도 눈 깜빡할 사이에 죽일 수 있다고 겁을 준 뒤, 그를 다시 데리고 갔다. 실제로 그 쿡쿡대며 웃는 악당이 불행한 통역사에게 끼친 영향은 거의 최면술 수준이어서 그 남자에 대해서 이야기할 때면 멜라스는 끊임없이 손을 떨었고 얼굴도 새파랗게 질려 버렸다. 멜라스는 베케넘으로 끌려와 두 번째 교섭을 통역하도록 강요받았다. 이것은 처음보다 훨씬 더 극적이어서 두 영국인은 포로가 된 그리스인에게 요구에 응하지 않으면 바로 죽이겠다고 협박했다. 그러나 상대방이 협박에 굴하지 않을 것이라 생각했는지 다시 감금실에 가두었고 이번에는 멜라스를 상대로 신문광고를 추궁한 뒤 결국에는 몽둥이를 휘둘러 기절시켰다. 그리고 멜라스는 우리가 지켜보고 있다는 사실을 깨달을 때까지 계속 의식을 잃은 상태였다.

이것이 그리스어 통역사에 얽힌 기묘한 사건인데 아직 의문이 풀리지 않은 부분도 조금 남아 있다. 우리는 신문광고를 보고 답장을 준 신사와 연락을 취해서 그 불행한 젊은 여성이 그리스 부자의 딸이라는 사실을 알아냈다. 그녀는 친구를 만나러 영국에 왔는데, 영국에 머무는 동안 해럴드 래티머라는 청년을 알게 되었다고 한다. 래티머는 아가씨를 구슬리고 교묘한 말로 꼬드겨서 자신과 함께 도망칠 결심을 하게 했다. 아가씨의 친구들은 그 선택이 얼마나 큰일인지 알고 있었으나 아테네에 있는 오빠에게 이 사실을 알리기만 했을 뿐, 더는 관여하지 않았다.

오빠는 영국에 도착하자마자 래티머와 그의 동료가 놓은 덫에 걸리고 말았다. 그 동료는 윌슨 캠프라는 녀석이었는데 화려한 범죄 경력을 가지고 있었다. 이 두 악당은 그리스인이 영어를 전혀 몰랐으므로 붙잡아 두면 어떻게든 될 것이라 생각하고 그대로 감금한 채 먹을 것도 주지 않고 잔혹한 방법을 썼다. 그리고 자신과 동생의 재산에서 스스로 손을 떼겠다는 서류에 억지로 서명을 시키려 했다. 두 사람은 이 그리스인이 왔다는 사실을 동생에게 알리지 않고 감금해 두었는데, 혹시 동생이 발견하더라도 오빠임을 알아볼 수 없도록 얼굴에 반창고를 붙여 두었던 것이다. 그러나 통역사가 처음 왔을 때 동생은 여자의 직감으로 단번에 이 위장 공작을 꿰뚫어 보았다. 하지만 동생도 악당들의 포로에 지나지 않았다. 그 집에는 마부와 그의 아내만 살았는데 그들도 두 악당의 앞잡이였다. 두 악당은 비밀이 알려지고 포로로 잡고 있던 그리스인도 말을 듣지 않자, 겨우 몇 시간 전에 통보하고 가구가 딸린 그 집에서 아가씨를 데리고 도망쳤다. 그리고 집을 빠져나가기 전에, 자신들의 요구를 거절한 그리스인과 배신한 통역사에게 복수한 것이었다.

몇 달 뒤, 신문에서 오려 낸 기묘한 기사가 부다페스트에서 배달되었다. 그 기사에 따르면 한 여성과 함께 여행을 다니던 두 영국인이 비참한 최후를 맞았다고 했다. 둘 다 칼에 찔려 죽었는데, 헝가리 경찰은 그 둘이 싸우다가 서로에게 치명상을 입혀 죽음에 이르렀다고 보는 듯했다. 그러나 홈즈의 생각은 달랐다. 그는 지금도 그 그리스 아가씨를 만나면 자기들에게 잔혹한 범죄를 저지른 악당들에게 어떤 식으로 원수를 갚았는지 들을 수 있을 것이라고 굳게 믿고 있다.

10. 해군 조약

　내가 결혼한 직후인 7월에는 흥미로운 사건이 세 개나 일어났는데, 다행히도 그 모든 사건에 셜록 홈즈와 동행하며 그의 탐정법을 연구할 특권을 누렸다. 그 덕에 참으로 기억에 남는 7월이 되었다. 그 세 가지 사건은 〈제2의 얼룩〉, 〈해군 조약〉, 〈피곤한 선장〉이라는 제목으로 내 노트에 기록해 두었다. 그러나 첫 번째 사건에는 중대한 이해관계가 걸려 있고, 또 영국의 많은 상류계급 가문과도 얽힌 사건이므로 당분간 공표하지 못할 것이다. 하지만 홈즈가 관여한 사건 중에서 이것처럼 홈즈의 분석적 탐정법의 가치를 남김없이 발휘하여 관계자에게 깊은 인상을 준 것도 없다. 홈즈가 프랑스 파리 경찰인 뒤뷔그와 독일령 단치히의 유명한 탐정인 프리츠 폰 발트바움 앞에서 사건의 진상을 설명해 준 것을 나는 거의 한 글자도 놓치지 않고 기록했다. 이 두 사람도 사건을 규명하기 위해 꽤나 노력했지만 결국에는 지엽적인 문제에 힘을 쏟고 있었을 뿐이다. 그러나 새로운 세기에 접어든 다음에야 이 사건을 안심하고 공표할 수 있을 것이다. 그런데 내 리스트에 오른 두 번째 사건도 국가적으로 중대한 사건이 될 우려가 있었으며, 또 몇몇 사건이 연속해서 일어나 참으로 특이한 것이 되었다.

학창 시절 나는 퍼시 펠프스라는 소년과 친하게 지냈다. 나이는 비슷했으나 퍼시는 두 학년이나 위였다. 그는 매우 우수한 소년으로 학교에서 주는 상을 전부 휩쓸었고 결국에는 명예로운 장학금을 받아 마지막을 장식하며 케임브리지 대학에 입학하여 공부를 계속했고 그의 학력을 더욱 화려하게 만들었다. 그의 친척들도 대단했다. 어렸을 때부터 나는 그의 외삼촌이 보수당의 대정치가인 홀드허스트 경이라는 사실을 잘 알고 있었다. 하지만 훌륭한 친척이 있어도 학교에서는 전혀 도움이 되지 않았다. 오히려 우리는 운동장에서 펠프스를 따라다니며 그를 괴롭혔고, 크리켓 방망이로 정강이를 때리고는 통쾌함을 느끼는 나쁜 짓을 하기도 했다. 그러나 일단 사회에 나가자 상황이 뒤바뀌고 말았다. 펠프스가 자신의 재능과 유력한 후원자 덕분에 외무부에서 상당한 지위에 올랐다는 소식이 언뜻 들렸다. 그러나 그 다음에는 펠프스의 일을 까맣게 잊어버리고 있었는데 갑자기 아래의 편지가 와서 그를 다시금 떠올리게 되었다.

워킹 브라이어브레이 저택에서

친애하는 왓슨

학창 시절에 자네가 3학년이었을 때 5학년 학생이던 '올챙이' 펠프스를 기억하고 있겠지? 어쩌면 내가 외삼촌의 힘으로 외무부에 들어가서 상당한 지위에 올랐다는 사실도 들었을지 모르겠군. 나는 책임과 명예를 동시에 느끼는 지위에 있는데 갑자기 끔찍한 재앙이 닥쳐 앞길이 엉클어졌다네.

그 끔찍한 일에 대해서 자세히 쓸 필요는 없다고 생각해. 자네가 내 부탁을 들어준다면 그때는 자세히 이야기해 주겠네. 나는 9주일 동안이나 뇌염을 앓고 있다가 이제 막 회복된 참으로 다 나은 것은 아니라네. 어쨌든 자네의 친구인 홈즈 선생님을 모시고 나에게 와 줄 수 없겠는가? 경찰에서는 할 수 있는 모든 방법을 다 썼다고 말하지만 나는 이번 사건에 대한 홈즈 선생님의 의견을 듣고 싶으니 모쪼록 그분을 모시고 와 주었으면 하네. 그것도 가능한 한 빨리. 이처럼 끔찍한 불안 속에서 살다 보면 1분이 한 시간처럼 느껴지는 법일세. 홈즈 선생님에게 바로 조언을 구하지 않은 것은 그분의 수완을 인정하지 않아서가 아니라, 사건의 타격을 받은 머리가 혼란스러워서 어떻게 해야 좋을지 몰랐기 때문일세. 이 점을 꼭 전해 주기 바라네. 다행히도 지금은 회복되었으나 병이 다시 도질까 봐 될 수 있으면 그 사건은 생각하지 않으려 애쓰고 있다네. 또한 몸이 아직 좋지 않아서 이렇게 다른 이에게 편지를 받아 적게 하고 있다네. 제발 그분을 모시고 와 주게.

동창이자 오랜 친구, 퍼시 펠프스

이 편지를 읽고 나는 마음이 움직였다. 홈즈를 데리고 와 달라고 거듭 부탁하는 모습이 참으로 안쓰럽게 느껴져서 나는 아무리 어려운 사건이라 하더라도 그의 소망을 들어주어야겠다고 생각했다. 물론 홈즈는 일에 매우 열성적이어서 의뢰인이 있으면 언제라도 도움의 손길을 내민다는 사실은 나도 잘 알고 있었다. 아내도 얼른 홈즈에게 이야기하는 편이 좋겠다고 했으므로 나는 아침을 먹은 뒤 한 시간도 지나지 않아서 베이

커 가에 있는 그리운 방을 찾아갔다.

홈즈는 실내복 차림으로 보조 탁자 앞에서 화학 실험에 몰두하고 있었다. 끝이 굽은 커다란 가열기가 분젠버너의 파란 불꽃 위에서 끓고 있었고 증류수 방울이 2리터짜리 병에 고였다. 내가 들어가도 홈즈는 전혀 의식하지 못했다. 그만큼 중요한 실험인 것 같아서 나는 팔걸이의자에 앉아 기다리기로 했다. 홈즈는 피펫을 이쪽저쪽 병에 찔러 넣어 약품을 두어 방울씩 모으더니 마지막에는 용액이 담긴 시험관을 탁자 위로 가져갔다. 그의 오른손에는 리트머스 시험지 한 장이 들려 있었다.

"중요할 때 왔군, 왓슨. 이 종이가 그래도 파란색을 유지한다면 문제없지만 만약 빨간색으로 변하면 한 사람의 목숨이 위험해진다네."

홈즈는 리트머스 시험지를 시험관 안의 용액에 담갔다. 그것은 곧 칙칙한 빨간색으로 변했다.

"역시 내 생각대로야! 왓슨, 곧 이야기를 들어주겠네. 담배는 페르시아 슬리퍼 안에 있어."

홈즈는 책상에 앉아 전보 두어 통을 재빠른 손놀림으로 쓰더니 급사를 불러 건네주었다. 그리고 내 맞은편 의자에 털썩 앉아 무릎을 들어 길고 마른 무릎을 두 손으로 감싸 안았다.

"그냥 평범하고 작은 살인 사건일세. 왓슨, 자네는 좀 더 재미있는 사건을 가져왔겠지? 자네는 폭풍을 부르는 바다제비 같은 사람이니까. 어떤 사건인가?"

내가 편지를 건네주자 홈즈는 주의 깊게 읽었다.

"이것만으로는 잘 모르겠는데. 왓슨, 자네는?"

홈즈가 편지를 돌려주며 말했다.

"나도 전혀 모르겠어."

"하지만 이 글씨는 퍽 재미있네."

"그건 내 친구 글씨가 아닐세."

"맞아, 여자 글씨지."

이 말을 듣고 내가 외쳤다.

"아니, 남자 글씨일세!"

"아니, 여자 글씨야. 그것도 성격이 특이하군. 어쨌든 사건을 맡기에 앞서 의뢰인 근처에 좋든 나쁘든 특이한 인물이 있다는 사실을 안 것만으로도 나름대로 의미가 있지. 왠지 재미있을 것 같은데. 자네만 괜찮다면 지금 당장 서리 주의 워킹으로 가서 고난에 빠진 외교관과 편지를 대신 쓴 여성을 만나 보기로 하세."

다행스럽게도 우리는 워털루 역에서 이른 아침에 출발하는 기차를 탈 수 있었다. 그리고 한 시간도 지나지 않아서 워킹의 전나무와 떨기나무가 무성한 벌판을 걷고 있었다. 브라이어브레이 저택은 넓은 부지에 세워진 커다란 집으로 역에서 2, 3분 거리에 있었다. 명함을 내밀자 우리는 품위 있게 꾸며진 응접실로 안내받았고 잠시 뒤, 약간 뚱뚱한 남자가 들어와 친절하게 우리를 맞아 주었다. 서른에서 마흔에 가까운 나이로 뺨이 붉고 눈빛도 살아 있어서 지나치게 살이 찐 개구쟁이 같은 느낌이 들었다.

"잘 오셨습니다."

남자가 호들갑스럽게 악수했다.

"퍼시는 아침부터 여러분이 오지 않았느냐고 자꾸만 물어봤습니다. 가엾게도 지푸라기라도 잡고 싶은 심정인 듯합니다. 저는 퍼시의 부모님에게 대신 여러분을 만나 달라고 부탁받았습니다. 그분들에게 이번 일은 말하기조차 괴로운 듯합니다."

홈즈가 말했다.

"아직 자세한 이야기는 듣지 못했습니다. 한데 당신은 이 집 사람이 아니로군요."

상대방은 깜짝 놀라는 듯했으나, 잠깐 아래쪽을 바라보고 웃기 시작했다.

"그렇군요. 제 로켓에 새겨진 'J. H.'라는 글씨를 보셨군요. 처음에는 어떤 마술을 쓰셨나 해서 깜짝 놀랐습니다. 저는 조셉 해리슨이라고 합니다. 동생 애니가 퍼시와 결혼하기로 되어 있으니 앞으로는 친척이 되겠지요. 동생은 퍼시 방에 있을 겁니다. 지난 두 달 동안 제 약혼자를 밤낮으로 간병했거든요. 자, 그쪽으로 안내해 드리겠습니다. 퍼시가 여러분을 애타게 기다리고 있습니다."

우리가 안내받아 들어간 방은 응접실과 같은 층에 있었다. 거실 겸용

의 침실이었는데 구석에 꽃이 아름답게 장식되어 있었다. 혈색이 좋지 않고 깡마른 청년이 열어 둔 창문 옆의 소파에 누워 있었다. 창으로는 정원에 있는 화초의 짙은 향기와 상쾌한 여름 바람이 흘러 들어왔다. 우리가 들어가자 청년 곁에 앉아 있던 여성이 자리에서 일어나면서 물었다.

"퍼시, 잠시 자리를 비워 줄까요?"

청년이 그녀의 손을 잡아 말렸다.

"아, 왓슨, 오랜만일세."

퍼시 펠프스가 기쁘다는 듯 말했다.

"수염을 길러서 못 알아보겠군. 자네도 나를 바로 알아보지는 못하겠지? 저분이 자네의 유명한 친구인 셜록 홈즈 선생님인가?"

나는 홈즈를 간단히 소개하고 함께 자리에 앉았다. 뚱뚱한 남자는 모습을 감췄지만 동생은 환자에게 손을 잡힌 채 남아 있었다. 그녀는 굉장한 미인이었다. 키가 약간 작고 통통한 편이었으나 얼굴은 올리브빛으로 반짝였고, 눈은 이탈리아 인처럼 크고 검었으며, 머리카락은 검고 숱이 많았다. 그녀의 싱싱한 피부빛 때문에 곁에 있는 환자의 창백한 얼굴이 더욱 수척해 보였다. 퍼시가 소파 위에서 몸을 일으켜 앉으며 말했다.

"번거롭게 해서 죄송합니다. 서론은 그만두고 바로 본론으로 들어가겠습니다. 선생님, 저는 행운에 둘러싸인 행복한 남자였습니다. 그런데 결혼을 앞두고 갑자기 앞길을 어둡게 하는 끔찍한 재난에 휩싸이고 말았습니다.

왓슨에게 들으셨을 테지만 저는 외무부에서 일합니다. 외삼촌인 홀드허드슨 경 덕분에 누구보다 먼저 책임이 막중한 지위까지 승진했습니다. 외삼촌은 이번 내각의 외무부 장관이 되셨는데 저에게 중요한 임무 몇 가지를 맡기셨습니다. 저는 모두 잘 처리했고, 외삼촌도 제 재능과 수완을 신뢰하게 되었지요.

10주일쯤 전이었습니다. 정확히 말하면 5월 23일의 일이었는데 외삼촌이 관청의 자기 방으로 저를 불러서 지금까지의 일을 칭찬하더니 또한 가지 중요한 일을 맡아 달라고 부탁했습니다. 외삼촌은 책상 서랍에서 회색 두루마리를 꺼냈습니다.

'이건 영국과 이탈리아 사이의 비밀조약 원본이다. 안타깝게도 이 소문이 신문에 실리고 말았단다. 더 이상 외부에 알려지면 정말 큰일이야. 프랑스와 러시아 대사관에서는 큰돈을 써서라도 이 문서의 내용을 알기 위해 안간힘을 쓸 거야. 이 서랍에서 절대로 꺼내서는 안 되는 서류이지만 아무래도 사본을 만들어 두어야겠어. 전용 책상이 있지?'

'네, 관청에 있습니다.'

'그럼 이 문서를 가지고 가서 책상 서랍에 넣고 자물쇠를 채워 두어라. 다른 사람들은 다들 퇴근하고 너 혼자 남을 수 있도록 조치하마. 아무에게도 들키지 않게 천천히 사본을 만들어 다오. 다 만들면 원본과 함께 서랍에 넣고 자물쇠를 채워 두었다가 내일 아침에 직접 가져오기 바란다.'

저는 외삼촌에게 그 서류를 받아서……."

홈즈가 끼어들었다.

"잠깐만요. 그때 다른 사람은 아무도 없었습니까?"

"우리 둘밖에 없었습니다."

"커다란 방인가요?"

"가로 세로 9미터입니다."

"그 한가운데서 이야기를 하셨습니까?"

"네, 한가운데였을 겁니다."

"낮은 목소리로 이야기하셨나요?"

"외삼촌은 언제나 아주 낮은 목소리로 말씀하십니다. 저는 거의 아무 말도 하지 않았습니다."

홈즈는 눈을 감았다.

"알겠습니다. 그럼, 이야기를 계속하시죠."

"저는 외삼촌의 지시대로 다른 서기들이 돌아가기를 기다렸습니다. 제 방에 있는 서기 중에 찰스 고로라는 사람이 있는데 남은 일을 정리하기 위해 야근을 하기에 나가서 식사를 했고 다시 돌아와 보니 고로는 이미 자리에 없었습니다. 저는 되도록 서둘러 일을 마치고 싶었습니다. 왜냐 하면 조셉, 그러니까 여러분이 방금 전에 만난 해리슨 씨도 런던에 나와 있었는데 밤 11시 기차로 워킹에 돌아올 예정이었거든요. 그래서 가능하 다면 저도 그 기차를 타고 싶었습니다.

조약문을 훑어보았는데 과연 중요한 내용이었고 외삼촌의 말은 결코 과장이 아니었습니다. 자세한 내용은 말씀드릴 수 없지만, 어쨌든 그것 은 삼국동맹[18]에 대한 대영제국의 입장을 분명히 보여 주고 있었습니다. 만약 지중해에서 프랑스 해군이 이탈리아 해군보다 완전한 우세에 선다 면 우리 영국은 어떤 정책을 취할지 미리 밝혀 둔 것이죠. 그 문서에서 는 해군 문제만 다루고 있습니다. 마지막에는 이 조약에 조인한 고관들 의 서명이 있고요. 저는 죽 한번 훑어본 뒤에 그걸 베끼기 시작했습니다.

그것은 전문이 26개 조나 되는 긴 문서였는데 프랑스어로 쓰여 있었 습니다. 저는 최대한 서둘렀으나 밤 9시가 되어서도 9조까지밖에 베끼 지 못해서 예정했던 기차에는 도저히 탈 수가 없었습니다. 저녁을 먹은 데다 하루 종일 일에 시달렸기에 저는 졸려서 머리가 멍해지기 시작했 습니다. 커피라도 마시면 머리가 맑아질 것 같더군요. 숙직하는 수위는 아래층의 조그만 방에서 야근하는 사람들을 위해 알코올램프로 커피를 끓여 줍니다. 그래서 저는 벨을 울려 수위를 불렀습니다.

18) 1882년에 독일, 오스트리아, 이탈리아가 프랑스에 대항하기 위하여 체결한 비밀 군사 동맹. 이 동맹에 위기감 을 느낀 프랑스, 영국, 러시아는 1907년에 삼국협상을 맺었다. 이 두 가지 군사 동맹은 서로 대립하였고, 급기야 세 계 제1차 대전으로 발전하였다.

그런데 벨 소리를 듣고 올라온 것은 뜻밖에도 여자였습니다. 천박한 얼굴에 나이 든 여자였는데 커다란 몸에 앞치마를 두르고 있었습니다. 수위의 아내로 잡무를 맡고 있다고 하기에 커피를 부탁했습니다.

그런 다음 2개 조 정도를 더 베껴 썼는데 너무 졸려서 몸을 좀 펴기 위해 자리에서 일어나 방 안을 돌아다녔습니다. 커피는 아직 오지 않았습니다. 어째서 이렇게 늦어지는지 이상해서 보고 오려고 문을 열고 복도로 나가 계단 쪽으로 걷기 시작했습니다. 제가 일하던 방에서 희미한 램프가 밝혀진 복도가 똑바로 이어져 있는데 그것이 유일한 출입구입니다. 이 복도는 굽은 계단으로 통하며 그 아래에 수위실이 있지요. 또 층계 도중에 조그만 층계참이 있는데 거기서 오른쪽으로 가는 또 다른 복도가 직각으로 이어져 있습니다. 그 두 번째 통로를 조금만 더 가면 계단이 시작되는데 그 계단을 내려선 곳에 고용인들이 다니는 뒷문이 있습니다. 그 문은 직원들이 찰스 가에서 건물로 들어오는 지름길로 쓰이고 있기도 합니다. 이것이 그 약도입니다."

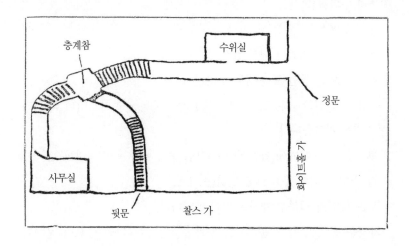

약도를 본 홈즈가 말했다.

"고맙습니다. 아주 잘 이해됩니다."

"여기가 가장 중요한 부분이니 주의해서 들어 주십시오. 제가 계단을 내려가서 홀에 가 보니 수위는 방에서 깊이 잠들어 있었습니다. 알코올램프에 올려 놓은 주전자가 펄펄 끓어 물이 바닥에 떨어지는 것도 모르는 듯했습니다. 저는 손을 뻗어 깊이 잠들어 있는 수위를 흔들어 깨우려 했습니다. 그때였습니다. 수위 머리 위에서 벨이 요란스럽게 울리기 시작했고 그는 깜짝 놀라 벌떡 일어났습니다. 그리고 저를 보더니 허둥지둥하며 외쳤습니다.

'펠프스 씨!'

'커피는 아직 멀었나 해서 왔소.'

'물을 끓이는 동안 그만 잠들어 버려서……'

수위는 제 얼굴을 본 뒤, 아직도 흔들리는 벨을 올려다보더니 더 놀라는 표정을 지었습니다.

'펠프스 씨는 여기에 있는데……. 그럼 누가 벨을 울리는 걸까요?'

'벨이라니? 대체 무슨 벨을 말하는 거요?'

'펠프스 씨가 일하고 계시는 방의 벨입니다.'

차가운 손이 심장을 움켜쥐는 듯했습니다. 그렇다면 중요한 문서가 책상 위에 있는 그 방에 누군가가 있다는 소리였으니까요. 저는 정신없이 계단을 올라가 복도를 달려갔습니다. 복도에는 아무도 없었습니다. 방에도 사람의 그림자는 없었습니다. 달라진 곳이라고는 어디 한 군데 없었지만 단 하나, 제가 다루던 문서는 책상 위에서 모습을 감추었습니다. 사본은 남아 있었으나 원본은 사라지고 없었습니다."

홈즈는 의자에서 자세를 바로 잡더니 두 손을 자꾸만 비벼 댔다. 이 문제에 마음을 완전히 빼앗긴 모양이었다. 홈즈가 낮은 목소리로 물었다.

"그래서 어떻게 하셨지요?"

"도둑이 뒷문을 통해서 계단으로 올라왔다는 직감이 들었습니다. 정문으로 들어왔다면 저와 맞닥뜨렸을 테니까요."

"녀석이 처음부터 방에 숨어 있었다거나, 어둡던 복도에 숨어 있었을 가능성은 전혀 없을까요?"

"그렇습니다. 방과 복도에는 쥐새끼 한 마리 숨을 곳도 없습니다. 몸을 숨길 만한 곳이 전혀 없지요."

"알겠습니다. 계속하시지요."

"수위는 제 얼굴이 파랗게 질린 것을 보고 무슨 일이 일어났다는 사실을 깨달았는지 2층까지 따라왔습니다. 그래서 우리는 복도로 달려 나가 찰스 가 쪽으로 난 가파른 계단을 뛰어 내려갔습니다. 출구의 문이 닫혀 있기는 했으나 열쇠가 채워져 있지는 않았습니다. 우리는 문을 열고 밖으로 뛰쳐나갔습니다. 그때 근처 교회의 종이 세 번 울렸습니다. 분명히 기억납니다. 밤 9시 45분이었습니다."

"그건 매우 중요한 일입니다."

홈즈가 셔츠의 커프스에 무엇인가를 쓰며 말했다.

"그날 밤은 아주 어두웠는데 따뜻한 가랑비가 내리고 있었습니다. 찰스 가에는 인기척조차 없었지만 멀리 끝 쪽에 있는 화이트홀 가는 평소와 다름없이 사람들로 붐볐습니다. 우리가 모자도 쓰지 않은 채 포장도로를 달려 나가자 훨씬 앞쪽의 모퉁이에 경찰관 하나가 서 있는 것이 보였습니다. 제가 숨을 헐떡이며 말했습니다.

'도둑이 들었습니다. 외무부에 있던 아주 중요한 서류를 도둑맞았습니다. 누군가 이곳을 지나지 않았나요?'

'15분 전부터 여기에 서 있었지만 그 사이에 지나간 사람은 한 명밖에 없었습니다. 나이 많고 키가 큰 여자로 휘어진 깃털 무늬 숄을 걸치고 있었습니다.'

경관에 이어서 수위가 커다란 목소리로 말했습니다.

'아아, 그 사람은 제 아내입니다. 혹시 다른 사람은 아무도 지나가지 않았나요?'

'네, 아무도 지나간 사람이 없습니다.'

'그럼 도둑놈은 저쪽으로 달아난 겁니다.'

이렇게 말하면서 수위는 제 소매를 잡아당겼습니다. 하지만 저는 이해할 수 없었고, 수위가 저를 끌고 가려는 것도 왠지 수상쩍었습니다. 저도 모르게 커다란 소리가 나오고 말았습니다.

'그 여자는 어느 쪽으로 갔습니까?'

'글쎄요, 잘 모르겠습니다. 지나가는 것은 보았지만 특별히 주의해서 봐야 할 이유는 없었으니까요. 하지만 뭔가 서두르는 것 같았습니다.'

'얼마나 지났죠?'

'그렇게 오래 되지는 않았습니다.'

'5분 안쪽인가요?'

'네, 5분이 넘지는 않았을 겁니다.'

그런데 수위가 저를 다그쳤습니다.

'시간 낭비예요. 지금은 한시가 급하다니까요! 제발 믿어 주세요. 제 아내는 이번 일과 관계없습니다. 얼른 반대쪽으로 가야 합니다. 싫으시다면 저 혼자 가겠습니다.'

이렇게 말하고 수위는 반대쪽으로 달리기 시작했습니다. 저는 곧 뒤따라가서 그의 소매를 잡았습니다.

'당신은 어디에 살고 있소?'

'브릭스턴 구 아이비 레인 16번지입니다. 하지만 펠프스 씨, 의심하지 않으셔도 됩니다. 어서 저쪽으로 가 봅시다. 뭔가 단서가 있을지도 모릅니다.'

수위의 말에 따르더라도 손해 볼 것은 없었습니다. 그래서 우리는 경찰관과 함께 서둘러 달려갔지만 거리는 사람들로 가득했습니다. 오른쪽, 왼쪽으로 많은 사람들이 지나쳤지만 비가 내리는 어두운 밤이었기에 다들 비를 피하기 바빠서 누가 지나갔는지 기억하고 있을 만큼 한가해 보이는 사람은 아무도 없었습니다.

그래서 우리는 일단 관청으로 돌아가 계단과 통로를 살폈지만 헛수고였습니다. 사무실로 통하는 복도에는 베이지색 리놀륨이 깔려 있어서 발자국이 있으면 바로 알아볼 수 있지요. 하지만 아무리 봐도 발자국 같은 것은 하나도 없었습니다."

"그날 밤에는 비가 계속 내렸습니까?"

"저녁 7시쯤부터 계속 내렸습니다."

"그렇다면 밤 9시쯤 그 방에 여자가 들어왔다고 했는데, 왜 흙 묻은 발자국이 남지 않았을까요?"

"역시나 물어보시는군요. 저도 그때 그 점을 깨달았습니다. 그런데 잡무를 맡은 여성들은 수위실에서 구두를 벗고 헝겊으로 된 슬리퍼를 신게 되어 있습니다."

"그렇군요. 잘 알았습니다. 그래서 비가 내린 밤이었는데도 발자국이 남아 있지 않았군요. 그러한 일들은 매우 흥미롭습니다. 그 다음은 어떻게 했습니까?"

"사무실 안도 살펴보았습니다. 비밀 문은 있을 리가 없고, 창문은 지면에서 9미터나 떨어져 있습니다. 게다가 창문 두 개는 모두 안쪽에서 잠겨 있었습니다. 바닥에는 융단이 깔려 있어서 다른 곳으로 통하는 문은 없었고, 하얀 페인트를 칠한 천장도 아주 평범합니다. 그러니 서류를 훔친 녀석이 문으로 들어왔다는 사실은 목숨을 걸고서라도 말씀드릴 수 있습니다."

"난로는 어떤가요?"

"그런 건 없습니다. 하지만 스토브는 있습니다. 그리고 벨을 울리는 끈은 제 책상 바로 오른쪽 위에 있는 철사부터 늘어져 있으니 벨을 울린 녀석은 문을 들어서자마자 바로 제 책상으로 다가간 것이 분명합니다. 그런데 범인은 어째서 벨을 울렸을까요? 그 점을 도무지 이해할 수가 없습니다."

"정말로 이상하군요. 그 다음은 어떻게 했습니까? 침입자가 흔적을 남기지는 않았나 방 안을 살펴보았겠지요? 예를 들어서 담뱃재나 장갑, 머리핀 같은 것 말입니다."

"그런 물건은 아무것도 없었습니다."

"냄새도 없었습니까?"

"글쎄요, 그건 깨닫지 못했습니다."

"그렇습니까. 이런 사건에서는 담배 냄새가 큰 도움이 되기도 합니다."

"저는 담배를 피우지 않으니 만약 담배 냄새가 남아 있었다면 바로 알았을 겁니다. 어쨌든 분명한 사실은 수위의 아내인 탠지 부인이 서둘러 나갔다는 점입니다. 수위에게 물어보아도 평소 집으로 돌아가는 시간이라고만 말할 뿐, 더 이상은 대답하지 않았습니다. 경찰관과 저는, 만약 그 여자가 서류를 훔쳤다면 그것을 처분하기 전에 체포하는 것이 최선이라고 생각했습니다.

그러는 사이에 이 소식이 경찰국에도 전해져 포브스라는 형사가 달려와서 열정적으로 수사했습니다. 우리는 승합 마차를 불러 30분쯤 뒤에 수위가 말해 준 그자의 집 주소에 도착했습니다. 문을 연 것은 탠지 부인의 큰딸이라고 하는 젊은 여성이었습니다. 어머니는 아직 돌아오지 않았더군요. 그래서 우리는 앞쪽의 방으로 안내되었고 거기서 그녀가 돌아오기를 기다렸습니다.

10분쯤 지나자 현관을 두드리는 소리가 들렸습니다. 거기서 우리는 커다란 실수를 범하고 말았습니다. 우리가 문을 열었으면 좋았을 것을, 딸이 문을 열게 한 것입니다. 그건 제 책임입니다.

'어머니, 남자 두 분이 집으로 와서 어머니를 만나겠다면서 기다리고 계세요.'

딸의 목소리가 들리는가 싶더니 복도를 허둥지둥 달리는 소리가 들려왔습니다. 포브스 형사가 문을 열었고 둘이서 안쪽 방, 즉 부엌으로 달려가 보았더니 여자는 거기에 먼저 가 있었습니다. 여자는 반항적인 눈빛으로 우리를 노려보다가 문득 저를 알아보고 정말 뜻밖이라는 듯한 표정을 지었습니다.

'어머, 관청의 펠프스 씨 아니세요?'

'이보시오, 우리가 누군 줄 알고 도망친 거요?

포브스 형사가 다그치듯 물었습니다.

'빚쟁이인 줄 알았어요. 상점 사람하고 좀 문제가 있어서요.'

포브스 형사가 말했습니다.

'그런 건 변명이 되지 않소. 부인이 외무부에서 중요한 서류를 훔쳤다는 사실을 다 알고 있으니까. 당신은 그것을 처분하기 위해서 여기로 뛰어온 게 아니오? 취조해야겠으니 경찰국까지 가십시다.'

여자는 항의하기도 하고 저항하기도 했으나 소용없는 일이었습니다. 우리는 마차를 불러 셋이서 경찰국으로 향했는데 그 전에 부엌을 살펴보았습니다. 우리가 뛰어들기 전에 서류를 태운 것은 아닐까 해서요. 특히 아궁이를 자세히 살펴보았지만 재도 종잇조각도 전혀 보이지 않았습니다. 경찰국에 도착하자마자 여자는 곧 여자 검사관에게 넘겨졌습니다. 저는 마음을 졸이며 검사관의 보고를 기다렸지만 서류는 끝내 나오지 않았습니다.

저는 그때 처음으로 제 입장이 끔찍해졌음을 뼈저리게 느끼기 시작했습니다. 그전까지는 쉴 새 없이 움직였기에 그다지 깊게 생각할 틈이 없었습니다. 게다가 서류를 바로 제자리에 돌려놓을 수 있을 것이라 믿고 있었으니 못 찾았을 때의 일은 생각해 보지도 않았습니다. 하지만 더는 손을 쓸 방법이 없자 마침내 제 입장을 생각할 여유가 생겼습니다. 참으로 비참한 처지였습니다. 왓슨은 잘 알고 있을 테지만, 학창 시절에 저는 신경질적이고 예민한 소년이었습니다. 지금도 그렇습니다. 저는 외삼촌과 관료들을 생각하고, 외삼촌이나 저와 관계있는 모든 사람들에게 미칠 불명예를 생각했습니다. 제가 우발적인 사고의 희생자가 되었다는 점은 중요하지 않았습니다. 외교상의 이해관계가 얽힌 문제인 만큼 사고라고 해서 용서받을 수는 없습니다. 저는 파멸했습니다. 수치와 절망만이 가득한 파멸을 맞이한 겁니다.

그 다음부터의 일은 무엇을 어떻게 했는지 조금도 기억나지 않습니다. 아마 보기에도 추한 소동을 벌였겠지요. 경찰관들이 저를 둘러싸고 위로의 말을 해 준 것이 희미하게 기억납니다. 그중 한 명이 저를 워털루 역까지 마차로 배웅해 주었고 워킹 행 기차에 태웠습니다. 우리 집 근처에 살고 있는 페리에 의사가 같은 기차에 타지 않았다면, 그 경관은 저를 여기까지 데려다 줄 생각이었던 모양입니다. 페리에 의사가 아주 친절하게 저를 돌봐 주었습니다. 덕분에 큰 도움을 받았습니다. 저는 역에서 발작을 일으켰고, 집에 도착할 무렵에는 마치 미친 사람처럼 몸부림 쳤으니까요.

페리에 의사가 벨 소리를 울려서 집안사람들이 잠에서 깨어났습니다. 그 사람들이 제 모습을 보고 무슨 소란이 일어났을지 상상해 보세요. 여기 있는 애니와 어머니는 비탄에 잠겼습니다. 페리에 선생님은 역에서 형사에게 대략적인 이야기를 듣고 가족들에게 사정을 설명해 주었지만 그것으로는 아무 위로도 되지 않았습니다. 가족들은 제 병이 오래가리라 예상했기에 조셉을 이 쾌적한 침실에서 다른 곳으로 옮기게 하고 제가 이곳을 병실로 사용하게 되었습니다. 그리고 선생님, 보시는 대로 저는 9주일 넘게 뇌염에 걸려 헛소리를 하며 의식불명인 채로 누워 있었습니다. 여기에 있는 애나나 페리에 선생님의 헌신적인 간호가 없었다면 지금 이렇게 선생님에게 이야기할 수도 없었을 겁니다. 낮 동안에는 애니가 간호해 주고 밤에는 간호사가 저를 봐 줍니다. 그렇게 하지 않으면 발작이 일어나서 미친 사람처럼 무슨 짓을 할지 모르니까요. 덕분에 점차 의식이 또렷해지기는 했지만 기억이 완전히 돌아온 것은 겨우 사흘 전입니다. 차라리 기억이 돌아오지 않았으면 좋았겠다고 생각하기도 합니다.

　회복되자마자 저는 우선 이번 사건의 담당자인 포브스 형사에게 전보를 쳤습니다. 그는 여기까지 와 주었고 할 수 있는 방법은 다 동원했지만 아직 아무런 단서도 잡지 못했다고 했습니다. 수위 부부를 여러 가지 각도에서 조사했지만 해결에 도움이 될 만한 것은 아무것도 나오지 않았다고 합니다. 그래서 경찰은 고로 청년을 의심했습니다. 조금 전에 말씀드렸다시피 고로는 그날 밤에 사무실에서 야근한 사람입니다. 그가 의심받은 근거는 야근했다는 점과 이름이 프랑스계라는 점, 이 두 가지뿐입니다. 그러나 실제로 제가 일을 시작한 것은 그가 퇴근하고 난 뒤였으며, 고로도 프랑스의 신교도 집안 출신이기는 하지만 감정이며 습관은 우리와 조금도 다를 바 없는 영국인입니다. 어쨌든 그는 전혀 관계가 없다는 사실이 밝혀졌고 수사는 벽에 부딪혔습니다. 그래서 저는 마지막 수단으로 선생님에게 의지할 수밖에 없습니다. 선생님이 도와주시지 못하면 저는 지위와 명예 모두 영원히 잃게 될 것입니다."

이 긴 이야기에 지쳤는지 환자는 쿠션 위로 힘없이 쓰러졌고 곁에 있던 애니가 정신을 차리게 하는 약을 먹였다. 홈즈는 얼굴을 뒤로 돌린 채 눈을 감고 묵묵히 앉아 있었다. 모르는 사람에게는 완전히 무관심해 보이는 태도였으나 이것이야말로 홈즈가 모든 정신을 집중하고 있는 증거임을 나는 잘 알고 있었다. 마침내 그가 입을 열었다.

"이야기가 참으로 명확해서 질문거리는 별로 없지만, 한 가지 중요한 사실을 묻겠습니다. 이 특수한 임무를 받았다는 사실을 누군가에게 알렸습니까?"

"아니요, 아무에게도 말하지 않았습니다."

"예를 들자면 여기에 계신 해리슨 양에게도요?"

"물론입니다. 명령을 받은 뒤 일을 시작할 때까지 워킹에는 오지도 않았습니다."

"그 사이에 아는 사람이 우연히 찾아온 일도 없었나요?"

"없었습니다."

"아는 사람들 중에 관청 내부 구조를 잘 알고 있는 사람도 있습니까?"

"그야 모두가 알고 있습니다. 다들 제 안내를 받으면서 구경했거든요."

"하지만 당신이 아무에게도 그 조약 문서 이야기를 하지 않았다면 이런 질문은 쓸데없겠지요."

"절대로 아무에게도 말하지 않았습니다."

"수위에 대해서 아는 것이 있습니까?"

"예전에 군인이었다는 사실밖에 모릅니다."

"어느 연대에 있었죠?"

"콜드스트림 근위대라고 들은 것 같습니다."

"알겠습니다. 자세한 것은 포브스에게 묻겠습니다. 경찰은 자료를 모으는 능력이 아주 뛰어나니까요. 그것을 제대로 활용하지는 못하지만 말이죠. 장미꽃이 정말 아름답군요."

홈즈는 소파 곁을 지나 열린 창문 쪽으로 가서 붉은색과 녹색으로 물들어 있는 아름다운 정원을 바라보며 작은 장미가 드리워진 줄기를 손에 쥐었다. 홈즈에게 그런 성격이 있는 줄은 몰랐다. 나는 지금까지 그가 자연에 강한 관심을 보이는 것을 본 적이 없었던 것이다.

"종교는 이 세상에서 가장 추리를 필요로 하는 것이죠."

덧문에 등을 기댄 채 홈즈가 말했다.

"뛰어난 추리가는 종교를 정밀과학처럼 일목요연하게 정리할 수 있습니다. 나는 꽃이야말로 신의 은혜를 가장 잘 드러내는 징표라고 생각합니다. 다른 모든 것, 예를 들어서 우리의 힘, 욕망, 먹을 것 등은 생존을 위해서 꼭 필요하지만 장미는 그렇지 않습니다. 그 향기나 색은 생명의 장식이기는 해도 필요조건은 아니지요. 그러한 것을 내려 주셨다는 것이 곧 신의 은혜이며, 그렇기 때문에 우리는 꽃을 보고 큰 희망을 얻을 수 있습니다."

퍼시 펠프스와 애니는 홈즈가 주장하는 기묘한 이론을 듣고 있었지만 그 얼굴에는 놀라움과 깊은 실망의 빛이 어려 있었다. 홈즈는 장미꽃을 손가락 사이에 낀 채 깊은 생각에 잠겼다. 몇 분 지나지 않아서 애니가 입을 열었다.

"홈즈 선생님, 이번 사건이 해결될까요?"

약간 다그치는 듯한 목소리였다.

"아, 사건!"

홈즈가 불현듯 현실 세계로 돌아온 사람처럼 말했다.

"다들 매우 난해하고 복잡한 사건이라고 말할 겁니다. 어쨌든 면밀히 조사한 뒤에 사실이 밝혀지면 바로 연락하지요."

"뭔가 단서는 있습니까?"

"이야기를 들으면서 일곱 가지를 찾아냈지만 자세히 확인하지 않으면 도움이 될지 어떨지 말할 수 없습니다."

"의심스러운 사람이 있습니까?"

"나 자신을 의심하고 있습니다."

"뭐라고요?"

"너무 빨리 결론을 내린 것 같아서요."

"그럼 런던으로 돌아가서 그 결론을 확인해 보시면 어떨까요?"

홈즈가 몸을 세우며 말했다.

"정말 소중한 충고입니다, 해리슨 양. 왓슨, 더 이상은 할 일이 없을 것 같네. 펠프스 씨, 쓸데없는 기대는 하지 마십시오. 이번 사건은 매우 복잡하니까요."

"다시 오시기만을 기다리겠습니다."

우리 의뢰인이 외쳤다.

"내일 같은 기차로 다시 이곳에 오겠습니다. 그렇다고 해서 아주 반가운 보고를 할 수 있을 것 같지는 않습니다."

"다시 와 주신다니 감사할 따름입니다. 조사가 계속되고 있다고 생각만 해도 다시 살아난 기분입니다. 그런데 홀드허스트 경에게 편지가 왔습니다."

"그래요? 어떤 내용이었습니까?"

"나무라기는 하셨지만 그렇게 가혹하지는 않습니다. 제 병이 심해서 가혹한 말은 할 수 없었는지 그저 사태가 매우 중대하다고만 되풀이했으며, 제 건강이 회복되어 과실을 만회하지 못하면 앞으로는 뒤를 봐 줄 수 없을 것이라고 덧붙였습니다. 물론 이것은 해고를 의미합니다."

"그렇군요. 이해심 깊은 배려의 말이로군요. 자, 이제 가세, 왓슨. 오늘 하루 종일 처리해야 할 일들이 런던에서 기다리고 있으니까."

조셉 해리슨 씨가 마차로 역까지 데려다 주었고 우리는 곧 포츠머스 선 열차에 몸을 실었다. 홈즈는 깊이 생각에 잠겨 거의 입을 열지 않았으나 클래펌 역을 지날 때쯤에 드디어 말을 시작했다.

"이렇게 높이 있는 철도를 타고 집을 내려다보면서 런던으로 들어가는 것도 꽤 재미있군그래."

차창 밖 풍경이 칙칙해서 나는 농담인 줄로만 알았다. 그러나 홈즈는 바로 설명을 시작했다.

"저 기와 지붕이 이어진 위로 여기저기 우뚝 솟아 있는 커다란 빌딩을 보게. 마치 납빛 바다에 떠 있는 벽돌 섬 같지 않은가?"

"저건 공립 초등학교야."

"이보게, 등대일세. 미래를 비추는 빛이야. 저마다 밝게 빛나는 조그만 씨앗 수백 개를 감싸고 있는 주머니지. 그건 그렇고 펠프스라는 남자는

술을 마시지 않겠지?"

"마시지 않는 것 같던데."

"나도 그렇게 생각해. 하지만 모든 가능성을 고려해야 해. 가엾게도 그 남자는 어려움에 빠졌지만 우리 손으로 구출할 수 있을지 걱정일세. 자네는 해리슨 양을 어떻게 보았나?"

"야무진 아가씨더군."

"맞아. 게다가 착한 사람이야. 그 남매의 부모는 노섬버랜드 부근의 제철업자일세. 형제는 그 둘뿐이지. 펠프스가 지난겨울 여행을 갔다가 만나서 약혼을 했고, 그녀는 펠프스 가족을 만나기 위해 오빠와 함께 찾아온 거야. 그런데 갑자기 이번 사건이 일어나서 동생은 그대로 남아 연인을 간호하게 되었고, 오빠인 조셉도 그 집이 편안해서 그대로 머물게 되었다네. 지금까지는 사소한 조사 몇 개만 했지만 오늘은 하루 종일 조사하며 돌아다녀야 하네."

"지금 내 병원 일은……."

"자네의 환자들이 이번 사건보다 재미있다면."

홈즈가 약간 기분 상했다는 듯이 말했다.

"아니, 지금은 1년 중 가장 한가한 계절이라 하루나 이틀쯤은 괜찮을 거라고 말하려던 참이었네."

홈즈의 기분이 좋아졌다.

"그거 잘됐군. 그럼 같이 조사하세. 우선 포브스를 만나야겠지. 필요한 일들을 전부 이야기해 줄 테니까. 그러면 어디서부터 손을 대야 할지 수사의 방침이 정해질 거야."

"자네, 조금 전에 단서를 잡았다고 하지 않았나?"

"응, 몇 가지는 있네. 하지만 잘 확인하지 않으면 그 가치는 알 수가 없어. 누가 뭐래도 목적 없는 범죄가 가장 해결하기 어렵지만 이번 사건은 그렇지는 않아. 이번 사건으로 이익을 얻는 건 누구인가? 바로 프랑스 대사와 러시아 대사지. 그리고 그들 중 한 군데에 서류를 팔아넘기려는 사람도 마찬가지일세. 사실 홀드허스트 경도 그중 한 사람이고."

"홀드허스트 경?"

"음, 그런 서류가 우연히 사라지면 정치가들은 오히려 입지가 더욱 탄탄해지기도 하니까."

"홀드허스트 경처럼 명예로운 위치에 있는 정치가가 그런 짓을 할까?"

"가능성이 없지는 않으니 완전히 무시할 수는 없네. 오늘은 장관을 만나서 이야기를 들어 보자고. 쓸 만한 정보를 얻을지도 몰라. 어쨌든 나는 이미 수사를 시작했네."

"벌써?"

"워킹 역에서 런던 신문사들에 전보를 쳤어. 모든 신문에 광고가 실릴 걸세."

홈즈는 수첩에서 찢어 낸 종잇조각 하나를 건네주었다. 거기에는 연필로 이렇게 적혀 있었다.

상금 10파운드. 5월 23일 오후 9시 45분에 찰스 가의 외무부 현관 앞, 혹은 그 부근에서 손님을 내려준 마차 번호를 아시는 분은 베이커 가 221B로 연락주시기 바람.

"자네는 도둑이 마차로 왔다고 생각하는가?"

"그렇지 않다 해도 손해 볼 건 없네. 어쨌든 방과 복도에 숨을 만한 곳이 없다는 펠프스의 말이 맞는다면 범인은 외부에서 오지 않았겠나? 그렇게 비가 내린 밤에 밖에서 들어왔는데 리놀륨 바닥에 젖은 발자국이 남아 있지 않았다면 마차를 타고 온 것이 분명하지. 그렇게 생각하는 것이 옳을 거야."

"듣고 보니 그렇군."

"이것이 내가 조금 전에 말한 단서 중 하나일세. 거기서 무엇인가를 알아낼 수 있을지도 몰라. 그리고 말할 필요도 없이 벨 소리도 문제가 되네. 그것이 이번 사건의 가장 분명한 특색이야. 벨은 왜 울렸을까? 도둑이 대담함을 자랑하기 위해서 울렸을까? 아니면 도둑과 함께 있던 사람이 범죄를 막기 위해서 울린 것일까? 그것도 아니라면 우연에 지나지 않는 것일까? 아니면……."

홈즈는 다시 입을 닫고 가만히 생각에 잠겼다. 그러나 나는 그의 심경의 변화를 잘 알고 있었다. 그의 머릿속에 새로운 가능성이 떠오른

것이다.

종착역에 도착하니 오후 3시 20분이었다. 역의 식당에서 서둘러 식사를 마치고 경찰국으로 달려갔다. 홈즈가 미리 전보를 쳐 두었으므로 포브스 형사가 기다리고 있었다. 몸집이 작고 교활해 보이는 사람으로 표정은 무뚝뚝했는데 우리를 대하는 태도도 불친절했으며 용건을 알고 난 뒤에는 더욱 냉정해졌다. 하는 말도 매정하기 짝이 없었다.

"홈즈 선생님의 수사 방법은 예전부터 익히 들어왔습니다. 당신은 경찰이 제공한 자료를 독자적으로 이용해서 사건을 해결했죠. 경찰의 체면을 구기다니, 참을 수 없습니다."

"그런 적은 없습니다. 내가 최근에 관여한 53개의 사건 중에서 내 이름이 거론된 사건은 네 건에 지나지 않으니까요. 나머지는 경찰의 공으로 알려졌지요. 당신은 아직 젊고 경험도 부족하니 그 사실을 모른다고 해서 책망하지는 않겠습니다. 어쨌든 당신이 이 새로운 사건에서 성공을 거두고 싶다면 나를 적으로 생각하지 말고 아군으로 생각하는 편이 좋을 겁니다."

그 말을 듣고 형사가 갑자기 태도를 바꾸었다.

"힌트라도 주시면 좋겠습니다. 이번 사건에서는 아직까지 내세울 만한 일을 하지 못했거든요."

"어떤 방법을 썼습니까?"

"수위인 탠지에게 미행을 붙여 두었습니다. 그 사람은 근위 연대를 제대할 때 좋은 평판을 얻었고, 현재 그에게 불리한 증거는 전혀 없습니다. 그러나 아내에게는 미심쩍은 부분이 있어요. 그녀가 뭔가 더 알고 있을 것 같습니다."

"그녀에게도 미행을 붙였습니까?"

"여자 경관을 한 명 붙여 두었습니다. 탠지 부인은 술을 좋아해서 얼큰하게 취했을 때 두 번 정도 말을 걸어 보았지만 아무것도 알아내지 못했다고 합니다."

"그 집에는 빚쟁이들이 드나든다고 하더군요."

"네. 하지만 빚은 전부 갚았습니다."

"그 돈은 어디서 났습니까?"

"그건 문제없습니다. 마침 정년 연금을 받을 때가 된 거죠. 그 부부에게 저축한 돈은 없을 겁니다."

"펠프스 씨가 커피를 부탁하기 위해 벨을 울렸을 때 2층으로 올라간 일에 대해서는 부인이 뭐라고 하던가요?"

"남편이 매우 지쳐 있어서 쉬게 해 주고 싶었답니다."

"음, 그렇다면 잠시 뒤에 남편이 의자에 앉은 채 깊이 잠들었다는 사실도 납득이 가는군요. 부인의 성격이 마음에 걸리기는 하지만 다른 수상한 점은 없는 듯합니다. 사건이 있던 날 밤, 부인은 서둘러 집으로 돌아갔는데 그 이유도 물어봤습니까? 경찰관의 눈에 띌 정도로 서둘렀다고 하던데요."

"평소보다 늦어서 빨리 가고 싶었다고 합니다."

"당신과 펠프스 씨가 20분이나 늦게 나왔는데도 부인보다 먼저 집에 도착했다는 사실에 대해서는 자세히 물어보았습니까?"

"그녀가 탄 합승마차는 군데군데 멈춰 섰지만 우리가 탄 마차는 바로 왔으니 당연하다고 하더군요."

"집에 돌아오자마자 부엌으로 달려간 이유는 뭐라고 하던가요?"

"빚쟁이에게 줄 돈이 거기에 있었기 때문이라고 합니다."

"어떤 질문을 던져도 일단 대답을 준비해 놓은 듯하군요. 집에 돌아오는 길에 누군가를 보지는 않았는지, 찰스 가를 어슬렁거리는 사람을 보지는 못했는지, 그 점도 물어보았습니까?"

"경찰관 말고는 아무도 못 보았다고 합니다."

"음, 그렇다면 꽤나 철저하게 심문하셨군요. 그것 말고 또 어떤 방법을 취했습니까?"

"서기인 고로에게도 지난 9주일 동안 미행을 붙였지만 수확은 전혀 없었습니다. 그에게 불리한 증거는 아무것도 발견되지 않았습니다."

"그 외에는?"

"더는 단서가 없습니다. 아무런 단서도 잡지 못했습니다."

"벨이 울린 점에 대해서는 어떻게 생각합니까?"

"솔직히 말해서 그것은 전혀 이해할 수가 없습니다. 누가 범인인지는 몰라도 거기서 일부러 벨을 울리다니 대담하기 짝이 없는 녀석입니다."

"맞습니다. 정말 기묘한 짓을 했지요. 여러 가지 이야기를 들려줘서 고맙습니다. 범인이 밝혀지면 반드시 연락하겠습니다. 왓슨, 그만 가세."

방에서 나와 내가 홈즈에게 물었다.

"이번에는 어디로 갈 생각인가?"

"현 내각의 관료 중 한 사람으로 미래의 수상인 홀드허스트 경을 만나러 갈 걸세."

우리는 영국 수상 관저와 장관실이 있는 다우닝 가로 향했다. 다행스럽게도 홀드허스트 경은 아직 장관실에 있었다. 홈즈가 명함을 내밀자 바로 응접실로 안내되었다. 장관은 특유의 고풍스러운 태도로 정중하게 우리를 맞았으며 난로 양옆에 놓인 화려한 안락의자를 권해 주었다. 둘 사이의 카펫 위에 선 경은 호리호리하고 키가 컸으며 이목구비가 뚜렷하고 사려 깊어 보이는 얼굴이었다. 곱슬곱슬한 머리에는 백발이 섞여 있었으며 평범한 사람과 달리 참으로 품격 높은 귀족다운 인물이었다. 경이 미소 지으면서 말했다.

"홈즈 선생의 이름은 오래 전부터 들어서 알고 있소이다. 그리고 무슨 일로 오셨는지도 잘 알고 있소. 이 관청에서 당신의 주목을 끌 만한 사건이 일어난 것은 이번이 처음이니까 말이오. 누구의 부탁으로 조사하고 있는지 물어도 되겠소?"

"퍼시 펠프스 씨가 의뢰했습니다."

"조카는 정말로 불행한 사람입니다! 이해하시겠지만 내 친척이기에 오히려 일을 무마시키기가 어렵소. 이번 사건으로 그의 앞길이 매우 불리해지는 것을 피할 수는 없지요."

"하지만 서류를 찾는다면……."

"그렇게만 된다면 이야기는 또 달라지게 되오."

"장관님, 두어 가지 물어보고 싶은 것이 있습니다."

"내가 알고 있는 일이라면 무엇이든 답하겠소."

"이 방에서 문서를 필사하도록 명령하셨나요?"

"그렇소."

"그렇다면 다른 사람이 들을 염려는 없었겠군요."

"물론이오."

"사본을 만들기 위해 조약 문서를 꺼내야겠다는 뜻을 누군가에게 말씀하신 적은 없습니까?"

"아무에게도 말하지 않았소."

"틀림없습니까?"

"틀림없소."

"장관님도 말씀하시지 않았고 펠프스 씨도 말하지 않았다면 이번 일은 아무도 몰랐던 셈입니다. 그렇다면 도둑이 펠프스 씨의 방에 들어간 것은 완전한 우연일 겁니다. 그런데 그 문서가 눈에 띄었고 옳다구나 싶어서 훔친 것입니다."

장관은 미소를 지었다.

"그 부분은 내 전문 분야가 아니오."

홈즈가 한동안 생각에 잠겼다가 말했다.

"한 가지 더, 장관님과 함께 연구하고 싶은 중요한 문제가 있습니다. 장관님은 이 조약의 내용이 외부에 알려지면 중대한 사태가 벌어질 것이라 걱정하고 계신다면서요?"

감정이 풍부하게 드러나는 장관의 얼굴에 어두운 그림자가 드리웠다.

"매우 중대한 사태가 일어날 거요."

"그러한 사태가 이미 일어났습니까?"

"아니, 아직 일어나지 않았소."

"만약 그 문서가 프랑스나 러시아의 외무부로 넘어가면 반드시 어떤 반응이 있을 것이라고 생각하십니까?"

"그렇소."

홀드허스트 경이 얼굴을 찌푸렸다.

"그렇다면 사건이 일어난 지 이미 10주나 지났는데 아무 반응도 없으니 어떤 이유에서인지 그 문서는 아직 그들에게 넘어가지 않았다고 생각해도 되겠군요?"

홀드허스트 경이 어깨를 으쓱했다.

"하지만 도둑이 액자에 넣어 장식이나 하려고 그 문서를 훔쳤다고는 생각할 수 없지 않겠소."

"가치가 올라가기를 기다릴지도 모릅니다."

"하지만 조금만 더 지나면 아무런 가치도 없는 것이 되어 버릴 거요. 두세 달 뒤에는 공표될 예정이니까."

"그건 매우 중요한 점입니다. 물론 범인이 갑작스러운 병에 걸렸을 가능성도 없지는 않지만……."

"예를 들어서 뇌염 같은 병이란 말이오?"

장관이 홈즈를 힐끗 쳐다보았다.

"그런 의미는 아닙니다."

홈즈가 동요하는 빛 없이 대답했다.

"그럼 장관님, 바쁘신 가운데 긴 시간 내주셔서 감사합니다. 저희는 이만 가 보겠습니다."

"범인이 누구라 할지라도 수사가 성공하기를 빌겠소."

홀더허스트 경은 이렇게 대답한 뒤, 문 앞에서 인사를 하고 우리와 헤어졌다.

"훌륭한 인물일세."

화이트홀 가로 나와서 홈즈가 말했다.

"하지만 장관은 나름대로 자신의 지위를 지키기 위해 안간힘을 쓰고 있어. 원래부터 부자가 아니었는데 여러 가지로 돈쓸 곳은 많은 모양이야. 물론 자네도 보았겠지만 최근에 구두 바닥을 갈았더군. 그건 그렇고 왓슨, 이제는 자네의 본업으로 돌아가는 것이 좋을 것 같아. 그 마차에 대한 광고에 답이라도 오지 않는 한 오늘은 더 이상 할 일이 없으니까. 그 대신 내일 다시 오늘 아침과 같은 기차로 워킹에 함께 가 주면 고맙겠네."

이렇게 해서 이튿날 아침, 홈즈와 함께 워킹으로 갔다. 그가 말하기를, 광고에 대한 반응은 전혀 없었으며 새로운 단서도 발견되지 않았다고 했다. 그는 일단 무엇인가를 결심하면 아메리카 인디언처럼 무표정한 얼굴로 변했기 때문에 표정만 보아서는 현재의 상태에 만족하는지 아닌지 알 수가 없었다. 그때 홈즈는 신체적 특징을 사용한 베르티용의 개인 감별법을 화제로 삼았고 그 프랑스 의학자를 거듭 칭찬했다.

우리 의뢰인은 여전히 연인의 헌신적인 간호를 받기는 했으나 전날보다는 훨씬 더 좋아진 듯했다. 우리가 들어갔을 때도 힘들이지 않고 소파에서 가볍게 일어나 인사했다.

"뭔가 알아내셨습니까?"

펠프스가 기대에 찬 표정으로 물었다.

"예상한 대로 썩 좋은 성과는 없습니다. 포브스를 만났고, 외삼촌도 만나 뵈었지요. 하지만 그 외에도 한두 가지, 수사하기 위해 조치를 취해 두었으니 단서가 나올지도 모릅니다."

"그럼 포기하지는 않으셨군요."

"결코 희망을 버리지 않을 겁니다."

그 말을 듣고 해리슨 양이 외쳤다.

"그렇게 말씀해 주시니 마음이 놓여요. 용기를 갖고 끈기 있게 계속 수사하면 반드시 진상을 밝혀낼 수 있을 거예요."

그때 펠프스가 소파에 앉으며 말했다.

"사실, 드리고 싶은 말씀이 아주 많습니다."

"무엇인가 들을 수 있으리라 기대했습니다."

"선생님, 어젯밤 또 다른 사건이 일어났습니다. 거기에는 중대한 의미가 있는 듯합니다."

이야기를 하면서 펠프스의 표정이 진지해졌고 눈에는 두려워하는 기색이 어렸다.

"저도 모르는 사이에 어떤 끔찍한 음모에 휩싸여 명예뿐만 아니라 목숨까지 잃게 되는 것이 아닐까 싶습니다."

"흠!"

"정말 믿을 수가 없습니다. 제게는 적이라고는 아무도 없습니다. 하지만 어젯밤 그런 일을 겪고 나니 달리 생각할 길이 없습니다."

"무슨 일인지 자세히 말해 주세요."

"어젯밤에는 처음으로 간호사 없이 잠을 잤습니다. 몸이 많이 좋아졌기에 간호사가 없어도 괜찮을 거라 생각했거든요. 하지만 취침등은 켜두었습니다. 새벽 2시쯤 되었을까요. 얕은 잠에 들었는데 갑자기 딸그락하는 작은 소리가 들려서 눈을 떴습니다. 쥐가 판자를 갉는 소리와 비슷했지만 정말 그런지 한동안 귀를 기울이고 있었습니다. 그런데 소리가 점점 커지더니 잠시 뒤 창 부근에서 짤깍 하는 금속성 소리가 들려왔습니다. 저는 깜짝 놀라 자리에서 몸을 일으켰습니다. 무슨 소리인지 더 의심할 필요도 없었습니다. 처음 들려온 조그만 소리는 누군가가 창틀의 빈틈에 어떤 도구를 억지로 끼워 넣는 소리였고 그 다음에 들린 소리는 걸쇠를 푸는 소리였습니다.

그리고 10분 정도는 아무 소리도 들리지 않았습니다. 제가 잠을 깼는지 엿본 모양입니다. 마침내 삐걱거리는 소리가 자그맣게 들리더니 창이 살짝 열렸습니다. 저는 신경이 이상하게 예민해져 있어서 더는 견딜수 없었습니다. 침대에서 뛰쳐나가 덧문을 활짝 열었습니다. 그랬더니 창문에 남자 하나가 웅크리고 있더군요! 하지만 날쌔게 도망쳤기 때문에 누구인지는 잘 보이지 않았습니다. 외투 같은 것을 몸에 두르고 있었는데 그것으로 얼굴의 아래쪽 절반을 가리고 있었습니다. 한 가지, 손에 흉기를 들고 있었던 것은 분명합니다. 긴 칼 같은 것이었습니다. 달아날때 번쩍 빛나는 것을 똑똑히 보았습니다."

여기까지 듣고 홈즈가 말했다.

"정말 흥미로운 이야기로군요. 그래서 어떻게 하셨나요?"

"몸만 괜찮았다면 창밖으로 뛰어나가 추격했을 테지만 워낙 몸이 나빠서 벨을 울려서 사람들을 깨웠습니다. 하지만 벨은 부엌에서 울리는데 하인들은 위층에서 자고 있었기에 좀처럼 일어나는 사람이 없었습니다. 그래서 저는 커다란 목소리로 외쳤습니다. 그랬더니 조셉이 가장 먼저 일어나서 다른 사람들을 깨워 주었습니다. 조셉과 마부가 창밖의 화단에서 발자국을 발견했지만 지난 며칠 동안 워낙 햇빛이 강했던 탓에 잔디밭이 끝나는 곳에서 더는 발자국을 따라갈 수 없었다고 합니다. 하지만 도로를 따라 난 울타리를 누군가가 넘어 갔는지 나무 한 군데가 부러져 있었다고 합니다. 우선 선생님의 의견을 듣는 편이 좋겠다 싶어서 아직 경찰에는 아무 말도 하지 않았습니다."

펠프스의 이야기는 셜록 홈즈에게 이상하리만치 큰 관심을 불러일으킨 듯했다. 그는 의자에서 일어서더니 흥분을 억누르지 못하고 방 안을 돌아다니기 시작했다.

"불행은 연속해서 일어나는 법인가 봅니다."

펠프스가 말했다. 빙그레 웃고 있기는 했지만 전날 밤의 사건으로 커다란 충격을 받았을 것이다. 홈즈가 대답했다.

"아니, 불행은 이만하면 됐지요. 괜찮으시다면 나와 함께 집 주변을 둘러볼까요?"

"네, 햇볕을 조금 쬐는 거야 건강에 나쁘지 않으니까요. 조셉도 같이 갈 겁니다."

"나도 갈래요."

해리슨 양이 끼어들었지만 홈즈는 고개를 가로저었다.

"죄송하지만 아가씨는 여기에 그대로 앉아 계세요."

그녀는 불만스러운 기색을 내비치며 의자에 앉았다. 하지만 오빠 조셉은 우리와 함께 밖으로 나섰다. 잔디밭을 돌아서 젊은 외교관이 병실로 쓰는 방의 창밖으로 갔다. 펠프스의 말대로 화단에는 발자국이 남아 있었으나 알아보기 어려울 만큼 희미해져 있었다. 홈즈는 잠깐 웅크리고 앉아 발자국을 바라보더니 곧 일어나 어깨를 들썩였다.

"이래서는 누가 봐도 도움이 되지 않겠군요. 집 주위를 둘러보면서 어째서 도둑이 이 창문을 골랐는지 살펴보기로 합시다. 도둑의 눈에는 응접실이나 식당의 커다란 창문이 눈에 더 쉽게 띄었을 텐데 말이죠."

"저쪽이 도로 쪽에서도 더 잘 보이고요."

조셉 해리슨이 말했다.

"그렇지요. 아, 여기에 도둑이 노릴 만한 문이 있는데, 무슨 문입니까?"

"상인들이 드나드는 쪽문입니다. 물론 밤에는 열쇠를 걸어 둡니다."

"예전에도 이런 일이 있었습니까?"

"아니요, 없었습니다."

펠프스가 대답했다.

"이 집에는 금이나 은으로 된 식기, 아니면 또 도둑이 노릴 만한 물건이 있나요?"

"귀중품이라 할 만한 건 없습니다."

홈즈는 두 손을 주머니에 찔러 넣고 집 주위를 천천히 걷기 시작했다. 평소 그에게서는 볼 수 없는 건성건성한 태도였다. 홈즈가 조셉 해리슨에게 말했다.

"그런데 도둑이 울타리를 넘은 흔적이 발견되었다고 하던데 거기도 좀 보여 주시죠."

해리슨은 울타리 위의 나무 하나가 부러진 곳으로 우리를 데리고 갔다. 부러진 조그만 나뭇조각이 걸려 있었다. 홈즈가 그것을 뜯어내 조심스럽게 살펴보았다.

"이건 어젯밤에 부러진 게 아닙니다. 부러진 지 오래된 것 같군요."

"그렇습니까?"

"게다가 바깥쪽으로 뛰어내린 흔적도 없어요. 여기에는 크게 도움이 될 만한 것이 없습니다. 침실로 돌아가서 이야기를 나누는 편이 좋겠습니다."

퍼시 펠프스는 곧 처남이 될 사람의 팔에 의지해서 천천히 걷기 시작했다. 홈즈와 나는 빠른 걸음으로 잔디밭을 가로질러 뒤의 두 사람보다 훨씬 먼저 열려 있는 침실 창문 밖에 도착했다. 홈즈가 매우 진지한 말투로 방 안에 있는 아가씨에게 말을 건넸다.

"해리슨 양. 당신은 하루 종일 거기에 가만히 있어야 합니다. 무슨 일이 있어도 거기서 벗어나서는 안 돼요. 이건 매우 중요한 일입니다."

"알겠어요. 선생님 말씀대로 할게요."

그녀가 깜짝 놀라며 대답했다.

"침실에 계실 때는 이 방문을 바깥에서 잠그고 그 열쇠를 꼭 쥐고 있어야 합니다. 반드시 그렇게 하겠다고 약속해 주세요."

"하지만 퍼시는 어떻게 하죠?"

"우리와 함께 런던으로 갑니다."

"저 혼자 여기에 남아 있으란 말인가요?"

"해리슨 양, 그를 위해서입니다. 그래야 그를 도울 수 있어요. 자, 어서! 약속해 주세요!"

알았다고 그녀가 고개를 끄덕였을 때 두 사람이 다가왔다. 오빠가 동생에게 외쳤다.

"애니, 왜 그런 곳에 있는 거니? 양지바른 곳으로 나오렴."

"괜찮아요, 오빠. 머리가 조금 아파서요. 이 방은 시원해서 기분이 좋아요."

"이제 무엇을 하실 건가요, 선생님?"

펠프스가 물었다.

"글쎄요, 작은 일에만 정신을 팔다 보면 수사의 큰 줄기를 잊을 우려가 있지요. 우리와 함께 런던으로 가 주신다면 큰 도움이 되겠습니다."

"지금 말입니까?"

"괜찮으시다면 되도록 빨리요. 한 시간 뒤는 어떻습니까?"

"많이 회복되었으니 정말 도움이 된다면 기꺼이 가겠습니다."

"큰 도움이 될 겁니다."

"그럼 오늘 밤에는 런던에서 자야겠군요?"

"그렇게 말하려던 참이었습니다."

"그렇다면 어젯밤 손님이 오늘 밤에 또 찾아오더라도 사냥감이 없으니 실망하겠네요. 이제 모든 것을 선생님에게 맡겼으니 하실 말씀이 있으면 언제든 해 주세요. 저와 함께 조셉도 같이 가는 편이 좋겠지요?"

"아니, 그럴 필요는 없습니다. 왓슨은 의사이니 당신을 돌봐 줄 겁니다. 괜찮으시다면 여기서 점심을 먹고 셋이서 런던으로 가지요."

모든 일이 홈즈의 뜻대로 되었다. 해리슨 양도 홈즈의 지시대로 구실을 만들어 침실에서 나오지 않았다. 설마 펠프스와 애니 해리슨을 떼어 놓으려는 것은 아니리라. 홈즈가 어떤 목적으로 이런 계책을 쓰는지 나는 알 길이 없었다. 펠프스는 건강을 회복하여 우리와 함께 행동하게 된 것을 기뻐하면서 식당에서 함께 식사를 했다. 그런 다음, 홈즈는 다시 한 번 우리를 놀라게 했는데 그는 같이 역까지 가서 나와 펠프스를 기차 안까지 안내하더니 갑자기 자신은 그대로 위킹에 남겠다고 천연덕스럽게 말한 것이다.

"여기를 떠나기 전에 두어 가지 분명히 하고 싶은 것들이 있습니다. 그러려면 펠프스 씨가 여기에 없는 편이 좋을 것 같군요. 왓슨, 런던에 도착하면 마차로 펠프스 씨를 베이커 가까지 모시고 가게. 그리고 내가 돌아갈 때까지 함께 있어 주게나. 다행히 둘은 학창 시절의 친구이니 나눌 이야기도 많겠지? 펠프스 씨에게는 예비 침실을 드리면 돼. 아침 8시에 워털루에 도착하는 기차가 있으니 나도 내일 아침 식사 전까지는 갈 수 있을 걸세."

"그럼 런던에서 하시겠다는 수사는 어떻게 되는 겁니까?"

펠프스가 실망한 듯 물었다.

"그건 내일이라도 할 수 있습니다. 급히 조사해야 할 것은 여기에 있으니까요."

"우리 집 사람들에게 내일 밤에는 돌아올 생각이라고 전해 주십시오."

기차가 승강장을 떠나려 할 때 펠프스가 외쳤다.

"내가 댁에 갈 일은 없을 겁니다."

홈즈는 이렇게 대답하더니 역에서 멀어지는 기차를 향해 유쾌한 듯 손을 흔들었다.

런던으로 오는 도중에 펠프스와 나는 홈즈의 이상한 행동에 대해서 여러 가지 이야기를 나누었으나 우리 둘 다 이 새로운 사태에 대한 만족스러운 해답을 얻지는 못했다.

"어젯밤에 찾아온 녀석을 단순한 도둑으로 생각하고 어떤 단서를 찾으려는 것이 아닐까? 나는 그 녀석이 그냥 도둑 같지는 않지만."

"그럼 뭐라고 생각하나?"

"자네는 내가 너무 예민해진 탓이라고 할지 모르겠지만 내 주위에서 중대한 정치적 음모가 일어난 것 같네. 그리고 이유는 몰라도 그자들이 내 목숨을 노린 것이지. 터무니없고 황당하게 여겨질 수도 있을 거야. 그래도 사실을 잘 생각해 보게나. 가져갈 만한 물건도 없는 침실인데 어째서 절도범이 창문으로 들어오려 했던 것일까? 그리고 기다란 칼은 왜 들고 있었고?"

"그건 집에 들어올 때 사용했던 지렛대가 아니었을까?"

"아니, 그렇지 않네. 분명히 칼이었어. 번뜩이는 날을 두 눈으로 똑똑히 봤다네."

"그렇다면 대체 무슨 원한이 있어서 자네를 노렸을까?"

"그건 나도 모르겠네."

"홈즈도 같은 생각이라면 그의 행동을 설명할 수도 있을 거야. 자네의 추정이 옳다면 홈즈가 어젯밤 자네를 습격한 녀석을 붙잡으면 해군 조약 문서를 훔친 범인도 알아낼 수 있을 걸세. 자네에게 적이 둘이나 된다면 그건 좀 바보 같은 소리야. 그러니 훔친 사람과 자네를 노린 사람은 서로 다르지 않을 걸세."

"하지만 홈즈 선생님은 우리 집에 가지 않겠다고 하지 않았나?"

"난 홈즈를 오래 알고 지냈지만 그가 아무 이유 없이 행동하는 것은 한 번도 본 적이 없네."

그런 다음 우리는 다른 이야기를 나누었다.

어쨌든 내게도 퍽 우울한 하루였다. 펠프스는 오랜 병에서 아직 완전히 회복되지는 않았고 또 이번 불행을 겪은 탓에 매우 불만에 차 있었으며 신경질적이 되었다. 아프가니스탄과 인도에 이야기, 혹은 사회 문제 등 여러 가지 화제로 그의 기분을 풀어 주려 했으나 아무 효과도 없었다. 주제는 곧 잃어버린 조약 문서로 돌아가서 홈즈는 무엇을 하고 있는지, 홀드허스트 경은 어떤 조치를 취하고 있을지, 내일 아침에는 어떤 보고를 들을 수 있을지, 끝도 없이 마음을 졸이기도 하고 추측하기도 했다. 밤이 깊어가면서 더욱 불안해하는 그의 모습은 보기에도 안쓰러울 지경이었다.

"자네는 홈즈 선생님을 절대적으로 신뢰하는가?"

"이 눈으로 놀라운 솜씨를 몇 번이고 보아 왔으니까."

"하지만 이처럼 애매한 사건을 해결한 적은 없었겠지?"

"그렇지 않아. 이것보다 훨씬 더 단서가 적은 사건도 멋지게 해결해 냈다네."

"하지만 국가적으로 이렇게 중대한 이해관계가 얽혀 있는 사건은 아니었겠지?"

"거기에 대해서는 뭐라 말할 수가 없군. 하지만 내가 알기로는 세 유럽 왕실의 안전과 관련된 중대한 문제를 해결한 적도 있다네."

"왓슨, 자네는 그분을 잘 알고 있으니 괜찮겠지만 나한테는 수수께끼 같은 인물일세. 어떻게 생각해야 좋을지 모르겠어. 그분이 이번 사건을 해결할 수 있을까? 자신이 있을까?"

"그 점에 대해서라면 홈즈는 아무 말도 하지 않았네."

"그럼 해결할 가망성이 없는 거로군."

"그 반대일세. 단서가 없었다면 그렇다고 분명히 말했을 거야. 단서를 잡기는 했지만 그것이 정확한지 확신할 수 없을 때 그는 입을 다문 채 아무 말이 없다네. 펠프스, 어쨌든 우리가 아무리 애태워 봤자 사건 해결에는 아무 도움이 되지 않으니 그만 잠자리에 드세. 그리고 어떤 보고가 있을지 몰라도 새로운 기분으로 내일의 보고를 기다리자고."

나는 친구를 간신히 설득해서 침대에 눕혔다. 그러나 매우 흥분해 있으니 쉽게 잠을 자지는 못하리라 생각했다. 친구의 기분이 전염된 듯, 나도 밤늦게까지 뒤척이며 이 기묘한 사건에 대해 이리저리 생각해 보기도 하고 수많은 추리를 해 보기도 했다. 하지만 생각하면 생각할수록 가능성 없는 억측만 더욱 깊어졌다. 홈즈는 어째서 워킹에 남았을까? 왜 해리슨 양에게 하루 종일 병실에서 나오지 말라고 충고했을까? 어째서 자신이 워킹에 남는다는 사실을 브라이어브레이 사람들에게 알리지 않기 위해 그토록 조심했던 것일까? 이 모든 사실을 한꺼번에 설명할 수 있는 해답이 없을지 머리를 굴리는 동안, 그만 잠에 빠져 들었다.

눈을 떠 보니 아침 7시였다. 펠프스가 묵고 있는 방으로 가 보니 밤새 잠을 못 잤는지 얼굴이 초췌했다. 그는 나를 보자마자 홈즈가 돌아왔느냐고 물었다.

"약속한 시간까지는 반드시 돌아올 걸세. 정확히 그 시간에 말이야."

내 말은 틀리지 않았다. 아침 8시가 조금 넘자 이륜마차 한 대가 기세좋게 달려와 현관 앞에 멈춰 섰고 그 안에서 홈즈가 내렸다. 우리는 창가에 서서 바라보고 있었는데 홈즈는 왼손에 붕대를 감았고 안색은 창백했으며 표정은 굳어 있었다. 그는 집으로 들어섰고 2층에 모습을 드러낼 때까지 약간 시간이 걸렸다.

"얼굴을 보니 성과가 없었던 모양일세."

펠프스가 말했다. 나도 그의 말에 반박할 수가 없었다.

"결국 단서는 런던에 있다는 말인가?"

친구가 한숨을 쉬었다.

"어떻게 됐는지 도통 모르겠군. 나는 홈즈 선생님이 돌아오기만을 손꼽아 기다리고 있었다네. 어제는 저런 붕대를 감고 있지는 않았는데 대체 어떻게 된 걸까?"

그때 친구가 방에 들어왔다. 내가 물었다.

"홈즈, 어디 다쳤나?"

"괜찮네. 살짝 까졌을 뿐이야. 잠깐 실수를 했거든."

홈즈가 아침 인사를 하며 말했다.

"펠프스 씨, 이번 사건은 제가 지금까지 다룬 사건 중에서도 전례를 찾기 어려울 만큼 어려운 사건입니다."

"포기하겠다고 말씀하실까 봐 가슴 졸이고 있습니다."

"정말 험한 꼴을 당했어요."

"홈즈, 손에 감고 있는 붕대를 보면 알겠어. 무슨 일이 있었는지 들려주지 않겠나?"

"그건 아침을 먹고 난 뒤에 이야기하지, 왓슨. 오늘 아침에는 서리 주의 신선한 공기를 50킬로미터나 마시면서 달려왔으니까. 우리가 낸 광고에 대한 답은 아직 안 왔겠지? 뭐, 괜찮네. 상황이 언제나 우리에게 유리한 쪽으로만 흐르지는 않으니까."

식사 준비는 이미 다 되어 있었다. 내가 벨을 울리려 할 때 허드슨 부인이 차와 커피를 가지고 들어왔다. 잠시 뒤, 뚜껑을 덮은 요리 접시가 들어와서 우리는 식탁에 앉았다. 홈즈는 배가 고파 죽을 지경이었고, 나는 궁금해서 조바심이 났으며, 펠프스는 완전히 의기소침해 있었다.

"허드슨 부인은 메뉴를 생각해 내는 기지가 아주 뛰어나."

홈즈가 치킨 카레 뚜껑을 열면서 말했다.

"요리의 종류가 많은 편은 아니지만 스코틀랜드 아주머니답게 아침 식사를 푸짐하게 차려 주지. 왓슨, 그건 뭐지?"

"햄과 달걀일세."

"꽤 맛있어 보이는데. 펠프스 씨는 무엇을 드시겠습니까? 치킨 카레와 달걀 중에서 무엇이 좋으신가요? 아니면 직접 덜어 드셔도 됩니다."

"고맙습니다. 하지만 아무것도 먹고 싶지 않습니다."

"그러면 안 됩니다. 하다못해 그 접시에 있는 것만이라도 드시지요."

"고맙습니다. 하지만 정말 먹고 싶지가 않습니다."

홈즈가 장난스러운 눈빛으로 말했다.

"그렇습니까? 그럼 그건 제가 먹어도 되겠지요?"

펠프스는 접시 뚜껑을 열더니 깜짝 놀라 비명을 지르며 눈앞의 접시를 바라보았다. 그의 얼굴은 접시만큼이나 창백했다. 그릇 한가운데 푸른빛이 도는 회색 종이가 조그맣게 말려 있었다. 펠프스는 그것을 집어서는 빨려 들어갈 듯 바라보다가 곧 그것을 가슴에 안고 너무 기쁜 나머지 얼빠진 소리를 지르며 미친 사람처럼 펄쩍펄쩍 방 안을 돌아다녔다. 그러다가 지나치게 흥분해서 지쳤는지 원래 앉아 있던 팔걸이의자에 힘없이 쓰러졌다. 우리는 펠프스가 기절하지 않도록 브랜디를 먹여야 했다.

"이봐요, 정신 차려요."

홈즈가 펠프스의 어깨를 두드리며 기운을 북돋았다.

"갑자기 놀라게 해서 죄송합니다. 왓슨은 잘 알고 있지만 나는 종종 이런 극적인 장면을 연출하고 싶어 하는 나쁜 버릇이 있어서요."

펠프스가 홈즈의 손을 잡고 키스하더니 외쳤다.

"선생님께 신의 은총이 있기를! 홈즈 선생님 덕분에 제 명예를 지키게 되었습니다."

"하마터면 내 명예까지 잃을 뻔했습니다. 당신도 일에서 실수를 하고 싶지 않겠지만 나도 사건을 조사하다가 실패하는 것을 싫어합니다."

펠프스가 귀중한 서류를 상의 안쪽 주머니에 넣었다.

"더 이상 식사를 방해하고 싶지는 않지만 이 서류를 어디서 어떻게 찾아내셨는지 한시라도 빨리 듣고 싶습니다."

셜록 홈즈는 커피 한 잔을 단숨에 비우더니 햄과 달걀을 뚫어져라 바라보았다. 그런 다음 자리에서 일어나 파이프에 불을 붙이고 자기 의자에 앉았다.

"우선 어제 헤어지고 난 뒤 내가 무엇을 했는지 이야기하고, 왜 그렇게 했는지 설명하죠. 기차역에서 여러분을 배웅하고 나서 나는 서리 주의 아름다운 풍경을 즐기며 걸어서 리플리라는 작고 깨끗한 마을로 갔습니다. 그곳의 여관에서 커피를 마시고 물통에 마실 것을 채우고는 샌드위치를 하나 싸서 주머니에 넣어 준비를 마쳤습니다. 저녁이 되기를 기다렸다가 워킹을 향해서 출발했지요. 브라이어브레이 주변을 지나는 도로에 도착한 것은 해가 진 직후였습니다.

물론 평소에도 사람이 많이 지나는 길은 아니지만, 오가는 사람들이 없어지기를 기다렸습니다. 그리고 나는 담을 넘어서 정원으로 들어갔습니다."

"하지만 그때는 아직 문이 열려 있었을 텐데요?"

"네, 열려 있었습니다. 하지만 나는 이렇게 하는 것을 좋아하니까요. 전나무 세 그루가 자란 곳을 골라서 넘었기 때문에 집안사람들에게 들킬 염려는 없었습니다. 그런 다음 관목 수풀에 몸을 숨기며 기어서 앞으로 나갔어요. 그래서 바지의 무릎이 이렇게 더러워진 겁니다. 그렇게 해서 마침내 당신 침실의 창 앞에 있는 진달래 수풀에 도착했고 거기에 웅크리고 앉아 사태를 지켜보았습니다.

덧문을 내리지 않았기에 해리슨 양이 탁자 곁에서 책을 읽는 것이 보였습니다. 10시 15분이 되자 그녀는 책을 덮고 덧문을 내린 다음 침실로 들어갔지요. 문을 닫고 열쇠로 잠그는 소리가 똑똑히 들렸습니다."

"열쇠라고요?"

펠프스가 다시 커다란 소리로 말했다.

"네. 잘 때는 밖에서 문을 잠그고 그 열쇠를 몸에 지니고 있으라고 내가 부탁했거든요. 그녀는 내 충고대로 해 주었어요. 해리슨 양이 도와주지 않았다면 서류는 당신 주머니 속으로 되돌아오지 않았을지도 모릅니다. 어쨌든 그녀가 방에서 나가면서 불을 끄자 그 자리에는 진달래 수풀 속에 숨은 나만 남았습니다.

아름다운 밤이었지만 그래도 밤새 잠복하는 것은 따분한 일입니다. 물론 사냥꾼이 물가에 몸을 숨긴 채 커다란 사냥감이 오기를 기다릴 때 같

은 흥분은 있었지만요. 하지만 꽤나 길게 느껴지더군요. 왓슨, 〈얼룩 끈〉 사건 때 으스스한 방에서 같이 기다린 적이 있었지? 그때만큼이나 길게 느껴졌다네. 워킹 교회 시계가 15분마다 울리는데 그 시계가 멈춰 버린 것이 아닐까 하는 생각도 두 번 정도 들었습니다. 그런데 드디어 녀석이 찾아왔습니다. 새벽 2시쯤, 짤깍 하고 걸쇠를 벗기는 소리가 들리더니 열쇠를 돌리는 소리가 들렸어요. 하인들이 드나드는 문이 열리더니 조셉 해리슨 씨가 달빛 속으로 나오더군요."

"조셉이?"

펠프스가 외쳤다.

"모자는 쓰지 않았지만 검은 외투를 어깨에 걸쳐서 무슨 일이 있으면 언제라도 얼굴을 가릴 수 있는 모습이었죠. 건물의 그림자를 따라서 살금살금 창 밑까지 오더니 날이 긴 칼을 창틀에 끼워 넣고는 걸쇠를 벗겼어요. 그런 다음 창문을 열고 덧문의 틈에 칼을 쑤셔 넣어서 빗장을 올려 열어 버렸습니다.

내가 숨어 있던 곳에서는 방 안의 모습과 그의 행동까지 전부 지켜볼 수 있었지요. 그는 난로 위 선반에 있던 초 두 개에 불을 붙이고, 문 근처 바닥에 있는 깔개의 한쪽 귀퉁이를 들어 올렸습니다. 그런 다음에 웅크려 앉더니 배관공이 가스관의 연결 부분을 수리할 수 있도록 구멍을 뚫은 곳에 있던 네모난 판자를 들어냈어요. 그것은 부엌 밑으로 연결된 가스관의 T자형 연결 부분을 가리기 위한 뚜껑이었습니다. 그는 그 비밀 장소에서 조그만 두루마리를 꺼내더니 다시 뚜껑을 덮고 깔개를 원래대로 하고는 촛불을 끄고 창문을 넘었습니다. 밖에서 기다리고 있던 내 품 안으로 곧장 뛰어든 셈이지요.

조셉이라는 신사는 내 생각보다 훨씬 더 질이 나쁜 사람이었어요. 칼을 휘두르며 덤벼들더군요. 두 번이나 때려서 쓰러뜨렸지만 덕분에 나도 손가락 관절을 다치고 말았습니다. 간신히 그를 제압했지만 격투가 끝난 뒤에도 겨우 보이는 한쪽 눈에는 살기가 가득했습니다. 그래도 내 설득을 받아들이고는 서류를 넘겨주었지요. 서류는 받았으니 그자를 풀어 주었지만 일단 오늘 아침에 포브스 형사에게 전보로 사건의 경위를 알려 두었습니다. 바로 체포한다면 좋겠지만 이미 도망치고 없을 겁니다. 뭐, 정부 입장에서 보자면 그 편이 오히려 낫지 않겠습니까? 홀드허스트 경도 그렇고 퍼시 펠프스 씨도 그렇고. 다들 경찰이 끼어드는 것은 싫으시겠죠?"

"아아!"

의뢰인이 몸부림을 치듯 말했다.

"저는 지난 10주일 동안 죽도록 마음고생을 했습니다. 그런데 그 서류가 제 방에 있었단 말입니까?"

"그렇습니다."

"악마 같은 조셉 녀석! 그 조셉이 악당이었다니! 도둑놈이었다니!"

"그는 보기보다 훨씬 더 교활하고 위험한 인물입니다. 오늘 아침에 그 사람이 직접 말했는데 주식으로 큰돈을 잃어서 돈이 될 만한 일이라면 무슨 짓이든 할 각오였던 모양입니다. 그자는 몹시 이기적이어서 절호의 기회가 왔다는 생각이 들자 동생의 행복이며 당신의 명예도 돌아보지 않았습니다."

퍼시 펠프스는 의자에 몸을 깊게 묻었다.

"아, 어지러워. 그 이야기를 들으니 현기증이 납니다."

홈즈가 교수 같은 어투로 말했다.

"이번 사건에서 가장 어려웠던 부분은 증거가 너무 많았다는 점입니다. 관계없는 것들이 중요한 증거를 가려 버렸지요. 나타난 많은 사실들 중에서 정말로 중요한 것들만 골라내 올바로 조합해서 이 놀라운 사건의 진상을 재구성해야 했어요. 사건이 일어난 밤, 당신이 조셉과 함께 돌아갈 예정이었다는 말을 듣고 나는 조셉을 의심하기 시작했습니다. 그는 외무부의 사정에 밝은 만큼 당신을 찾아갔을 수도 있었으니까요. 그리고 누군가가 펠프스 씨의 침실에 침입하려 했다는 말을 듣자 내 의심은 확신으로 바뀌었습니다. 그 방에 물건을 숨길 수 있는 사람은 조셉 밖에 없었으니까요. 당신이 의사와 함께 돌아오는 바람에 조셉은 그 방을 양보할 수밖에 없었습니다. 게다가 당신이 간호사가 없이 자게 된 첫 번째 날에 침입하려 했으니 집안 사정에 밝은 사람의 짓이 분명했습니다."

"아아, 나는 왜 그렇게 어리석었을까!"

"내 조사에 따르면 사건의 순서는 다음과 같습니다. 조셉 해리슨은 찰스 가 쪽으로 난 문을 통해서 관청 안으로 들어갔습니다. 내부 구조를 잘 알고 있기 때문에 바로 당신의 방으로 갔지요. 그런데 마침 당신이 방을 나선 직후였습니다. 아무도 없어서 조셉은 서둘러 벨을 울렸는데 그때 문득 책상 위의 서류가 눈에 들어왔습니다. 한눈에 보기에도 국가 기밀문서가 분명했지요. 그는 순간적으로 그것을 주머니에 넣고 자리를 떴습니다. 잠에 취한 수위가 아무도 없는데 벨이 울린다는 사실을 당신

에게 말할 때까지 몇 분이 흘렀으니 그 사이에 도둑은 충분히 도망칠 수 있었습니다.

그는 역으로 달려가 바로 기차를 타고 워킹으로 돌아갔는데 노획물을 살펴보니 굉장한 가치가 있는 것이었습니다. 우선 안전한 곳에 숨겨 두었다가 며칠 지나면 꺼내서 프랑스 대사관이나 비싼 값에 살 만한 곳에 가져갈 생각이었습니다. 그때 갑자기 당신이 돌아온 것입니다. 그는 어쩔 수 없이 자신의 방에서 쫓겨났고 그때부터는 그 방에 적어도 두 사람이 있었기 때문에 보물을 꺼내지 못한 겁니다. 아마 그는 매우 초조해했겠지요. 그러다가 마침내 기회가 왔다고 생각하고 몰래 방으로 들어가려 했으나 당신이 잠에서 깨어나는 바람에 그렇게 하지 못했습니다. 그날 밤, 당신은 평소 먹던 약을 먹지 않았지요?"

"네, 그렇습니다."

"조셉은 약을 더 독하게 해 두었을 겁니다. 그래서 당신이 깊이 잠들었다고 믿고 숨어들었던 것이겠죠. 물론 기회만 닿으면 몇 번이고 되풀이했을 겁니다. 당신이 방을 비우면 그에게는 절호의 기회가 될 테니 나는 그에게 틈을 주지 않기 위해 해리슨 양에게 부탁해서 하루 종일 그 방에 있으라고 했습니다. 그리고 더는 방해할 사람이 없다고 생각하게 한 뒤, 조금 전에 말한 대로 그 방을 감시했습니다. 서류가 그 방에 있다는 사실은 알고 있었지만 그렇다고 해서 바닥이나 벽을 뜯어내면서까지 서류를 찾을 생각은 없었거든요. 그래서 범인이 자기 손으로 직접 비밀 장소에서 꺼내게 해서 수고를 덜었습니다. 아직도 이해가 안 되는 점이 있습니까?"

내가 물었다.

"첫째 날 밤에 어째서 창문으로 들어가려 했을까? 문으로 들어갈 수도 있었을 텐데."

"그 방의 문까지 가려면 일곱 개의 침실 앞을 지나야 하니까. 하지만 잔디밭 쪽이라면 어려움 없이 도망칠 수 있지. 또 있습니까?"

이번에는 펠프스가 물었다.

"설마 조셉이 저를 죽일 생각은 아니었겠죠? 칼은 창을 열기 위한 도구일 뿐이었겠지요?"

홈즈는 어깨를 들썩였다.

"그럴 수도 있겠죠. 하지만 조셉 해리슨 씨가 무슨 짓을 할지 모르는 사람임에는 틀림이 없습니다. 나는 자신 있게 말할 수 있습니다."

11. 마지막 사건

셜록 홈즈의 명성을 드높인 그의 남다른 재능을 기록하는 것도 이제 마지막이라고 생각하니 펜을 잡기가 슬퍼진다. 나는 〈진홍색 연구〉라는 제목으로 기록한 사건이 일어날 무렵에 우연히 홈즈를 알게 되었다. 이후, 그의 활약 덕분에 큰 국제 문제로 번지지 않고 마무리된 〈해군 조약〉 사건에 관여할 때까지 나는 그와 함께한 수많은 체험을 두서없이 미숙한 실력으로나마 기록해 왔다. 나는 〈해군 조약〉 사건 이후 거기서 기록을 멈출 생각이었다. 내 인생에 메울 길 없는 공백을 만들어 버린 그 사건이 일어난 지도 벌써 2년이 되었지만 나는 여전히 입을 다물고 있을 작정이었다. 그런데 얼마 전, 제임스 모리어티 대령이 죽은 동생을 변호하는 수기를 발표했기 때문에 나도 어쩔 수 없이 펜을 들어 사실을 있는 그대로 정확하게 공표하기로 마음먹었다. 그 사건의 진상을 알고 있는 것은 오직 나 하나뿐이며, 내가 입을 다물고 진상을 숨기더라도 더 이상 아무 도움이 되지 않는 시기가 왔음을 나는 기쁘게 여긴다. 내가 알고 있기로 이 사건은 신문에 딱 세 번 보도되었다. 1891년 5월 6일자 스위스의 〈제네바 저널〉, 5월 7일 영국의 각 신문에 게재된 로이터 통신의 급전, 그리고 마지막이 앞서 말한 모리어티 대령이 최근에 발표한 수기이다. 앞의 두 가지는 극히 짧은 기사에 불과했으나 마지막 수기는 사실을 완전히 왜곡한 내용이었다. 모리어티 교수와 셜록 홈즈 사이에 무슨 일이 있었는지 그 진상을 밝히는 것은 내 의무가 아닐 수 없다.

예전에 말한 적이 있지만 내가 결혼하고 병원을 개업하자 그토록 친밀하던 홈즈와의 관계에도 다소 변화가 있었다. 그는 수사에 도움이 필요할 때면 변함없이 나를 찾아왔지만 그 횟수도 점점 줄어들어 1890년에 내가 기록한 사건은 겨우 세 건에 불과했다. 그해 겨울부터 이듬해인 1891년 이른 봄까지 그가 프랑스 정부의 의뢰를 받아 어떤 중요한 사건을 해결하고 있다는 사실은 신문을 통해 알고 있었다. 그리고 프랑스 남부의 나르본느와 니임에서 보낸 홈즈의 편지를 읽고 그가 프랑스에서 상당히 오래 머물 것이라 생각했다. 그랬으므로 4월 24일 밤, 홈즈가 갑자기 진찰실에 모습을 나타냈을 때 나는 조금 놀랐다. 게다가 그의 얼굴이 평소보다 더 창백하고 매우 여윈 것을 보자 걱정도 되었다.

"그렇다네. 조금 무리해서 일을 했거든. 요즘 조금 복잡한 문제가 있다네. 덧문을 닫아도 되겠나?"

그는 내가 묻기도 전에 놀란 내 표정을 보고 이렇게 대답했다. 방을 밝히는 조명은 내가 책을 읽느라 책상 위에 켜 둔 램프뿐이었다. 홈즈는 벽에 몸을 바싹 붙이더니 벽을 따라가 덧창을 닫고 걸쇠를 단단히 채웠다. 내가 물었다.

"홈즈, 무슨 걱정거리라도 있는가?"

"응."

"뭐지?"

"공기총."

"이봐, 홈즈. 그게 무슨 말인가?"

"왓슨, 자네는 나를 잘 알고 있으니 내가 결코 괜한 일을 걱정하는 사람이 아니라는 것도 알고 있겠지? 하지만 위험이 닥쳤는데도 인정하지 않는다면 그것은 용기가 아니라 어리석음일 거야. 성냥 좀 주겠나?"

마음을 가라앉혀 주는 담배의 효과가 만족스러운지 홈즈는 연기를 깊숙이 들이마셨다. 그러고는 다시 말을 이었다.

"이런 늦은 시간에 찾아와서 미안하네. 그리고 잠시 뒤에는 뒤뜰의 담을 넘어서 돌아갈 테니 몰상식하다고 생각하지 말고 용서해 주게나."

"대체 왜 그러는 건가?"

내가 묻자 그는 한쪽 손을 내밀었다. 불빛 아래로 그의 손을 보니 손가락 관절 두 군데가 찢어져 피가 배어 나오고 있었다.

"보게, 보통 일이 아니라고. 남자가 손등에 상처를 입었다면 이만저만 한 일이 아닐세. 부인은 집에 있나?"

"아니, 어딜 좀 나갔네."

"그것 잘됐군. 자네 혼자 있단 말이지?"

"그래."

"그럼 이야기가 더 쉬워지겠군. 일주일 정도 같이 유럽 대륙에 가지 않겠나?"

"대륙 어디로?"

"어디든 상관없네. 나한테는 다 똑같거든."

참으로 모를 일이었다. 홈즈가 아무 목적도 없이 휴가를 떠날 리가 없었다. 창백하게 여윈 얼굴을 보면 신경이 극도로 날카로워졌음을 알 수 있었다. 그는 눈빛을 보고 내 의문을 알아차렸는지 두 손가락 끝을 마주 대고 무릎 위에 팔꿈치를 얹은 뒤 상황을 설명하기 시작했다.

"자네, 모리어티 교수라고 들어 본 적 있나?"

"아니."

"바로 그거야. 이 사건의 특징과 불가사의함이 바로 거기에 숨어 있다네! 아무도 런던 시내를 활개 치며 돌아다니는 사내의 이름을 모르지. 그렇기 때문에 녀석은 범죄 역사상 가장 큰 기록을 세울 수 있었다네. 왓슨, 이건 진심으로 하는 소리인데 만약 내가 그자를 때려 눕혀 이 사회를 그의 손아귀에서 건진다면 나는 내 경력이 드디어 최고점에 달했다고 여기고 현역에서 물러나 평온한 생활을 시작해도 좋겠다고 생각할 걸세. 자네 앞이니까 이런 말을 하네만, 최근 스칸디나비아 왕가와 프랑스 공화국을 위해서 몇몇 사건을 처리한 덕분에 이제는 내 취향에 맞춰 조용히 시간을 보내면서 화학 연구에 전념할 수 있을 만한 신분이 되었다네. 하지만, 왓슨. 모리어티 교수 같은 녀석이 아무렇지도 않게 런던 시내를 활보하고 있다고 생각하면 도저히 참을 수가 없네. 가만히 앉아 있을 수가 없어."

"그 사내가 어떤 짓을 저질렀나?"

"특이한 경력을 가진 사람이야. 명문가 출신으로 훌륭한 교육을 받았고 놀랄 정도로 뛰어난 수학 재능을 타고났어. 스물한 살에 이항정리에 관한 논문을 발표해서 전 유럽을 떠들썩하게 만들었지. 덕분에 영국의 한 작은 대학의 수학 교수 자리에 오르는 등 누가 봐도 앞길 창창한 청년이었어. 하지만 이 사람에게는 악마의 피가 흐르고 있었네. 범죄자의 피가 그의 혈관을 흘렀는데, 놀랍도록 뛰어난 지력은 그런 성향을 교정하기는커녕 오히려 더욱 증폭시켰네. 그 바람에 더할 나위 없이 위험한 사람이 되어 버렸지. 그러던 중에 그를 둘러싼 나쁜 소문이 퍼져 결국에는 교수직에서 물러나 런던으로 올라와 군인들을 가르치는 교사가 되었네. 여기까지는 세상에도 잘 알려졌네만 지금부터 하는 이야기는 내가 직접 조사한 내용일세.

왓슨, 자네도 알다시피 나는 런던의 지능 범죄 사회의 실상을 누구보다도 잘 알고 있네. 몇 년 전부터 범죄자들의 배후에 어떤 힘이 숨어 있다는 사실을 알게 됐어. 늘 법의 집행을 가로막고 범죄자들을 지켜 주는 강력한 조직의 힘이었네. 위조, 강도, 살인 등 모든 종류의 범죄 뒤에 그런 힘이 있음을 종종 느낄 수 있었다네. 또한 내가 직접 관여하지는 않았지만 미궁에 빠진 수많은 사건에도 이 힘이 작용했다는 사실을 알게 되었지. 지난 몇 년 동안 나는 이 조직을 둘러싼 베일을 벗기기 위해 노력했는데 드디어 얼마 전에 그 실마리를 찾아냈어. 그것을 더듬어 교묘한 미로를 빠져나가 마침내 이 유명한 수학 교수 모리어티에게 이르렀다네.

왓슨, 그자는 범죄 사회의 나폴레옹일세. 이 대도시에서 일어나는 범죄의 절반 정도와 미궁에 빠진 사건 대부분을 그가 조종하고 있어. 천재인 데다가 철학가이자 논리적 사색가이기도 하지. 그는 무척 우수한 두뇌를 가지고 있어. 거미처럼 거미집 한가운데에 가만히 앉아 있지만 수많은 거미줄이 사방으로 뻗어 있어 어느 줄이 움직이든 바로 그에게 전달되지. 자신이 직접 손을 대는 일은 거의 없고 그는 계획만 세울 뿐이네. 하지만 탄탄한 조직에는 수많은 부하들이 있어. 어떤 범죄를 저지르고 싶다면, 예를 들어서 서류를 훔치고 싶다거나 어떤 곳에 침입하고 싶다거나 누구 한 사람을 영원히 잠재우고 싶으면 그 교수에게 한마디 귀띔만 하면 된다네. 곧 계획이 세워지고 실행에 옮겨지거든. 부하가 체포될 때도 있어. 그러면 얼마가 됐든 보석금을 내고 풀려나기도 하고 변호사가 붙기도 해. 하지만 부하들을 움직이는 흑막은 결코 체포되지 않아. 의심받는 일도 없지. 왓슨, 나는 지금 이런 조직과 맞서고 있다네. 그들의 범죄를 폭로하고 그들을 잡아들이기 위해서 나는 온 힘을 다했어.

하지만 갖은 방법을 다 썼는데도 불구하고 교수가 자기 주위에 아주 교묘한 방어벽을 치는 바람에 법정에서 유죄판결을 받게 할 만한 결정적인 증거를 잡지는 못했지. 왓슨, 자네는 내 능력을 잘 알고 있지? 그런 내가 석 달 동안 고생해서 간신히 찾아낸 것은 나와 동등한 두뇌를 가진 적이었다네. 그 실력이 너무 뛰어나서 감탄한 나머지 그가 저지른 범죄의 끔찍함마저 잊을 정도였지. 하지만 그자도 드디어 꼬리를 밟히고 말았어. 아주 작은 실수였지만 내가 그의 신변을 감시할 때였으니 결코 범해서는 안 될 실수였네. 드디어 기회를 잡은 거지. 나는 그것을 출발점으로 해서 그의 주변에 그물을 쳤고 지금은 그 그물을 당기기만 하면 돼.

사흘 뒤, 그러니까 다음 주 월요일이면 모든 일이 무르익어 교수와 그 일당의 주요 인물들이 경찰의 손에 넘어갈 거야. 그러면 금세기 최대의 형사 재판이 시작되고 미궁 속에 빠졌던 40건 이상의 사건이 단번에 해결되어 그 범인들은 모두 교수형에 처해질 걸세. 하지만 지금 이 순간에 조금이라도 일을 서두르면 마지막 순간에 적을 놓칠지도 모르지. 모리어티 교수가 이번 조사를 눈치채지 못했다면 아무 문제도 없었을 거야. 하지만 상대는 모리어티일세. 내가 그물을 치느라 써먹은 수단을 철저하게 꿰뚫어 봤지. 그리고 몇 번이나 내 그물을 뚫으려 했다네. 그때마다 내가 선수를 치기는 했지만. 왓슨, 만약 이 무언의 투쟁을 자세하게 기록할 수만 있다면 탐정 역사상 가장 빛나는 대결을 그린 소설이 탄생할 걸세. 이번처럼 내 모든 힘을 한꺼번에 쏟아 부은 적도 없었고, 이번처럼 자신감에 넘친 적도 없었어. 그리고 이번처럼 상대방이 나를 압박한 적도 없었지. 상대방이 깊숙이 파고 들어오면 나는 상대방의 더욱 깊은 곳으로 파고들었네. 오늘 아침에 나는 최후의 수단을 썼어. 이제 사흘 후면 모든 것이 끝날 판이었지. 그래서 나는 내 방에 들어앉아 이 사건에 대해서 이런저런 생각을 하고 있었는데 갑자기 문이 열리더니 모리어티 교수가 눈앞에 나타난 것이 아닌가?

왓슨, 나는 절대 웬만한 일에는 쉽게 놀라는 사람이 아니야. 하지만 솔직히 말해서 언제나, 그리고 그 순간에도 머릿속으로 떠올리고 있던 사람이 문 앞에 서 있는 것을 알고는 깜짝 놀라지 않을 수 없었네. 그의 용모는 예전부터 알고 있었어. 키가 아주 크고, 말랐으며, 하얀 이마가 둥그렇게 튀어나왔고, 두 눈은 움푹 들어가 있지. 수염은 깨끗하게 깎았고, 얼굴은 창백하며, 수행하는 사람 같은 면모가 있고, 교수다운 면모도 아직 남아 있다네. 연구에 몰두해서인지 등이 조금 구부정하고, 얼굴을 앞으로 내밀고 있으며, 마치 파충류처럼 언제나 이상한 모습으로 몸을 양옆으로 흔들고 있지. 그는 호기심이 가득한 주름진 눈으로 나를 바라보았네.

'자네는 생각보다 머리가 좋지 않은 것 같군. 실내복 주머니 속에서 총알이 장전된 권총을 만지작거리고 있다니, 위험한 습관이야.'

사실 교수가 안으로 들어온 순간 나는 극도의 위기감을 느꼈네. 내가 친 그물에서 그가 벗어나는 유일한 방법은 내 입을 막아 버리는 것뿐이었으니까. 그래서 재빨리 서랍에서 권총을 꺼내 실내복 주머니에 넣고 그 속에서 그자를 겨냥하고 있었어. 하지만 그가 모든 사실을 알아 버렸으니 하는 수 없었지. 권총을 꺼내 총알이 장전된 채로 탁자 위에 올려놓았네. 그는 여전히 게슴츠레한 눈을 깜빡이며 빙그레 웃고 있었지만 그의 눈빛을 보는 순간 나는 권총을 가까이에 두기를 잘했다는 생각이 들었어. 그가 말했네.

'자네는 아무래도 나라는 사람을 잘 모르는 것 같군.'

'아니, 아니. 아주 잘 알고 있어. 자리에 앉지. 할 말이 있다면 5분 정도는 시간을 내주지.'

'내가 왜 왔는지 잘 알고 있을 텐데.'

'그렇다면 내 대답도 잘 알고 있겠군.'

'끝까지 해 볼 생각인가?'

'물론!'

그가 주머니에 손을 찔러 넣기에 나도 탁자 위에 있는 권총으로 손을 가져갔지. 하지만 그가 꺼낸 것은 날짜가 적혀 있는 수첩이었어.

'자네는 1월 4일에 내 일을 방해했군. 23일에도 방해했고. 2월 중순에는 자네 때문에 큰 피해를 입었어. 3월 말에는 계획을 완전히 엉망으로 만들어 버렸군. 그리고 4월 말, 지금은 자네의 끈질긴 추격 덕분에 결국에는 자유를 잃게 될 위기에 처했어. 더 이상 참을 수 없는 상황까지 오고 말았네.'

'내게 무슨 부탁이라도 있어서 왔나?'

'홈즈, 손을 떼게. 정말로 손을 떼는 게 좋을 거야.'

교수가 머리를 흔들며 말하자 내가 답했네.

'월요일이 지나면 그때부터 손을 떼도록 하지.'

그러자 그자가 혀를 차면서 말했어.

'쯧쯧. 자네처럼 현명한 사람이라면 그 결과가 어떨지 잘 알고 있을 텐데. 자네는 손을 뗄 수밖에 없을 걸세. 자네가 그런 식으로 움직였기 때문에 우리가 취할 수 있는 수단은 오직 한 가지밖에 없어. 이번 사건에서 자네의 행동을 지켜보는 것은 나에게는 지적 즐거움이었네. 그랬으니, 솔직히 말해서 이렇게 과격한 수단에 의지할 수밖에 없다는 사실이 매우 괴롭네. 자네는 비웃고 있지만 이건 진심이야.'

'내 일과 위험은 떼려야 뗄 수 없는 관계니까.'

'이건 위험이 아니야. 피할 수 없는 파멸이지. 자네가 방해하고 있는 상대는 나 개인이 아닌 강력한 조직일세. 자네가 제아무리 총명하다지만 아직 조직의 방대함과 힘을 깨닫지 못하는 것 같군. 손을 떼게, 홈즈.

그렇지 않으면 조직에게 짓밟히고 말 테니.'

'아, 내 정신 좀 봐. 이야기가 너무 재미있어서 하마터면 중요한 일을 잊을 뻔했군.'

내가 자리에서 일어나며 말했네. 그도 자리에서 일어나 슬픈 표정으로 고개를 저으며 말없이 나를 바라보더군.

'어쩔 수 없지. 안타깝지만 나로서도 할 수 있는 일은 다 한 셈이야. 나는 자네가 어떤 포석을 놓았는지도 다 알고 있어. 홈즈, 이건 자네와 나의 결투일세. 자네는 나를 피고석에 세우고 싶겠지만 내가 피고석에 서는 일은 절대 없을 걸세. 나를 꺾을 생각인가 본데 나는 절대로 지지 않아. 자네에게 나를 파멸시킬 머리가 있다면 내게도 자네를 파멸로 몰고 갈 머리가 있다는 사실을 잊지 말게나.'

'모리어티, 여러 가지 칭찬을 해 줘서 고맙군. 그렇다면 나도 한마디 하지. 너를 확실하게 파멸로 몰고 갈 수만 있다면 공공의 이익을 위해서 나도 이 한몸 기꺼이 내놓을 각오가 되어 있어.'

'난 자네의 파멸을 확실하게 약속할 수 있지만 다른 것은 도저히 약속할 수가 없군.'

그가 외쳤어. 그리고 구부정한 등을 내 쪽으로 돌리더니 눈을 깜빡이며 주위를 둘러보고는 방 밖으로 나갔다네.

이게 모리어티 교수와의 기묘한 만남이었어. 솔직히 말해서 그 후, 나는 매우 불쾌했네. 단순한 악당과는 다르게 그는 굉장히 평온하고 논리적으로 이야기했지. 기묘하게도 그 모습에는 진실한 부분이 넘쳐흘렀다네. 자네는 왜 경찰에 보호를 요청하지 않았느냐고 묻고 싶겠지. 하지만 분명히 그가 아니라 그의 부하가 습격할 거야. 여기에는 명백한 증거가 있네."

"벌써 습격을 당했나?"

"왓슨, 모리어티 교수는 꾸물거리는 자가 아닐세. 낮에 일이 있어서 옥스퍼드 가에 갔지. 벤팅크 가에서 웰벡 가 사거리로 나가는 모퉁이를 막 돌아서려는 순간, 말 두 마리가 끄는 짐마차가 나를 향해서 번개처럼 빠르고 맹렬하게 돌진했다네. 나는 재빨리 보도 위로 뛰어들어서 간신히 목숨을 건졌고, 짐마차는 그대로 메릴러본 거리 쪽으로 접어들어 눈 깜짝할 사이에 사라져 버리더군. 그때부터 나는 보도로만 다녔는데, 베어 가를 지날 때는 어떤 집 옥상에서 벽돌이 떨어지더니 내 발 앞에서 산산조각이 났지 뭔가. 나는 경찰을 불러 그 주위를 살펴보게 했네. 수리를 위해서 옥상에 슬레이트와 벽돌을 쌓아 두었는데 그중 하나가 바람에 날려 떨어졌다는 결론을 내리더군. 그렇지 않다는 사실을 알고는 있었지만 증거가 없으니 하는 수 없었네. 그 뒤에 나는 영업용 마차로 펠멜 가에 있는 마이크로프트 형에게 가서 하룻밤 묵었어. 그리고 이곳으로 오는 도중에 곤봉을 든 괴한의 습격을 받았지. 나는 녀석을 때려눕히고 경찰에 그를 넘겼네. 녀석의 앞니에 긁혀서 주먹이 까진 거라네. 내 장담하건대 경찰은 그 녀석과 15킬로미터나 떨어진 곳에서 칠판에 문제를 푸는 수학 교사 사이의 관계를 절대 밝혀내지 못할 걸세. 왓슨, 왜 내가 방에 들어오자마자 덧창을 닫고 돌아갈 때는 앞문이 아니라 사람들 눈에 띄지 않는 곳으로 가겠다고 부탁했는지 이제 잘 알았겠지?"

그동안 홈즈의 용기를 보면서 여러 차례 감탄하곤 했다. 그러나 하루 동안에 일어난 무시무시한 사건들을 아무렇지도 않게 설명하는 것을 보고 나는 새삼스럽게 놀라움을 감추지 못했다. 내가 물었다.

"오늘은 여기서 묵을 거지?"

"아니, 돌아가겠네. 나는 위험한 손님이니까. 철저하게 준비를 해 두었으니 모든 일이 다 잘 풀릴 거야. 혐의를 입증하려면 내가 법정에 안 나갈 수는 없겠지만 체포할 때는 내가 관여하지 않아도 되도록 손을 써 두었네. 그러니까 경찰이 일을 완전히 마칠 때까지 나는 며칠 정도 몸을 숨기고 있는 편이 좋겠지. 그래서 자네도 함께 대륙으로 가 달라고 부탁한 걸세."

"환자가 그렇게 많은 것도 아니고, 근처에 친절한 동업자도 있으니 기꺼이 자네와 동행하겠네."

"내일 아침에 출발할 수 있겠나?"

"그럴 필요가 있다면."

"그렇게 했으면 하네. 그리고 이 자리에서 꼭 말해 두어야 할 게 있어. 왓슨, 무슨 일이 있어도 내 말대로 해 주게. 자네와 나, 우리 둘이서 유럽

제일의 범죄자와 가장 큰 세력을 떨치고 있는 범죄 조직을 상대해야 하니 말일세. 잘 듣게, 왓슨. 필요한 짐은 오늘 밤 안으로 믿을 만한 짐꾼에게 부탁해서 빅토리아 역으로 옮겨 두게. 이름은 적지 말고. 내일 아침이 되면 영업용 마차를 부르라고 하게. 단, 심부름하는 아이에게 첫 번째 마차와 두 번째 마차는 부르지 말라고 일러두고. 세 번째 마차에 신속히 올라타면 로더 아케이드의 스트랜드 가까지 가게. 행선지는 종이에 적어서 마부에게 건네주고 그걸 절대로 버리지 말라고 주의를 주게나. 요금을 미리 준비해 두었다가 마차가 멈추면 얼른 뛰어내려서 바로 아케이드 건너편으로 빠져나간 다음, 정확히 9시 15분에 반대편 입구로 나오게. 그러면 길가에 빨간 목깃이 달린 두꺼운 외투를 입은 마부가 탄 작은 사륜마차가 기다리고 있을 거야. 그 마차를 타면 유럽행 급행열차 시간에 맞춰서 빅토리아 역에 도착할 걸세."

"자네하고는 어디에서 만나지?"

"역에서. 앞에서 두 번째 차량의 일등석을 예약해 놓겠네."

"그럼 기차 안에서 만나게 되겠군."

"맞아."

하룻밤 묵고 가라고 거듭 권했지만 그는 그대로 밖으로 나갔다. 우리 집에 묵으면 문제가 생길 수도 있다고 생각하고 굳이 떠난 것이리라. 그는 서둘러서 다음 날 아침의 계획에 대해서 두어 가지 더 말하더니 자리에서 일어나 나와 함께 정원으로 나갔다. 그리고 모티머 가 쪽으로 난 벽을 넘어갔고 곧 휘파람 소리가 나더니 영업용 마차를 불러 그것을 타고 돌아가는 소리가 들렸다.

이튿날 아침, 나는 홈즈가 지시한 대로 행동했다. 적이 보냈을지도 모를 마차를 피해서 주의 깊게 영업용 마차를 불렀고 아침 식사를 마치자

마자 로더 아케이드에 도착해서 전속력으로 달려 그곳을 빠져나갔다. 그곳에도 사륜마차가 기다리고 있었다. 내가 마차에 올라타자 검은 외투를 입은 큼직한 마부가 곧바로 말을 채찍질해서 빅토리아 역을 향해 내달렸다. 역에서 내리자 마부는 마차를 돌려 내게 눈길 한 번 주지 않고 그대로 떠나 버렸다.

 여기까지는 모든 일이 계획대로 잘되었다. 짐은 이미 도착해 있었고, 홈즈가 말한 객차도 바로 알아볼 수 있었다. '예약'이라는 팻말이 걸린 객차는 한 대밖에 없었기 때문이다. 다만 홈즈가 아직 모습을 드러내지 않아서 마음에 걸렸다. 역의 시계를 보니 출발 시간까지 겨우 7분 남아 있었다. 여행객과 배웅을 나온 사람들로 붐비는 역사 안을 이리저리 둘러보았으나 그의 훤칠한 모습은 고사하고 그림자도 보이지 않았다. 늙은 이탈리아인 목사가 서툰 영어로 짐을 파리까지 직접 보내 달라고 짐꾼에게 부탁하느라 고생하고 있기에 그를 돕는 데 몇 분이 흘러갔다. 그러고 나서 다시 한 번 주위를 둘러보고 열차 안으로 들어가니 짐꾼이 표도 확인하지 않고 마구잡이로 태웠는지 방금 전의 그 늙은 이탈리아인 목사가 내 동행인 듯 옆 자리에 앉아 있었다. 내 이탈리아어는 노인의 영어보다 더 서툴렀기 때문에 자리를 잘못 찾았다고 아무리 설명해도 그는 전혀 알아듣지 못했다. 나는 설명을 포기하고 어깨를 한 번 들썩인 다음 초조한 마음으로 홈즈의 모습을 찾기 위해 창밖을 내다보았다. 문득 그가 어젯밤에 습격을 당했을지도 모른다는 생각이 들자 등줄기가 오싹해졌다. 열차의 문이 모두 닫히고 기적 소리가 들려왔다. 바로 그때 나를 부르는 소리가 들렸다.

"이봐, 왓슨. 인사도 안 하는가?"

나는 깜짝 놀라 뒤를 돌아보았다. 늙은 목사가 나를 바라보고 있었다. 순간 얼굴의 주름이 사라지고, 축 늘어져 있던 코가 오뚝해지고, 툭 튀어나온 아랫입술이 안으로 들어가고, 우물거리던 입이 멈추고, 탁하던 눈빛이 생기를 되찾았으며, 구부정하던 등이 똑바로 펴졌다. 하지만 다음 순간 모든 것이 다시 원래대로 되돌아가더니 나타날 때와 같은 속도로 홈즈의 모습이 사라져 버렸다. 내가 버럭 외쳤다.

"이게 대체 어떻게 된 일인가?

정말 놀랐네."

"아직 경계해야 해. 적들이 우리를 바싹 뒤쫓고 있을 테니. 앗! 모리어티가 직접 나오셨군."

그때 기차는 이미 움직이고 있었다. 언뜻 뒤를 돌아보니 키가 큰 남자가 맹렬한 속도로 사람들을 헤치며 기차를 멈추라는 듯 손을 흔들고 있었다. 하지만 이미 때는 늦었다. 열차는 점점 속도를 내더니 순식간에 역에서 빠져 나왔다.

"그렇게 조심했는데도 간신히 따돌렸어."

홈즈가 웃으며 말했다. 그리고 자리에서 일어나 변장용 의상과 모자를 벗어 가방 안에 넣었다.

"왓슨, 오늘 조간신문을 보았나?"

"아니."

"그럼 베이커 가에서 무슨 일이 있었는지 모르겠군."

"베이커 가에서?"

"어젯밤 녀석들이 내 방에 불을 질렀네."

"그런 짓까지 했단 말인가?"

"내게 곤봉을 휘두른 사내가 체포되고 나서 녀석들은 내 행적을 완전히 놓친 모양이야. 그렇지 않고서야 내가 그 방으로 돌아갔다고 생각했을 리가 없으니까. 그리고 녀석들은 만약을 위해서 자네도 감시하고 있었을 거야. 그래서 모리어티가 빅토리아 역에 모습을 나타낸 것이고. 도중에 실수하지는 않았겠지?"

"자네가 말한 대로 행동했어."

"사륜마차가 기다리고 있던가?"

"자네가 말한 장소에서 기다리고 있더군."

"마부가 누군지 알아보았나?"

"아니."

"마이크로프트 형이었어. 상황이 상황이니만큼 돈으로 움직이는 마부는 믿을 수가 없거든. 어쨌든 모리어티 교수를 어떻게 해야 할지 생각해 봐야겠네."

"이 기차는 급행이고 배와 바로 연결되니 이제 포기했다고 봐도 되지 않겠나?"

"왓슨, 그 사람은 나와 동등한 지능을 가지고 있다고 말했는데 아직도 그 뜻을 잘 모르는 모양이군. 만약 내가 쫓는 입장에 있었다면 이 정도로 포기하겠나? 그 사람을 얕잡아 보면 안 돼."

"그럼 그자가 어떻게 할 것 같나?"

"틀림없이 내가 생각하고 있는 대로 행동할 거야."

"자네 생각이 어떤 건데?"

"특별 열차를 탈 걸세."

"그러기에는 시간이 부족하지 않나?"

"아니, 충분하다네. 이 기차는 도중에 캔터베리 역에 멈추지. 그리고 언제나 배가 출발하기 15분 전에 역에 도착하고. 그 시간이면 충분히 따라잡을 수 있어."

"꼭 우리가 범죄자 같군. 그가 우리를 따라오면 경찰에게 말해서 체포하는 건 어떻겠나?"

"그러면 지난 석 달 동안의 노력이 물거품이 되고 마네. 월척을 낚을 수 있을지는 몰라도 잔챙이들이 그물에서 전부 빠져 나갈 걸세. 월요일이면 일망타진할 수 있어. 여기서 체포한다면 어리석은 짓이야."

"그럼 어떻게 할 생각인가?"

"캔터베리에서 내리세."

"그 다음에는?"

"들판을 가로질러서 뉴헤이븐 항구로 가세. 거기서 프랑스의 디에프로 건너가는 거야. 모리어티라면 내가 생각한 대로 행동할 걸세. 그는 우선 파리로 가서 우리 짐을 확보한 다음, 이틀 동안 역을 감시하겠지. 그러는 동안 우리는 융단으로 만든 싸구려 가방을 두 개 정도 사고 필요한 물건은 그때그때 조달하면서 룩셈부르크와 바젤을 둘러보고 천천히 스위스로 가세."

나는 여행을 많이 다녔기 때문에 짐이 없어도 크게 불편하지 않았다. 하지만 말로 표현할 수 없을 정도로 극악무도한 악당에게 쫓기면서 몸을 숨겨야 한다고 생각하니 기분이 영 좋지 않았다. 그래도 나보다는 홈즈가 사태를 훨씬 더 잘 파악하고 있을 것이 분명했다. 우리는 캔터베리 역에서 내렸는데 뉴헤이븐으로 가는 기차를 타려면 한 시간을 기다려야 했다.

내 여행 가방을 실은 화물 열차가 점점 멀어져 가는 것을 안타깝게 지켜보고 있는데 홈즈가 내 옷소매를 잡아당기며 선로 끝을 가리켰다.

"벌써 오고 있네."

그가 말했다. 저 멀리 켄트 주의 숲 너머에서 한 줄기 연기가 희미하게 피어올랐다. 그리고 1분쯤 뒤에 객차 한 량만 달고 있는 기관차가 역 가까이에 있는 곡선 철로를 돌아 돌진해 왔다. 우리는 서둘러 짐을 쌓아둔 곳 뒤로 몸을 숨겼다. 곧 기차가 우리 얼굴에 뜨거운 바람을 끼얹고 덜컹거리는 소리를 내며 역을 지나쳤다. 흔들리면서 점차 멀어지는 객차를 바라보며 홈즈가 말했다.

"타고 있었어. 저 사람의 지능에도 한계가 있는 모양이군. 내가 어떤

생각을 할지 생각해 보고 그대로 행동했다면 아주 놀라운 일이 벌어졌을 텐데."

"우리를 잡았다면 어떻게 했을까?"

"나를 죽이려 덤벼들었겠지. 하지만 나라고 가만히 앉아서 당했겠나? 그것보다 당장 해결해야 할 문제는 조금 이르지만 여기서 점심을 먹느냐 아니면 허기를 조금 참고 뉴헤이븐의 식당에서 먹느냐 하는 걸세. 자네는 어떻게 하겠나?"

그날 밤, 우리는 벨기에의 브뤼셀에 도착했고 거기에서 이틀을 보내고 사흘째 되던 날에 프랑스의 스트라스부르로 갔다. 월요일 아침, 홈즈는 런던경찰국으로 전보를 보냈는데 저녁에 호텔로 돌아와 보니 그 답장이 와 있었다. 홈즈는 봉투를 뜯어 내용을 읽어 보더니 욕설을 퍼부으면서 그것을 난로에 집어던지고 신음하며 말했다.

"예상했어야 했는데. 녀석이 그물을 빠져 나갔네!"

"모리어티가?"

"일당은 전부 체포했지만 모리어티는 놓쳤다고 하네. 경찰을 따돌린 모양이야. 내가 없었으니 그에 대적할 만한 사람이 없었겠지. 그럴 줄 알고 반드시 잡아들일 수 있는 방법을 마련해 두었는데. 왓슨, 자네는 영국으로 돌아가는 편이 좋겠어."

"왜?"

"일이 이렇게 되었으니 나는 더욱 위험한 길동무가 될 걸세. 그자는 모든 것을 잃었어. 런던으로 돌아가면 파멸하고 말겠지. 내 추측이 빗나가지 않는다면 그자는 내게 복수하기 위해서 모든 힘을 쏟아 부을 걸세. 예전에 잠깐 만났을 때도 그런 이야기를 했는데 아마 농담이 아닐 거야. 그러니까 자네는 환자들이 있는 곳으로 돌아가는 편이 좋겠네."

오랜 친구이자 협력자인 나로서는 쉽게 받아들일 수 없는 이야기였다. 우리는 스트라스부르의 식당에서 30분 동안이나 이 문제를 가지고 왈가왈부한 끝에 결국 함께 출발하기로 하고 그날 밤 다시 힘차게 스위스 제네바로 향했다.

우리는 일주일 정도 론 계곡을 거슬러 올라가면서 즐거운 시간을 보냈다. 계곡을 따라 스위스 로이크까지 갔다가 거기서 옆길로 빠져 아직 두꺼운 눈이 쌓여 있는 젬미파스를 넘어 인터라켄을 지나 마이링겐까지 갔다. 참으로 멋진 여행이었다. 눈 밑으로는 봄의 신록이 펼쳐져 있었고 머리 위로는 겨울의 눈이 덮여 있었다. 하지만 홈즈는 끈질기게 따라붙는 적을 언제나 경계했다. 정겨운 알프스 마을을 지날 때도, 인적이 드문 산길을 걸을 때도 스쳐 지나가는 사람이 있으면 반드시 재빠르고 날카

로운 시선을 던져 그의 얼굴을 관찰했다. 어디로 가든 개처럼 뒤를 쫓아 오는 위험에서 벗어날 수 없다고 생각하는 듯했다.

한번은 이런 일도 있었다. 겜미파스를 넘어 한적한 다우벤 호숫가를 걸어가고 있을 때, 오른쪽 능선에서 커다란 바위가 기세 좋게 굴러 내려 와 등 뒤의 호수로 떨어졌다. 그 순간 홈즈는 능선 위로 뛰어 올라가 우 뚝 솟은 정상에서 사방을 둘러보았다. 봄이 되면 이 부근에서는 바위가 굴러 떨어지는 일이 흔하게 벌어진다고 안내인이 아무리 설명해도 홈즈 는 그 말을 들으려 하지 않았다. 오히려 예상하던 일이 일어나 아주 만 족스럽다는 표정으로 아무 말 없이 미소를 지으며 나를 바라보았다.

그렇게 주위를 경계하면서도 홈즈는 결코 용기를 잃지 않았다. 아니,

오히려 그 어느 때보다도 활력이 넘쳤다. 이 사회가 모리어티 교수의 마수에서 확실하게 벗어나기만 한다면 자신은 기꺼이 탐정 활동을 그만두겠다고 몇 번이나 되풀이했다.

"왓슨, 내 삶은 그렇게 헛되지만은 않았다고 해도 괜찮겠지? 오늘 밤 인생의 끝을 맞는다 해도 나는 차분하게 받아들일 수 있을 걸세. 내 덕분에 런던의 공기가 깨끗해졌어. 1,000건이 넘는 사건을 해결했지만 내 능력을 나쁜 쪽으로 사용한 적은 단 한 번도 없었네. 최근 나는 인공적인 사회가 만드는 표면적인 사건보다는 자연이 제기한 문제를 연구해 보고 싶어졌네. 왓슨, 유럽에서도 가장 위험하고 해로운 범죄자를 체포하거나 그의 숨통을 끊어서 내 명성이 절정에 달하면 자네의 회상록도 마침표를 찍게 될 거야."

내 이야기도 이제 막바지를 향해 치닫고 있으니 되도록이면 간단하고 정확하게 기록하겠다. 내키지 않는 이야기이지만 사건을 꼼꼼하게 전달하는 것이 내 의무이리라.

5월 3일, 마이링겐의 작은 마을에 도착한 우리는 영국인의 핏줄을 이어받은 페터 스타일러가 경영하는 '영국관'에 투숙했다. 주인은 해박한 지식인으로 런던의 그로브너 호텔에서 3년 동안 근무한 적도 있어서 영어를 유창하게 구사했다. 4일 오후, 주인의 권유로 우리는 산 너머에 있는 로젠라우이 촌락에서 하룻밤 묵고 오기로 했다. 그는 산 중턱에 있는 라이헨바흐 폭포로 가지 말라고 신신당부했다. 폭포를 보려면 길을 조금 돌아가야 한다고 했다.

그곳은 정말 무시무시한 곳이었다. 눈이 녹아 수위가 높아진 격류가 거대한 심연으로 쏟아져 내려 물보라가 화재 현장의 연기처럼 소용돌이 치며 피어올랐다. 거친 강물은 석탄처럼 검게 빛나는 거대한 바위틈으로 떨어져 내렸고, 거기서 폭이 좁아져 끝도 없는 연못 속으로 떨어지며 물보라를 일으켰다. 그리고 끓어오른 물은 톱니 같은 연못가 위로 끊임없이 넘쳐흘렀다. 굉음과 함께 떨어지는 거대한 녹색 물기둥, 짙게 피어오르는 물보라의 흔들리는 커튼이 피어오르며 내는 신음 소리, 그칠 줄모르는 소용돌이와 굉음은 보는 사람의 머리를 어지럽게 만들었다. 우리는 절벽 끝에 서서 까마득한 발밑 바위에 부딪혀 부서지는 물의 반짝임을 바라보면서 물보라와 함께 심연에서 피어오르는 사람 목소리 같은소리에 귀를 기울였다.

폭포의 전경을 볼 수 있도록 폭포를 둘러싸고 작은 길이 닦여 있었다. 하지만 채 반 바퀴도 돌기 전에 길이 막혀서 왔던 길로 되돌아가야 했다. 우리가 막 발걸음을 돌렸을 때, 어떤 스위스 젊은이가 손에 편지를 들고 좁은 길을 따라 뛰어오는 것이 보였다. 편지에는 우리가 묵고 있는 호텔의 마크가 찍혀 있었는데 그 주인이 내게 보낸 것이었다. 우리가 출발한 직후, 폐결핵 말기인 영국 여자가 왔다고 했다. 그녀는 스위스 동부의 다보스 플라츠에서 겨울을 보내고 중부의 루체른에 있는 친구를 만나기 위해 여행하다가 갑자기 각혈을 시작했다는 것이다. 틀림없이 몇 시간 후면 생명을 잃겠지만 영국 의사의 치료를 받으면 그것만으로도 큰 위안을 얻을 테니 부디 와 주었으면 한다는 내용이었다. 사람 좋은 스타일러는 추신을 덧붙이면서 가엾은 여자가 스위스 의사는 싫다고 고집을 피우며 자기도 큰 책임을 느끼고 있으니 와 준다면 무척 고맙겠다는 글을 남겼다.

이국에서 죽어 가는 동포의 청을 거절할 수는 없었다. 하지만 홈즈를 혼자 남겨 두고 가야 했기에 나는 망설였다. 결국 내가 마이링겐에 가 있는 동안, 편지를 가져온 스위스 젊은이가 홈즈의 안내인 겸 말동무로

남기로 했다. 홈즈는 조금 더 폭포를 구경한 뒤에 천천히 산을 넘어서 로젠라우이로 갈 테니 밤늦게 거기서 만나자고 말했다. 내가 그곳에서 발걸음을 되돌렸을 때, 홈즈는 팔짱을 낀 채 바위에 기대서서 격류를 내려다보고 있었다. 이것이 이 세상에서 내가 마지막으로 본 그의 모습이었다.

언덕길을 내려와서 나는 뒤를 돌아보았다. 폭포는 보이지 않았지만 산등성이를 휘감으며 폭포로 올라가는 길이 눈에 들어왔다. 그 길을 급히 서둘러 올라가는 남자가 한 명 있었다. 배경에 깔린 파란 산과 대비되어 그 사람의 검은 모습이 뚜렷하게 눈에 들어왔다. 그의 빠른 발걸음에 잠시 강한 인상을 받았지만 급히 길을 가다 보니 그의 존재는 머릿속에서 지워지고 말았다.

마이링겐까지 가는 데 한 시간이 넘게 걸렸다. 스타일러는 호텔의 현관에 서 있었다.

"환자는 어때요? 조금은 안정을 되찾았습니까?"

나는 급히 그에게 다가가 물었다. 스타일러의 얼굴에 놀라는 빛이 스쳤고 그의 눈썹이 꿈틀 올라갔다. 그 순간, 나는 심장이 납처럼 굳어지는 것을 느꼈다.

"당신이 이 편지를 보내지 않았습니까?"

내가 주머니에서 편지를 꺼내 보이며 말했다.

"병에 걸린 영국 여자가 묵고 있지 않습니까?"

"아니요. 하지만 편지에는 호텔의 마크가 찍혀 있네요. 그래, 맞아! 그 키 큰 영국 사람이 쓴 겁니다. 선생님이 떠난 직후에 호텔에 도착했어요. 그 사람이라면……"

나는 주인의 설명을 듣고 있을 수가 없었다. 불안에 떨며 서둘러 마을에서 벗어나 조금 전 내려왔던 길을 통해 산길로 접어들었다. 내려오는 데 한 시간이 넘게 걸린 길이었다. 온 힘을 다해 올랐지만 폭포에 이르는 데 두 시간이나 걸렸다. 우리가 헤어졌던 바위 앞에 홈즈의 등산용 지팡이가 세워져 있었다. 하지만 그의 모습은 어디서도 찾아볼 수가 없었다. 큰 소리로 외쳤지만 대답은 없었다. 그저 내 목소리만 주위 절벽에 부딪혀 메아리칠 뿐이었다.

홈즈의 지팡이를 보는 순간 가슴이 아렸다. 그는 로젠라우이에 가지 않았다. 한쪽은 깎아지른 듯한 절벽이고 다른 한쪽은 수직으로 깎아 내린 낭떠러지로 둘러싸인, 폭이 90센티미터밖에 안 되는 길에서 적과 맞닥뜨렸으리라. 스위스 젊은이도 찾아볼 수 없었다. 그도 모리어티에게 매수된 사람이었을 테고 둘을 남겨 놓고 여기를 떠났을 것이다. 둘 사이에 무슨 일이 벌어진 것일까? 이 질문에 답해 줄 사람은 아무도 없었다.

나는 한동안 그곳에 서서 마음을 진정시켰다. 무시무시한 생각 때문에 머리가 혼란스러웠다. 잠시 뒤, 홈즈에게 배운 방법대로 비극의 흔적을 따라가기 시작했다. 슬프게도 그것은 너무나도 간단한 일이었다. 홈즈와 나는 이야기를 나누며 길을 걸었는데 길이 끊어진 곳 바로 앞에는 가지 않았다. 지팡이 자국을 보면 홈즈가 어디에 있었는지 확실하게 알 수 있을 것이다. 검붉은 흙은 끊임없이 피어오르는 물보라에 젖어 언제나 부드러웠으므로 작은 새가 앉아도 발자국이 남을 정도였다. 거기에 길의 막다른 곳까지 간 두 개의 발자국이 선명하게 찍혀 있었다. 둘 다 앞쪽을 향하고 있었으며 되돌아온 자국은 없었다. 길이 막힌 곳 몇 미터 앞에 있는 흙이 어지럽게 짓밟혀 진흙탕이 되어 있었고 주위의 가시나무와 양치식물들은 쥐어뜯겨 진흙투성이가 되어 있었다. 나는 길바닥에 엎드려 피어오르는 물보라에 몸이 젖는 것도 잊은 채 밑을 내려다보았다. 내가 마을에 도착했을 때부터 주위가 어두워지기 시작했는데, 지금은 여기저기 검은빛을 발하는 젖은 바위와 까마득한 발밑에 있는 연못에서 산산이 부서지는 물이 희미하게 보일 뿐이었다. 나는 커다란 소리로 홈즈를 불러보았다. 하지만 성난 사람의 울부짖음 같은 폭포 소리만 들려올 따름이었다.

그래도 홈즈의 마지막 인사는 받을 수 있었다. 앞서 말한 대로 좁은 길 쪽으로 튀어나온 바위에 홈즈의 지팡이가 세워져 있었는데 그 바위 위에서 반짝이는 것이 눈에 띄었다. 가까이 다가가 보니 홈즈가 늘 가지고 다니는 은제 담배 상자였다. 그것을 들어 올리자 밑에 있던 조그맣고 네

모난 종이쪽지가 팔랑이며 땅바닥으로 떨어졌다. 펼쳐 보니 수첩을 찢
어 쓴, 나에게 보내는 세 페이지 분량의 편지였다. 홈즈답게 마치 서재에
서 쓴 것처럼 글씨가 반듯하고 내용도 명료했다.

친애하는 왓슨

모리어티 씨의 호의로 이 짧은 편지를 쓰고 있네. 그는 우리 사이에 놓
인 문제를 마지막으로 토론하기 위해서 내가 이 편지를 끝맺기를 기다리
고 있네. 조금 전에 그는 나에게 영국 경찰을 따돌린 방법과 우리 행동을
알아낸 방법에 대해서 그 요점을 설명해 주었네. 내가 평가한 대로 그는
뛰어난 지능을 가진 사람이었네. 이제 그가 가져올 해악을 사회에서 제거

할 수 있다고 생각하니 매우 만족스럽네. 다만 그 보상으로 여러 친구들, 특히 왓슨 자네에게 고통을 주게 되었네. 하지만 종종 이야기한 대로 내 인생은 어차피 전환기를 맞이하게 되었고 내 인생의 마지막 장을 장식하는 데 이처럼 어울리는 방법도 없을 걸세. 솔직히 말해서 나는 마이링겐에서 온 편지가 가짜라는 사실도, 그 뒤에 이런 일이 벌어지리라는 사실도 다 알고 있었네. 그래서 자네가 호텔로 돌아가는 일에 반대하지 않은 걸세. 모리어티 일당의 유죄를 증명하는 데 필요한 서류들은 겉에 '모리어티'라고 쓴 파란 봉투에 넣어 'M'으로 시작하는 서류함에 넣어 두었네. 패터슨 경위에게 그렇게 말해 주게나. 재산은 영국을 떠나기 전에 다 정리해서 마이크로프트 형에게 넘겨주고 왔네. 그럼 자네 부인에게도 안부 전해 주게.

자네의 진실한 친구, 셜록 홈즈

이제 그 뒤의 일을 간단하게 덧붙이기만 하면 될 것이다. 이런 곳에서 싸움을 했으니 당연하겠지만, 경찰의 조사에 따르면 두 사람은 서로를 끌어안은 채 폭포 밑으로 떨어졌다는 결론이 났다. 분명히 그럴 것이다. 시신을 찾을 가능성은 전혀 없었다. 이렇게 해서, 오늘날 가장 위험한 범죄자와 가장 뛰어난 법의 수호자는 소용돌이치는 폭포 밑에서 영원히 잠들게 되었다. 스위스인 젊은이도 끝내 찾을 수 없었다. 틀림없이 모리어티의 수많은 부하 중 한 명일 것이다. 홈즈가 모아 둔 증거 덕분에 모리어티의 조직이 만천하에 드러났으며, 이제 이 세상에 없는 그의 손이 그들의 머리에 일격을 가했다는 사실은 아직도 많은 사람들의 기억에 생생하게 남아 있다. 그 조직의 우두머리인 모리어티의 악행에 대해서는 재판에서도 거의 밝혀지지 않았다. 그럼에도 불구하고 내가 여기에 그의 수많은 악행을 확실하게 적어 둔 이유가 있다. 홈즈를 부당하게 공격하여 모리어티의 오명을 감추고 그에 대한 기억을 바꾸고자 꾀하는 교활한 옹호자들에게 반격을 가하기 위해서이다. 셜록 홈즈는 내 생애를 통틀어 가장 좋은 친구이자 가장 현명한 친구로 기억될 것이다.